Monica McInerney

TODA FAMÍLIA TEM SEUS SEGREDOS

EDITORA FUNDAMENTO

2014, Editora Fundamento Educacional Ltda.

Editor e edição de texto: Editora Fundamento
Arte da Capa: Zuleika Iamashita
Editoração eletrônica: Haikai Design Ltda. (Sandra Okada)
CTP e Impressão: SVP – Gráfica Pallotti
Tradução: Aulis Traduções S/S Ltda. (Cecília Camargo Bartalotti)

Dados Internacionais de Catalogação na Publicação (CIP)
(Maria Isabel Schiavon Kinasz)

McInerney, Monica
M478 Toda família tem seus segredos / Monica McInerney ; [versão brasileira da editora] – 1. ed. – São Paulo, SP : Editora Fundamento Educacional Ltda, 2014.

Título original: The Alphabet Sisters

1. Ficção australiana. I. Título

CDD-823

Índices para catálogo sistemático:
1. Ficção: Literatura australiana 823

Fundação Biblioteca Nacional

Depósito legal na Biblioteca Nacional, conforme Decreto nº 1.825, de dezembro de 1907.

Impresso no Brasil

Telefone: (41) 3015 9700
E-mail: info@editorafundamento.com.br
Site: www.editorafundamento.com.br

Este livro foi impresso em papel pólen soft 80 mg/m² e a capa em papel-cartão 250 g/m².

Monica McInerney

TODA FAMÍLIA TEM SEUS SEGREDOS

Editora Fundamento

Capítulo 1

Londres, Inglaterra

– SUA IRMÃ é casada com seu ex-noivo? – A voz de Jessica elevou-se a um tom tão agudo que Bett Quinlan esperou que as lâmpadas estourassem. – Nós trabalhamos juntas há quase dois anos e só agora você me conta isso?

Bett soube naquele instante que tinha cometido um grande erro.

– É que o assunto nunca tinha surgido.

– Um assunto assim não precisa surgir. Isso é algo que a gente conta nos primeiros minutos: "Oi, meu nome é Bett, diminutivo de Elizabeth. Trabalho como jornalista em uma gravadora e minha irmã é casada com meu ex-marido".

– Ex-noivo – corrigiu Bett, e ainda tentou voltar atrás. – Olhe! Esqueça que eu mencionei isso. Está tudo bem comigo. Está tudo bem com ela. Está tudo bem com ele. Não é nada muito importante.

"Nossa, quanta mentira", pensou Bett.

– Claro que é importante. É importantíssimo. E os dois vão estar na festa da sua avó? Não me admira que você esteja tão perturbada.

– Não estou perturbada. Disse que estava um pouco nervosa por ter que voltar para casa para isso, e não perturbada.

– Dá na mesma. Ah, Bett, coitadinha! Qual irmã foi essa? A mais velha ou a mais nova?

– A mais nova, Carrie – Bett sentia como se as palavras estivessem sendo arrancadas dela.

– E o que aconteceu? Eles estavam tendo um caso pelas suas costas? Você chegou mais cedo do trabalho um dia e os pegou em sua cama conjugal, desculpe, de noivado?

– Não, não foi assim – Bett se levantou. Havia definitivamente cometido um erro. Naquela tarde, no trabalho, tinha decidido convidar sua amiga e colega Jessica para jantar em casa, disposta a lhe contar toda a história. Esperava que isso pudesse tornar sua viagem de volta à Austrália mais fácil. Talvez pudesse prepará-la para as reações que as pessoas novamente teriam, como uma prova de roupa. Mas não estava ajudando em nada. Era torturante. Ela passou os dedos pelos cachos escuros dos cabelos, tentando recuperar o controle da situação. – Quer que eu lhe sirva um café? Outra taça de vinho?

– Não, obrigada. E não mude de assunto. Você foi ao casamento?

– Prefere um chá?

Jessica riu com simpatia.

– Pare com isso, Bett. Foi você mesma quem trouxe o assunto. Pense nisso como uma terapia. Não deve ter sido bom para você andar com um segredo desses trancafiado aí dentro. Você foi ao casamento?

Bett sentou-se novamente.

– Não, não fui.

– É, claro que não. Imagino que teria sido muito humilhante.

Ela estremeceu com a indelicadeza de Jessica.

– Sua irmã usou os mesmos convites de casamento? – continuou Jessica. – Riscou seu nome e colocou o dela?

– Isso não é muito engraçado.

Jessica sorriu meio sem jeito.

– Desculpe, não pude resistir. E quem foi a dama de honra? Sua irmã mais velha? Anna?

– Não, ela também não estava lá.

Jessica franziu a testa.

– Nenhuma das irmãs estava lá? O que aconteceu? A história toda causou uma enorme briga entre vocês três?

"Resumindo, sim", assumiu Bett.

– Foi mais ou menos assim.

– Jure? Você não falou mais com nenhuma de suas irmãs desde o casamento?

– Não – Bett agitou-se na cadeira, pouco à vontade. – E nem as vi mais. – Desde o fim de semana da Grande Briga, que tinha se seguido à Sexta-feira das Revelações, que tinha se seguido às Semanas de Suspeitas. – Há três anos.

– Na festa da sua avó, será a primeira vez em que você vai ver suas irmãs em três anos???? – diante do sinal afirmativo de Bett, Jessica soltou um longo e baixo assobio. – Isso é mais complicado do que eu tinha pensado. Não me surpreendo de você ter ficado tão estranha quando chegou aquele fax da sua avó.

– Eu não fiquei estranha.

– Ficou, sim. Você tem alguma foto da sua irmã e do seu noivo juntos?

– Por quê? Você não acredita em mim?

– Claro que acredito. Eu só quero formar o quadro completo em minha cabeça para poder dar todos os conselhos de que você precisa.

– Eu prefiro não...

– Por favor, Bett. Você sabe como eu adoro ver fotografias.

Isso era verdade. Jessica era a única pessoa que Bett já havia conhecido que realmente gostava de olhar as fotos de férias dos outros. E ela não passava rapidamente pelas fotos. Ao contrário, examinava cada uma delas, perguntando sobre os personagens, o cenário, a sensibilidade do filme usado.

Jessica tentava ser o mais persuasiva que podia.

– Tenho certeza de que isso vai ajudá-la. Assim saberei exatamente de quem você está falando.

– Obrigada, mas...

– Ah, Bett, deixe disso. Você já me contou metade da história. Eu posso muito bem ver o resto.

– Olhe, eu...

– Por favor, por favor, por favor...

Bett cedeu e pegou o pequeno álbum de fotos que estava em cima da estante, em um canto da sala. Pelo menos Jessica não demoraria muito para vê-las. Tinha saído tão apressada da Austrália, três anos antes, que não levara consigo nenhuma de suas fotos. As únicas que tinha no álbum eram as que seus pais e Lola enviavam em suas cartas.

Quando Jessica começou a virar alegremente as páginas, Bett retirou-se para a minúscula cozinha, levando os pratos usados e sentindo-se devastada. Trinta e dois anos de idade e ainda não tinha aprendido a se defender. Por um instante, imaginou como suas irmãs teriam reagido na mesma situação. Anna teria lançado a Jessica um olhar altivo, calando-a na mesma hora. Carrie teria balançado os cabelos loiros e dito, risonha e charmosa, que ela cuidasse da própria vida. Mas não Bett. Não, ela apenas se sentira constrangida por ter falado demais e depois entregara o álbum de fotos mesmo assim. Decidiu culpar o vinho que tinham tomado naquela noite pela súbita necessidade de mostrar e contar tudo. Nove partes de álcool, uma parte de soro da verdade.

Voltou para a sala e pegou uma revista, tentando fingir que não estava observando todas as reações de Jessica enquanto esta examinava cada foto. Por algum tempo, o único som que se ouvia era o das páginas sendo viradas, interrompidas por ocasionais perguntas de Jessica.

– Estes são sua mãe e seu pai?

Bett deu uma olhada. Era uma foto de seus pais, de braços dados em frente à entrada principal do hotel, usando gorros de Papai Noel, com os olhos apertados por causa da luz do sol. Tinham enviado aquela foto com o cartão de Natal do ano anterior.

– São.

Jessica leu o letreiro atrás deles.

– The Valley View Hotel. Foi onde você cresceu?

– Nós nos mudamos muito quando éramos mais novas, mas é onde eles estão agora.

Jessica assentiu com a cabeça e virou a página.

– E esta é Lola? A velha senhora com maquiagem em excesso?

Bett nem teve que olhar para a foto.

– Sim, é ela.

– Dê só uma olhada nessas sobrancelhas! Parecem taturanas em uma cama elástica. Ela foi sua babá, é isso?

– Mais ou menos.

Babá sempre parecia uma palavra muito fraca para descrever Lola. Sem dúvida, cuidara delas quando crianças. Com os pais sempre tão ocupados administrando os hotéis, tinha sido Lola, a mãe do pai delas, quem praticamente criara Bett e as duas irmãs. Mas ela era mais uma combinação de professora de etiqueta, instrutora de acampamento militar e regente musical do que babá.

– Ela está usando uma fantasia nesta outra foto?

Bett espiou. Era uma fotografia de Lola ao lado de seu bolo de aniversário de 79 anos, há quase 12 meses. Vestia uma espalhafatosa túnica estampada, brincos balançantes e vários colares de contas. Nada muito fora do habitual.

– Não, ela é assim mesmo.

Jessica continuou virando as páginas e então parou de repente. Tensa, Bett soube que ela havia chegado à foto de casamento de Carrie e Matthew. Teve vontade de jogá-la fora no dia em que a recebeu, mas se conteve. Não queria dar razão à sua avó. Foi Lola quem enviou a fotografia, junto com uma breve nota: "Você provavelmente vai dramatizar e rasgar isto, mas sei que quer ver".

– São eles? – perguntou Jessica.

– São eles.

Jessica estudou a foto atentamente.

– Carrie é muito bonita, não é? E ele também é bem gato, o seu Matthew. Belo permanente.

Pelo menos, Jessica não tinha dito o que as pessoas geralmente diziam quando comentavam como Carrie era bonita: "Vocês não se parecem nem um pouco, não é?" Quanto ao outro comentário...

– Ele não é o meu Matthew. E não é permanente. O cabelo dele é naturalmente ondulado.

Jessica sorriu.

– Só queria ver se você iria defendê-lo. – Ela virou a página e riu alto. – Ah, agora sim. Eu estava louca para ver uma prova das Irmãs Alfabeto. Olhe só para você com esses cachos loucos.

Bett ajeitou timidamente aqueles mesmos cachos, agora um pouco menos loucos. Lola enviou aquela foto também. Tinha chegado com um bilhete rabiscado, sutil como sempre. "Lembre-se também dos bons momentos com suas irmãs." A fotografia foi tirada em um show country no interior da Austrália Meridional, há mais de vinte anos, em uma das primeiras apresentações das Irmãs Alfabeto. Anna tinha 13 anos, Bett estava com 11 e Carrie com 8. Bett se lembrava até das músicas que cantaram: *Song Sung Blue*, *Swing Low, Sweet Chariot* e uma canção popular de David Cassidy. Minutos depois da foto, uma mosca tinha entrado zumbindo bem na boca de Anna. Sua expressão de choque e o grito súbito fizeram Bett e Carrie rir tanto que elas caíram do pequeno palco, uma larga prancha de madeira equilibrada sobre oito engradados de leite. A lembrança ainda fazia Bett rir.

Jessica a examinava com muita atenção.

– Você era meio cheinha nessa época, hein?

O sorriso desapareceu.

– Isso foi muito delicado, Jess. Obrigada.

Jessica não se abalou.

– Eu gosto de dizer as coisas como são. E você era gordinha. Olha só essa barriguinha e essas bochechas rosadas.

Bett não precisava olhar. Aquela barriguinha e aquelas bochechas rosadas nunca haviam ido para muito longe. Ela ia perguntar a Jessica se ainda a achava gorda. Afinal já tinha engordado e emagrecido tantas vezes que nem sabia mais qual era seu tamanho, mas Jessica estava ocupada demais com a foto. Examinava cada detalhe, as franjas balançantes das roupas, os vestidos iguais, a maquiagem ruim, tudo obra de Lola.

Ela olhou para Bett.

– Vocês não eram exatamente as The Corrs, não é?

Bett não pôde deixar de rir.

– Aposto que elas também não eram tão bonitas quando adolescentes.

– Aposto que eram. Você nunca se perguntou se haveria uma quarta irmã Corr, terrivelmente feia, que elas mantinham trancada? – Jessica olhou para a foto outra vez. – Vocês não são muito parecidas, mesmo descontando a pavorosa maquiagem dos olhos e as cores diferentes dos cabelos. Ou são perucas?

– Não, tudo obra da natureza.

Anna tinha cabelos pretos e lisos, os de Bett eram castanho-escuros e os de Carrie, loiro-escuros. Ela imaginava que a cor do cabelo das irmãs não havia mudado em três anos. Logo descobriria. Em menos de duas semanas, na verdade. Seu estômago revirou.

O fax de Lola vindo da Austrália tinha chegado do nada no trabalho de Bett, apenas aquela única linha: se ela não viesse para seu aniversário de 80 anos, nunca mais falaria com ela.

Bett telefonara imediatamente.

– Lola, não faça isso comigo, por favor – dissera, indo direto ao ponto assim que a avó atendeu. – Você sabe como vai ser.

– Elizabeth Quinlan, pare de ser tão criança. Você está com medo de ver suas irmãs. E daí? Estou com quase 80 anos e tenho muito mais para ter medo do que você. Posso morrer a qualquer momento. Agora, desligue o telefone, reserve sua passagem e venha para cá o mais rápido possível. Tem algo que quero que você faça.

Lola evidentemente havia tomado comprimidos extrafortes de autoridade naquele dia.

– Não posso largar tudo assim, Lola. Agora eu tenho uma vida aqui.

– E tem uma avó na Austrália que está morrendo de saudades e quer vê-la outra vez. – Sua voz se suavizara. – Por favor, Bett. Venha para casa. Por mim.

Bett pensara naquilo por dois dias, oscilando entre entusiasmo e medo diante da ideia. Uma imagem era recorrente em sua cabeça. Lola, parada na frente do hotel, sorrindo radiante para ela, esperando para lhe dar um abraço. No fim, decidiu-se por uma alternativa conciliatória. Sim, ela iria à Austrália para a festa, mas seria uma viagem-relâmpago. Chegaria no dia da festa e iria embora tão logo quanto possível.

Lola não gostou nem um pouco do arranjo.

– Mas eu preciso de você aqui por mais tempo do que isso.

– Não posso, Lola. Tenho minha vida aqui – repetiu Bett com firmeza.

Tinha sido uma sensação estranha. Ela não estava acostumada a confrontar a avó.

Ao seu lado, Jessica continuava a folhear o álbum.

– É complicado, isso é verdade. Não me admira que você esteja tão nervosa. Seu primeiro encontro com suas irmãs e o casal feliz em três anos. Sem falar da tensão adicional de uma festa...

Bett concordou com a cabeça, esperando por um conselho sensato da amiga, pelos comentários que poderiam ajudá-la.

Jessica fechou o álbum com um estalido.

– Acho que vai ser feroz.

Sidney, Austrália

Anna Quinlan sabia que, lá fora, o sol estava brilhando e que, a menos de um quilômetro de distância, as águas do porto de Sidney provavelmente faiscavam ao sol, sob uma trilha sonora de sirenes de balsas, gritos de gaivotas e comentários de guias turísticos.

Mas podia bem ser o deserto do Saara lá fora. Estava presa naquele cubículo da cabine de gravação há três horas, tentando conseguir a voz exatamente certa para a nova linha de esponjas de cozinha. Tinha decidido que o cliente não era simplesmente do inferno, mas de algum lugar mais profundo, mais quente e até mais desagradável.

Olhou pelo vidro da janela do estúdio outra vez, contando até dez quando o viu. Parecia um garoto espinhento de terno e gravata que não poderia ter vindo dirigindo para o estúdio. Não parecia ter idade suficiente. Sua atenção retornou quando Bob, o produtor e técnico, apertou o botão do intercomunicador e sua voz soou nos fones de ouvido dela.

– Anna, Henry acha que você está quase no ponto, mas queria saber se você poderia combinar o riso em sua voz daquela primeira tomada com a voz de entusiasmo que fez na antepenúltima, e acrescentar um pouco mais de leveza no geral.

Henry inclinou-se para a frente e falou ao microfone como se fosse um mestre de cerimônias na noite de apresentação de uma equipe de futebol.

– Isso! Eu adorei aquele som de entusiasmo, Anna. É perfeito para o nosso público. Você não se incomoda, não é?

Incomodar-se? Incomodar-se por ter passado três horas dizendo a mesma frase em dezenas de vozes diferentes? Incomodar-se porque aquela criança de terno tentou descrever a personalidade de uma esponja de cozinha – uma esponja de cozinha! – para ela?: "Ela é determinada, é cheia de energia, é divertida..."

"Não, ela não é, Henry", Anna pensou. É uma esponja de 11 centímetros encharcada de detergente, com um lado áspero, e serve para lavar louça. Ela não é Russell Crowe.

Ela mordeu a língua: "O que quer que você faça, Anna, não os deixe perceberem que está irritada. Mantenha-se calma, mantenha-se sorridente, mantenha as aparências". Havia aprendido essa lição depois de anos de testes malsucedidos para papéis. Ninguém queria uma atriz mal-humorada. Era muito melhor ser rotulada de totalmente profissional, mesmo que isso às vezes fosse confundido com arrogância. E, pelo menos, Henry tinha definitivamente decidido que a esponja era fêmea. A gravação daquele dia havia sido marcada, cancelada e então remarcada, enquanto Henry, sua agência de publicidade e sua equipe de pesquisa de mercado discutiam o melhor gênero para a nova esponja.

O olhar de Anna para Bob era um pedido de socorro. Ele continuava mascando um chiclete, como de hábito, e puxando as calças, imperturbável, como de hábito. Anna sabia que ele não se importava com o tempo que o cliente demorasse. Bob cobrava por hora.

Parte de seu desespero deve ter transparecido em seu rosto, pois Bob se apiedou dela. Voltou a falar, fazendo um sinal sutil com a cabeça na direção do cliente.

– Anna, talvez ajude se você se visualizar na pia, entusiasmada para ajudar a dona de casa... desculpe, a administradora do lar, a lavar toda aquela louça. E há uma panela particularmente suja que vai precisar de energia especial, mas você sabe que vai valer a pena esfregá-la como louca até acabar com toda a sujeira. – Outro sinal de cabeça quase imperceptível na direção do cliente. – Quando estiver pronta. Estamos rodando.

Foi perfeito. Olhando pelo vidro, vendo seu cabelo curtinho e a maquiagem imaculada refletidos, Anna imaginou Henry transformando-se em um pires sujo e manchado de gordura. Imaginou que era a esponja, saltando do nada e esfregando-lhe o rosto até cada cravo e cada mancha terem desaparecido, ao mesmo tempo que gritava com uma voz cuja sonoridade era uma combinação de Mary Poppins e um piloto kamikaze. Inclinou-se para o microfone.

– Deixe isso comigo! Sou a máquina de limpar!

O rosto espinhento de Henry abriu-se em um enorme sorriso.

– Isso. Perfeito. Obrigado, Anna.

Ela acabara de se virar para pegar a bolsa quando a voz dele soou novamente.

– Mas você poderia fazer mais uma vez? Acho que precisa de apenas um pouquinho mais de maciez, para transmitir a sensação do hidratante que incluímos no detergente.

Uma hora mais tarde, Anna saía do estacionamento do estúdio. A voz da esponja estava alojada em sua cabeça. Ela sabia por experiência que ficaria ali pelos próximos dias ou até que a voz de um novo personagem a substituísse. No último mês, sua voz interior, a voz de sua mente, variara entre a de um gatinho preso no alto de uma árvore (para um comercial de comida de gato), uma enfermeira carinhosa em um lar para idosos (seguro de saúde) e um bolo esperando para receber o glacê. Este também tinha demorado três horas para chegar ao tom certo, até Bob aparecer com a motivação.

– Imagine que você é o bolo, Anna, certo? Você está apavorada. Não sabe que marca de glacê estão prestes a usar e você deseja desesperadamente que seja um de alta qualidade. Ou seja, precisamos de uma combinação de medo, expectativa e...

A filha de 7 anos de Anna, Ellen, adorava aquilo, claro. Ela tratava o repertório de vozes da mãe como um *jukebox* humano. Deitada sonolenta na cama, ouvindo uma história antes de dormir, ela escolhia as vozes: "Mamãe, pode ler esta como a Vassoura Zoom?" A Vassoura Zoom aparecia em um comercial de TV. Era uma vassoura de casa comum que tinha sido metamorfoseada em algo que Harry Potter poderia ter usado para jogar quadribol e tagarelava coisas sem sentido o tempo todo. Outra favorita de Ellen era a da torta de peixe: uma borbulhante voz submarina.

Anna estacionou na rua, na frente do hospital, dez minutos atrasada. Enquanto corria para o elevador, recompôs a expressão do rosto, já ouvindo os tons desaprovadores de sua vizinha que concordara, de má vontade, em buscar Ellen na escola e levá-la à clínica para a última consulta. A porta do elevador se abriu e Anna avistou sua pequena filha a distância, de pé em uma cadeira ao lado do posto de enfermagem, conversando com uma das enfermeiras. Nas dezenas de visitas ao hospital, desde o acidente que tinha sofrido, Ellen acabara conhecendo muito bem todas as enfermeiras. Anna ficou tensa, como sempre acontecia quando lembrava o trauma daqueles primeiros meses. Decidiu que era hora de Ellen receber uma boa dose de mimos: daria o que ela quisesse para o jantar, deixaria que ela visse o vídeo que tivesse vontade e, depois, leria para ela todas as histórias que pedisse.

Lá pelas 21 horas, a paciência de Anna começava a se esgotar. Ellen se alternara entre chorosa e irritável a noite toda, insistindo em pizza, depois deixando tudo no prato sem comer. Não se decidia quanto a nenhum vídeo: queria, em vez disso, assistir a trechos específicos de cinco vídeos diferentes. Anna, por fim, se cansou e acabou falando com mais irritação do que pretendia, o que desencadeou uma nova onda de lágrimas. Por pura culpa, leu, então, duas histórias extras, mal encontrando energia para as diferentes vozes.

Ellen ainda não sossegara. Deitava e levantava da cama repetidamente. Agora estava parada à porta da sala de estar, com lágrimas escorrendo-lhe pelo rosto.

– Papai está em casa?

Anna manteve, com esforço, a voz calma.

– Não, querida, ele não está.

– Onde ele está?

– No trabalho, acho.

Ela achava. Não tinha a menor ideia de onde Glenn estava. Ele não telefonava mais para avisá-la se ia chegar mais tarde ou mesmo, na verdade, se ia voltar para casa.

– Você pode ler para mim mais uma história, então?

– Querida, eu já li muitas histórias. É hora de dormir.

– Não consigo dormir. Estou com medo outra vez. Fico lembrando.

A voz do médico voltou à mente de Anna. "Haverá algum estresse pós-traumático e medo recorrente, mas é importante você aprender a ouvir sem valorizar muito. Crianças são crianças, sempre muito hábeis em encontrar os pontos fracos em que devem tocar." Então o que ela deveria fazer? Ignorar as lágrimas de Ellen? Dizer-lhe para esquecer? Claro que não podia. Ela então se levantou do largo e confortável sofá.

– Está bem, Ellie. Vá para a cama e escolha outra história. Eu já estou indo para lá.

Quando Anna chegou ao quarto, Ellen tinha mudado de ideia.

– Posso escutar uma fita em vez disso? A fita cassete da Superbisa?

– Outra vez? Tem certeza de que não prefere uma de história?

Ellen deitou e sacudiu a cabeça. O cabelo escuro espalhou-se pelo travesseiro.

Lola tinha mandado a gravação há mais de dois anos, com um bilhete para Anna.

"Isto é para você mostrar a Ellen. Não tenho nada a ver com essa bobagem entre você e suas irmãs e não vou perder uma bisneta por causa disso. Por favor, mostre essa gravação a Ellen para que não seja um choque cada vez que ela me encontrar."

Anna colocou a fita e deitou na cama ao lado de Ellen, afastando--lhe delicadamente os cabelos do rosto enquanto a voz de Lola enchia o quarto. Seu tom, com o ainda forte sotaque irlandês, era claro e preciso.

– Oi, Ellen. Aqui é sua bisavó falando. Minha pequena, eu venho pensando muito em como você deve me chamar e acho que encontrei a melhor solução. A pilantra da sua mãe começou a me chamar de Lola quando era pequena e as duas irmãs foram atrás, mas acho que você precisa de um nome diferente para mim. E não apenas Bisavó. Eu sou muito melhor do que isso. Então, minha querida, eu queria que você me chamasse de Superbisa de agora em diante. Está bem?

Houve uma pausa.

– Está ouvindo, Ellen? – perguntou Lola.

– Estou – Ellen respondeu sonolenta ao lado de Anna.

A voz continuou.

– Boa menina. E você gostou disso? Gostou de me chamar de Superbisa?

– Sim, Superbisa – Ellen respondeu na pausa.

Ela conhecia o ritual de cor.

– Boa menina. Agora, vou lhe contar algumas histórias sobre sua mãe e seu avô, mas primeiro vou cantar uma ou duas de minhas canções favoritas. Então, acomode-se e relaxe.

Relaxar? Anna mordeu o lábio quando Lola começou a gorjear *Don't Sit Under the Apple Tree* em sua voz de falsete. A última coisa que a voz de Lola faria era alguém relaxar. Ela esvaziaria uma sala em segundos. Ellen não parecia se importar. Pela reação da menina, era como se Lola estivesse cantando uma doce cantiga de ninar. Suas pálpebras ficavam cada vez mais pesadas, enquanto os lábios formavam as palavras e acompanhavam a música que a bisavó assassinava. Anna sorriu, lembrando a canção. Fora uma das primeiras que Lola tinha ensinado a ela e às irmãs. Elas tinham brigado sobre quem iria cantar as notas altas. Carrie ganhara, claro. Ou fora Bett? Certamente não foi ela, amaldiçoada com uma voz tão profunda, tanto cantando quanto falando. Ela sempre cantava as partes mais graves.

A voz de Lola foi crescendo em um agudo, depois fez uma pausa, como se ela esperasse que sua apresentação fosse seguida de aplausos entusiasmados.

– Uma de minhas favoritas, Ellen, e uma das favoritas de sua mãe e de suas tias também. Como a próxima. Está gostando? Cante comigo, querida.

Quando Lola começou *The Good Ship Lollipop*, Anna olhou para a filha. Ellen dormia profundamente.

De volta à sala de estar, Anna encheu uma taça de vinho e apertou o botão do controle remoto da TV. Fitou a tela com atenção, tentando entender o enredo do filme de suspense. Lutava contra a sensação desoladora dentro de si, que parecia estar chegando mais perto da superfície a cada dia. Uma frase insistia em lhe vir à mente. "Estou sozinha". Sozinha. Mas ela tinha amigos em Sidney, não tinha? Pessoas com quem poderia se encontrar para tomar um café? E não havia amigos comuns, outros casais que vinham jantar ou que eles encontravam em restaurantes ocasionalmente? Não mais. "Todos desapareceram no último ano, como extras em um filme", Anna pensou, "afastando-se silenciosamente e deixando a ação principal se desenrolar". Não podia culpá-los. Quem quereria estar por perto para ver como ela e Glenn se tratavam ultimamente?

O programa na TV foi interrompido pelos comerciais e Anna notou com prazer que era sua voz saindo da boca do telefone celular animado na tela. Fazia dois anos que tinha feito esse, e lá estava ele de volta.

Pousou a taça e esfregou o rosto com as mãos. Quem estava querendo enganar? Ela não queria falar com Glenn ou com qualquer amigo ou colega de Sidney. Queria falar com suas irmãs outra vez. Queria que Carrie a confortasse. Queria que Bett a animasse com algum relato loucamente melodramático de como havia sido o seu dia. Queria contar a elas como tudo tinha ficado horrível com Glenn, especialmente depois do acidente de Ellen, e como a própria Ellen tinha sido maravilhosa na maior parte do tempo.

Podia ligar para sua mãe ou seu pai no hotel, mas nunca se abrira de fato com nenhum dos dois. Sempre era muito difícil acertar o momento.

Ou eles estavam na cozinha preparando a refeição para os hóspedes, ou no bar, ou fazendo a contabilidade, ou qualquer uma das centenas de coisas que ambos sempre pareciam estar fazendo. Podia ligar para Lola, mas, nos últimos tempos, esses telefonemas não andavam mais tendo o efeito calmante que costumavam ter antes. Por um ou dois anos depois da Grande Briga, Lola tinha sido compreensiva, tentando entender o ponto de vista de cada uma, como sempre fizera. Mas a compreensão se transformou em irritação. "Isso é um absurdo. Tenho vergonha de vocês três, levando essa história adiante desse jeito." Ela tentou a abordagem da frieza por um tempo. "Não vou mais falar com nenhuma de vocês enquanto insistirem nessa briga ridícula." Mas, então, Lola também sentiu falta dos telefonemas. "Só porque estou falando com vocês não significa que eu as desculpei." Nos últimos seis meses, porém, houve um silêncio sobre o assunto. Talvez ela tivesse percebido, como Anna também lentamente o fez, que não adiantava mais. Já havia passado tempo demais agora para que a situação mudasse.

Um grito na TV fez Anna dar um pulo. Uma jovem detetive loura estava sendo perseguida por dois homens de terno em uma rua escura, seu rosto, em close, cheio de pavor.

– Ah, cale a boca – disse Anna em voz alta. – Você só está encenando, caramba.

Ela colocou o controle remoto na prateleira sob a mesa de café. Ao fazer isso, notou a correspondência em uma pilha, enfiada dentro do jornal local de distribuição gratuita. Há quanto tempo estaria ali? Pegou a pilha e verificou a data: fazia mais de duas semanas. Quantas vezes já tinha pedido a Glenn para não deixar a correspondência ali? Como chegaram ao ponto de cada um deles fazer deliberadamente as coisas que sabiam que mais incomodavam o outro?

Passou os olhos pelos envelopes. Contas. Propaganda. Uma carta da escola de Ellen pedindo uma contribuição. E um envelope creme de papel grosso. Ela o virou e imediatamente reconheceu a letra. Intrigada, abriu o envelope. Era um convite. Anna leu novamente. Não, não era um convite. Era uma convocação.

Clare Valley, Austrália Meridional

Lola Quinlan desviou os olhos dos vinhedos, visíveis pela janela da sala de refeições do Valley View Hotel, e voltou-se novamente para a mesa, na qual sua neta mais nova, demonstrando mau humor, dobrava guardanapos.

– Eu já lhe contei o que aconteceu no bazar de caridade esta manhã, Carrie? Uma moça, mais ou menos da sua idade, talvez um pouco mais velha, entrou e disse: "Posso experimentar aquele vestido na vitrine?" E eu respondi: "Claro, mas eu preferiria que você usasse o provador".

Carrie não sorriu nem levantou os olhos.

– Você conta isso há anos, Lola.

– Boas piadas nunca morrem. O que o zero disse para o oito? Belo cinto! – Ela olhou para o elegante relógio de ouro em seu pulso fino e se levantou. – Está na hora de *Days of Our Lives*. Nem vou oferecer ajuda, porque você está fazendo um trabalho maravilhoso sozinha. E você sabe como eu acho importante que os jovens completem uma tarefa do início ao fim.

Carrie a ignorou e não levantou os olhos quando sua avó se aproximou.

– Carrie, você está me ignorando?

A jovem permaneceu com a cabeça abaixada.

– Tudo bem, mas não franza a testa desse jeito, querida. É muito ruim para a pele. Se quer ficar emburrada, pelo menos faça isso com um sorriso no rosto. Ou tente aqueles exercícios que eu lhe mostrei, aqueles para firmar o queixo. Olhe, assim. – Lola começou a fazer caretas, levando os lábios para os lados, depois fazendo beicinho e projetando-os para fora, e então para dentro. – Vinte desses por dia e é como uma academia para o rosto. Pelo menos foi o que eu li. Um pouco alarmante para as pessoas que passam em volta, mas esse é o preço que pagamos pela beleza eterna, não é?

Carrie esboçou um sorriso.

– Isso, bem melhor – disse Lola. – E eu sei o que você está pensando, e, sim, eu sou mesmo uma velha enrugada e intrometida e estou muito feliz desse jeito. – Ela se inclinou e deu um beijo no alto da cabeça da neta. Com 1,75 m de altura e uma postura ainda excelente, Lola se elevava acima de Carrie. – Mas você sabe que eu a amo mesmo assim.

– Se você me amasse mesmo, não teria...

– Sim, eu teria. – Lola pegou sua bolsa. – Vai ficar para o jantar hoje? Quinta-feira, noite do escalope.

– Não, eu vou para casa, acho.

– Como vai a reforma?

Carrie e o marido tinham comprado no ano anterior uma velha casa de fazenda a vários quilômetros ao sul do Valley View Hotel.

– Vai indo. Devagar.

Lola a observava.

– E como vai Matthew, Carrie?

Carrie virou-se de novo para os guardanapos.

– Ele está bem, enfiado até os olhos em estrume de carneiro e revistas de veterinária, como sempre. Você sabe como é.

– Vocês estão bem, não é?

– Estamos ótimos.

– Mesmo?

"Lola é como um cão farejador humano", Carrie pensou, ainda sem levantar os olhos. "Faça uma fila de pessoas e ela vai detectar os problemas de cada um instantaneamente. Mas não desta vez", decidiu Carrie. Os dias de fazer confidências à sua avó tinham acabado.

– Mesmo. Na verdade, está tudo um mar de rosas.

– Bobagem. Nenhum casamento é um mar de rosas. Esse pelo menos foi o lado positivo de Edward ter morrido tão jovem. Podemos ter perdido muitos bons momentos, mas perdemos alguns dos momentos ruins e entediantes também. – Lola se surpreendeu, como sempre, com a facilidade com que as mentiras sobre o marido saíam de sua boca. – Mas, me diga, você nunca fica entediada com Matthew, Carrie?

– Você nunca pensa que está ultrapassando os limites com suas perguntas, Lola?

– Ah, claro que sim. Mas as pessoas geralmente ficam tão chocadas que me respondem antes de ter tempo de pensar duas vezes. Sabe o que descobri esta manhã? Que a sra. Kennedy está saindo com o pai do genro dela. Nada como manter as coisas em família. Está se divertindo como nunca, ela me disse.

Carrie sentiu uma combinação de afeto e irritação, sua reação usual ao comportamento de Lola.

– É só por isso que você ainda trabalha naquele bazar de caridade, não é? Não tem nada a ver com ajudar os pobres ou se manter ocupada.

Lola fez um gesto elegante com a mão.

– Se as pessoas resolvem me contar as coisas, não há nada que eu possa fazer. Vejo isso como minha dádiva à sociedade: ajudar as pessoas a se desafogarem de seus problemas.

– Descobrir os podres delas, você quer dizer.

– A propósito, reparei que você mudou de assunto. Não pense que acabou por aqui.

– Não sei do que você está falando.

– Ah, acho que você sabe. Mas preciso ir agora. Vou ligar para sua mãe na cozinha e pedir um chá da tarde. Eu tenho o arranjo perfeito para uma velha senhora, não tenho? Um filho e uma nora com seu próprio hotel e restaurante, e uma neta que é a mais doce do mundo.

Lola deu outro beijo em Carrie e saiu da sala, deixando atrás de si um rastro sutil de perfume caro.

Sozinha novamente na sala de refeições, Carrie trabalhou em silêncio até dobrar o último guardanapo. Suspirando fundo, recostou--se na cadeira. Cem cisnes de papel a rodeavam. Naquela hora, dali a dois dias, o salão seria transformado para uma recepção de casamento, com os cisnes de papel nadando elegantemente para cima e para baixo entre as fileiras de longas mesas. Ela já tinha pendurado os cordões de luzinhas que a noiva havia pedido. Tinha encomendado velas especiais em Adelaide, que deveriam chegar a qualquer momento. O arco nupcial dera mais ou menos uma semana de dor de cabeça. Mas tudo sairia bem. Já tinha feito aquilo uma quantidade suficiente de vezes para ter certeza disso.

Carrie recostou-se na cadeira e mexeu com o dedo em um dos cisnes de papel. Ele tombou, bateu no cisne a seu lado e derrubou-o também. Em poucos momentos, toda a fileira de cisnes havia caído, como dominós. Ela podia ter levantado depressa para segurá-los, mas ficou apenas observando passivamente enquanto a última dúzia deles rolava para o chão ainda por varrer.

Ela não se importava. Naquele momento, estava irritada com tudo aquilo: com seu trabalho, com o hotel, pelas pessoas fazerem tanta sujeira ao comer que precisavam de guardanapos. E estava particularmente irritada por sua avó querer fazer uma festa de aniversário e insistir que Bett e Anna tinham que vir.

– Mas por que, Lola? Por que agora? Isso vai arruinar tudo – Carrie disse naquela manhã, esperando não revelar mais do que queria. – Toda essa tensão.

– Eu lhes dei três anos para resolverem isso e vocês não chegaram nem até a porta. Então agora eu vou assumir o controle. Escrevi para as duas também. Determinei que viessem. E elas virão, eu sei.

Carrie abriu a boca para protestar, mas um dos olhares arrasadores de Lola faiscou sobre ela e a fez se calar.

Enquanto recolhia os cisnes de papel, ignorando o estado de algumas das asas, Carrie repassou a conversa em sua mente. Se ao menos Lola tivesse feito 80 anos alguns meses atrás. Um ano atrás, até. Mas não, tinha que ser agora. E ela tinha que insistir em fazer uma festa, uma festa enorme.

– Você não ficaria feliz com um belo jantar em família, você, eu, mamãe e papai? – Carrie sugeriu esperançosa.

– Claro que não. Posso morrer a qualquer momento e quero sair com muito barulho. E quero que Anna e Bett vejam a explosão. Além disso, há algo importantíssimo que preciso que vocês façam para mim.

– Importante? O que foi? Você não está doente, está?

– Não fique tentando adivinhar, Carrie. Eu disse que quero falar com vocês três sobre isso quando estiverem as três juntas numa mesma sala outra vez.

As três. As três que não se falavam há anos, quanto mais estar na mesma sala. Ou na mesma cidade. Ou até no mesmo país. E de quem era a responsabilidade? Dela. A quem todos culpavam? Ela.

Mas agora tudo tinha mudado, não é? A razão que as levara a não se falar mais durante aquele tempo todo já não existia, o que tornaria a reunião de Lola ainda mais terrível, humilhante e horrorosa do que normalmente já seria.

Carrie descarregou sua raiva no último dos cisnes de papel, amassando-o entre os dedos e sentindo-se imediatamente culpada.

– Desculpe, cisninho – disse em voz alta, alisando o guardanapo e ajeitando o pequeno bico de papel.

Ele agora parecia ter saído de uma máquina de lavar. Carrie o enfiou no bolso. Do jeito que andava a sua sorte, aquele acabaria bem na mesa da noiva, que faria um escândalo. Carrie já havia passado horas suficientes acalmando a moça, para quem tudo era motivo de nervosismo, do número de camarões a serem servidos nos coquetéis às probabilidades matemáticas de que chovesse no dia do casamento.

Mais de uma vez Carrie tivera vontade de ser ríspida com ela. “Está achando que o dia do casamento é estressante? Espere para ver o casamento em si.”

Deu um pulo quando a sineta da recepção tocou uma, duas, três vezes. Naquele momento, estava totalmente sem paciência para hóspedes, especialmente os que tocavam a sineta mais de uma vez. Saiu do salão forçando um sorriso, que sabia estar a apenas alguns dentes de distância de uma careta. Pelo menos, estava exercitando seus músculos faciais. Lola ficaria contente.

– Boa-tarde – disse ao casal que a aguardava, com uma voz forçadamente doce. – Desculpe tê-los feito esperar.

Capítulo 2

Uma semana antes de seu voo para a Austrália, Bett entrou no escritório da gravadora, no centro de Londres, tirou a capa de chuva, sentou-se e começou a bater a cabeça lentamente, ritmadamente, contra a pilha de papéis sobre sua escrivaninha.

– Ótimo esse novo som – comentou Jessica, aproximando-se. – Mas não consigo vê-lo decolando nas baladas.

Bett levantou os olhos, com a cabeça ainda pousada na escrivaninha.

– Você devia ter visto este, Jess, ouvido as coisas que ele disse.

Estendido no sofá do elegante quarto de hotel de Kensington, o jovem cantor pop fixou em Bett Quinlan um olhar azul e sincero e sacudiu a cabeça de modo a fazer um cacho de cabelo loiro passar reluzente sobre a testa.

– Quero crescer com minha música, mas continuar perto de minhas origens. Acima de tudo, quero me manter autêntico.

Bett piscara duas vezes, olhando para ele e tamborilando a caneta nos dentes. Manter-se autêntico? Isso podia ser complicado. Com toda a maquiagem e gel de cabelo que ele estava usando, já era difícil determinar onde aquele garoto terminava e a indústria de cosméticos assumia o controle. Quanto a ficar perto de suas origens, ele mal saíra da adolescência. Um pouco mais perto das origens e estaria em um berço.

Depois de um longo e incômodo silêncio, ele finalmente se moveu no sofá e lançou a ela mais um de seus bem ensaiados olhares azuis.

– E então, a resposta ficou boa?

Resposta? Ela já havia esquecido a pergunta. Sua mente estivera vagueando para a festa de aniversário de Lola. Vamos, Bett, concentre-se. Ela deu em si mesma uma sacudida mental.

– Desculpe, Grover.

– Groover.

– Como?

– Meu nome é Groover e não Grover.

– Groover, desculpe. Sim, a resposta ficou ótima, obrigada. Bem ensaiada. Bem apresentada.

Ela passou os olhos pela lista de possíveis perguntas de entrevista anotadas no caderno à sua frente, lutando contra a vontade de pegar Groover, colocá-lo embaixo do braço e sair correndo. Poderia dizer às pessoas que era seu filho adotivo, seu mordomo. Qualquer coisa para tirá-lo da indústria da música antes que esta o comesse vivo, com o rostinho bonito, a doce voz afinada e tudo.

– Onde está nossa consciência, Jess? – perguntou Bett, encenando um tom de desespero. – Estamos enviando jovens para a morte, sem nenhuma arma além do microfone.

– Bobagem. Nós os estamos enviando para o caminho da fama e da fortuna. Não me diga que está com ataques de pureza em relação à música outra vez. Vocês, crianças cantoras, são todas iguais, sempre sonhando com tempos mais inocentes, em que, para fazer um bom show, bastavam roupas combinando e um pequeno som de fundo.

– Sim, engraçadíssimo. – Jess, desde a noite em seu apartamento, não parara de cutucá-la, mencionando a história das Irmãs Alfabeto ou seu problema com as irmãs. – Você é muito cruel. Achei que tinha prometido me deixar em paz com tudo isso.

Não deveria ter mencionado nada daquilo para ela.

– Não, eu prometi ajudar a prepará-la para a situação. De qualquer modo, não posso deixá-la em paz. Tenho que lhe dar mais uma tarefa. Karl quer que você cuide disso imediatamente.

– Ele se dignou a telefonar?

Desde que seu chefe pusera a empresa na bolsa de valores e tornara-se um milionário instantâneo, não achava mais necessário vir trabalhar todos os dias.

– Bem, uma ligação rápida. Depois mandou um fax. Ele está na Espanha, acho. Ou Portugal. Disse que quer usá-la até os ossos antes de você sair de licença, na sexta-feira. E falou que devia estar louco quando deixou você tirar uma semana de folga para ir à festa de sua avó.

– É, e ele estava mesmo.

Jessica colocou a pasta sobre a escrivaninha a seu lado.

– É esta nova banda de West London que ele contratou. Quer que você rabisque um artigo rápido para as revistas das lojas.

– Mas não posso escrever sobre eles. Ainda não os vi tocar ao vivo.

– Isso é porque eles ainda não tocaram ao vivo. Provavelmente nunca tocarão. Nem sei se eles sabem tocar ao vivo. Dê uma olhada.

Bett pegou as biografias e a foto. Cinco crianças com maquiagem pesada nos olhos a fitavam com cara de maus. Se fossem seus filhos, ela lhes diria para lavar aquela sujeira do rosto e ir fazer o dever de casa.

– Como é o nome da banda?

– Cães do Inferno. Mas Karl os chama de Cachorrinhos de Hammersmith.

"Cinco Alucinados com a Maquiagem da Mamãe seria mais adequado", pensou Bett.

– O que passou pela cabeça de Karl desta vez?

– Ele acha que pode reviver o *punk*. Comprou o catálogo de todas essas velhas bandas e quer lhes dar um empurrão.

Bett olhou para a foto outra vez.

– Então eles são jovens músicos raivosos?

– Ah, muito raivosos – riu Jessica. – Eles são furiosos. Invocadíssimos. Não pararam de bater os pés no chão desde que nós os contratamos.

Bett virou a fita demo nas mãos, depois a chacoalhou, como se isso pudesse lhe dar uma ideia da música. O toca-fitas estava quebrado e o CD player funcionava no momento como suporte para uma prateleira.

– Como é o som deles?

Jessica deu um grito agudo, sacudiu a cabeça fazendo os cabelos voarem à sua volta e cantou em uma voz gutural.

– "Corvos no céu, matem a besta, a anarquia asfixia", esse tipo de coisa. Fora que, na primeira demo, eles cantaram "asfichia". Não é uma belezinha? Eles nem saber ler.

Bett fingiu chorar enquanto abria um novo documento na tela de seu computador. Conforme escrevia, ia falando em voz alta as palavras em tom monocórdico, silenciosamente dizendo adeus a qualquer último resíduo de credibilidade jornalística.

Eles são jovens, são raivosos e estão aqui. Os Cães do Inferno, a mais nova sensação musical de Londres, já chegaram detonando...

Ela parou, com dificuldade para se concentrar. Mais precisamente com dificuldade para se importar com aqueles pirralhos de cara emburrada que ela sabia que haviam sido escolhidos pela aparência e não por qualquer talento musical. Olhou pela janela, subitamente triste. Trabalhava na assessoria de imprensa daquela gravadora pequena, mas muito bem-sucedida, há dois anos e meio, escrevendo comunicados de imprensa e textos promocionais para revistas de lojas de discos, além de treinar os artistas em técnicas para entrevistas. No início, era o emprego dos sonhos, uma combinação de seu amor pela música e por escrever. Nos últimos tempos, porém, aquilo começava a cansá-la. Sentia-se assim também em relação a Londres, embora tivesse amado a cidade quando chegou. Pequenas coisas pareciam incomodá-la.

Na noite anterior, ficou trabalhando até mais tarde, instruindo um novo cantor de *rap* sobre técnicas para entrevistas de rádio. Passava das 21 horas quando saiu do estúdio, pegou o metrô para casa e iniciou a caminhada de quinze minutos da estação até seu apartamento de subsolo, um dos oito que compunham as casas geminadas de três andares, com fachada de tijolos vermelhos, no bairro de Camden Town. Quando finalmente avistou a rua em que morava, sentia-se cansada, com fome e com frio. Estava a cinco passos da porta quando se lembrou de ter tirado as chaves da bolsa ao procurar sua agenda naquela tarde. Estava a quatro passos quando se lembrou de tê-las visto sobre a escrivaninha e de pensar "não vá esquecer". E a dois passos quando se deu conta de que as havia deixado no trabalho.

– Já pode entrar, minha linda.

O chaveiro levou menos de dez segundos para abrir a porta. Mas demorou quase duas horas para chegar. Bett estava congelando.

– Obrigada – agradeceu por entre os lábios gelados, enquanto lhe entregava quase 50 libras. Era fácil ver por que ele estava tão alegre.

– Agora, minha linda, longe de querer tirar trabalho de mim mesmo, mas já pensou em deixar uma chave extra com um parente ou amigo? Para o caso de isso acontecer de novo?

Ela agradeceu com a cabeça e sorriu gentilmente. Ficou pensando exatamente nisso enquanto o esperava, até constatar, com uma sensação dolorosa, que não tinha nenhum parente ali e nenhum amigo por perto. Jessica morava do outro lado de Londres. Havia várias outras pessoas, jornalistas e um responsável pela contratação dos shows em um animado pub com música ao vivo, com quem ela se encontrava ocasionalmente para um drinque, mas não podia chamá-los de amigos próximos. E também não poderia deixar sua chave com nenhum deles.

Ela piscou e arrastou a atenção de volta para o computador à sua frente, tentando concentrar-se novamente. "Anime-se, Bett", disse a si mesma com firmeza. Olhou em volta no escritório, registrando todos os pôsteres de bandas, as pilhas de CDs, os arquivos lotados de recortes de matérias jornalísticas. Tudo era bom, não era? Ela estava vivendo no epicentro da indústria da música, tinha um ótimo emprego, nunca fora tão feliz. E não era só isso: estava prestes a voar de volta para a Austrália e passar uma semana com Lola e seus pais. Sim, claro, Anna, Glenn, Carrie e Matthew estariam lá e, sim, seria estranho e incômodo, mas ela era uma mulher crescida e saberia lidar com isso. E também seria ótimo ver sua sobrinha Ellen outra vez, não é? Isso. Exatamente. Ela fechou os olhos com força, depois tornou a abri-los, fitou intensamente o computador e recomeçou a digitar.

O vocalista, Mutt Adaga, diz que está na hora de música real tomar o lugar das bandas fabricadas. "Chega dessa porcaria açucarada. As pessoas querem verdade e energia em sua música e é isso que lhes daremos. Somos nós contando nossas histórias com nossa música. E a diferença é que estamos contando da maneira como elas são."

Bett pressionou a tecla para salvar o texto, depois olhou para o envelope com as passagens aéreas ao lado de sua xícara de café. Passara o horário de almoço com a agente de viagens, conferindo todos os detalhes dos voos, pagando as últimas prestações. Foi só depois que percebeu que, durante toda a conversa, tinha um pedaço de espinafre de sua salada de almoço grudado no dente da frente, cobrindo-o tão completamente que parecia que ela tinha um dente faltando, no puro estilo bruxa. No caminho de volta para o escritório, sentiu uma vontade incontrolável de telefonar para Anna, contar-lhe sobre isso e ouvir suas risadas. Só que esses telefonemas para suas irmãs não existiam mais, não é? Ligações sobre dias desastrosos ou noites alucinadas, dificuldades no trabalho, ou vida amorosa, ou amigos, ou receitas, ou ressacas, ou... nada.

O grupo combina energia juvenil com pura adrenalina, produzindo um som cru, árido, marcado por guitarras nervosas e pelas batidas do baixo.

"Não fazem nada disso", pensou. Digitava rapidamente.

O grupo faz o que lhe ordena um homem de meia-idade que quer viver suas próprias fantasias musicais e ganhar muito dinheiro com garotos criados à base de reality shows na TV.

Começou a emitir um som longo e satisfeito do fundo da garganta.

Jessica espiou por cima da tela de seu próprio computador.

– Bett, está tudo bem?

Ela interrompeu o som para fazer um gesto afirmativo com a cabeça, depois o recomeçou enquanto continuava escrevendo.

O baterista da banda, Raven Sombra da Morte, é um garoto espinhento e sacudidor de cabeça que se autodescreve como anarquista e parece ainda usar fraldas.

Bett apagou e tentou de novo.

O primeiro álbum da banda é uma façanha notável de pavorosos guinchos de guitarra combinados a letras sem sentido sobre rebelião, quando o máximo que qualquer um dos garotos mimados dessa banda fabricada teria para se rebelar é...

"Pare, Bett." Ela apagou outra vez.

Os Cães do Inferno são uma força a ser reconhecida, combinando juventude, ira e cortes de cabelo ruins...

Bett parou de escrever. Um pensamento novo e assustador tinha-lhe surgido em letras grandes na mente.

Não queria mais fazer aquilo. Não tinha a ver com música, tinha a ver com negócio. Karl lhe dissera isso claramente um mês antes, em uma de suas visitas-relâmpago ao escritório. "É só um jeito de ganhar dinheiro, Bett. Pare de falar disso com tanta seriedade. Cantores pop, música descartável, lembra?"

Ela olhou para a chuva pela janela, o céu escuro às 4 da tarde. Pensou em seu apartamento. Pequeno e frio, tão aconchegante quanto um abrigo de ponto de ônibus. Pensou no Natal anterior. Havia passado as festas com Jessica, na casa da família dela em Suffolk, e mantido a voz animada e alegre enquanto falava ao telefone com os pais e Lola na Austrália. Por dentro, sentia-se horrível.

Lembrou-se da agente de viagens com quem falara naquele dia.

– É uma viagem tão longa para apenas sete dias. Você mal terá se recuperado e já estará no caminho de volta. Tem certeza de que não pode ficar mais?

Suas palavras para Lola no dia em que recebera o fax vieram-lhe de repente à lembrança. O que dissera? Que não podia voltar para a Austrália porque tinha uma vida ali em Londres? O que tinha ali não era uma vida. Pelo menos não o tipo de vida que ela queria.

As palavras em sua mente piscavam agora em neon. Havia sombras e dúvidas sob elas – como iria ganhar a vida e onde iria morar, sem mencionar a situação com as irmãs – mas ela afastou esse pensamento. Olhou para Jessica, surpresa com o que estava prestes a dizer, e ainda mais surpresa com a certeza que sentia. "Faça isso, Bett", pensou. "Rápido. Antes que mude de ideia."

– Jessica, pode me dar o número do celular de Karl?

A amiga observou Bett por cima da tela do computador.

– Você vai telefonar para ele? Isso é flertar com a morte. Por que iria querer fazer isso?

"Faça, Bett. Seja corajosa. Volte para casa." Bett engoliu em seco.

– Acho que vou pedir demissão.

Em Sidney, Anna Quinlan estava terminando de fazer as malas. Levantou os olhos quando a filha entrou segurando uma fotografia emoldurada.

– Levo isto, mamãe?

Anna pegou a foto. Eram elas duas, doze meses antes, ambas sorrindo para a câmera, o rosto perfeito de 6 anos de Ellen voltado para cima.

– Por que você quer levar, Ellie?

– Para poder mostrar para a Superbisa como eu era. Caso ela tenha esquecido. E caso ela decida que não gosta de mim assim.

– Ellie, Lola não precisa ver isso. Ela ama você de qualquer maneira.

A voz de Ellen ficou baixinha.

– E se ela me chamar de nomes feios? Como todo mundo faz?

– Ela não vai fazer isso, Ellie. Nem pense nisso.

Anna tentou manter a voz firme. Como devia lidar com aquilo? Pedir que Ellen esperasse um pouco enquanto ela corria e consultava os livros de autoajuda? Vivia acontecendo. Quando Anna achava que tudo ia bem, de repente, do nada, vinha uma pergunta como aquela. Ou a voz alta de uma criança no supermercado, como na véspera.

– Mamãe, o que tem no rosto daquela menina?

– Shh, não fique olhando.

Anna pelo menos já tinha experiência com a situação e sabia a melhor coisa a fazer. Ela respondeu calmamente à criança.

– É uma cicatriz. Minha filha foi atacada por um cachorro no ano passado.

Quase se sentia tentada a carregar um álbum de fotos consigo. "Está vendo?", diria em situações como aquela, "Ela era perfeita quando nasceu. Mas então eu, tolamente, levei-a ao parque uma tarde e alguém tinha um rottweiler solto. O cachorro pensou que minha filha fosse um brinquedo. Quando eu consegui arrancá-la dele, seus dentes lhe haviam rasgado metade do rosto."

Anna acariciou os cabelos da filha.

– Ellie, seu pai, eu, sua Superbisa, sua avó e seu avô a amamos, independentemente de como seja a sua aparência.

– Minhas tias também?

A voz de Anna não se alterou.

– Suas tias também. Todos nós, qualquer que seja a sua aparência, o que quer que você esteja vestindo, por mais despenteado que esteja o seu cabelo e por pior que esteja o seu cheiro, está bem?

Isso trouxe um vestígio de sorriso ao rosto da menina.

– Mesmo que eu esteja cheirando muito mal e não penteie o cabelo há um ano?

– Mesmo que seja há dois anos. Agora, guarde isso e vamos terminar de arrumar as malas.

Ellen pôs as mãos nos quadris.

– Eu já terminei. Podemos conferir nossa lista?

Conferir nossa lista? Anna ouvia muitas das próprias frases saírem da boca de Ellen recentemente. Disfarçou um sorriso, não querendo que Ellen pensasse que estava rindo dela. Algumas noites antes, Anna ligou para casa e Ellen atendeu o telefone antes da babá. "Pois não?", Ellen disse. Elas conversaram por alguns minutos antes de Ellen perguntar, com toda seriedade: "E você ligou por algum motivo especial?" Havia algo nesses pronunciamentos e naquela pequena voz e rosto solenes, que sempre tocava diretamente o coração de Anna. Quase já nem notava a cicatriz da filha. Estava consciente dela – como poderia não estar? – mas isso não mudava a essência de Ellen. O corpo era... o que ele era? Seu revestimento. A embalagem. Todo o resto estava normal.

Exceto por Glenn não conseguir ver desse jeito. Aos olhos dele, tudo mudou para sempre, e a culpa era de Anna.

– Eu não sou o primeiro homem a me sentir assim, Anna. Isso acontece a muitos casamentos depois de um trauma com um filho como esse que tivemos. Li a respeito na internet.

A voz dela ficou gelada.

– Você esteve pesquisando razões para justificar ter um caso? Para estar nos abandonando?

– Não estou abandonando vocês.

– Vamos procurar na internet outras maneiras de expressar isso, então? Escrever "egoísta" e "imaturo" em uma ferramenta de busca e ver o que aparece?

– Anna, você não está facilitando.

Ela perdeu a calma, a ponto de mal saber o que estava dizendo.

– Glenn, eu não quero facilitar. Eu quero tornar tão horrivelmente difícil para você quanto puder.

Ellen os ouviu brigando, Anna sabia disso. Ellen também sabia que Anna e Glenn estavam dormindo em quartos separados. E que seu pai não estava em casa todas as noites. Anna queria dizer a Ellen que não era culpa dela. "Ele ainda a ama, Ellie, eu sei que sim", ela pensava. "Sou eu quem ele não ama mais. É a mim que ele culpa".

Talvez as coisas tivessem sido diferentes se eles estivessem em uma relação sólida antes de Ellen ter sido atacada. Mas as fundações já vinham se desgastando há anos, com fendas e rachaduras surgindo lentamente. Brigas porque o trabalho dele tomava tempo demais. Comentários sarcásticos porque a grande carreira de atriz dela terminara em cabines de gravação de som. Até mesmo piadinhas com sua aparência. Anna engordara alguns quilos um ou dois anos depois do casamento, nada muito sério, ou pelo menos era o que ela achava. Foi bom parar o infindável controle de peso e a contagem de calorias que faziam parte da carreira de atriz. Até Glenn trazer para casa folhetos de academias e fazer comentários contundentes sobre pessoas que se tornam desleixadas com a aparência.

– Eu? – disse ela, bem-humorada a princípio. – Glenn, você está brincando? Todas as minhas roupas ainda servem, não é? E são tamanho 40, a propósito. Achei que você gostaria de me ver um pouco mais curvilínea.

Ele não sorriu.

– Eu só quero que você esteja em sua melhor forma.

E essa frase tinha sido a chave, ela descobriu. Ele a amava, ele a queria quando ela estava em sua melhor forma. Mas não quando seu trabalho de dublagem aumentava e as viagens entre os trabalhos se alongavam, deixando-a cansada demais para malhar, usar maquiagem e preocupar-se constantemente em manter a pele e o cabelo perfeitos.

– Glenn, eu sou um ser humano, não um manequim. Quer parar de implicar comigo o tempo todo?

A chegada de Ellen aliviou as coisas em certo nível. Glenn voltou a atenção para a criança, enchendo a filha de presentes e de amor, ao mesmo tempo que tirava essas mesmas coisas de Anna. As brigas ficaram menos regulares, o humor mudou de tensão para indiferença. Eles falavam de Ellen, por intermédio de Ellen, por causa de Ellen. Ele se interessou apenas marginalmente em ouvir sobre a briga que teve com as irmãs. Nunca conheceu Matthew e nunca se deu bem com Bett ou Carrie. Sua atenção se deslocou para o trabalho, enquanto ela mantinha os dias ocupados com Ellen e os trabalhos de dublagem. Algumas noites ele vinha para casa a tempo de pôr Ellen na cama, jantar com ela, mas, com frequência, tornava a sair depois. Estavam vivendo vidas separadas sob o mesmo teto, usando táticas de guerrilha em vez de fazer guerra aberta.

Até que o dia no parque mudou as coisas para pior. Os longos dias no hospital eram seguidos de noites de tensão em casa.

– Como você deixou isso acontecer?

– Eu estava ao telefone. Não vi o cachorro vindo.

– Deveria ter visto.

– Não é minha culpa, Glenn. Você acha que eu queria que isso tivesse acontecido? Que eu não mudaria tudo, cada momento de minha vida, se pudesse fazer com que isso não tivesse acontecido com ela?

A culpa se infiltrava em cada uma das conversas deles.

Glenn afastou-se mais ainda dela, para seu trabalho – e para Julie. Anna tinha certeza do momento em que ocorrera. As noites de trabalho até mais tarde com sua assistente pessoal só começaram depois que Ellen foi atacada, como também os fins de semana em supostas conferências ou viagens de negócios. Ela até descobriu débitos no cartão de crédito referentes a flores que não recebeu e a jantares de que não participou. Acompanhou cada etapa melosa da história...

– Mamãe? E a lista?

Anna voltou a atenção para Ellen.

– Vamos lá. Livros?

Ellen acenou a cabeça afirmativamente.

– Roupas? Bichinhos de pelúcia? Quebra-cabeças?

Mais acenos afirmativos.

– Parece tudo certo. Tem o suficiente para duas semanas?

Outro solene aceno afirmativo.

– Eu vou poder ajudar na cozinha do hotel outra vez? E na limpeza dos quartos?

Ela e Ellen tinham estado no hotel duas vezes nos últimos três anos, programando com cuidado suas visitas de duas semanas para quando Carrie e Matthew estivessem fora, em férias. Ellen adorou cada minuto, andava atrás de Lola a maior parte do tempo.

– Claro que sim. Aposto que sua avó vai adorar a ajuda.

– Eu gosto muito de lá.

– É mesmo? Por quê?

Anna esperava que ela fosse dizer algo sobre estar no campo, estar com os avós e com Lola outra vez.

– É cheio de paz lá.

– Cheio de paz?

Ellen agitou-se um pouco e respondeu sem olhar para ela.

– Lá ninguém fica implicando comigo.

Anna segurou a respiração. Uma menina de 7 anos não deveria estar à procura de paz. Não deveria estar ansiosa para ficar na casa dos avós porque ninguém implicaria com ela. Mas era verdade, Anna sabia disso. A vida em Sidney tinha sido difícil para Ellen desde o ataque. O comentário da véspera, no supermercado, não foi o primeiro. Seus amigos na escola mudaram o comportamento com ela também, numa idade em que as aparências já importavam. Ela se agachou e acariciou os cabelos da filha, olhando direto em seus olhos.

– Tem sido tão ruim assim?

Houve uma pequena pausa, o mais sutil dos assentimentos com a cabeça e, então, Ellen começou a chorar em silêncio. Anna a tomou em seus braços e a segurou com força, sentindo o corpo da filha tremer.

– Ellie, tudo bem, está bem, está tudo bem – disse, repetidamente.

As lágrimas de Ellen não paravam. Enquanto Anna a embalava para frente e para trás, consolando-a e beijando-lhe a cabeça, outra parte de sua mente acessou o modo de tomada de decisão.

Poderiam continuar lá depois da festa de aniversário de Lola? Por mais um ou dois meses? Ou mais, talvez? Desde o ataque, Ellen ficou com medo de tudo, molhava a cama ocasionalmente, nervosa com a escola, com pessoas novas. Mas talvez não se sentisse assim no hotel, com toda a família em volta. Havia boas escolas no vale atualmente. Talvez até ela mesma pudesse ensinar Ellen... Claro que seu trabalho seria um problema. Duvidava que houvesse muita demanda por dubladores em Clare Valley. Mas talvez pudesse reorganizar sua agenda, voar para Sidney um ou dois dias por semana. Ou parar de trabalhar de vez por algum tempo e viver do dinheiro que Glenn, regularmente, por sentimento de culpa, vinha depositando em sua conta bancária. Quanto a lidar com a situação de ver Carrie e Matthew todos os dias, bem, ela enfrentaria isso quando surgisse a necessidade.

Os soluços de Ellen haviam se tornado agora suspiros ofegantes. Anna beijou o alto da cabeça da filha outra vez e a segurou no forte abraço por mais um momento, acalentando-a.

– Está tudo bem, meu amor. Tudo ficará bem.

A voz da menina contra o ombro da mãe soou abafada.

– É que às vezes eu fico com medo aqui.

Era tudo de que Anna precisava. Ela se levantou, erguendo Ellen sobre um dos lados do quadril como se fosse um bebê.

– Tive uma boa ideia, então. – Segurando-a firmemente com um dos braços, ela abriu o guarda-roupa com a outra mão e puxou uma mala maior. – Ellie, encha esta também. Talvez fiquemos fora um pouco mais que duas semanas.

No banheiro feminino do Valley View Hotel, Carrie Quinlan olhava para seu reflexo nos espelhos de corpo inteiro.

Ela pigarreou.

– Bett e Anna, há algo que vocês precisam saber antes de chegarem aqui. Matthew e eu nos separamos. Não importam as razões. Sim, acho que é definitivo.

Não, muito com cara de estar se desculpando. E talvez fosse melhor se desse a notícia a cada uma delas separadamente.

– Anna, quero lhe dizer uma coisa importante. Matthew e eu decidimos nos separar.

Nada mal. Mas para Anna seria mais fácil contar. Carrie respirou fundo.

– Bett, não quero que fique se vangloriando, mas tenho algo para lhe contar.

Por um segundo, foi como se as duas irmãs estivessem de pé à sua frente. Imaginou a reação delas à notícia e começou a se irritar. Olhou com fúria para seu próprio reflexo e falou com voz firme.

– Sim, eu acho que é definitivo. E, não, isso não prova que vocês estavam certas e não significa que eu não devia ter me casado com ele. Simplesmente aconteceu.

Ela foi interrompida por uma batida à porta.

– Carrie?

Carrie enrubesceu. Há quanto tempo sua mãe estaria lá fora? Ficou imóvel e não respondeu. Havia trancado a porta e colocado na maçaneta a placa amarela com o aviso: *Desculpe, fechado temporariamente para limpeza!* Obviamente, não tinha adiantado.

Outra batida seca.

– Carrie, por acaso ouvi você falando sozinha aí dentro? Pode sair e me dar uma mãozinha para puxar essas mesas? Temos um grupo de pessoas da Landcare esta noite.

Landcare, grande coisa. Para eles estaria tudo ótimo, conversando até criar calo na língua sobre níveis e salinidade de solos. Se os níveis de pH fossem tudo com que ela tivesse que se preocupar, em vez de um casamento rompido, a chegada iminente de suas irmãs, a ridícula festa de aniversário de Lola...

– Carrie? – A maçaneta da porta mexeu. – Está tudo bem?

Ah, sim, perfeitamente bem. Não poderia estar melhor. Uma última olhada irritada para o espelho, uma ajeitada no cabelo e ela abriu a porta.

– Desculpe, mamãe. Estou indo.

Ela saiu bem quando sua mãe acabava de espanar o pó da grande bananeira perto da porta da frente. Tão miúda quanto Carrie, Geraldine Quinlan estava vestida com sua usual saia bem-cortada, camisa perfeita e sapatos corretos. Seu cabelo era tão sério quanto todo o resto dela: curto, escuro, arrumado.

Ela lançou um olhar inquiridor para a filha.

– Está tudo bem?

– Tudo bem, mamãe.

– Tem certeza? – Houve uma pequena pausa. – Você não está enjoada, está? Com náuseas, ou algo assim...

– Não, não é isso. – respondeu Carrie, enrubescendo.

Meses atrás, antes da grande briga final com Matthew, sua mãe a pegara lendo revistas sobre gravidez na recepção. Não disseram nada, mas trocaram sorrisos rápidos.

Geraldine lhe deu um sorriso similar agora.

– Que pena.

– É. – Carrie tentou parecer animada. Se ao menos sua mãe soubesse como a possibilidade era inexistente naqueles dias. Ela deu uma risada falsa. – Não, a única coisa que me deixa com náuseas ultimamente é a ideia da festa de aniversário de Lola.

– Não é só você. – Geraldine apertou os lábios. – Seria bom se ela nos avisasse antes de enviar todos aqueles convites. Tentei explicar a ela que eventos como esse precisam de organização adequada, que nem você, nem Jim, nem eu podemos deixar todo o resto de lado. Mas, claro, foi como falar com uma parede.

– Imagino.

Para Carrie, na verdade, o que a deixava nauseada era a ideia da vinda de Anna e Bett, não a festa em si. Mas Geraldine nunca teve tempo para esses tipos de conversa. Foi muito firme sobre o assunto desde o início.

"Vocês são adultas e cabe a vocês três resolverem essa questão quando chegar o momento certo." A opinião de Matthew sobre sua mãe lhe veio à mente. "Esse é o jeito dela, Carrie. De qualquer modo, você sabe que odiaria se ela fosse uma mãe do tipo intrometida e preocupada."

Sintonizou-se no presente novamente, tentando parecer interessada enquanto Geraldine descrevia o mais recente episódio de sua guerra silenciosa com Lola. Parece que tinha surpreendido Lola usando o computador do escritório para imprimir alguma espécie de folheto.

– Já pedi que não faça isso, mas ela simplesmente me ignora. Usa papel como se não fosse nada e nem pensa em encomendar mais para substituir. Tive que imprimir os cardápios da semana passada em papel colorido porque ela havia usado todo o papel branco para um novo lote de convites de aniversário ou qualquer outra coisa assim.

– Ela testaria a paciência de um santo – Carrie concordou, repetindo inconscientemente um dos ditos irlandeses da própria Lola. A dificuldade era que Carrie conseguia ver os dois lados. Lola conseguia de fato ser a mulher mais irritante, incômoda e intrometida do planeta, e Geraldine, por sua vez, era às vezes a mulher mais inflexível, bitolada e sem senso de humor da Austrália, como Lola expressara certa vez tão sucintamente. Carrie forçou outro riso falso. – Mas também não é todo dia que ela faz 80 anos.

– Não, graças a Deus. – Geraldine olhou para o relógio de pulso, uma peça funcional comprada exclusivamente para verificar as horas, e não para fins decorativos. – Então, pode vir me ajudar a mover essas mesas? Seu pai ainda não voltou do atacadista ou eu teria pedido a ele. Também quero conferir com você a lista do pessoal temporário. E gostaria de uma ajuda sua com o novo programa de computador, se não se importar. Ainda não consegui me entender com ele.

– Claro.

Era bom assim. De volta aos assuntos de trabalho, não às precárias regiões escarpadas das emoções e dos sentimentos. Carrie sentia-se muito melhor enquanto seguia a mãe para o salão de festas.

Capítulo 3

NO PÁTIO de serviço do Valley View Hotel, uma semana mais tarde, Len, o açougueiro local, bateu a porta de sua van de entregas. Baixo, troncudo, a cabeça careca rosada, ele com frequência brincava que não era muito diferente das saborosas salsichas caseiras que vendia.

– Tudo pronto para a festança da sra. Quinlan esta noite, Jim? Tem certeza de que não me quer como DJ outra vez? – Ele começou a falar com um sotaque americano ruim. – "Vocês estão ouvindo a Discoteca Móvel do Len, tocando as músicas mais quentes da temporada para jovens e velhos".

Jim Quinlan lembrava-se da última vez em que Len fora DJ em um evento no hotel. Ele teve que devolver metade da taxa de aluguel do salão quando a jovem de 21 anos e seus pais reclamaram. Len não se deu por vencido. *Islands in the Stream* era um clássico, uma linda música, ele insistia. Mas não sete vezes na mesma noite.

– Desta vez, não, Len, muito obrigado. Venha apenas como nosso convidado e divirta-se.

– Parece que vai ser uma festa e tanto, não é? As duas meninas mais velhas virão mesmo?

– Sim. – Jim se perguntou, não pela primeira vez, se as atividades cotidianas de sua família já estariam sendo transmitidas diretamente para os aparelhos de televisão de todo o vale. Moravam lá há quinze anos e ele ainda se surpreendia com o modo como as notícias corriam. Olhou propositalmente para o relógio. – E devem chegar a qualquer momento. Se você puder me dar a fatura...

Len deu uma risada rouca.

– As Irmãs Alfabeto juntas outra vez. O que eu não daria para ser uma mosca na parede no primeiro encontro delas.

Jim manteve a expressão neutra. Parecia que toda a população da cidade estava desejando ser uma mosca na parede nessa reunião das três irmãs. Um jato de pesticida superpotente e uma boa porcentagem deles estaria no chão, balançando as perninhas para cima. Esse era um pensamento reconfortante.

– Bom saber que minha família proporciona tanta diversão, Len. Eu imaginava que você tivesse outras coisas com que se ocupar.

Len não se abalou.

– Meninas são sempre meninas, não é, Jim? Sei que as minhas duas podem estar arrancando os olhos uma da outra em um momento e rindo juntas ao lado de uma garrafa de vinho no momento seguinte. Quando tivemos duas meninas, eu não achei muito bom, não me importo de lhe dizer isso. Queria meninos, filhos, para jogarem futebol comigo. Agora, eu adoro. E os dramas! A gente nem precisa ver novelas tendo-as por perto.

Jim conhecia bem as filhas de Len. Tão fofoqueiras quanto o pai, o que não sabiam sobre as pessoas elas inventavam. Bem, que inventem o que quiserem sobre Anna, Bett e Carrie. A fofoca logo perderia a graça quando acontecesse mais algum fato na cidade que atraísse a atenção de todos. Ele chegou a admitir para Geraldine que estava contente com o que Lola tinha feito, essa ideia de reunir as meninas assim. Ambos tinham sentido uma pontada de culpa por não terem eles próprios pensado na ideia. Mas que tempo tinham para resolver essas coisas? E nenhum dos dois jamais quis ser um pai ou mãe intrometido.

O telefone tocou e a campainha ecoou pelo pátio. Jim sabia que Geraldine estava na recepção e atenderia, mas Len não. Jim se inclinou e pegou ele mesmo a fatura da mão do açougueiro.

– Preciso correr, Len. Vejo você à noite. Obrigado pela carne.

Geraldine piscou para o marido quando ele entrou pela porta da frente, virando os olhos. Len os exasperava, mas sua carne era de primeira e ele fazia entregas. Segurando o telefone no ouvido com uma das mãos, com a outra ela pegou a fatura que Jim lhe estendia, disse-lhe um obrigado apenas movendo os lábios e continuou falando, enquanto arquivava cuidadosamente o papel na pasta "Contas a pagar" à esquerda do computador. Ouviu no bar o som de Jim levantando o engradado de garrafas vazias, pronto para uma viagem ao depósito de reciclagem.

Concentrou-se em manter o tom amistoso e simpático da voz.

– Não há problema nenhum, sr. Lawrence. E ainda está satisfeito com aquele quarto? Ótimo. Muito obrigada.

"Esse Richard Lawrence do quarto dois está se revelando o hóspede perfeito", ela pensou, enquanto desligava. "Estendeu sua estada semana a semana, sempre reservado e educado. E aquele charmoso sotaque inglês". Geraldine estava um pouco curiosa sobre o que ele fazia. Talvez escrevesse, imaginou, depois de ver o computador e as pilhas de papel espalhadas pelo quarto quando levava o café da manhã ou fazia a limpeza, mas nem sonharia em perguntar detalhes. Ao contrário de outras pessoas naquele hotel...

Fez uma anotação no registro de reservas e então, usando dois dedos, digitou atentamente a mesma informação no computador sobre o balcão a seu lado. Carrie foi muito convincente, insistindo que a máquina seria mesmo eficiente e que Geraldine, claro, se acostumaria logo. Um dia, talvez. Ela pressionou hesitante o comando salvar e soltou um suspiro satisfeito, no mesmo instante em que um furgão azul estacionava lá fora.

Um homem de cabelo escuro e trajes informais saltou do assento do motorista, pegou no bagageiro uma pilha de jornais, subiu os degraus de dois em dois e entrou.

– Sra. Quinlan? Seus exemplares do *Valley Times*, recém-saídos do prelo. Posso deixá-los aqui?

– Sim, obrigada. – Ele não era o homem que costumava entregar os jornais, mas parecia vagamente familiar. A verdade é que metade da cidade lhe parecia familiar, depois de estar morando naquele mesmo lugar há tanto tempo. – Onde está Pat?

– Ele teve um pequeno acidente ontem à noite.

– Ah, não! Outra vez? Ele está bem?

– Nada que duas semanas em uma clínica de desintoxicação não consertem.

– Ele caiu do furgão novamente?

– Parece mais é que ele deu um grande e voluntário salto para fora.

– De quem estão falando?

Ambos se voltaram. Lola havia entrado pela porta atrás deles.

– Pat, do jornal – explicou Geraldine. – O homem que normalmente faz as entregas.

Lola fez um sinal afirmativo com a cabeça, dando uma boa examinada no recém-chegado. Tinha o cabelo um pouco longo, mas ela gostou das linhas de expressão, que revelavam risos repetidos, em torno dos olhos dele.

– Você, sem dúvida, é bem mais bonito que o pobre Pat. Ficou no lugar dele definitivamente? Podemos esperar vê-lo aqui toda semana?

O rapaz riu.

– Não, estou dobrando meu trabalho. Geralmente faço as fotografias, mas hoje tivemos que dividir as entregas dele.

Ela o fitou apertando os olhos.

– Eu conheço você, não conheço?

– Eu também acho que conheço a senhora. Do bazar de caridade. Lola, não é?

– Mas que atrevidinho, não? É sra. Quinlan para você.

Um leve sorriso novamente e uma olhada para as duas mulheres.

– É que há duas sras. Quinlan aqui. Eu não queria me confundir.

Lola bateu palmas.

– Excelente. Um homem com algum espírito. Você é casado?

Geraldine interrompeu, com exasperação na voz.

– Lola, quer deixar o pobre homem em paz? E vocês dois me desculpem, mas preciso dar uns telefonemas antes que as meninas cheguem.

Não só dar uns telefonemas, mas também reorganizar a câmara frigorífica e dar instruções ao cozinheiro reserva sobre os preparativos para o jantar. Às vezes, Geraldine se perguntava se Lola havia esquecido deliberadamente quanto trabalho envolvia dirigir um hotel, sem falar em organizar festas de aniversário de um momento para outro...

– Claro, querida. – Lola não se moveu e ficou olhando para o homem por um longo momento, com os olhos apertados. – Já lembrei. É Daniel Hilder, não é?

– A senhora tem ótima memória.

Ela pestanejou com exagero.

– Nunca me esqueço de um rosto bonito. E lembro que você tirou aquelas fotos quando reabrimos o bazar de caridade alguns anos atrás. Você se lembra de nós, velhas senhoras, todas arrumadas? Foi como uma sessão de fotos de moda em Paris, não foi?

Daniel torceu os lábios segurando o riso.

– É, mais ou menos.

– Lola, por favor?

Geraldine estava parada com o telefone na mão e uma expressão aflita.

– Já estamos saindo, não é, Daniel? – Lola pegou o rapaz pelo braço e o levou para fora. – O que está fazendo aqui na cidade outra vez? Tenho certeza de que alguém me disse que você tinha se mudado.

Quem havia lhe contado? Sua memória andava tão lenta ultimamente que ela se surpreendia de as pessoas não ouvirem rangidos soando dentro de seu cérebro.

– Estive em Melbourne nos últimos anos, mas voltei há seis meses. Minha mãe ainda mora aqui.

– Você estava em Melbourne? – Lola então lembrou exatamente quem ele era e por que sabia seu nome. Seu sorriso alargou-se ainda mais. – Você é um bom rapaz por ter vindo ver sua mãe, e é muito bem-vindo aqui. Mas, me diga, seria um bom rapaz para mim também? Preciso de uma ajudinha com algo em meu quarto. Suas entregas de jornal com certeza podem esperar um momento, não?

Daniel achou graça.

– Claro que podem. Vamos lá.

Geraldine observou, sacudindo a cabeça, enquanto a sogra atravessava o pátio de entrada com o homem, falando sem parar. Provavelmente haveria um quadro no quarto de Lola que ela, supostamente, não conseguia alcançar para endireitar, ou um jato do chuveiro que estava indo para o lado errado, ou alguma outra tarefa imaginária que lhe daria a oportunidade de encher de perguntas sua pobre vítima.

"Deus o ajude", Geraldine pensou, enquanto pegava o telefone.

– Está ali, está ali! – gritou Ellen.

Anna deu uma olhada para a filha, que pulou do banco do carro e, de tanto entusiasmo, quase bateu no painel.

– Onde, Ellie? Não estou vendo nada.

– Ali, no alto da colina!

Anna parou no acostamento o carro alugado e olhou pela janela oposta. Viu os vinhedos e os eucaliptos, as fundações de uma casa e duas vans de uma empresa de construção paradas ao lado, com as palavras *Clare Valley Builders* escritas na lateral em letras grandes.

– Não vejo nada. Tem certeza?

Ellen estava rindo agora.

– Mamãe, você está olhando para o lado errado!

Anna olhou para os pés.

– Não, nada aqui. – Depois olhou para cima. – Não, nada aqui também. Ellie, sua vista deve estar muito melhor do que a minha.

– MÃÃÃÃE! – Ellie soltou o cinto de segurança, inclinou-se, segurou cada um dos lados do rosto de Ana com as pequeninas mãos e virou-o na direção certa. – Olhe, ali!

– Parece que me lembro disso. O que diz aquela placa?

– Diz *Valley View Hotel. Temos vagas. Restaurante e bar. Salão de eventos disponível.* O que são eventos?

– É outra palavra para festa.

– É lá que vai ser a festa de aniversário da Superbisa?

– Acho que sim.

Anna olhou para o hotel. Construído na década de 1970, era um exemplo perfeito da arquitetura da época: uma série de blocos, dispostos um ao lado do outro na encosta logo ao norte de Clare, a maior cidade de Clare Valley. Havia quinze quartos de hóspedes, uma fileira de sete diante de uma fileira de oito, com o quarto extra servindo de depósito de roupas de cama e banho. Ligando as duas fileiras de quartos, havia um pequeno bar, uma minúscula área de recepção, um restaurante, uma cozinha de porte médio e um grande salão para eventos. Anna sempre achou que o hotel seria o cenário perfeito para um seriado de época, com seus tapetes marrons, banheiros com peças brancas, cortinas de náilon e colchas de cama alaranjadas.

– Mãe, vamos logo. – Ellen estava puxando o seu braço. – Não vamos ficar estacionadas aqui, não é?

– Tem certeza de que está pronta? Quer mesmo ir para lá? – Anna provocou.

Ellen refletiu com seriedade sobre a pergunta.

– Estou um pouco tímida. Faz muito tempo que eles não me veem, não faz?

Anna sabia exatamente como Ellen se sentia. Ela própria estava nervosa com a ideia de rever as irmãs. Três anos depois, ainda se sentia na incômoda posição do meio. Ao tentar apaziguar Bett e Carrie, só conseguiu o belo trabalho de piorar a situação.

– Não há nada a temer aqui, Ellie, eu prometo. São todos da família, lembra?

Seu tom alegre convenceu Ellen, mas não a si própria. Queria se sentir mais descansada, mas pronta para aquilo. Foi apenas um voo de duas horas de Sidney para Adelaide, depois um trajeto de mesma duração pela estrada do aeroporto até ali. E ela sempre gostou de dirigir de Adelaide até Clare. A longa rodovia reta que cruzava as amplas planícies e os grandes prados amarelos pouco a pouco dava lugar às estradas sinuosas do vale, com vinhedos e colinas cobertas de árvores de ambos os lados. Mas ainda se sentia esgotada. "Deve ser a tensão de voltar para casa", pensou. Ou ainda o efeito em suas emoções da cena tensa com Glenn naquela manhã. Ele fez questão de estar lá para se despedir de Ellen.

– Você sabe que eu vou chorar todas as noites quando for dormir enquanto você estiver longe – disse ele, enquanto levantava a garotinha em um abraço.

Ele era tão grande que isso não lhe exigia esforço algum. Era como se Ellen tivesse 2 anos em vez de 7.

– Eu também – Ellen respondeu rindo, enquanto Glenn lhe fazia cócegas.

Ela jogou a cabeça para trás, às gargalhadas, completamente esquecida da cicatriz.

– E não se esqueça de me fazer muitos desenhos. E de respirar muito aquele ar do campo. – Ele encenou algumas respiradas fundas, fazendo Ellen rir ainda mais. – E não vá se esquecer de que é minha filha favorita, não é?

Ellen sacudiu a cabeça.

– E não é só isso – continuou Glenn. – É a melhor filha...

– Deste mundão inteiro! – Ellen completou para ele, como sempre fazia.

Anna não recebeu a mesma atenção. Ela e Glenn haviam se falado rápida e friamente. Ela foi deliberadamente vaga quanto à duração da viagem, sabendo que isso o irritaria. Ele a lembrou da possibilidade de ir para Cingapura a trabalho, se a expansão do escritório acabasse de fato acontecendo. Ela fingiu ter esquecido totalmente disso, satisfeita com o pequeno dardo de contrariedade que sabia ter lançado contra ele. "Como chegamos a esse ponto?", perguntou-se, enquanto dizia adeus com a voz mais indiferente possível. Ellen não percebeu nada... Anna esperava. A menina estava muito ocupada acenando para o pai até que ele sumisse de vista.

Anna tentou bloquear esses pensamentos e sorriu para a filha.

– Pronta, querida?

– Pronta, querida – respondeu Ellen, sorrindo da própria sapequice. – Mas não podemos ir ainda.

– Por que não?

– Você tem que se olhar no espelho primeiro. É como você sempre faz.

Anna riu. Ela fazia assim mesmo.

– Você não perde nada, não é, srta. Ellen?

Ela checou ostensivamente o rosto no espelho retrovisor, torcendo o nariz, apertando os olhos, fechando os dentes, brincando e provocando risadas em Ellen ao seu lado, enquanto aproveitava rapidamente a oportunidade para remover uma pequena manchinha de rímel e retocar o batom.

Então respirou fundo e ligou o carro.

Na floricultura no centro de Clare, Carrie olhou para o relógio. A jovem florista percebeu.

– Carrie, se estiver atrasada, posso deixar as flores no hotel mais tarde. A festa só começa às 19 horas, não é?

Carrie não se importava se demorasse o dia inteiro para seu pedido ficar pronto. Não se importava se tivesse que morar na floricultura daquele momento em diante. Qualquer lugar era melhor do que estar no hotel esperando pela chegada de Anna e Bett.

– Carrie? Quer que eu faça isso?

Carrie sentou-se ao lado do balcão.

– Não, eu não estou com pressa alguma. Sério, demore o tempo que precisar. Quer saber? Acho que vou pegar alguma bebida gelada para nós duas.

– O clima também não ajudou, claro. Na semana passada, fez mais de 30 graus todos os dias. As pessoas querem ir para a praia, não para o campo. Mas, por outro lado, é bom termos ficado com alguns quartos livres agora que vocês estão de volta em casa.

– É verdade – disse Anna, tentando acompanhar o relatório de sua mãe sobre a taxa de ocupação do hotel.

Anna e Ellen haviam passado da recepção para a cozinha, surpreendendo sua mãe que se ocupava com algo dentro da câmara frigorífica. A aparência de Geraldine estava imaculada como sempre. Não muito diferente de uma dona de casa da década de 1950, Anna sempre pensou. Houve um abraço rápido, depois sua mãe se virou para Ellen, inclinou-se e também lhe deu um breve abraço e um beijo.

– E bem-vinda você também, Ellen.

Anna observava, esperando por alguma reação à cicatriz. Não era a primeira vez que sua mãe a via. Para surpresa de Anna, ela foi a Sidney depois do acidente para dar uma ajuda. Mas era a primeira vez que a via depois de meses.

– Estão ótimas, as duas. Ellen, você deve ter crescido quase um metro desde que eu a vi pela última vez.

Geraldine endireitou o corpo, apoiou as mãos nos quadris e deu um passo para trás.

E com isso acabava o contato físico por aquela visita, pensou Anna. Sabia que não era culpa de sua mãe ela não ser uma pessoa muito ligada a toques físicos, mas às vezes foi difícil ser sua filha carente de afeto. Anna enchia Ellen de abraços, afagos e carinhos, algumas vezes até mais do que a menina queria. Ellen se espremia agora contra ela, ainda tímida, com o cabelo formando uma cortina sobre o lado direito do rosto.

Geraldine ocupou-se na cozinha outra vez, voltando-se sobre o ombro para contar as novidades. Anna e suas irmãs sempre riram do estilo de conversação de sua mãe. Ela precisava estar em alguma atividade enquanto fazia perguntas e transmitia informações, fosse passando um esfregão no chão, ou preparando refeições para hóspedes ou, às vezes, aos gritos, sobressaindo-se ao barulho do aspirador de pó. Na verdade, adotou a mesma abordagem para a maternidade, encaixando-a em torno de suas outras tarefas mais urgentes.

– Carrie estará de volta daqui a pouco. Ela foi à cidade pegar os últimos arranjos de flores para a festa. Bett também vem hoje, claro. Insistiu em vir de carro sozinha de Adelaide para cá. Lola está por aí. Estou surpresa por ela não ter ouvido o carro chegar. Seu pai teve que fazer uma viagem rápida ao depósito de garrafas esta manhã, mas disse que estará de volta o mais rápido possível.

– Ou melhor, ele está aqui agora.

Ambas viraram-se ao ouvir a voz de Jim, que entrou pela porta dos fundos.

– Oi, Anna, você está linda!

– Papai! Cheio de charme, como sempre – disse ela, sorrindo.

– Não, é a pura verdade. Você puxou sua mãe, felizmente – respondeu ele, com uma piscadinha na direção de Geraldine.

Anna ficou surpresa ao ver a expressão doce no olhar de sua mãe diante do elogio. Como os dois estariam? Ela aguardou e a suspeita foi confirmada quando seu pai deu um beijo na cabeça da esposa ao passar por ela.

"Você devia ficar feliz por seus pais se darem tão bem. Os meus brigavam o tempo todo. É muito mais difícil conviver com isso", Glenn dizia em seus primeiros tempos, quando Anna tentou explicar como ela e suas irmãs às vezes se sentiam excluídas. "Mas concordo com você que é incomum. Parcerias de negócios e casamentos não tendem a durar". Seus pais, porém, sempre adoraram trabalhar juntos, agir como uma frente unida, tomar decisões juntos, uma parceria de verdade. Anna tinha lembranças da infância de estar na cama à noite e ouvir os pais chegarem depois de fechar o hotel, escutar os murmúrios das conversas enquanto falavam sobre o dia, planejavam o dia seguinte. Era isso que ela queria quando conheceu Glenn. Era o que imaginou ter quando conheceu Glenn.

Anna aproximou-se para dar um beijo rápido no rosto do pai, seguido de um abraço caloroso e apertado. Ele era alto, como Lola e ela própria, mas não esguio, era troncudo e tinha o rosto quadrado, de expressão franca, vermelho pelo excesso de sol. Observou atentamente enquanto ele agachava para ficar na altura de Ellen. De Sidney, antes de partir, ela havia falado com Lola, pedindo-lhe que recomendasse a seus pais agradarem Ellen tanto quanto possível.

– E bem-vinda você também, srta. Ellen. Está muito linda! Tudo pronto para a festa desta noite?

Ellen fez um sinal afirmativo com a cabeça, tímida outra vez, atordoada pela atenção e pelo novo ambiente.

Jim fez um carinho nos cabelos da garota.

– Boa menina. É ótimo ter vocês duas em casa outra vez.

Ellen olhou séria para ele.

– Não é a minha casa. Minha casa é em Sidney.

Jim deu uma risada alta.

– Você não pode chamar uma cidade grande como aquela de sua casa, querida. Nossa casa é onde o coração está. Não é assim, Geraldine?

– É assim, Jim.

– Mas meu coração não está no meu corpo o tempo todo? – Ellen perguntou a Anna, confusa. – E não só quando eu estou em casa?

– O vovô está brincando com você, Ellie. Não ligue para ele.

– O melhor conselho que ouvi hoje – soou uma voz irlandesa atrás deles. – Olá, meus amores. A garota aniversariante está aqui.

Era Lola, vestida em um terno de estampas florais cor-de-rosa. Totalmente maquiada, tinha uma pequena flor cor-de-rosa presa nos cabeços brancos.

– Lola! Feliz aniversário!

Anna correu ao encontro da avó como se fosse novamente criança. Agora sabia com certeza que estava em casa.

Depois de abraçar Anna, Lola inclinou-se com gemidos melodramáticos até a altura de Ellen, segurou o rosto dela entre as mãos, fitou-a por um longo momento e, então, beijou-lhe extravagantemente as duas faces.

– Essa cicatriz está desaparecendo tão depressa que deve haver algum milagre acontecendo.

Anna relaxou. Tinha que ser Lola para mencionar a cicatriz, chamar a atenção para ela e parar de tratá-la como se não existisse. Reparou que Ellen pareceu não se importar. Estava concordando com a cabeça.

– Está sumindo um pouco, eu acho, Superbisa.

Lola riu alto e beijou Ellen outra vez.

– Você está mesmo me chamando de Superbisa, sua coisinha linda.

Ellen parecia encantada consigo mesma.

– Eu ouço muito aquela fita.

– Você é uma garotinha que tem muito bom gosto, maravilhoso, aliás. Sinto isso em meus ossos – ela se ergueu com outro gemido –, por mais rangentes e frágeis que esses ossos possam estar. Mas chega de ficar nesse chove não molha com essa turma, minha querida Ellen. É hora de fazermos um passeio. E tenho o prazer de lhe apresentar sua guia para este dia. Eu mesma, sua Superbisa.

Ellen sorriu radiante para ela.

– Mas posso chamar você de Lola agora, Superbisa? Como a mamãe faz? Agora que eu estou aqui?

– Você pode me chamar de todos os nomes que existem sob o sol, minha pequena – respondeu Lola, antes de arrastá-la consigo para fora do aposento.

Anna olhou pela janela da cozinha e viu Lola e Ellen caminhando junto da cerca dos fundos. De um lado, havia mato, eucaliptos e terra não cultivada, coberta de resíduos escuros de cascas de árvore e grama retorcida. O outro lado da cerca marcava o começo do terreno do hotel, com uma faixa de gramado verde vivo, flores e folhagens em canteiros, tudo obra de seu pai. Era uma ilha de verde no meio da seca paisagem da Austrália Meridional. Enquanto ela observava, um carneiro branco e gorducho surgiu trotando atrás de Lola e Ellen. Seus pais o haviam comprado um ano antes, para ajudar a manter a grama aparada em volta do hotel. Anna viu a reação de Ellen, um grito e um movimento rápido para junto da bisavó, em busca de abrigo. Fechou os punhos com força e, percebendo os olhos da mãe sobre si, deu um sorriso constrangido.

– É evidente, não é? Estou me esforçando para não correr lá para fora. O médico disse que preciso ser cuidadosa para não deixá-la mais ansiosa do que já está.

– Carneiros têm dentes bem rombudos. Ela está segura.

Não era possível que sua mãe estivesse fazendo pouco da situação.

– Foi aterrorizante para ela, mamãe. Para todos nós.

– Eu sei que foi. Não estou rindo de você ou dela. Estou descrevendo as coisas como são: ela ficará bem com Bumper. Além disso, Bumper é tão apaixonado por Lola que basta ela murmurar uma palavra para ele se comportar.

O carneiro estava agora de um lado de Lola e Ellen do outro. Lola tinha as mãos na nuca de cada um deles e agora inclinava a cabeça para o animal e depois para a criança, apresentando-os um para o outro, Anna percebeu. Provavelmente explicando o nome do carneiro. Bumper Béé. Ideia de Lola. Ela achou o nome engraçado.

A voz de Lola chegou até eles.

– Está sentindo como a lã dele é macia, Ellen? Carneiros têm lanolina na lã, um dos melhores hidratantes da natureza. Se você um dia conhecer um tosquiador, peça-lhe que aperte sua mão. Você nunca encontrará pele mais macia em sua vida. Agora vamos lá dizer oi para as galinhas também. Elas são um grupinho bem mal-humorado. Não vamos nos preocupar em apertar as patinhas delas hoje.

Anna afastou-se da janela com um sorriso no rosto. Nesse momento, a porta da cozinha abriu e Carrie entrou, carregando um grande feixe de ramos marrons.

O estômago de Anna deu um pulo e seu sorriso congelou.

– Carrie. Oi.

Carrie parou na mesma hora.

– Oi, Anna.

Anna engoliu em seco e manteve um sorriso no rosto.

– Você está muito bem.

Estava mesmo. Pequenina, bonita, ela parecia uma delicada criatura da floresta. Anna ficou insensatamente decepcionada. O que esperava? Que Carrie tivesse se transformado em um duende de jardim desde a última vez em que se viram?

– Você também está.

Anna aceitou o elogio com um sorriso rápido. Ainda bem, com todo o dinheiro e esforço que ela investia nisso: dietas constantes, bronzeado artificial, manicures, pedicures, sobrancelha...

– Faz tempo que você chegou?

– Há uma meia hora.

– Como foi a viagem?

– Foi bem. – Anna programou tudo em sua cabeça. Seria educada, lidaria bem com aquilo, por mais difícil que fosse. – Tudo pronto para esta noite?

– Quase pronto, obrigada.

Geraldine levantou os olhos do forno.

– Estaria tudo pronto dias atrás se Lola não ficasse toda hora mudando de ideia sobre como quer que os guardanapos sejam dobrados. Primeiro cisnes, depois mitras de bispo. Como acabou ficando, Carrie?

– Leques – Carrie respondeu sucintamente.

Anna deu um sorriso sincero. Quando adolescentes, elas haviam passado o que parecia ter sido meses aprendendo a como fazer diferentes dobras de guardanapos para eventos diversos: mitras de bispo para reuniões de negócios, leques para almoços de senhoras e cisnes para casamentos. As três poderiam fazer isso até dormindo. Tempos atrás, Anna teria comentado sobre essas lembranças, aproximado--se de Carrie, pego os ramos dos braços dela, conversado com íntima familiaridade e a levado para ver Ellen. Agora, estavam paradas como dois manequins de loja, rígidas e constrangidas, forçando uma conversa igualmente rígida e constrangida. Ela tentou de novo.

– Precisa de ajuda?

Carrie fez uma pausa um pouco longa demais.

– Não, obrigada. Tudo está sob controle. – Ela olhou em volta. – Onde está Ellen?

– Lola está mostrando o lugar a ela.

– E Glenn?

– Não pôde vir. Trabalho.

– Ah.

"Diga, Anna, diga."

– E como está Matthew?

– Bem. Tudo bem. Ocupado.

O ar ficou tenso e o silêncio se estendeu.

Lola tinha visto o carro de Carrie chegar. Ela abriu de repente a porta com um floreio, falando alto com Ellen, interrompendo deliberadamente.

– E aqui estamos de volta à cozinha. Ah, veja quem está aqui, sua tia Carrie. Carrie, você se lembra de Ellen, nossa linda Ellen?

Carrie se virou e, depois de algo passar de relance por seu rosto – choque, surpresa – tão rápido que apenas Lola notou, ela se inclinou para a sobrinha, que tinha ido direto para perto de Anna.

– Oi, Ellen. Que bom ver você outra vez. Fez uma boa viagem?

A menina assentiu com a cabeça, apertando o rosto contra o corpo da mãe.

– Ela é maravilhosa, não é? – disse Lola, com orgulho, e deu uma olhada em volta para avaliar a atmosfera. Parecia que estava na Islândia. Hora de descongelar um pouco. – Carrie, não me diga que aquela pilha de galhos ali é para a minha festa. Vamos fazer uma fogueira hoje?

– São para as decorações com as flores – respondeu Carrie, aborrecida. – Você me disse que queria um tema de bosque.

– Eu disse? Céus. Será que eu estava bêbada?

No aeroporto em Adelaide, Bett caminhava para o balcão de locação de carros.

Um jovem em um terno malcortado sorriu para ela.

– Pois não, senhora?

Ela sorriu de volta. Senhora? Que gentileza a dele. Uma pergunta mais honesta teria sido: "Pois não, sua esquisita de aparência detonada?"

– Eu reservei um carro – disse ela, entregando os comprovantes.

Enquanto ele pressionava teclas no computador, Bett viu seu reflexo no espelho atrás do rapaz e teve vontade de mostrar a língua para aquela imagem amarfanhada e cheia de olheiras. Ela parecia o beagle que tinha visto cheirando as malas no saguão.

"É tarde demais para encontrar uma academia e emagrecer uns cinco quilos?", pensou. As primeiras impressões seriam muito importantes. Gostaria que Lola tivesse marcado essa festa dois anos atrás, quando, por cinco gloriosos meses, depois de um longo período de gripe e pobreza, Bett de fato tinha sido magrinha, tamanho 40, e os provadores eram lugares agradáveis, não templos de medo e perdição. Anna sempre teve uma teoria reconfortante sobre mulheres e gordura corporal: havia uma quantidade determinada de gordura no mundo e que esta era distribuída nas mulheres do mundo todo. Quando alguém em dieta perdia alguns quilos, outra pobre mulher inocente em um país longe dali descobria, para seu espanto, que havia ganhado quilos extras. "Por favor, Deus, faça com que Anna esteja enrugada e gordinha e que Carrie esteja desleixada e dada a usar roupas de náilon colantes. E com pontas duplas nos cabelos. E espinhas de idade adulta no rosto", pensou. Bett virou de lado, encolheu o estômago o máximo que pôde e quase se desequilibrou no processo.

– Está tudo bem, senhora?

– Tudo bem. São só uns exercícios para depois do voo.

Ele a olhou um pouco desconfiado.

Parada de lado para o espelho outra vez, ela se perguntou se seria possível comprar alguma meia-calça de máxima compressão em algum lugar nas proximidades. Se bem que sua única experiência com uma daquelas tinha sido desastrosa. Quando finalmente conseguira puxá-la até em cima, era como se tivesse arrastado junto cada pedaço excedente de carne. Ficou sem dúvida com coxas esguias, mas também com a mais extraordinária massa de gordura acima delas, como se estivesse enfiada em uma boia salva-vidas.

– Senhora?

O rapaz agora parecia preocupado.

– Suas chaves, senhora. Carro número 15.

Puxando a mala atrás de si, ela parou à entrada do aeroporto, sentindo o golpe da alta temperatura agora que deixava o prédio com ar condicionado. Era como se alguém tivesse aberto um forno enorme nas proximidades, deixando sair uma golfada de calor seco. Uma mulher no saguão de chegada esteve comentando que aquele tinha sido um dos verões mais quentes dos últimos anos, nove dias seguidos com temperaturas acima dos 30 graus. Bett olhou em volta à procura de um telefone público e avistou um no estacionamento. Havia prometido a Lola que ligaria para avisar quando estivesse a caminho. Foi escolha sua alugar um carro, ir dirigindo, chegar independentemente. A cabine telefônica não estava mais fresca, o fone queimava ao toque. Ela olhou para o aparelho por um momento, respirando fundo, como todos os livros recomendavam que se fizesse para recuperar a calma. Claro que poderia lidar com isso. Não esteve sozinha pelo mundo nos últimos três anos, sobrevivendo em Melbourne, Dublin e Londres, construindo uma carreira para si? "Seja forte, Bett. Seja corajosa, Bett. Ligue e avise que está em Adelaide e chegará em poucas horas."

Ela discou. Uma voz com tom irritado atendeu.

– Valley View Hotel.

Era Carrie. Bett desligou imediatamente.

– Alô? Alô? – Carrie esperou um instante, depois desligou. As pessoas eram tão mal-educadas. Mas pelo menos o toque do telefone permitiu que ela saísse da cozinha, antes que explodisse com a avó na frente de todos. Será que Lola não tinha ideia de como foi difícil para a florista encontrar todos aqueles ramos?

Esperou um momento para ver se a pessoa ligaria de novo, mas o telefone permaneceu em silêncio. Provavelmente tinha sido outro dos amigos loucos de Lola ligando para confirmar presença no último minuto.

– Não vai ser um salão cheio de velhos recordando o passado, não é, Lola? – Carrie tinha lhe perguntado alguns dias antes. – Parece haver muitas vozes meio alquebradas telefonando.

– Toda a vida humana estará representada, minha querida Carrie. E haverá algumas lembranças, alguma diversão, de tudo um pouco.

– Um pouco do quê?

– É uma surpresa.

– Lola, por favor. Você é quem deveria ter surpresas em sua festa não nós. O que está planejando?

– Carrie, quantas vezes tenho que lhe pedir que me trate, por favor, com adoração e respeito? Não vou contar. Tudo o que vocês precisam fazer é arrumar o salão exatamente como eu descrevi, seguindo as instruções que discutimos. Deixem o resto comigo.

– Você não vai me contar por que o Frank, da loja de artigos elétricos, esteve aqui ontem, não é? Ou o que tinha naquela caixa grande que ele trouxe para dentro?

– Não, não vou.

– E já terminou de organizar sua disposição das mesas, então? Ainda está esperando umas sessenta pessoas?

– Agora está mais para setenta, eu acho. Todo mundo me diz que adoraria vir. Ah, e também convidei aquele inglês discreto que está no quarto dois. Ele disse que teria muito prazer em comparecer. Na verdade, acho que ele disse que ficaria encantado em comparecer. Você já conversou com ele? Tem belíssimos modos.

Naquele momento, pouco importava a Carrie se o inglês era o homem mais bem-educado da história da humanidade. Sinceramente, sua avó a deixava louca às vezes.

– Lola, você precisa me avisar dessas coisas. Isso muda tudo. Toda a organização para o serviço, tudo.

– Só um pouquinho. Carrie, você precisa aprender a relaxar ou vai acabar ficando com pressão alta.

– É você, e essa festa, e essa longa lista de convidados que vão me deixar com pressão alta. Como vamos alimentar todas essas pessoas extras?

– Ah, eles não vão se importar se tiverem que dividir a refeição.

– Mas eu me importo. Estou tentando atrair mais negócios para o hotel, então cada ocasião como essa é uma oportunidade de causar uma boa impressão. E não vou deixar uma boa impressão se as pessoas não tiverem o suficiente para comer na festa de aniversário de uma das proprietárias.

– Eu não sou mais proprietária. Sou só a matriarca atualmente.

Carrie não resistiu a uma risada.

– Você é o que quiser ser.

Foi engraçado na hora, mas não era engraçado agora. Nada era engraçado agora. Carrie sentiu sua pulsação. Sim, seu coração estava acelerado. E não era surpresa, com toda essa pressão. Ouviu risos e levantou os olhos em tempo de ver Lola, Anna e Ellen indo para o quarto favorito de Anna, o número sete. Tentou abafar uma sensação de mágoa, pegou as chaves do carro e rabiscou um bilhete rápido para a mãe. Ia voltar à cidade para uma longa e demorada xícara de café.

Capítulo 4

– FINALMENTE, finalmente! – Lola apertou Bett em mais um abraço, depois recuou para examiná-la novamente, com um largo sorriso no rosto. Estivera sentada em uma cadeira na frente do hotel durante a última meia hora, esperando. – Já estava doente de preocupação. Pensei que ia ter que começar a festa sem você.

Bett surpreendeu-se por estar ela própria contendo as lágrimas.

– Até parece que eu ia decepcionar a garota aniversariante. – Outro abraço. – Deixe-me olhar para você. – Bett recuou um passo, ainda segurando as mãos de Lola. Havia sentido ossos sob a roupa cor-de--rosa da avó. – Você emagreceu, Lola.

Lola olhava para a neta com a mesma atenção.

– Você também. Não demais, felizmente. Eu não a reconheceria sem essas curvas. – Ela prendeu uma mecha de cabelo de Bett atrás da orelha. – E seus olhos estão lindos como sempre, as faces estão rosadas e gosto dessa cor de seu cabelo. Como se chama? Avelã?

– Não sei como se chama. É minha cor natural.

– E existe isso? Imagine só.

Bett olhou em volta.

– Os...

– Outros estão aqui? Não, querida. Eu envenenei todos esta manhã. Decidi que a vida seria muito mais pacífica se eu e você tivéssemos o lugar inteiro só para nós.

O som da porta da frente se abrindo impediu mais perguntas. Bett viu a mãe e o pai vindo em sua direção.

– Bett! Bem-vinda de volta!

E foi envolvida em mais dois pares de braços.

Uma hora mais tarde, sua cabeça girava com as novidades do hotel, da cidade, da festa daquela noite. Ainda nenhum sinal de Anna ou Carrie, nem qualquer menção a elas. Seus pais também não lhe fizeram muitas perguntas sobre sua vida em Londres. Haviam tido notícias, claro, por suas cartas e telefonemas, então não era como se ela tivesse surgido de repente do nada. Mas acabara de chegar de três anos no exterior. Será que eles não deveriam ter mais perguntas a fazer?

Lola estava sentada de lado, ouvindo e com os olhos brilhantes. Aproveitando um intervalo na conversa, levantou-se com um gemido suficientemente alto para chamar a atenção de todos, depois se aproximou de Bett e prendeu-lhe a mão em seu braço.

– Agora vamos, Bett. Vou ajudá-la a desfazer a mala. E, enquanto isso, quero que você me conte todos os detalhes do que andou fazendo durante esse tempo longe daqui.

Lola às vezes parecia ler pensamentos.

– Você já sabe de tudo. Estava em minhas cartas.

Lola a levou para fora da cozinha.

– Era só um monte de mentiras. Eu sei disso e você também. Vamos lá, querida. Pode me contar a verdade agora. A propósito, arrumei o quarto seis para você, o seu favorito.

Lola e as três garotas dormiam nos quartos do hotel, e não nos aposentos da administração, desde que a família se mudara para lá, havia quinze anos. Foi ideia de Lola. Ela decidiu que era melhor usar os quartos durante os tempos de pouco movimento em vez de deixá-los ociosos e vazios, juntando bolor.

Enquanto caminhavam sob o sol, Bett notou que havia carros parados na frente de vários quartos.

– Está bem movimentado para esta época do ano.

– É, não está ruim. Carrie tem trabalhado muito. A maioria passa só uma noite, mas o quarto dois já está com um mesmo hóspede há duas semanas. Um inglês. Ele virá à festa esta noite, aliás. Eu o visitei na semana passada e tivemos uma conversa muito agradável. Ele está pesquisando para um livro ou algo fascinante desse tipo. Morro de curiosidade para saber mais detalhes...

Bett ficou de boca fechada. Muitas vezes, no passado, sua mãe já tinha pedido a Lola que não visitasse hóspedes assim, mas ela obviamente ainda a ignorava. Devia ser um pouco alarmante, Bett imaginou, hospedar-se em um quarto de hotel e, de repente, uma velha senhora pesadamente maquiada, segurando um copo tilintante de gim-tônica, aparecer à sua porta fazendo perguntas sobre a história de sua vida.

Com um floreio, Lola mostrou a chave do número seis.

– Aqui está, querida. Todo seu outra vez. Na verdade, precisei transferir um casal que Carrie tinha acidentalmente colocado aqui. Disse que talvez houvesse um problema com um ninho de aranhas--caranguejeiras e eles pareceram felizes em trocar de quarto.

– Trocar de quarto ou trocar de hotel?

– De hotel, para falar a verdade. Agora, fique à vontade. Se sua sorte durar e não tivermos muitos hóspedes, talvez você possa ocupar este mesmo quarto durante todo o tempo em que estiver aqui. Mas você tem vizinhas.

– Vizinhas?

A porta do quarto sete, ao lado, se abriu, e Anna e Ellen saíram. O estômago de Bett deu um pulo quando as viu pela primeira vez em anos. Anna parecia bonita e elegante como sempre. Imaculadamente maquiada, usava um vestido branco solto que insinuava seu corpo esguio e bronzeado. Ellen estava com um vestido de verão azul-claro, segurando um chapéu de palha. Bett endireitou um pouco mais o corpo, de repente consciente de sua camiseta amassada e do rosto sem maquiagem.

Lola chamou a atenção para si com uma tossezinha polida.

– Anna Quinlan, gostaria de lhe apresentar sua irmã, Bett Quinlan. Bett Quinlan, esta é Anna, sua irmã mais velha.

– Oi, Anna.

– Oi, Bett.

– E esta é Ellen – continuou Lola. – Você deve se lembrar de Ellen.

Bett virou-se para a menina, sentindo os olhos de Anna quase a perfurando. Ellen era um encanto, uma miniversão de Anna, com olhos grandes, cabeços escuros e lisos e pele morena. Bett viu a cicatriz atravessando-lhe a face e manteve um grande sorriso no rosto. Lola a havia avisado de que Anna era extremamente sensível às reações das pessoas à cicatriz de Ellen. Ela se inclinou.

– Oi, Ellen.

Ellen se apertou contra a mãe e não levantou os olhos.

– Ellen, esta é Bett, sua tia. Minha irmã.

Ellen continuou sem olhar. Anna deu um sorriso sem jeito para Bett e um meio encolher de ombros, como para se desculpar.

Bett olhou para a porta do quarto, esperando que Glenn também aparecesse. Anna percebeu.

– Ele não está aqui – disse.

Bett sentiu o rosto corar. Será que Anna o mantivera longe por causa dela? Por causa das coisas que ela tinha dito sobre ele? Esse não estava sendo um bom começo.

– Olhe, ele... – "é muito bem-vindo aqui também", ia dizer.

– Está muito ocupado no trabalho – interrompeu Anna, sem se alterar. – Não pôde se ausentar.

Bett relaxou um pouco.

– Ah, entendo.

Anna voltou a falar, sua voz medida, sob controle.

– Então, como foi o voo?

– Bom. Longo. Mas tive uma noite de parada em Cingapura, então não estou exausta demais. E você? Veio de avião ou de carro?

– De avião. Pegamos o voo das 10 horas esta manhã.

Lola interveio, sacudindo a cabeça.

– Estão de parabéns vocês duas. Três anos de separação e vejam só a conversa que já conseguiram ter.

– Lola, por favor – Anna e Bett viraram-se para ela e falaram ao mesmo tempo.

– Mamãe. – A voz de Ellen era pouco mais que um sussurro quando ela começou a puxar a mão da mãe.

Anna se inclinou e afagou os cabelos da filha.

– Você está com fome, eu sei. Está bem, querida. Vamos ver o que sua avó tem para você. Até mais tarde, Bett.

– Até logo, Anna. Tchau, Ellen.

Enquanto elas se afastavam em direção à cozinha, Lola soltou um meio riso, meio suspiro.

– Vocês ainda me matam. Se isso foi o melhor que você e Anna puderam fazer, sabe Deus o que você fará com Carrie. Atacá-la com uma faca, provavelmente.

– Lola, desculpe, mas você tem que parar com essas piadinhas. Isso não é uma briguinha de crianças entre nós. É algo grande, sério. Assunto de adultos.

– Bobagem. Foi a briga mais ridícula do mundo. E por causa de Matthew. Tenha dó.

– Não foi só por causa de Matthew. Foi...

– O quê?

– Muitas coisas – Bett não estava pronta para aquilo. Tentou encontrar as palavras. – Talvez tenhamos ficado excessivamente próximas nossa vida toda, sabe, as três sempre mudando tanto de casa, e tudo aquilo das Irmãs Alfabeto.

– Então agora a culpa é minha?

– Lola, claro que a culpa não é sua. Eu adorava as Irmãs Alfabeto, até... – Ela parou abruptamente. Seria essa mesmo a verdade? Bett segurou o braço da avó. – Podemos, por favor, não falar disso agora? Só por algum tempo? Vamos entrar e conversar sobre coisas normais, como fofocas horríveis do bazar de caridade, ou sobre a festa de hoje, ou...

– Daqui a pouco. – Lola ouvira o barulho de um carro se aproximando. – Carrie acabou de chegar e quero que você a encontre. Agora.

– Não. – Para seu próprio espanto, Bett deu um pulo para dentro e fechou a porta do quarto.

Um segundo depois, a porta se abriu e Lola entrou.

– O que aconteceu com você em Londres? Andou regredindo na idade em vez de amadurecer? Não me diga que ia se esconder embaixo da cama. – Bett passou muitas horas de sua infância sob a cama. À procura de paz, ela insistia. Fugindo do trabalho, Lola preferia dizer. – Tenho certeza de que não era tão covarde quando foi embora daqui.

– Eu não era. E não era tão covarde durante o tempo em que fiquei fora.

– Então admite que está sendo covarde agora, querendo se esconder embaixo da cama? Eu lhe contei em alguma de minhas cartas que sua mãe encontrou uma corda sob uma das camas no ano passado? Vários metros de corda, imagine. Tivemos uma conversa e tanto sobre o que poderia significar aquilo. Tenho que dizer que acho que sua mãe ficou chocada.

Bett olhou firme para ela, tentando não rir.

– Você é o equivalente àquele barulho que os exércitos usam para confundir os inimigos, não é? Sabe quando eles tocam um barulho tão alto e por tanto tempo que os inimigos acabam cedendo?

– Inimigo? Você não é minha inimiga. É uma das minhas meninas mais queridas do mundo. Agora venha e se encontre com outra de minhas meninas mais queridas. O nome dela é Carrie e ela é sua irmã.

Eram cinquenta metros entre elas. Depois quarenta. Trinta.

– Boa-tarde, Carrie – Lola chamou, quando chegaram a dez metros.

– Oi, Lola.

– Carrie, posso lhe apresentar sua irmã?

– Pare com isso, Lola – Bett sussurrou.

Ela se forçou a olhar diretamente para Carrie, observando os cachos louros, a figura miúda, vestida em jeans e camiseta, dois centímetros de barriga lisa e bronzeada aparecendo, informal, cheia de estilo, correta. Em sua mente, ela própria inflava a enormes proporções, a saia e a camiseta tornando-se imensas, as faces expandindo-se como balões, cada vez mais ruborizadas...

Lola interrompeu o curso de seus pensamentos.

– Mas claro que nenhuma de vocês precisa de apresentações. Digam oi, meninas.

– Oi, Carrie.

– Oi, Bett. Como foi seu voo?

– Bem, obrigada. Longo. – Ela engoliu. – Como está... – não conseguiu pronunciar o nome de Matthew. Tentou de novo. – Como está o trabalho?

Uma expressão de alívio passou pelo rosto de Carrie, Bett tinha certeza disso. Talvez Carrie também ainda não quisesse falar de Matthew.

– Bem. Estamos bastante ocupados para esta época do ano.

Lola estava sorrindo entre as duas, parecendo uma casamenteira de interior.

Então, pareceu não haver mais nada a dizer.

– É melhor eu terminar de aprontar a festa – Carrie disse abruptamente.

– Precisa de ajuda? – Bett forçou as palavras.

– Não – respondeu Carrie, rápido demais.

– Tem certeza disso, Carrie? – A voz de Lola era firme.

– Está tudo sob controle, Lola, obrigada. Até logo, Bett.

– Até logo, Carrie. – Elas ficaram em silêncio enquanto Carrie entrava pela porta dos fundos da cozinha. – Acho que foi tudo bem – disse Bett, depois que a irmã saiu de vista.

– Espetacular. Imagine só, todos esses anos de rancor varridos para longe em uma única conversa fácil e honesta. Estou tão orgulhosa de vocês.

– Sarcasmo é a forma mais baixa de querer ser espirituosa, Lola. Você mesma nos ensinou isso. – disse Bett aborrecida.

Ela achava mesmo que tinha ido tudo bem. Pelo menos melhor do que esperava.

– Bom, isso já é um começo – concordou Lola. – Mas Carrie provavelmente precisa de ajuda com a festa, se você estiver mesmo querendo dar uma mãozinha a ela.

– Humm, não. Acho que vou desfazer a mala. Relaxar um pouco antes da festa. Estive muito ocupada me organizando para voltar. – Uma onda de cansaço e emoção a percorreu enquanto caminhavam de volta para o quarto. – Não que alguém nesta família pareça se importar o suficiente com minha vida para me perguntar o que eu, de fato, andei fazendo em Londres nesses últimos anos.

Lola a surpreendeu com uma risada alta e um beijo em seu rosto.

– Você definitivamente regrediu em idade. Era exatamente assim que costumava fazer certas vezes quando chegava da escola e eu ousava querer conversar sobre algum outro assunto. Prometo que vamos falar sobre você, Bettsie querida. Vamos falar de você até ficarmos as duas com a boca dura ou o rosto azul de falta de ar. Mas na hora certa. Não se apresse, Bett. Deixe as coisas acontecerem devagar de vez em quando.

Pega de surpresa, Bett deu um sorriso irônico.

– Olha só quem fala. A mulher que nos convocou todas para cá, que forçou o confronto.

– Foi necessário. – Lola decidiu que não faria mal deixar mais uma pulguinha atrás da orelha. – Tenho algo para vocês três fazerem para mim.

Bett parou à porta do quarto. Era a segunda vez que Lola se referia a algo que precisava ser feito para ela.

– Lola, o que é? Você não está doente, está? Quer dizer, você parece bem.

Até onde podia ver. Lola havia exagerado na maquiagem naquela manhã. Havia faixas de *blush* vermelho como manchas de geleia em cada face.

– Neste momento, como vocês estão aqui, eu me sinto cem por cento. Paciência, Bett. Tudo se revelará no momento certo. Agora vamos desfazer essa mala e ficar à vontade. Eu já disse alguma vez que mãos ociosas são a oficina do diabo?

– Não. Sua frase favorita era que "panela em que muitos mexem sai insossa ou sai salgada." E "não conte com o ovo dentro da galinha." E aquela sobre águas passadas.

– Eu sou mesmo um poço de sabedoria. Agora, você desfaz a mala e eu observo.

Ao abrir a mala, Bett olhou para Lola.

– Achei que Anna parece bem. E Ellen é um doce.

– Anna não parece bem. Ela parece exausta. E infeliz. Tem algo errado ali. E Ellen também está uma pilha de nervos. A cicatriz está diminuindo, mas não tão rápido quanto deveria. O ar da cidade não é bom para aquela criança. Nem aquele psiquiatra que ela vai ver todo mês. Já ouviu algo mais ridículo em sua vida do que fazê-la reviver de novo e de novo o incidente? A criança tem que seguir em frente, deixar isso para trás, continuar a vida, não voltar a cada quatro semanas para falar sobre seus sentimentos. E você, já pensou alguma coisa sobre trabalho?

Bett riu.

– Lola, eu acabei de chegar!

– É que eu tive uma conversa fascinante com Rebecca Carter na semana passada. Você se lembra de Rebecca?

– Claro.

Ela e Rebecca tinham trabalhado lado a lado como repórteres no *Valley Times* por dois anos. Até o dia em que Bett partiu tão de repente.

– Ela é editora agora, imagine. E cheia de ideias. Ficou muito interessada quando soube que você estava voltando para casa e procurando trabalho por aqui.

– Mas eu não estou.

– Claro que está. Como acabamos de dizer, mãos ociosas são a oficina do diabo. Você a verá na festa e poderão conversar sobre isso. Então, mostre-me o que vai vestir esta noite.

Bett piscou, pensando em qual parte daquela conversa poderia creditar à mudança de fuso horário e qual era o estilo conversacional de Lola.

– Bett? Sua roupa?

Bett pegou o vestido e o segurou na frente do corpo. Ela o encontrou em um brechó em Londres. Era um modelo simples, sem mangas, mas o tecido era um rico brocado vermelho, volutas de cor enfeitadas com fios dourados aqui e ali.

– Bonito. Experimente para eu ver.

Bett obedeceu.

Lola pediu que ela se virasse e inspecionou por todos os lados.

– Acho que poderia apertar um pouco a costura de trás para a saia não ficar tão rodada. Quer que eu faça isso para você?

Bett tirou o vestido e entregou-o à avó sem discutir. Se não concordasse, era bem capaz de Lola vir correndo atrás dela com agulha e linha durante a festa.

– Trago de volta daqui a pouco. A propósito, você também não parece bem, apesar do que eu disse quando chegou. Acho que também está precisando de um pouco de ar fresco do campo.

Bett olhou para ela com irritação por um instante, mas logo um sorriso forçou caminho em seu rosto e um sentimento bom encheu-lhe o peito.

– Você é mesmo uma bruxa má, não?

– E ficando pior a cada ano. – Ela segurou a neta em um abraço apertado por um momento. – Estou muito, muito feliz de ver você.

– Eu estou muito, muito feliz de ver você também. Ah, eu lhe trouxe algo.

– Um presente? Que maravilha!

Bett procurou em sua bolsa, onde havia guardado o presente para não perdê-lo de vista. Tinha passado os dois últimos fins de semana procurando pelas bancas do mercado de Camden até encontrar o que queria. Observou Lola abrir a caixa de veludo azul. Dentro, havia um conjunto de colar e brincos feitos de contas de cristal de diferentes tamanhos e formas, extravagantemente coloridas. Os olhos de Lola brilharam.

– Bett, são lindos!

– Você gostou?

– Muito! Onde os encontrou?

– Em Londres. Uma senhora de cabelos grisalhos, usando um casaco cor de arco-íris seguia, coxeava à minha frente pela rua perto do Parlamento. Quando cheguei perto, ela se dissolveu em uma nuvem de fumaça prateada e ali, no chão, apareceram essas peças. Então eu as peguei e trouxe para você.

Lola bateu palmas, contente. Era uma de suas tradições: qualquer coisa trazida para casa de um mercado ou bazar de caridade tinha que ser entregue com uma história associada.

– Vejo que você não se esqueceu das regras. Eu adorei, obrigada. – Bett foi envolvida em mais um abraço e, em seguida, Lola falou com autoridade. – Agora, deixe para terminar a mala depois, deite ali na cama e tire uma cochilada. Suas olheiras estão horríveis.

Bett fez como ela mandou e olhou para Lola pela borda do lençol, com o tecido branco de algodão puxado até o nariz.

– Obrigada, vovó.

– Não venha com essa de vovó para cima de mim, sua abusada.

Lola fechou as cortinas, apagou a luz e saiu fechando com firmeza a porta atrás de si.

Capítulo 5

LOLA CAMINHOU pelo corredor, duas portas depois do quarto de Bett, e entrou em seu próprio quarto. O número quatro sempre fora o seu preferido, com a vista para as colinas cobertas de vinhedos. Gostava do quinze também. Era o mais tranquilo, quando estava no estado de espírito para isso. Descobriu que o número onze era o melhor no alto verão, agradável e fresco, e o número oito era o melhor para as festas de Natal, com uma vista excelente para o estacionamento e para todas as brincadeiras que aconteciam ali, tarde da noite.

Sempre gostou de toda essa movimentação, nunca achou isso de forma alguma perturbador. Claro que ajudava o fato de a decoração de todos os quartos ser idêntica: tapete marrom, paredes claras em tom creme, uma cama de casal, uma cama de solteiro, um quadro representando uma cena de vinhedos – da França, não de Clare Valley, mas os hóspedes não precisavam saber disso –, uma pequena mesa e cadeiras, um armário que continha não só equipamento para fazer chá e café, mas também um frigobar e um minicofre. Havia até mesmo um espelho de corpo inteiro instalado na longa e única porta. Tudo de que uma pessoa poderia precisar.

Foi direto para seu aparelho de som e pôs para tocar um CD com a coletânea de Glenn Miller, um pouco mais alto que de hábito. Depois sentou-se e fechou os olhos para avaliar melhor a situação até ali. Sempre ouvia Glenn Miller quando precisava se alegrar. A triste verdade era que estava precisando disso naquele momento. Estaria errado sentir-se tão decepcionada? O que esperava, afinal? Que as meninas só teriam que olhar umas para as outras e todos os problemas e as inquietações do passado se dissolveriam? Que elas voltariam a ser suas pequenas Irmãs Alfabeto? Aparentemente, não seria tão simples assim. Não com as três tão cheias de teimosia e dramaticidade. Era tudo culpa sua, claro. Ela sempre as encorajou a serem assim.

Ainda achava difícil acreditar que essa briga entre as meninas tivesse durado tanto tempo. E era ainda mais difícil acreditar que Matthew pudesse ser a causa de todo esse problema.

– As três tiveram uma terrível briga de gatos por causa dele, não é? – perguntou avidamente o açougueiro Len, o fofoqueiro da cidade, pouco depois de tudo ter acontecido.

Lola lembrava-se de ter lhe dito secamente que ele não devia acreditar em tudo o que ouvia. Briga de gatos, imagine só. Depois, porém, o termo até que lhe pareceu conveniente. Suas netas não eram muito diferentes de um trio de gatos. Anna, a mais velha, como um siamês, toda esguia e sofisticada. Carrie, a mais nova, ainda no estágio de filhote, embora já estivesse perto dos 30 anos. Totalmente doce em um minuto, mostrando as garras e rosnando no outro. Quanto a Bett, sua queridinha do meio... Lola se enternecia só de pensar nela. Bett às vezes a fazia lembrar um gatinho perdido, necessitado de muito afeto e amor, mas depois retribuindo generosamente.

Durante semanas, não pensou em mais nada além dessa reunião. Tinha certeza de que as outras senhoras do bazar de caridade estavam enjoadas de ouvir falar das três meninas e, especialmente, de seus dias como as Irmãs Alfabeto. Pelo menos a sra. Shaw, que Deus a abençoe, sempre parecia interessada.

– Era sério mesmo? – indagou a sra. Shaw. – Como as Andrews Sisters? Com viagens, contratos de gravação e tudo isso?

– Ah, não, não – respondeu Lola. – Para dizer a verdade, comecei aquilo mais como uma maneira de manter as três ocupadas.

Foi sua ideia assumir a função de cuidar das meninas enquanto Jim e Geraldine encarregavam-se de dirigir os hotéis. Preocupava-se com a pouca atenção que elas estavam recebendo dos pais. "Muitas noites acordadas até tarde e muito tempo andando por aí sem controle não era bom para elas", pensou. Não que fossem efetivamente negligenciadas; era mais a necessidade de um pulso mais firme.

O novo arranjo tinha sido adequado para todos desde o início. O grande afeto de Lola pelas netas transformou-se em um amor tão forte que até ela mesma se surpreendeu. Esteve tão ocupada tentando firmar os pés na Austrália quando Jim era criança que nunca lhe foi dado o luxo de desfrutar a maternidade. Ela e Jim eram muito ligados, sempre tinham sido, mas ser avó era completamente diferente de ser mãe, como ela descobriu. Mais tranquilo, mais divertido. Ver suas netas correndo sob o sol, ou mesmo ouvi-las falar umas com as outras em seus sotaques australianos, chegou a lhe trazer lágrimas aos olhos em uma ou duas ocasiões, embora ela as enxugasse rapidamente. Deu-se conta de que Anna, Bett e Carrie fizeram-na sentir-se estabelecida na Austrália. Fizeram com que todas as dificuldades dos primeiros tempos tivessem valido a pena.

Mas Lola também tinha descoberto que três meninas determinadas e inteligentes precisavam de mais que bonecas e livros com jogos de raciocínio para se manterem estimuladas. "A música é capaz de acalmar as feras", lembrou-se de ter lido em algum lugar. Esperava que tivesse o mesmo efeito sobre as três ferinhas que eram suas netas. Começou a ensinar-lhes canções irlandesas que conhecia desde criança, dedilhando as melodias no velho piano que ocupava um canto do salão de jantar do hotel onde estavam morando na época.

Surpreendera-se com a rapidez com que elas se interessaram. A voz de Anna era diferente já naquele tempo, profunda e melodiosa. A voz de Carrie era como sua aparência, doce e instantaneamente agradável. Mas era Bett quem brilhava musicalmente, tendo mostrado desde logo não só ouvido para harmonias, como um verdadeiro talento ao piano. Lola agradeceu em silêncio e tardiamente à velha professora de música de sua infância, que ia à sua casa duas vezes por semana e lhe ensinava com certo desânimo as escalas, canções populares e peças clássicas simples. Lola transmitiu tudo isso a Bett, com muito mais entusiasmo (ou pelo menos esperava que sim). As duas passavam horas sentadas lado a lado no banco de madeira do piano, avançando rapidamente de melodias simples para animados duetos. Bett logo começou a aprender sozinha músicas mais complicadas. Quando se mudaram para um novo hotel no ano seguinte, a primeira coisa que compraram foi um piano de boa qualidade, que esteve com elas desde então.

Mas foram três vestidos, e não o piano, que marcaram o início das Irmãs Alfabeto. Lola ainda não podia se lembrar sem rir do dia em que trouxe para casa aquele primeiro trio de vestidos. Anna tinha 12 anos na época, Bett tinha 10 e Carrie, 7. Os vestidos foram feitos para meninas de 15, 13 e 11 anos, mas Lola dobrou e prendeu com alfinetes cada um deles até que ficassem mais ou menos ajustados. Depois alinhou as três meninas, de olhos fechados, diante do espelho de seu quarto e mandou-as abrir os olhos.

Anna ficou chocada. Bett, horrorizada. Carrie, por sua vez, encantada. Os vestidos eram de algodão vermelho e verde, com o corpo justo e a saia rodada.

– A gente podia estar em *Os Pioneiros* – disse Anna com voz de desgosto.

Bett estava igualmente alarmada.

– Podíamos estar é numa lata de lixo.

– Eu achei bonito – disse Carrie.

Anna levou as mãos às costas, tentando tirar o vestido.

– Bom para você, Carrie. Você está mesmo bonita. Lola, pode me ajudar a tirar isto?

– Não, ainda não. E pare de puxar o vestido assim. Você não vai conseguir tirar sozinha, meu amor. Tive que prender com alfinetes atrás para eles servirem.

Bett se contorcia em seu vestido como se ele estivesse contaminado com pó de mico.

– Lola, por favor.

Carrie ficara em silêncio, admirando-se feliz ao espelho.

– De quem eles eram?

– Eu perguntei à senhora do bazar de caridade e é uma história e tanto. Parece que pertenceram a um famoso trio de pequenas mágicas chamado As Meninas Levadas da Breca, que percorria o mundo com um camelo de estimação e um pequeno gato de cara cinzenta, usando magia para fazer truques e ajudar nas tarefas domésticas na casa de quem lhes agradasse.

– E como os vestidos delas foram parar em um bazar de caridade? – questionou Bett.

– Foi uma história trágica que eu contarei outro dia. Então, o que acham deles?

Anna não estava feliz.

– Têm mais cara de As Meninas da Casa do Jeca do que de As Meninas Levadas da Breca.

– Ou as Meninas com Cara de Nheca – acrescentou Bett.

Anna outra vez:

– É mesmo, ficariam perfeitos em um grupo de cantoras *country* chamado As Meninas com Cara de Nheca.

Lola estava satisfeita.

– Acha mesmo que estão parecendo um grupo que vai se apresentar?

Anna concordou com a cabeça.

– Parecemos aquelas pobres crianças que são forçadas a participar de shows de talentos na TV.

O rosto de Carrie se iluminou.

– Eu queria participar desses shows.

– É mesmo, Carrie? – Lola sorriu, sentindo-se como um pescador que vai puxando lentamente o peixe. – Isso é bom. Porque eu inscrevi vocês três em um concurso da estação de TV local. Os vencedores vão se apresentar na feira agrícola no mês que vem. Toda a renda vai para a caridade. Só um pouco de esforço de cada uma de vocês, com a minha orientação, e pensem em toda a alegria que trarão ao mundo. A caridade começa em casa, lembrem-se.

Anna gemeu.

– Lola, de jeito nenhum. Eu ia morrer de vergonha. Quem canta em público com as irmãs?

– Há uma longa e honrosa tradição de famílias cantoras.

As três meninas olharam para ela.

– Os Von Trapp. A Família Do Ré Mi. Os Osmonds. Os Jackson Five. E agora temos...

– As Irmãs Quinlan! – gritou Carrie.

Bett não se impressionou.

– Não é um nome muito chamativo.

– Anna, Bett e Carrie? – sugeriu Lola.

Carrie fez beicinho.

– Por que eu sou sempre a última?

– Porque é a mais lerda – disse Anna. Carrie a beliscou. – Ai! Lola, Carrie me beliscou!

– Porque ela chegou antes de mim. Carrie, você é sempre a última porque suas irmãs mais velhas estão lhe preparando o caminho, do mesmo modo como as meninas com as flores preparam o caminho para a linda noiva.

Anna e Bett reviraram os olhos. Carrie parecia mais feliz.

Lola bateu palmas.

– Já sei! Anna, Bett e Carrie, as Meninas ABC. Não, vamos ver algo que chame mais atenção. Que tal as Irmãs Alfabeto? Perfeito para a TV.

Lola riu alto agora, sozinha no quarto do hotel, ao lembrar a primeira vez em que elas apareceram na TV. Com o tempo, as meninas tinham se acostumado a cantar na televisão, mas, naquela primeira vez, tinham ficado intimidadas com as luzes, os cabos e as câmeras, sem falar na apresentadora excessivamente animada. Os arranjos de vozes sumiram, os movimentos de mãos cuidadosamente ensaiados agora pareciam-se mais com contorções violentas e todas elas tinham a mesma expressão de pânico no olhar. Toda a família e vários hóspedes perplexos assistiram à transmissão na TV do bar do hotel na semana seguinte. As três meninas deram gritinhos de vergonha durante toda a exibição. Como dissera Anna, pareciam mais as Irmãs Zumbi que as Irmãs Alfabeto.

Lola sentiu os olhos subitamente molhados pelas lágrimas, descarregando a tensão que vinha acumulando nas últimas semanas. Esteve esperando e, ao mesmo tempo, preocupando-se que algo desse errado. Que Anna ligasse e dissesse que não poderia vir. Que Bett avisasse que havia decidido ficar em Londres. Mal pôde se conter quando Bett telefonou para contar que não estava vindo mais só para a festa, mas para ficar.

Será que suas meninas tinham alguma ideia de quanto lhe tinham feito falta? perguntou-se. Não apenas a presença física, mas todas as histórias e brincadeiras, até os bate-bocas que ocorreram entre elas a vida toda, para grande e constante diversão de Lola. Não era tola de pensar que tudo voltaria a ser como nos dias de glória das Irmãs Alfabeto. Todas as preparações das roupas, as tentativas de fazê-las ensaiar as músicas e as viagens bem cedo para este show ou aquela estação de TV. E, claro, as brigas sobre quem se sentaria na frente no carro ao lado dela, ou a canção favorita de qual delas seria cantada primeiro, ou em que ordem elas ficariam no palco. Mas, para cada briga, sempre havia um momento divertido – alguém que começava a cantar na hora errada, um tom desafinado, provocações no palco entre elas –, ainda que Lola tivesse que fingir estar brava, pelo menos para tentar manter algum controle. Sem chance. Como os três últimos anos mostraram, não tinha controle nenhum sobre elas.

Houve um momento, um ano atrás, em que ela achou que a briga estava para terminar. A ocasião terrível em que Ellen foi atacada pelo cachorro. Bett e Carrie ficaram chocadas quando ela lhes contou e Lola soube que ambas tinham entrado em contato com Anna nos dias seguintes. Bett escreveu e Carrie telefonou, deixando um recado com Glenn. Mas não passou disso. E foi então que ela percebeu que precisaria tentar de alguma outra maneira...

Ah, se ao menos isso tudo tivesse acontecido anos atrás, quando seus ossos não estalavam tanto, sua mente era mais rápida, quando ela não se sentia tão cansada o tempo todo.

– Você tem quase 80 anos – disse sua médica na última visita, quando Lola admitiu que às vezes precisava de uma longa soneca à tarde. – Embora esteja em excelente forma, é verdade.

– Deve ser o gim – respondera Lola. – Estou me preservando.

– O bom sangue irlandês, provavelmente, e todo o trabalho duro ao longo dos anos. Como estão esses quadris?

Lola teve que operar os quadris cinco anos atrás.

– Sinto como se sempre tivessem sido assim.

– Ainda está fazendo os exercícios de alongamento duas vezes por dia?

Lola respondera afirmativamente com a cabeça.

– Sou tão ágil que poderia arrumar um emprego em uma boate de Bangkok.

A médica quase engasgou de rir.

– Lola, você piora a cada visita e sabe disso. Não tenho mais conselhos para lhe dar. Já sabe tudo o que precisa fazer. Tente ir com calma, não fique muito estressada, divirta-se. Você merece isso.

Claro que merecia. E tentava ir com calma, tirar sua cochilada quase todas as tardes, beber oito copos de água por dia. Bem, oito copos de alguma coisa por dia. Devia haver bastante água na água tônica, não é? E, nos dias em que não se sentia muito bem, sempre havia a maquiagem. Claro que ajudava o fato de sua pele ainda estar em boas condições. Eram todos aqueles anos usando dois centímetros de base, Anna disse certa vez. Sua pele provavelmente nunca recebeu um raio de sol nos sessenta anos em que vivia na Austrália. Ela pegou seu frasco de perfume, uma marca francesa cara, um de seus poucos luxos, e borrifou um pouco nos pulsos. Como era aquela piada que ouviu dois meninos contarem na semana passada? "Por que as meninas usam maquiagem e perfume?" "Porque elas são feias e cheiram mal."

Lola colocou um dedo em cada têmpora e massageou-as de leve, pensativa. Sua festa de aniversário começaria dali a algumas horas e ela certamente não estava com humor para enfrentar as meninas se evitando a noite toda, como fizeram até agora. Anna estava tão rígida que era espantoso estar conseguindo andar. Bett era um feixe de nervos. Carrie estava mal-humorada e batendo os pés. Nenhuma delas nem chegava perto das meninas encantadoras que costumavam ser.

Quanto mais poderia pressioná-las? Sabia que já vinha pisando em ovos naquele dia. Testemunhou pequenos lampejos de raiva das três, que ela contornou brincando e tentando aliviar a tensão naquele primeiro encontro. Mas era tão difícil ser paciente. Todo dia tinha consciência do tempo que lhe fugia. A ideia de fazer 80 anos a atingiu com um choque terrível e a impulsionou a fazer aqueles planos, para tentar reuni-las novamente. Havia algo tão velho em ter 80 anos. Nunca teve tanta impressão de urgência na vida, ou aquela sensação de estar vivendo em tempo emprestado.

Olhou para a pequena escrivaninha no canto do quarto. Jim a fez especialmente para ela, para que pudesse transportá-la sobre rodinhas de um quarto para outro e se sentisse imediatamente em casa. A pasta contendo seu projeto especial estava bem escondida na terceira prateleira. Deveria pegá-la agora? Revelar tudo de uma vez? Será que elas ficariam muito bravas? Ou adivinhariam que todo o motivo daquilo era mantê-las unidas pelo máximo de tempo possível? Fazê-las trabalhar juntas novamente? Não se importava se elas adivinhassem. Mas, não, era cedo demais. Além disso, queria revelar de uma maneira bem mais dramática e na frente de um público bem grande.

Em que elas poderiam trabalhar juntas enquanto isso? A comida estava pronta e o salão arrumado, portanto não havia nada a ser feito lá. Então, lembrou-se da grande pilha de ramos que Carrie logo poria nos vasos. Ou não, talvez... Ela pegou o telefone e discou para a floricultura na cidade.

Uma hora mais tarde, Lola estava no salão de festas com dez vasos recém-esvaziados, oito maços de flores recém-entregues e três netas com expressão atordoada. Carrie foi chamada do escritório, Anna da cozinha, Bett da cama. Ellen foi despachada de volta à cozinha para pedir sorvete.

Lola lhes deu seu sorriso mais sedutor.

– Eu sei que sou o diabo em pessoa por mudar de ideia no último minuto, mas ver vocês três juntas outra vez me fez lembrar aquelas lindas decorações que faziam para mim quando eram pequenas. Lembram-se daquele Natal, quando penduraram azevinhos e pinhas por todo o hotel?

Bett olhou para ela com uma expressão vazia. Talvez fosse a variação de fuso horário, mas não se lembrava de jamais ter feito decorações de Natal para Lola. Foi sempre Geraldine quem se encarregou das decorações. Os enfeites eram colocados da maneira especificada exatamente três semanas antes do Natal e recolhidos com a mesma organização exatamente doze dias depois do Natal.

– E percebi que seria o acabamento perfeito para minha festa de aniversário ter suas decorações de flores esta noite – continuou Lola. Ela deu um tapinha no rosto de cada uma delas como se fossem pequenos bichinhos. – Então, vamos começar? E não fique chateada por causa do tema de bosque, está bem, Carrie? Tenho certeza de que encontrarei um bom uso para aqueles ramos.

Meia hora mais tarde, escutando do lado de fora, Lola foi forçada a reconhecer que seu plano não deu certo. Nada parecia estar funcionando no salão. Nenhuma risada e brincadeira lá dentro enquanto elas arrumavam alegremente as flores. Nenhum comentário entusiasmado do tipo "Não está ficando lindo?" Nenhuma conversa animada aproveitando a oportunidade para se atualizar sobre a vida umas das outras. Apenas várias trocas de palavras frias.

– Por favor, não ponha esse vaso aí, Anna – ouviu Carrie dizer em um tom de voz excessivamente educado.

– Por que não? Acho que fica bom.

– Todas as flores devem ficar nas mesas laterais.

– Mas assim elas quase não vão ficar visíveis para quem estiver sentado.

– Eu pensei muito sobre isso nas últimas semanas e decidi que é o lugar mais prático para colocá-las. – Carrie falava agora em um tom gelado.

Do lado de fora, Lola fez uma careta. A mensagem subjacente era que Anna não tinha o direito de entrar ali de repente e fazer as coisas do jeito que queria...

Houve silêncio por um ou dois minutos, então ela ouviu a voz de Bett.

– Há mais vasos?

– Vou pegá-los para você. – A voz de Carrie ainda era dura.

– Tudo bem, eu mesma pego.

– Estão no armário do bar.

– Sim, eu sei.

O tom de Carrie foi ríspido novamente.

– É que você ficou tanto tempo longe que eu achei que talvez tivesse esquecido.

Depois que Bett voltou, houve mais silêncio, rompido apenas pelo som de vasos sendo movidos e dos talos sendo partidos. Lola não sabia bem o que tentar em seguida. Deveria entrar e dizer alguma de suas piadas? Havia pensado em uma boa. O que é marrom e troncudo? Um tronco. Talvez não. Tinha a sensação de que seria preciso muito mais que uma piada para consertar aquela situação.

Ela entrou no salão. As flores estavam lindas. Muito melhores do que os ramos anteriores.

– Ah, muito bom, meninas! – Não houve resposta. Ela caminhou lentamente até o piano, levantou a tampa e correu os dedos pelas teclas, tocando um ou dois acordes. – Lembra-se desta, Anna? – perguntou com animação, e dedilhou as notas iniciais de *Don't Sit Under the Apple Tree*.

Anna sacudiu a cabeça.

– Pobre Anna, tão jovem e a memória já está falhando. Bett, sua vez. E esta? – Ela tocou uma floreada introdução para *Danny Boy*.

Bett olhou para ela.

– Não estou reconhecendo, Lola. Desculpe.

– Poluição demais em Londres, minha querida. Seus neurônios devem estar precisando de uma sacudida. Carrie, e você, meu bem? Qual é esta?

Ela tocou a introdução de *My Favourite Things* de *A Noviça Rebelde*.

– Não tenho certeza – respondeu Carrie, sem levantar os olhos.

Lola foi tomada por uma onda de raiva. Já estava farta daquilo. Ela se levantou e bateu palmas uma, duas, três vezes.

– Muito bem, suas safadinhas.

Três caras espantadas se viraram para ela. Lola raramente usava esse tipo de linguagem.

– Quero falar com vocês. Aqui. Agora. – Ela lhes deu um momento para chegarem mais perto e então as encarou com irritação sincera. – Eu sei que deveria ser mais paciente. Sei que você provavelmente está sofrendo com a mudança de fuso horário, Bett, e você também deve estar cansada, Anna. Mas, sinto muito, venho aguardando há três anos por isso, desejando o fim dessa briga dia após dia, e não posso mais esperar para resolver essa questão. – Ela apontou uma longa unha pintada para sua neta do meio. – Bett Quinlan, diga-me a verdade. Como está se sentindo neste momento?

Bett enrubesceu, transportada de repente para os 10 anos de idade.

– Não estou a fim de jogar, Lola.

– Jogue, Bett. Como está se sentindo agora?

– Lola...

Esse era um jogo que Lola fazia com elas quando eram crianças. Um truque que aprendeu em alguma aula de teatro ou documentário na TV. Naquela época, usava uma varinha mágica que apontava para elas. A varinha da verdade, como a chamava. Dizia que isso poupava tempo. Era apontar e falar. Como você está? Qual é o problema? Como está se sentindo e por quê? Elas tinham que responder. Naquele tempo, as respostas eram simples.

"Estou irritada porque a mamãe me deu uma bronca."

"Estou triste porque não ganhei a corrida ontem."

"Estou brava porque as outras duas ganharam mais sorvete do que eu."

Lola afastou-se de Bett.

– Então você, Carrie. Vou começar por você.

Carrie estava olhando para os pés.

Lola continuou apontando.

– Carrie, quanto mais rápido fizermos isso, mais rápido estará acabado.

Uma longa pausa, depois uma voz baixa.

– Estou irritada porque você fica mudando de ideia toda hora sobre a decoração e isso está me deixando louca.

Não era o que Lola esperava ouvir, mas era um começo.

– O cliente sempre tem razão, Carrie, lembre-se. Anna, e você?

Anna olhou direto para ela.

– Estou furiosa porque tenho 34 anos e você está me tratando como uma criança.

– Vocês estão todas se comportando como crianças, por isso vou tratá-las como crianças. Obrigada, Anna. Bett?

Bett hesitou.

– Estou incomodada porque odeio isso.

– É mesmo? – Lola agradeceu em silêncio. Agora estava chegando a algum lugar. "Diga, Bett", pensou. "Diga o quanto você odiou ter brigado com suas irmãs. Quanto odiou ter ficado afastada delas." – O que, exatamente, você odeia?

Bett ergueu a cabeça, como a própria imagem de uma impotência desafiadora.

– Você chamando nossa atenção. E esse negócio da varinha da verdade. Sempre odiei isso.

Lola baixou a varinha imaginária. De qualquer forma, havia sido uma tentativa de último recurso.

– Está bem. Então vamos tentar uma conversa direta em vez disso. Sempre tive a ideia de que vocês sentiram falta umas das outras durante os últimos três anos. Que talvez houvesse momentos em que tiveram vontade de se telefonar. E então tive a ideia ainda mais obviamente ridícula de que tudo o que seria necessário para vocês ficarem amigas outra vez seria se reunirem para conversar sobre isso.

Nenhuma resposta.

– Não? Então parece que, em minha velhice, estou ficando fraca não só do corpo, mas também da cabeça, e imaginei tudo errado. Que pena.

Mas, como sempre foi meu costume, vou tentar tirar o melhor de uma situação ruim. – Ela olhou firme para as três. – Então, minhas pequenas princesas pirralhas...

Bett, de repente, teve que reprimir um sorriso. Lola não as chamava de princesas pirralhas há anos.

– Acham que seria possível vocês três colocarem essa briga ridícula... está bem, não é ridícula... essa briga extremamente válida e legítima de lado por um tempinho? Porque, meninas, a questão é que eu quero aproveitar minha festa e certamente não o farei se tiver que ver suas caras mal-humoradas a noite inteira. Ou a semana inteira. E possivelmente até mais do que isso. De fato, digamos que definitivamente mais do que isso.

Ela ignorou as expressões de surpresa das netas e bateu palmas de novo. As três levaram um susto.

– De agora em diante, deve haver conversas entre vocês, estão me ouvindo? Quero sorrisos também. Então eu, neste momento, estabeleço a lei. Não deve haver nenhuma menção aos acontecimentos de três anos atrás. Entenderam?

Houve uma explosão de revolta de Anna.

– Ah, claro, Lola. Como se não estivéssemos pensando neles.

– Vocês podem pensar no que quiserem. Podem pensar só nisso se quiserem. Mas, enquanto estiverem todas vivendo e trabalhando aqui, quero paz e bom convívio entre vocês. – Ela se virou para Carrie. – Sei que isso vai ser mais difícil para você no momento, Carrie, com Matthew sendo seu marido e tudo mais. Mas gostaria que você o mantivesse afastado daqui por enquanto. Acha que consegue isso?

Carrie engoliu em seco. Se ao menos Lola soubesse como seria fácil. Ela fez um sinal afirmativo com a cabeça, sem coragem de falar.

– Acho que é melhor se ele não vier à festa desta noite também. Diga-lhe que eu sinto muito, mas tem que ser assim. Já haverá fofocas suficientes sobre vocês sem ele por perto, com todos observando e ouvindo para ver o que acontece. Além disso, quero toda a atenção sobre mim, não sobre ele.

Ela deu um largo sorriso.

Carrie olhou para os pés outra vez. Há muito tempo já proibira Matthew de vir à festa.

– Então, é isso. Agora, ao trabalho. Não vai demorar para meus convidados começarem a atravessar o estacionamento e ainda há muito para ser organizado. Carrie, peça a suas irmãs para ajudá-la. Bett e Anna, façam o que ela disser. – Estava quase na porta quando se lembrou de algo. – Ah, uma última coisa.

Elas se viraram como se fossem uma só, como uma linha de coro, esperando.

Lola lhes voltou um belo sorriso.

– Obrigada por estarem aqui. Vocês fizeram uma velha senhora muito feliz.

Capítulo 6

O SALÃO DE FESTAS era um mar de luzes coloridas. Havia dez mesas redondas, todas arrumadas com toalhas brancas, taças cintilantes e talheres reluzentes. Música irlandesa tocava baixinho ao fundo, sob as conversas dos setenta convidados, uma mistura de casais idosos, adolescentes, mulheres de meia idade, vários homens mais velhos e até mesmo um bebê em um carrinho. Havia velas e vasos com flores frescas nas longas mesas laterais, com várias garrafas de vinho já abertas em cada uma delas. Jovens garçonetes de camisa branca e saia preta circulavam com bandejas, recolhendo taças de champanhe vazias. Tudo já estava no salão, menos a dona da festa.

À porta, Carrie olhou para o relógio de pulso, depois para sua irmã mais velha do outro lado do salão. Solicitou polidamente sua ajuda naquela tarde e, com a mesma polidez, Anna concordou.

– Está pronta? – perguntou, apenas movendo os lábios.

– Pronta – Anna moveu os lábios em resposta.

Carrie fez um sinal para sua outra irmã no outro canto, ao lado do sistema de alto-falantes. Foi igualmente difícil pedir ajuda a Bett, mas não teve escolha. As instruções complicadas de Lola para os primeiros estágios da festa haviam tornado impossível para Carrie cuidar de tudo sozinha. Ao sinal de Bett, Carrie acendeu e apagou as luzes do salão, tornando a acendê-las para chamar a atenção de todos, depois apagou--as uma vez mais, deixando um holofote sobre a porta principal. O salão silenciou. Anna ligou o microfone e, em sua melhor voz de falar em público, uma voz que ela usou com muito sucesso no desenho infantil *Hatty and the Headmistress*, fez o anúncio:

– Por favor, gostaria que todos ficassem em pé para receber a estrela da festa desta noite, a razão pela qual estamos todos aqui, a mulher que está comemorando hoje seu octogésimo aniversário: Lola Quinlan!

Lola entrou ao som de *Lola*, da banda The Kinks. Parou à porta para aumentar o efeito dramático, depois passou os olhos pelo salão com orgulho e alegria. As meninas tinham feito um trabalho de tirar o chapéu. Acenando majestosamente, ela inclinou a cabeça quando seus amigos e familiares começaram a aplaudir, muitos deles achando graça de sua escolha da música.

– Você se dá conta de que essa música é sobre um travesti? – Carrie lhe perguntou uma semana antes.

– É mesmo? – Lola respondeu jovialmente, olhando para Carrie sobre os óculos. – Tudo bem. As pessoas vão achar que estou sendo irônica em relação à minha maquiagem.

Bett observava enquanto Lola movia-se de uma mesa para outra, cumprimentando cada convidado pessoalmente, trocando uma palavra aqui, outra ali. Também observava a reação das pessoas depois que Lola passava: uma mistura de admiração, satisfação e, às vezes, risos abertos. Parecia que Lola tinha o mesmo efeito sobre todos que a conheciam, não só sobre suas netas. Era um pensamento estranhamente reconfortante.

Do outro lado do salão, Carrie examinava a lista de instruções à sua frente. Até aqui, tudo certo. Convidados recebidos pessoalmente na porta da frente. Confere. Champanhe circulando pelo salão em bandejas. Confere. Nos últimos dois dias, Lola entrou em uma espécie de frenesi. "O que você acha de tocar *I Do Like to Be Beside the Seaside*, enquanto as garçonetes trazem os coquetéis de camarão?" "Será que uma única mesa grande e comprida não ficaria melhor que dez mesas redondas?" "Você acha que é muito tarde para pedir que todos venham de fantasia, como piratas, ou ciganos, ou algo de efeito desse tipo?"

Carrie finalmente conseguiu pôr um fim naquilo.

– Lola, é a festa de aniversário de uma senhora, não uma produção da Broadway.

– Você acha que está parecendo uma produção da Broadway? É mesmo? Quais partes?

A ideia não era fazer um elogio, Carrie conteve-se para não dizer.

– Eu só acho que seria melhor você não se deixar levar demais pelo entusiasmo. Pelo que se dignou a me contar, parece que já temos muitas atividades para essa noite. As pessoas também vão querer conversar e comer, lembre-se disso. Você precisa deixar um tempo para a festa seguir naturalmente.

Para sua surpresa, Lola concordou, pegou a caneta e riscou vários itens da lista. "Ainda bem", pensou Carrie. Não estava muito segura de que as pessoas iam mesmo fazer coro em uma versão de *Isn't She Lovely*?, de Stevie Wonder, embora Lola estivesse confiante. Mas ela manteve dois itens: um identificado como S e o outro como SS.

– O que são esses? – perguntou Carrie.

– Surpresa e Supersurpresa.

– Não gosto de surpresas. Diga o que é.

– Você vai descobrir quando for a hora de descobrir – Lola respondeu, com voz solene.

"O que não demorará muito agora", pensou Carrie, com algum alívio. Entrada triunfal? Confere, anotou, vendo Lola acomodar-se em seu assento. Mas, afinal, tudo valia como uma boa experiência. Ela provavelmente seria capaz de organizar a cerimônia de posse do Presidente dos Estados Unidos depois disso. Talvez fosse até mais simples.

Duas horas mais tarde, faltavam dez minutos para o Item Sete, a primeira das surpresas de Lola. As entradas e os pratos principais tinham sido servidos: coquetéis de camarão, seguidos de escalope de vitela com fritas e salada. Aconteceu ainda o sorteio de três prêmios, também ideia de Lola. Os felizes ganhadores receberam garrafas do gim favorito dela. A sobremesa seria servida depois da próxima rodada de discursos. Havia a opção de salada de frutas com sorvete ou bolo de chocolate caseiro, que era na verdade um bolo de chocolate industrializado com calda de chocolate ligeiramente caseira por cima.

Carrie e Lola discutiram sobre isso também.

– Você pode pedir qualquer comida que quiser. Algo especial, se tiver vontade.

– Eu gosto dos cardápios de sua mãe. Simples, nutritivos...

Repetitivos, Carrie pensou. A comida do hotel era há muito um ponto de discórdia entre Carrie e sua mãe. Geraldine tinha os seus favoritos e nunca viu razão para mudá-los. As entradas eram sempre coquetel de camarão ou a sopa do dia, geralmente de legumes. Os pratos principais costumavam variar entre filé, presunto grelhado com abacaxi ou escalope de vitela empanada, todos servidos com batatas fritas e salada. As sobremesas também não mudavam com frequência: torta de maçã, bolo de chocolate ou salada de frutas, todos acompanhados de sorvete de baunilha. O café era persistentemente instantâneo, o chá em saquinhos em vez de folhas. Geraldine descrevia tudo isso no cardápio como *comida caseira e deliciosa servida em porções generosas*. Sendo ela a pessoa que desembalava boa parte daquilo quando chegava do atacadista, Carrie protestou contra o termo "caseira" também. Mas não podia discutir as "porções generosas". As porções eram realmente enormes.

Carrie esperou até que Lola olhasse para ela e balbuciou "Dez minutos", mostrando ainda os dedos abertos das duas mãos para deixar mais claro. Lola assentiu com a cabeça e lançou-lhe um sorriso radiante antes de voltar à conversa com o vizinho na mesa onde se encontrava sentada no momento. Havia organizado os assentos de modo que houvesse um lugar vazio em cada mesa.

– Assim eu posso me movimentar a noite toda e conversar com todos. – Ela explicou seu raciocínio a Carrie em outra das reuniões pré-festa.

– Não acha tolice eu ficar na cabeceira de uma mesa com sua mãe de um lado e seu pai do outro? Com eles eu posso conversar todos os dias. Sempre achei isso ridículo em casamentos, colocar a noiva e o noivo a quilômetros de distância, fora do alcance dos convidados. Afinal, eles vão ter o resto da vida para conversar um com o outro, para estar um do lado do outro, não é, Carrie? – Ela nem notou a expressão de Carrie. – Vou compartilhar minha presença a noite toda. E gostaria que vocês três fizessem o mesmo, ocupassem minhas cadeiras quando eu não as estiver usando. Como aquelas pessoas fazem nas cerimônias do Oscar. "Já ouviu falar delas, Carrie?" Imagine só fazer isso como trabalho, entrar discretamente e ocupar o lugar de uma celebridade toda vez que elas saem para ir ao banheiro ou fumar um cigarro. Ou talvez usar alguma droga, vai saber.

Carrie olhou sério para ela por um instante, rezou pedindo paciência e voltou à discussão da programação da festa.

Mas a troca de mesas parecia estar funcionando bem. Anna e Ellen já haviam se mudado para uma mesa no lado oposto do salão. Ela via as duas, Anna com Ellen no colo, conversando com a senhora da farmácia. Anna estava muito linda, pensou Carrie, em um elegante vestido azul-escuro complementado por um vistoso par de brincos que eram mais peças de arte do que joias. Ellen estava de rosa, com um gracioso chapéu combinando.

Do outro lado do salão, podia ver Bett, rindo de algo que o padre da paróquia local dizia. Usava um vestido *vintage*. O tecido era maravilhoso, reconhecia Carrie, mas no fundo sabia que o seu próprio figurino era o que mais chamava a atenção. Usava um inesperadamente simples vestido longo dourado, cuja elegância era complementada por um xale dourado de seda. Enfeitou os cabelos com pequenas florzinhas de seda e gastou um longo tempo caprichando na maquiagem.

– Você parece uma modelo – o açougueiro Len disse com admiração quando chegou com a esposa. Depois fixou nela os olhos brilhantes. – Matthew ainda não chegou?

Ela respondeu com uma quase-verdade.

– Ele está no norte em uma fazenda de criação de carneiros, para terminar sua prática em veterinária. Uma experiência fantástica. É uma pena que seja tão longe. Lola compreendeu, claro.

Carrie respondeu olhando firme para Len, desafiando-o a ousar fazer mais perguntas. Ele não fez, mas por sua ansiedade para sair logo dali era visível que estava louco para espalhar a notícia entre os presentes. Ótimo, isso a pouparia de ter que dar explicações.

Olhando para Bett outra vez, Carrie notou que ela havia emagrecido um pouco nesse tempo que passou em Londres, mas ainda era... bem, não podia mais dizer gordinha, mas certamente não era magra.

Com certo sentimento de culpa, Carrie percebeu que estava aliviada. Preocupou-se que Bett pudesse retornar de Londres magérrima como uma modelo. Tinha a sensação de que Matthew preferia garotas esguias. Ela lhe perguntou uma noite ao irem para a cama, nos primeiros tempos, quando atravessou um período de culpa e incerteza. Antes de terem declarado proibição total de falar sobre Bett.

– Matthew, você achava que Bett tinha um corpo melhor do que o meu?

Ele pareceu pouco à vontade com a pergunta.

– Carrie, prometemos não falar sobre isso.

– Mas você achava?

– Carrie, não vou responder a essa pergunta.

Ela ficou irritada e decidiu demonstrar.

– Então é porque achava – disse com ar amuado. – Nesse caso, devia voltar para ela, não acha? – Carrie o fitou por entre os cílios semicerrados. Sabia que ele estava na dúvida se era brincadeira ou não. Ela se levantou e andou pelo quarto em suas roupas íntimas... suas extremamente rendadas e sensuais roupas íntimas. Descobriu logo que Matthew gostava de lingerie sensual. Chegando à porta, parou e desfrutou ver o prazer do olhar dele percorrendo seu corpo. – Vou ligar para Bett, o que acha? Saber se ela quer voltar para você?

Matthew estava deitado na cama.

– Venha aqui, Carrie.

– Por quê?

– Você sabe por quê.

– O que você vai fazer se eu for?

Pela expressão de seus olhos, Carrie sabia muito bem o que ele tinha em mente. Ela se aproximou mais. Ele estendeu a mão. Ela recuou, saindo de seu alcance.

– Não me provoque.

A voz dele era quente, e ela cedeu, inclinando-se para a frente...

Carrie sacudiu a cabeça para afastar a lembrança. Havia lugar e hora para fantasias sexuais e o aniversário de 80 anos de sua avó provavelmente não era um deles.

O que Matthew estaria fazendo agora? Tentou imaginá-lo na fazenda de criação de carneiros, a 200 quilômetros de distância. A oferta de trabalho chegou do nada seis meses antes e seria uma perfeita aplicação prática de tudo o que ele esteve aprendendo em seu recente curso de administração veterinária de fazendas.

– Como foi hoje? – ela perguntou, nos primeiros dias, quando tudo ainda estava bem entre eles.

– A "ovélha" curva de aprendizagem – respondeu ele, brincando.

– E o professor?

– Béee-bado. Só tentando arrebanhar nossa atenção. Levantei algumas dúvidas e ele me perguntou se eu não estava ovino bem. Brincordeiro, hein?

Carrie tentou manter o rosto sério.

– Já terminou?

– Por enquanto – respondeu Matthew, rindo.

– É bom mesmo. Você vem buscar lã e vai acabar saindo tosquiado.

O relacionamento deles era bom, Carrie vivia dizendo a si mesma. Divertiam-se muito. Conversavam sobre tudo. Os seis primeiros meses tinham sido os mais difíceis, aguentando os sussurros e fofocas pela cidade, mas, abrigados na crença de que o que aconteceu era maior do que eles, que esteve além de seu controle, os dois haviam enfrentado tudo. E, então, uma das meninas dos Richard teve um bebê aos 16 anos, a professora de Educação Física fugiu com um dos monitores da escola e houve uma onda de assaltos no vale. Todos tinham agora novos assuntos para falar.

Carrie começou a se sentir triste e, de repente, com raiva. Será que ele tinha alguma ideia de como aqueles anos haviam sido difíceis para ela? E como era difícil para ela aquela noite, enfrentando todos, sabendo que as pessoas estariam falando sobre eles? Especialmente sabendo que Anna e Bett estavam prestando atenção em cada um de seus movimentos?

Por um instante, sentiu-se tentada a telefonar para ele, mas se conteve. Já sabia o que ia acontecer. Teriam mais uma briga e ela provavelmente acabaria a conversa chorando. E naquela noite, mais do que em qualquer outra, não queria estar com a pele manchada e os olhos inchados.

De repente, porém, desejou que Matthew estivesse ali. Que pudesse aproximar-se dele, sussurrar algo engraçado ou sensual em seu ouvido, fazer tudo ficar bem outra vez, como sempre faziam. Faziam por meses, até que... Percebeu que estava com os olhos fixos em Bett quando a irmã se virou para ela. Carrie enrubesceu e desviou o olhar.

Bett desviou também, constrangida por ter sido pega olhando para Carrie. Não havia dúvida quanto a isso: sua irmã mais nova estava deslumbrante naquela noite. Ela estava orgulhosa de sua roupa, até vestir-se e ver-se ao lado de Carrie e Anna. Toda a família foi convocada ao quarto de Lola para tomarem juntos um rápido drinque antes da festa. Ou um breve encontro de aquecimento, como disse Lola. Seu pai ergueu um brinde.

– Repetiremos isto publicamente mais tarde, mas saúde a você, Lola, maravilhosa mãe, sogra, avó e bisavó!

– À nossa família feliz, reunida novamente – foi o brinde de Lola em resposta. – Jim, você trouxe a câmera? Adoraria uma foto de todos nós. E uma das três meninas juntas outra vez, finalmente.

Seu pai, infelizmente, tinha deixado a câmera no salão de festas.

– Vamos ter que tirar essa foto mais tarde – disse ele.

Bett ficou aliviada. Ela, Anna e Carrie mal tinham trocado uma palavra entre si desde a arrumação das flores à tarde, quanto mais ficar as três juntas para tirar uma foto sorridentes.

Lola chamou Bett quando todos estavam saindo do quarto.

– Está maravilhosa, querida. Aqueles últimos ajustes era bem o que faltava.

Quando se trocou no quarto, Bett achou que o vestido ajustado ficou realmente bom, com seu brocado *vintage* de padrão tão incomum e as cores valorizadas na combinação com seus sapatos de salto alto favoritos. Mas bastou uma olhada para Anna e Carrie e seu estado de espírito desabou novamente.

– Você acha?

– Querida, você é a minha Bett e eu lhe digo que está maravilhosa. E está mesmo. Algumas pessoas podem preferir o visual de Anna, toda sofisticada e elegante. E Carrie é uma mocinha bonita, sabe disso e faz bom uso. Esses são os fatos. O terceiro e último fato é que você também está linda. As cores são incríveis e seus cabelos estão brilhantes. Eu só quero aquela luz de volta em seus olhos, que ainda não vi desde que você chegou.

– Desculpe, Lola. Desculpe-me por estar sendo tão tola no seu aniversário.

– Essa é a minha menina. – Ela deu um beliscãozinho no rosto da neta. – Agora é sua vez de me encher de elogios. Eu estou linda? Atenção, quero a verdade.

Bett examinou o traje de Lola em toda a sua glória. Ela usava uma longa saia roxa de tafetá, uma túnica dourada cintilante, pelo menos cinco colares, incluindo o novo que ganhara de Bett, e maquiagem de surpreendente bom gosto. Talvez um pouco de *blush* a mais. Bett ficou tentada a tirar o excesso, mas se conteve. Seria uma surpresa maior para os convidados se Lola chegasse sem *blush*, com certeza.

– Está sensacional. Como se fosse de Hollywood.

– Exatamente o que eu queria ouvir. Obrigada, minha querida. Agora, vá e se divirta. A propósito, você vai se sentar ao lado do inglês do quarto dois. Eu contei que ele também é jornalista? Imagine só. Vocês terão muito em comum para conversar.

Bett gemeu. Não estava no estado de espírito para encontros.

– Lola, por que fez isso?

– Eu faço o que quiser. É meu aniversário, lembre-se.

De fato, quando Bett chegou à mesa, havia um homem sentado ao lado do lugar em que ela se acomodou. Era talvez dez anos mais velho do que ela, magro, com uma expressão solene, de óculos. Estava vestido com um terno informal. Sorriu para ela, um sorriso surpreendentemente bonito que lhe iluminou todo o rosto.

– Uma festa e tanto – disse ele.

Bett sorriu de volta.

– Ela é uma mulher e tanto.

– Você a conhece há muito tempo?

– A vida toda. É minha avó. – Ela estendeu a mão. – Sou Elizabeth Quinlan, conhecida como Bett.

– Richard Lawrence. – Eles trocaram um aperto de mãos.

– Você é inglês? Esse seu sotaque é de Londres?

– Sim, é.

– Acabo de voltar de lá. Cheguei esta manhã.

– Você fez uma viagem dessas por causa de uma festa? Você é uma criatura social.

Bett riu. Notou, então, que ele tinha olhos muito brilhantes atrás dos óculos.

– Não tive escolha, acredite. E você, está de férias aqui?

– Bem, férias de trabalho, eu dir...

Um tapa nas costas quase fez Bett voar sobre a mesa.

– Bett Quinlan, que bom vê-la outra vez! Vai voltar a trabalhar no jornal?

Seu outro vizinho de mesa havia chegado, um homem que fez o paisagismo em torno do hotel e conhecia bem a família. Ele engatou imediatamente uma conversa que seguiu ininterrupta durante o primeiro prato. Pelo canto do olho, Bett notou Richard Lawrence sendo interrogado pelo outro vizinho de mesa, um dos vereadores da cidade. Ouviu trechos da conversa, algo sobre fazer uma pesquisa para um projeto de escrita. Estava a ponto de lhe perguntar mais sobre isso quando Lola passou por ela e sussurrou que era hora de mudar de mesa.

– Circulando, querida, circulando.

O movimento entre as mesas foi muito difícil para Bett. Não tão difícil, porém, quanto a entrada inicial no salão, intensamente consciente das pessoas olhando e falando sobre ela. Manteve um largo sorriso, cumprimentou muitos rostos dos velhos tempos, amigos de Lola ou pessoas que ela conheceu nos anos em que trabalhou no jornal, respondeu animadamente às perguntas. Sim, estava finalmente de volta de Londres. Não, a mudança de fuso horário não tinha sido tão ruim. Aquela parada em Cingapura fez toda a diferença. Sim, estava voltando ao país para ficar, mas provavelmente logo iria para Sidney ou Melbourne. Sim, era ótimo ver toda a família outra vez, além do céu azul, hahaha.

Ninguém tinha mencionado o nome de Matthew, ou as circunstâncias de sua partida, pelo menos não na sua frente. Ninguém exceto o açougueiro Len, claro. Parecia que ele não tinha mudado nada. Ela mal havia se afastado, depois de cumprimentar ele e a esposa, quando ouviu o comentário, em um sussurro alto que ressoou pelo salão.

– Era dessa que eu estava falando. O noivo a deixou e fugiu com a irmã mais nova. Não, não aquela com a criança, a bonita ali, de cabelos louros.

Bett continuou andando resolutamente, rezando para que a meia-luz escondesse suas faces vermelhas.

Quando o prato principal foi servido, já estava se sentindo bem melhor. As três taças de vinho australiano também ajudaram bastante. Viu-se sentada ao lado do padre local, que a surpreendeu com suas piadas rápidas e espirituosas. Fazia séculos que não ria tanto. Para tornar a situação ainda mais agradável, o prato principal era um de seus favoritos: escalope de vitela empanada deliciosamente crocante servido com uma pilha de batatas fritas suculentas e salada. Sabia que era muito pouco sofisticado gostar dessas comidas padrão hotel, mas sempre adorara a cozinha de sua mãe. Seu favorito de todos os tempos era o bolo de chocolate, todo crocante por fora e cremoso por dentro, servido com chantilly e sorvete. Nunca viu nenhuma razão para se juntar a Anna e Carrie em sua insistência ao longo dos anos para fazer Geraldine atualizar os cardápios e oferecer opções mais leves e saudáveis.

Bett sabia muito bem que era esse amor pelo estilo de cozinha de sua mãe – suculento, com frituras e porções grandes – o culpado por sua batalha constante contra o peso. Lola também deixou isso abundantemente claro certa tarde, quando Bett procurou-a às lágrimas.

– Não é justo. Por que Anna e Carrie são magérrimas e eu não?

– Anna e Carrie são magérrimas porque se exercitam muito e se alimentam como passarinhos, Bett – Lola respondeu sem rodeios.

– Eu também me alimento como um passarinho – disse ela, emburrada, sabendo que Lola estava certa. O único problema era que seu passarinho era um urubu.

Decidiu agora tentar ser disciplinada e, relutante, deixou a última das batatas fritas no prato. Um minuto de prazer, uma vida para emagrecer, inventou de cantar certa vez. Infelizmente, as palavras não demoraram a mudar. Um minuto de prazer, que delícia é comer. Enquanto tentava ignorar o canto das sereias da batata frita, sentiu uma batidinha no braço.

– Bett, já ouviu aquela do cavalo que entra em um bar?

– Não, ainda não, padre, mas adoraria ouvir – respondeu, virando-se para ele com um sorriso.

Ao fazê-lo, notou uma das garçonetes vindo em direção de sua mesa para recolher os pratos. Ah, dane-se. Estava de férias, não estava? Enquanto o padre começava a contar a piada, ela pegou a última batata frita e a enfiou na boca.

A três mesas de distância, Anna sorriu para a jovem garçonete que recolhia seu prato.

– Muito obrigada. Estava delicioso.

A moça franziu as sobrancelhas.

– Então por que quase não comeu? Parece que mal mexeu na comida.

Anna tentou não rir.

– Só não estou com muita fome – disse educadamente.

Sabia por experiência que sua mãe devia ter chamado seu exército de garçonetes eventuais para aquela noite: estudantes, jovens mães, pessoas que precisavam de um trabalho temporário.

A garota pareceu um pouco hesitante.

– Eu devo então trazer uma sobremesa, já que não está com muita fome?

– Uma bem pequena seria ótimo, obrigada – disse Anna. – E uma para minha filha. Ela estará de volta em um instante.

Lola veio e levou Ellen consigo alguns minutos antes. "Quero exibi-la", disse com entusiasmo. Ellen saiu alegremente com a bisavó.

Anna se controlou para não reagir quando a garçonete derrubou uma faca no chão, por pouco não lhe acertando o pé. Abaixou-se, pegou-a e a devolveu com um sorriso.

– Não se preocupe, você está indo bem.

Pobre menina. Ela – e Bett e Carrie também – sabia bem demais como era trabalhar de garçonete nas horas vagas. Elas haviam passado seus anos de adolescência transportando refeições para salões de hotel. Os inalteráveis itens do cardápio de sua mãe pelo menos facilitavam na hora de servir, sem molhos ou métodos de cozimento complicados para explicar. Tudo o que elas precisavam fazer era levar as refeições certas para as pessoas certas em cada mesa do salão. Haviam organizado seu próprio método para identificar cada cliente, rabiscando uma ou duas palavras descritivas das pessoas no bloco de pedidos. Tudo funcionou bem até uma noite em que Bett esqueceu seu bloco sobre uma das mesas. Quando voltou para recolher os pratos, encontrou as seis pessoas da mesa passando-o entre si e tentando adivinhar quem era quem entre as alternativas de Narigão, Feia, Careca, Faiscante (a mulher cheia de anéis), Barba Medonha e Cara de Palhaço. Anna lembrava que Bett havia ficado tão envergonhada que correu para fora do salão e não voltou mais pelo resto da noite.

Sozinha na mesa por um momento, Anna olhou em volta. Lola, de mãos dadas com Ellen, movia-se majestosamente de mesa em mesa. Seus pais estavam de pé ali perto, conversando com outro casal. O braço do pai repousava com naturalidade nas costas da mãe. Bett ainda estava sentada a algumas mesas de distância, rindo de algo que o homem a seu lado dizia. Um possível pretendente? Anna se pegou pensando. Então o homem se moveu e Anna percebeu que usava um colarinho de padre. Não. Anna imaginava se Bett chegaria em casa com um namorado inglês. Certa vez, perguntou casualmente a Lola se Bett mencionou nas cartas algum homem em sua vida.

– Nem sombra – Lola disse sem rodeios. Ela sempre ficou feliz em deixá-las informadas sobre a vida umas das outras. – Eu bem queria que ela encontrasse alguém lá. Isso resolveria vários problemas.

Anna finalmente avistou também Carrie, radiante em seu vestido dourado, do outro lado do salão. Sua irmã parecia ter se tornado muito hábil na organização de eventos como aquele. Tudo corria tão bem, os funcionários vinham constantemente ver se ela precisava de algo, tratando-a com respeito. Mas isso não era surpresa. Carrie sempre tivera essa segurança com as pessoas, essa capacidade de encantá-las sem fazer esforço.

– Oi, meu amor. Está se divertindo?

Anna levantou os olhos e sorriu para o pai.

– Oi, papai, sente-se. – Ela bateu na cadeira ao seu lado. – Está sendo uma bela noite, não é? Carrie fez um ótimo trabalho.

– É verdade. Ela tem feito maravilhas por aqui. Não vai demorar a deixar sua mãe e eu sem trabalho. Vamos acordar um dia e descobrir que ela e Matthew assumiram o negócio enquanto dormíamos.

Era engraçado ver a naturalidade com que o pai falava de Carrie e Matthew como um casal. Mas não deveria estar surpresa. Ele teve três anos para se acostumar com os dois juntos.

– Foi aquele bom treinamento que você nos deu quando crianças. Agora mesmo eu estava aqui lembrando nosso tempo como garçonetes. Daquele dia em que Bett esqueceu o bloco de anotações sobre uma mesa. Você lembra?

Jim inclinou a cabeça para trás, rindo.

– Quantas vezes já contei essa história! Como era mesmo? – Ele repetiu com precisão os seis nomes insultuosos. – E aquela vez que a Carrie pôs o pessoal do cinema em seu devido lugar? Lembra-se disso? Logo que nos mudamos para cá?

Anna riu também. Lembrava bem. Uma equipe de cinema estava hospedada no hotel e, no meio do jantar na sala de refeições, começaram a fumar maconha abertamente. Iam ficando cada vez mais desagradáveis, dando ordens a Carrie, então com 15 anos e garçonete do grupo naquela noite, como se ela fosse uma criada, reclamando que não havia o conhaque raro que queriam ou o uísque de sua preferência. Quando Carrie se inclinou para trocar os cinzeiros, um dos homens lhe deu um tapinha no traseiro.

– São só cigarros de ervas, querida. Não precisa se preocupar. – E deu uma piscadela. – Avise se quiser experimentar um.

Sem perder a compostura, Carrie tirou a mão dele de seu traseiro e sorriu docemente.

– E está vendo aqueles dois homens ali no bar? – Ela apontou na direção em que estavam o chefe dos correios e o chefe da estação ferroviária tomando uma cerveja no balcão. – Eles são do grupo antidrogas de Adelaide. Avise se quiser conhecê-los, está bem?

Anna riu. O pessoal do cinema não só apagou seus baseados imediatamente, como deixou uma gorjeta de trinta dólares para Carrie.

– Lembra como Bett ficou furiosa? – continuou Jim. – Ela veio falar comigo no bar, batendo os pés. "Por que é sempre Carrie quem ganha as gorjetas? Vou começar a usar peruca loira quando estiver trabalhando de garçonete."

Anna tinha esquecido essa parte. Ela deu uma risadinha sem graça.

– Ainda bem que deixamos essas briguinhas para trás, não é, papai?

– Eu já estou feliz por vocês estarem todas em casa outra vez – respondeu ele, simplesmente. – Sentimos sua falta. De você e Bett. É uma pena ter demorado tanto.

Era o máximo que seu pai já tinha falado sobre o assunto desde muito tempo.

– É bom estar de volta.

– Oi, vovô. – Ellen enfiou a cabeça entre os dois e, em seguida, subiu no colo do avô. – Pode fazer aquele truque de tirar a moeda da sua orelha e colocar na minha?

– Não é truque, Ellie. Eu guardo mesmo moedas na orelha. É bem mais seguro que no banco.

– VOVÔ! – exclamou Ellen, lançando um olhar para Anna. – Ele está brincando, não está, mamãe?

– Claro que não, Ellen. Ele tem mesmo uma fortuna nas orelhas.

– Você me mostra, vovô?

Ele olhou para o relógio, depois tocou a ponta do nariz de Ellen.

– Mais tarde, querida. Agora tenho que fazer um anúncio rápido sobre nossa aniversariante, mas volto assim que puder. – Ele ficou de pé, encenou um movimento solene de arrumar a gravata e os cabelos. – Meu momento de fama finalmente chegou.

Ellen observou enquanto ele se afastava, depois se virou para Anna.

– Mamãe, o vovô é filho de Lola, não é?

– É, sim.

– Os dois são um pouco malucos, não acha?

Anna riu.

– É verdade, Ellie, são mesmo.

Bett despediu-se do padre e voltou para sua mesa original, levando consigo a quarta taça de vinho tinto. Mal acreditava que fosse possível, mas estava quase se divertindo. Parecia que só precisava se manter um pouco bêbada e cercada de muita gente o tempo todo e acabaria se virando bem ali. Ela sorriu para Richard, o inglês, enquanto se sentava ao lado dele.

– Está se divertindo? Toda essa hospitalidade campestre australiana não é demais para você?

– Não, de jeito nenhum – respondeu ele. – Já fui até convidado para entrar em dois times de críquete.

– Espero que não tenha aceitado. Você sabe que eles só querem uma desculpa para rir de um jogador de críquete inglês.

– É, tive essa sensação.

Bett riu.

– Pense bastante antes de aceitar qualquer oferta.

Ele pegou uma garrafa de vinho e ofereceu-se para encher a taça dela.

– Posso? – perguntou. Bett aceitou, impressionada com as boas maneiras daquele homem. Richard ergueu a voz acima do som da música popular irlandesa. – Lola me disse que as quatro gerações da família estariam aqui esta noite. É isso mesmo? Ela parecia muito contente com isso.

– É, sim – disse Bett, esperando que ele não lhe pedisse que fizesse apresentações. Deu-se conta de que não queria ter que apontar Anna e Ellen ou Carrie. Não queria que ele a comparasse com as outras duas e que ela ficasse de lado outra vez. Estava gostando muito da companhia dele. Com uma agradável pontinha de culpa, notou seu pai aproximando-se do microfone para anunciar o discurso de Lola. – Você me dá licença? – disse a Richard.

Ele assentiu com a cabeça e virou-se também para a frente do salão.

Ela se ajeitou na cadeira para conseguir uma visão melhor de seu pai e quase pulou do assento ao sentir uma dor aguda na coxa direita. Moveu-se e sentiu outra pontada de dor, agora no traseiro. Que seria aquilo, teria sentado em uma aranha? Levantou um bocadinho, baixou o corpo de novo e deu outro pulo com uma nova pontada.

Atrás dela, Richard notou o movimento.

– Bett, está tudo bem?

– Tem alguma coisa me mordendo.

– Bom, eu juro que não fui eu.

Ela sorriu.

– Não achei que fosse. Mas não se preocupe. – Ela não podia levantar naquele momento e fazer uma cena, não durante o grande momento de Lola.

Seu pai estava agora fazendo a apresentação.

– Uma vez mais, trago a vocês minha mãe, a nossa aniversariante, Lola Quinlan!

As luzes se acenderam e, na frente do salão, estava Lola, puxando uma cortina para revelar uma grande tela branca. Os convidados ajeitaram-se nas cadeiras, em expectativa. Bett mudou cuidadosamente a cadeira de lugar para ter plena visão, sem mexer seu traseiro, apenas a cadeira, tentando manter o inseto, ou aranha, ou qualquer criatura que fosse preso embaixo dela.

Lola esperou até que tivesse a atenção de todos.

– Obrigada, meu querido Jim. Antes de passar ao próximo evento importante da noite, gostaria de lhes apresentar adequadamente a minha família. Eu os convidaria a vir todos aqui ao meu lado, mas aí vocês iam olhar para eles, não para mim. – Houve risos na sala. Lola os apontou, um a um. – Meu filho Jim e sua esposa Geraldine, que foram tão bons e gentis comigo todos esses anos, mesmo quando eu os deixava loucos.

– Nunca! – exclamou Jim. Geraldine sorriu rígida.

– E minhas netas. Anna, levante a mão, querida, por favor. Anna deixou um pouquinho sua bem-sucedida carreira de atriz em Sidney para passar um tempo aqui com a filha, minha bisneta Ellen, que acabou de fazer 7 anos e é uma lindeza.

Bett notou que Ellen se apertava contra Anna, com o cabelo escondendo a cicatriz.

– E, na mesa ao lado de Anna e Ellen, está minha neta do meio, Elizabeth, conhecida, claro, como Bett... – Bett levantou a mão timidamente enquanto Lola continuava – ... que deixou para trás sua vida extremamente glamourosa em Londres para passar um tempo comigo.

Ela se virou e fez um gesto em direção a Carrie, que estava de pé perto da porta.

– E, claro, minha querida Carrie, ali de vestido dourado e cabelos dourados, que não só me mantém diariamente jovem como não poupou esforços para esta noite. Obrigada, Carrie, meu amor.

Lola esperou os aplausos cessarem antes de voltar a falar.

– Quando começamos a planejar a festa desta noite, eu soube que é uma tradição atualmente fazer uma pequena apresentação de slides para homenagear o aniversariante. Carrie sugeriu isso e eu recusei de imediato, com receio de ficar constrangida com fotos minhas que eu nem imaginava que ainda existissem. Mas depois pensei um pouco mais na ideia e decidi que, sim, talvez fosse bom, especialmente se eu mesma escolhesse os slides, em vez de ter surpresas desagradáveis. Então fui em frente e preparei uma pequena apresentação com alguns de meus momentos favoritos e gostaria de compartilhá-los com vocês. Por favor, sirvam-se de um drinque e, em seguida, vamos começar.

"Oh, não, lá vamos nós", pensou Bett. Anna estava sentada à mesa atrás dela, as duas praticamente costas com costas. Sentiu uma batidinha no ombro e se virou.

– Você sabia disso? – sussurrou Anna.

Bett sacudiu a cabeça, surpresa por Anna estar lhe perguntando. Ambas olharam para Carrie. Pela expressão de seu rosto, era uma surpresa para ela também.

Lola bateu palmas.

– Atenção, por favor, todos vocês. Anna, Bett, parem de cochichar aí. – Ela acenou para as duas. – Minhas queridinhas vieram especialmente para a festa, como sabem. É tão bom na minha idade ter toda a família ao meu redor outra vez.

No momento de silêncio antes do início da apresentação dos slides, duas vozes foram claramente audíveis.

– O marido da mais nova está aqui? O cara que causou toda a confusão?

– Não, acho que ele foi proibido. – A voz do açougueiro Len era facilmente reconhecível. – E é uma pena. Eu já esperava ver outra briga de gatos aqui hoje. – Ele riu alto.

Bett enrijeceu o corpo. Maldito Len e sua grande boca. Desejou que ele sufocasse com uma das costeletas que tinha comido. Pelo canto do olho, viu Anna se virando para ver quem tinha falado. Não ousou olhar na direção de Carrie. Para seu alívio, as luzes de repente se apagaram, a tela ganhou vida e a voz de Lola surgiu nos alto-falantes, com seu sotaque irlandês claro e forte.

– Perdoem-me algum excesso, mas gostaria de me lembrar um pouco desses últimos oitenta anos.

Uma ritmada canção irlandesa começou a tocar enquanto os slides passavam na tela, com legendas na margem inferior indicando ano e lugar. Lá estava Lola criança ao lado de um enorme carvalho diante de sua grande casa de família na Irlanda, com os pais de pé atrás dela, a filha única. Quando jovem em uma festa de gala em Dublin. No dia de seu casamento, Edward sério, Lola quase uma noiva-criança. Uma fotografia deles no navio para a Austrália no final da década de 1930, depois várias de Lola com o bebê Jim; em uma praia; no portão do Jardim Botânico em Melbourne; em um grupo de mulheres, todas com crianças pequenas.

Bett estava fascinada. Não sabia que Lola tinha aquelas fotos da Irlanda, ou tantas de seus primeiros tempos na Austrália. Lola raramente contava detalhes daqueles anos. As lembranças deviam ser muito dolorosas para ela, as meninas concluíram. Bett ouviu sussurros nas mesas à sua volta. “Ela ficou viúva muito jovem, não?” “Trágico, não é? Com um filho pequeno.” “Ela se casou outra vez?”

Algo na foto da casa de Lola na Irlanda deixou Bett intrigada. Ela a visitou quando morou lá, tirou fotos e tentou, sem sucesso, encontrar alguém que se lembrasse de Lola e de sua família. Gostaria de ter olhado a foto com mais atenção, mas passou muito depressa. Teria que perguntar a Lola sobre isso outra hora.

Os slides seguintes eram de Lola e Jim nas diferentes pousadas e hotéis que administraram por toda a Austrália. Haviam se mudado dezenas de vezes nos primeiros anos, de hotéis na cidade para hotéis no campo, hotéis rurais e hotéis à beira-mar. Geraldine e, depois, as três meninas começaram a aparecer na tela. Houve uma foto maravilhosa de Lola com 50 e poucos anos de férias na Tasmânia, em uma praia, com o vento batendo nos cabelos, parecendo uma estrela de cinema. Outra com 60 e tantos anos, atrás do balcão no bazar de caridade ali no vale, o ano em que se declarou oficialmente aposentada do trabalho no hotel. Uma de sua festa de aniversário de 70 anos no meio do vinhedo em frente ao hotel, em um glorioso dia de verão, como hoje. O dia em que ela transferiu toda a propriedade do hotel para Jim e Geraldine. Bett lembrava-se claramente. Lola não quis ouvir nenhum argumento. “Não quero nenhum dinheiro por isso. É de vocês, para fazerem o que quiserem, desde que sempre haja um quarto e um suprimento de gim para mim."

Bett relaxou quando a tela ficou branca outra vez. Felizmente, Lola não tinha incluído nenhum slide das Irmãs Alfabeto. Sabia que havia dúzias de fotografias terrivelmente constrangedoras de suas várias apresentações por todo o país, nenhuma das quais Bett jamais queria ver de novo. Lola costumava aproveitar qualquer ocasião para mostrá-las. Quem iria imaginar que respeitaria assim a privacidade delas naquela noite?

A voz de Lola soou novamente pelo salão.

– Foi uma vida longa e cheia de acontecimentos, e uma de suas partes mais especiais foi não só a alegria de ter três netas, mas três netas artistas imensamente talentosas. Então, gostaria também de aproveitar esta oportunidade para compartilhar com vocês alguns dos melhores momentos de seus anos como as Irmãs Alfabeto. Música, por favor, maestro.

A atmosfera do salão foi dominada pelo som de Perry Como cantando *The Alphabet Song*. Bett cobriu o rosto com as mãos enquanto surgiam na tela fotos e mais fotos das Irmãs Alfabeto em figurinos diversos. Lá estavam elas nos vestidos de algodão que tinham usado para a primeira apresentação do concurso de talentos da TV. Nos vestidos amarelos de cetim com saia rodada. Nos conjuntos de saia e camisa rosa e azul. Os vestidos de festa de tafetá verde brilhante...

Bett abriu uma fresta entre os dedos e espiou, ouvindo as risadas à sua volta. Estava ficando pior. Por que haviam atingido seu ápice como cantoras quando saias-balão, cabelo volumoso e cores fluorescentes estavam na moda? Enquanto Perry continuava cantando ao fundo, percorrendo o alfabeto uma vez mais, na tela as três passavam da infância para a adolescência. Era como ver a evolução do tempo nas fotografias. Bett via-se ficar cada vez mais gordinha a cada ano que passava. Havia agora risadas altas e abertas de todo lado. As pessoas estavam rindo dela, ou das roupas, ou da maquiagem. Ela cobriu o rosto, rezando para a música acabar, rezando por um corte da eletricidade, por um terremoto...

Na mesa em que estavam, Anna e Ellen morriam de rir. Durante o jantar, Ellen informou solenemente à senhora sentada ao seu lado que sua mãe e tias haviam sido cantoras famosas. Atrás dela, Anna sacudiu a cabeça vigorosamente, negando tudo com um sorriso. Cinco segundos desses slides haviam sido a prova. Lá estavam elas, apertando os olhos contra o sol, apresentando-se sobre palcos improvisados na traseira de carretas ou em salões de interior, cercadas de decorações de balões e papel crepom. Depois outro mostrando as três captadas em um movimento coreografado de dança, tão elegantes quanto espantalhos. E os vestidos! Eram piores do que Anna se lembrava.

Em seu colo, Ellen estava às gargalhadas.

– Espero que não esteja rindo de mim – disse Anna fingindo seriedade.

– Vocês todas parecem tão bobinhas – Ellen sussurrou de volta. – E olhe o cabelo da tia Bett!

Pobre Bett, Anna pensou, quando outro slide entrou, mostrando-a de boca aberta no meio de uma canção, com os assanhados cachos castanhos dançando em torno da cabeça. A seu lado, Carrie era um doce anjinho de cabelos dourados. Anna analisou-se criticamente. Seu cabelo era tão escuro e liso, sua postura tão excelente na época quanto agora. Inclinou-se para a filha de novo e sussurrou.

– E a gente também não cantava tão bem. Mas não diga isso a Lola. Ela nos achava maravilhosas.

Na porta, Carrie estava adorando cada momento da apresentação surpresa. Ficara assustada no começo, mas agora se deliciava com as lembranças. Amava cada momento das Irmãs Alfabeto. A preparação para entrar no palco, as canções, os aplausos... e nunca se importou com nenhum dos vestidos que tinham que usar. Pelo menos, nunca se importou com eles tanto quanto Anna e Bett.

Pegou-se desejando que Matthew estivesse ali, para ver aquilo também. Ele adorava ouvir as histórias das Irmãs Alfabeto. Houve alguns momentos estranhos nos primeiros tempos, quando ela lhe contava as histórias imaginando se ele já as teria ouvido de Bett. Uma noite, quando ela lhe confessou sua preocupação, ele pegou sua mão e a beijou. "Carrie, Bett e eu não conversávamos do jeito que nós conversamos. Agora, continue. Vocês estavam no carro com Lola um dia, a caminho de um show, e o que aconteceu?" Ela mordeu o lábio enquanto os slides continuavam a passar, vendo a versão mais jovem e mais alegre de si mesma sorrindo na tela. Talvez se um dia as coisas melhorassem entre ela e Matthew outra vez, ela mesma pudesse lhe mostrar esses slides...

As luzes finalmente se acenderam novamente e Lola voltou para a frente da tela. "Está realmente enxugando uma lágrima", Bett se perguntou, "ou é tudo parte do show?" As risadas e conversas na sala se aquietaram, e todos os olhares se voltaram a Lola.

– Algumas lembranças maravilhosas para mim, como vocês certamente devem concordar. Os dias em que trabalhei com minhas pequenas Irmãs Alfabeto estiveram entre os mais felizes de minha vida, e eu acreditava que, para minha tristeza, mas inevitavelmente, estavam encerrados.

"E não era sem tempo", Bett pensou, sentindo a tensão aliviar. Mas as palavras seguintes de Lola a fizeram retesar o corpo outra vez.

– Então, algo fantástico aconteceu. Minhas queridas netas concordaram com o presente de aniversário mais maravilhoso que uma avó poderia pedir. Gostaria de compartilhá-lo com vocês esta noite.

"Oh, não", Bett pensou. "Não é possível que ela vá falar publicamente sobre a briga. Por favor, diga que ela não está prestes a trazer Matthew do nada e encenar uma lacrimosa reunião estilo Oprah Winfrey entre todas essas pessoas!" Deu uma olhada para Anna, depois para Carrie. Será que elas tinham alguma ideia desse maravilhoso presente de aniversário? Não parecia. Anna lhe voltou um olhar de interrogação. Bett sacudiu a cabeça, indicando que também não sabia de nada.

Na lateral do salão, Carrie examinava a programação. Parecia igualmente confusa. Bett virou-se. No fundo da sala, Frank, da loja de equipamentos elétricos, voltou para junto do projetor de slides e estava tão alerta quanto um cão de caça, à espera de um sinal de Lola.

As luzes do salão voltaram a se apagar, deixando um facho de luz sobre Lola. "Quando ela ensaiou aquilo?", perguntou-se Bett.

A voz de sua avó era segura.

– Nos últimos dez anos venho trabalhando no que considero o projeto de minha vida, tirando meu filho, minhas netas e minha bisneta, claro. E tenho que agradecer a este homem.

O holofote se apagou. Na tela, atrás de Lola, surgiu a foto de um homem de uniforme.

– O general americano Douglas MacArthur – disse Lola, agora andando na frente da tela como se fosse uma professora universitária. – Um dos heróis da Segunda Guerra Mundial, famoso por um discurso que fez durante a guerra que mobilizou corações e mentes em todo o mundo livre. "Eu voltarei", General MacArthur prometeu, não só para seus homens nas Filipinas, mas para todas as forças Aliadas. Esse se tornou o grito de guerra da campanha no Pacífico.

Duas pessoas mais velhas perto de Bett concordaram com a cabeça e sussurraram entre si. Obviamente lembravam-se daquilo, embora fosse novidade para ela.

Outro slide apareceu. O General MacArthur de pé sobre uma plataforma em uma pequena estação ferroviária, sua esposa elegantemente vestida a seu lado, o filho pequeno entre eles.

A voz de Lola encheu o salão.

– E onde ele disse essas palavras grandiosas? Em Londres? Não. Em Washington? Não. Talvez até em Sidney? Não. O General MacArthur disse essas palavras, no dia 20 de março de 1942, na plataforma da estação ferroviária de Terowie. Sim, a pequena cidade de Terowie, na Austrália Meridional, a apenas 100 quilômetros daqui, enquanto viajava de trem de Alice Springs para Adelaide. Que acontecimento para aquele pequeno lugar, eu sempre pensei, com a guerra e as preocupações redemoinhando à sua volta. Isso me tocou profundamente. Alguns anos atrás, comecei a imaginar, e pensar, e anotar ideias e, antes que me desse conta do que estava acontecendo, meus pensamentos haviam se tornado uma pequena história, que se tornou uma história mais longa, que se tornou um musical. Sim, eu, Lola Quinlan, no crepúsculo de meus anos, descobri que havia escrito um musical.

Lola respirou fundo, dramaticamente, e fez uma pausa.

– Por muitos meses, ele ficou abandonado dentro de uma gaveta. Até que, timidamente, eu o mostrei às minhas três netas, enquanto trocávamos recordações sobre os maravilhosos dias das Irmãs Alfabeto...

Bett olhou depressa para Anna. Anna olhou para Carrie. Aquilo nunca havia acontecido.

– E, para minha grande alegria, elas se ofereceram naquele momento não apenas para representá-lo para mim aqui no hotel, mas de fato para montar um musical completo e levá-lo ao palco no vale, a fim de que todos possam apreciar, com a renda destinada integralmente ao Fundo de Ambulâncias do Vale.

Os convidados começaram a aplaudir, alguns um pouco hesitantes. Lola pegou uma bolsa a seu lado e tirou dela um maço de folhetos. Começou a se mover de mesa em mesa, entregando uma pequena folha de papel a cada pessoa presente no salão. Chegou até Bett e entregou-lhe um, com um largo sorriso. Bett passou os olhos depressa pelas palavras.

Muitas Felicidades

Um musical para toda a família

Escrito por Lola Quinlan

A ser apresentado por

As Irmãs Alfabeto

e o povo de Clare Valley

Paço Municipal de Clare, 20 de março

Reservas no Valley View Hotel

Toda a receita será destinada ao Fundo para Compra de uma Nova Ambulância

Ela agarrou o braço da avó antes que esta se afastasse.

– Lola, espere! O que é isso, pelo amor de Deus?

Lola baixou a voz.

– Querida, não blasfeme em público, especialmente no meu aniversário.

– Estou falando sério.

Ela deu um tapinha na cabeça de Bett.

– Daqui a pouco, minha querida. – E foi embora.

Carrie veio até ela em seguida, parecendo irritada.

– Isso é uma piada, Lola? Porque não tem graça nenhuma.

Lola não se perturbou.

– Se o musical é uma piada? Bom, tem alguns momentos engraçados, mas também tem um lado sério.

E afastou-se dela também.

Anna aproximou-se por trás e pegou um folheto, disfarçando com um sorriso fixo no rosto.

– Você nos colocou em uma situação constrangedora esta noite, Lola.

– É mesmo? Achei que estavam todas muito bonitas.

– Você sabe que não podemos fazer isso. Deveria pelo menos ter nos perguntado.

– Mas vocês poderiam ter dito não.

– É claro que teríamos dito não. Lola, nós três talvez nem estejamos aqui no mês que vem para levá-la a um almoço, quanto mais para montar seu musical.

Uma mulher bem-vestida enfiou-se entre elas e puxou um folheto da mão de Lola.

– Uma ideia fabulosa, Lola. E vocês, meninas, são uns amores por fazer algo assim por sua avó. Eu adoro as histórias dela sobre as Irmãs Alfabeto. Será um prazer vê-las no palco.

– Essa é a mãe do médico – sussurrou Lola quando a mulher se afastou.

– Pouco me importa se ela é mãe de Andrew Lloyd Webber. Lola, você tem que cancelar isso.

– Mas todos parecem tão interessados.

Anna olhou em volta. As pessoas no salão de fato pareciam interessadas; quase todos estavam lendo as informações. Do outro lado da sala, ela viu Bett em sua mesa, com duas garçonetes de pé ao lado. Parecia que estavam lhe passando seus dados para contato. No outro canto, Carrie também estava cercada por um pequeno grupo de pessoas, também respondendo a perguntas.

Uma mulher baixinha veio até Lola e Anna, segurando um folheto na mão.

– Vocês vão fazer audições abertas, Lola? Meu filho está ansioso para entrar na escola de teatro no ano que vem e essa experiência seria ótima para ele.

– Escola de teatro! – repetiu Lola. – Isso é maravilhoso. Vamos pôr um anúncio no *Valley Times* sobre as audições, não é, Anna?

Anna recuperou-se e encontrou um sorriso confiante sabe-se lá onde.

– Ainda não conversamos sobre todos os detalhes, Lola, não é mesmo? Há algumas áreas ainda por discutir.

– Ah, sim, mas nada que não possamos resolver.

– Não, espero que não.

O sorriso de Anna era muito largo e muito falso.

Do outro lado do salão, quando as garçonetes se afastaram, Bett pegou o folheto e releu os detalhes.

Richard Lawrence a observava atentamente. Parecia estar achando graça.

– Perdoe-me por perguntar, mas você está um pouco surpresa com isso?

Bett levantou imediatamente a cabeça. Um pouco? Extremamente. E não havia a menor chance de que fosse levar aquilo adiante. Mas isso não era algo para admitir a um completo estranho. Ela riu.

– Ah, essa é Lola. Sempre fazendo pequenas surpresas para nós. Ela é mesmo uma figura.

Bett se recostou na cadeira e gritou alto ao sentir uma dor maior que antes com algo espetando seu traseiro.

Ele pareceu preocupado.

– Outra mordida? Quer que eu dê uma olhada?

– Não! – Ela quase gritou. – Quer dizer, não, mas obrigada pela atenção. Poderia me dar licença?

Bett moveu-se pelo salão desviando das garçonetes que carregavam bandejas com as sobremesas. Praticamente correu para o banheiro feminino, que, felizmente, estava vazio, e começou a abrir o zíper do vestido. Ao fazê-lo, ouviu um som de tecido se rasgando.

– Ah, que droga – disse alto.

Ela se trancou em um cubículo e tirou o vestido completamente. Ouviu outro som do velho material rasgando ainda mais. O que as aranhas fizeram, comeram o vestido?

Algo brilhou na costura do tecido. Ela olhou mais de perto. Não eram olhos de aranhas, mas toda uma fileira de alfinetes prateados. Bett tirou um. Não eram alfinetes. Eram grampos de tamanho industrial, pontiagudos como agulhas. Ela gemeu. Por que havia confiado em Lola para fazer aquele ajuste? Achara estranha a rapidez com que ela fizera o serviço naquela tarde, mas estava cansada demais para comentar. Agora via a situação em que se encontrava. Não podia pôr novamente o vestido rasgado, a menos que quisesse oferecer a todo o salão a adorável vista de seu grande bumbum de calcinha preta. E não podia correr para seu quarto de top, meia-calça e sapatos. Droga, droga, droga. Ela ouviu alguém entrar e retesou o corpo. Por favor, seja minha mãe, ou Anna, ou qualquer uma menos...

Reconheceu as sandálias de tiras douradas. Era Carrie.

Não podia pedir a ela. Preferia ficar ali a noite inteira a pedir ajuda a Carrie.

Mas a realidade falou mais alto. Poderia mesmo ficar ali a noite inteira se não pedisse ajuda a Carrie. Tinha que sair dali. O "Parabéns" seria cantado a qualquer momento.

– Carrie? – Sua voz soou baixinho. – Carrie? – Um pouco mais alto.

– Bett? – Ela parecia surpresa. – O que foi? Está se sentindo mal?

– Eu estou bem. É só que eu... ahn... rasguei meu vestido.

– Agora? Aí dentro?

– Não, antes de entrar aqui. Lola o arrumou para mim, mas parece que usou um grampeador em vez de linha e agulha.

"Por favor, não ria de mim", ela rezou.

– Venha aqui fora, deixe-me ver.

Para alívio de Bett, Carrie não estava triunfante nem com ar de zombaria. Ela deu uma olhada rápida.

– Caramba. Pensei que ela tivesse parado de fazer isso. Ela adora aquele grampeador. É um grampeador especial de tapeçaria que ela ganhou no bazar de caridade. Eu a peguei grampeando as cortinas de seu quarto no ano passado. Ela disse que era muito mais rápido que costurar.

– Achei que uma aranha me picou, que eu sentei em um ninho inteiro delas.

Carrie sorriu, depois ficou séria novamente quando a porta se abriu e uma senhora idosa entrou, sorrindo para elas antes de ocupar um dos cubículos. Bett tinha conseguido pôr o vestido na frente do corpo bem a tempo. Ela o vestiu apressada, rasgado e tudo, antes que a mulher saísse.

– Os grampos ainda estão aí – sussurrou Carrie.

Bett o tirou novamente e as duas trabalharam juntas para remover os grampos. Havia mais de 20.

Carrie a encobriu enquanto Bett tornava a se vestir. Quando ouviu a descarga, virou-se de modo a ficar de costas para a parede.

A mulher sorriu para elas enquanto lavava as mãos e puxava um pedaço de papel-toalha.

– Vocês são duas das netas, não são?

– Somos – responderam ambas educadamente.

– Foram maravilhosas por aceitar fazer esse musical para sua avó. Vamos estar presentes com certeza. E tudo por uma boa causa. Seria muito bom para nossa cidade ter uma frota nova de ambulâncias.

Ambas sorriram e concordaram com a cabeça, enquanto a mulher saía do banheiro.

– Você sabia alguma coisa sobre esse musical? – perguntou Bett, verificando primeiro se a porta já tinha se fechado completamente.

– Nada. Ela tinha comentado alguma coisa com você nas cartas?

Então Carrie sabia que Lola escrevia regularmente para Bett. Ela sacudiu a cabeça negativamente.

– Isso é ridículo, claro. Não podemos fazer de jeito nenhum.

– Claro que não. Não sei o que deu na cabeça de Lola.

Houve um momento de silêncio e, então, a música ficou mais alta do lado de fora. Carrie se assustou.

– Eu tenho que sair. É o último sorteio de prêmio antes de cantarmos o "Parabéns". Olhe, que tal isto?

Ela tirou o xale dourado dos ombros e, com um movimento habilidoso, amarrou-o na cintura de Bett.

Bett encolheu o estômago, perturbada pela proximidade de Carrie e esperando ouvir algum comentário sobre ela ter engordado. Isso não aconteceu. Carrie ajeitou o xale, prendeu-o aqui e ali e depois deu um nó frouxo em uma das laterais, de forma que o tecido brilhante caísse em dobras.

– Acho que vai dar certo. O que acha?

Bett deu um passo para trás e olhou-se no espelho de corpo inteiro. Não sabia bem o que Carrie havia feito, mas o resultado ficou ótimo. O xale dourado dobrava-se sobre o brocado como se fizesse parte do arranjo, acrescentando uma camada de textura ao vestido.

– Parece obra de um designer de moda.

– Eu vi isso na *Vogue*. Chama-se multicamadas ou algo assim. Acha que está seguro?

Bett experimentou.

– Está.

Ouviu-se claramente a voz de Lola pelos alto-falantes, solicitando que todos se sentassem, pois o bolo estava para chegar.

Carrie olhou para o relógio.

– Ela está seguindo direitinho o cronograma. Preciso ir.

– Obrigada, Carrie.

– De nada, Bett.

Fora a conversa mais longa que haviam tido em três anos.

Capítulo 7

Os passarinhos cantavam em um céu puramente azul. O carneiro Bumper soltava pequenos balidos queixosos. As garrafas de vidro tilintavam enquanto Jim Quinlan carregava o primeiro dos engradados para o depósito atrás da cozinha. Motores de carros roncavam com os primeiros hóspedes preparando-se para deixar o hotel.

Na cama do quarto número seis, Bett gemia com o barulho. Não poderiam ser menos turbulentos lá fora? Seu pobre cérebro já estava sofrendo com a sobrecarga de ruído, o amontoado de pedaços de conversas e lampejos de lembranças da festa. A que horas tinha ido para a cama? Três ou quatro? Deu uma olhada no relógio de cabeceira. Nove e meia. De quem fora a brilhante ideia de fazer aquela reunião de emergência sobre o musical às dez? E de quem fora a brilhante ideia de terminar a noite com coquetéis? Foram dela, ambas.

Bett se inclinou e pegou o folheto que Lola lhe entregara na noite passada. Tentou lê-lo quando voltara para o quarto, mas seus olhos não conseguiam focar, a cabeça girava por causa da mudança de fuso horário, do excesso de álcool e das muitas conversas. Olhou para ele agora. *Muitas Felicidades. Um musical para toda a família. A ser apresentado por As Irmãs Alfabeto e o povo de Clare Valley*. "Ah, mas não será mesmo", pensou.

Na noite anterior, Lola a encurralou na pista de dança durante a reprodução de músicas populares irlandesas.

– Esse não é o xale de Carrie? Que belo acabamento. Quer dizer que vocês já estão se dando assim tão bem?

Bett não mordeu a isca.

– Não podemos fazer, Lola.

– Não podem fazer o musical? Claro que podem. Precisa ter mais confiança em seus talentos, Bett. Eu venho lhe dizendo isso há anos.

– Não é questão de confiança, Lola, é questão...

Lola sorriu.

– Sim?

Bett falou a verdade.

– É questão de não termos sido consultadas, de você decidir tudo sem sabermos, sem perguntar se alguma de nós de fato queria fazer isso.

– Mas eu achei que vocês adorariam. Venho trabalhando nisso há dez anos.

– Lola, não é verdade. Claro que estive alguns anos fora, mas nunca ouvi nenhuma palavra sua sobre isso.

– Eu li o artigo sobre o General MacArthur há dez anos. Você está sendo implicante. Então, vai fazer ou não?

– A decisão não cabe só a mim, Lola, mas também a Anna e Carrie.

– Então, se elas concordarem, você também concorda?

– Lola, pare com isso.

– Bett, estou envergonhada de você. Decepcionando uma velha senhora no dia de seu aniversário. Vamos discutir isso direito amanhã, quando eu lhes der o roteiro.

– Você já escreveu um roteiro?

– Claro! O que achou que eu tinha feito, rabiscado algumas anotações atrás da lista de compras?

Bett lembrou-se de uma apresentação das Irmãs Alfabeto que não ficou muito longe disso. Ia comentar com Lola quando sua avó saiu de perto dela e foi convocar outro homem para dançar.

A festa havia continuado por mais várias horas, com o DJ tocando uma mistura de canções irlandesas, músicas dançantes dos anos de 1950 e melodias antigas. Bett dançou duas valsas com Richard. Enquanto giravam pela pista na segunda vez, notou que ele ria de alguma coisa atrás dela.

Virou-se a tempo de ver Lola levantar a barra da saia e dar um pequeno chute para o alto. Ah, não. Por favor, não me diga que ela vai fazer sua performance de *A Gaiola das Loucas* aqui esta noite. Ela havia feito isso uma vez em uma apresentação da escola e, para eterna vergonha de Bett, três meninos de sua turma tinham visto de relance as volumosas roupas de baixo de Lola e contaram a todo o resto da classe. Ela foi atormentada pelos colegas durante dias: "Mostrar a calcinha é hábito de família, Bett?"

– Sua avó é sempre divertida assim? – perguntou Richard.

Bett sacudiu a cabeça.

– Ela está até bem discreta hoje. Um pouco tímida. Preciso lhe perguntar se está se sentindo bem.

Ele riu.

– Adorei todas aquelas fotos de você e suas irmãs nos tempos em que cantavam. Parecia muito divertido. Comparando, minha infância de escoteiro sem dúvida ficou sem graça.

Bett apenas sorriu. Muito divertido? No começo, talvez.

– Não lhes passou pela cabeça fazer uma apresentação surpresa para Lola esta noite? – perguntou ele, enquanto passavam por Lola no meio da valsa. – Sair de dentro do bolo de aniversário, por exemplo?

– Não. Já faz tempo demais que nos separamos.

Outro giro pela pista.

– E por que se separaram? Não tiveram vontade de seguir a carreira?

Ela deu a resposta que sempre dava. Não era a verdade, mas era verdade suficiente.

– Estávamos ficando um pouco velhas para usar roupas iguais.

Lola veio até eles.

– Estão se dando bem, que ótimo. Eu tinha certeza disso. Bett também é jornalista, Richard. Eu já lhe contei?

– Sim, já contou, Lola.

– Richard está aqui pesquisando para um livro, não é, Richard?

– É mesmo? Sobre o quê? – Bett ficou feliz com a chance de mudar de assunto.

Lola desconsiderou a pergunta dela.

– Ah, você vai ter tempo de sobra para ouvir sobre isso amanhã. Venha, Richard, dance comigo outra vez. – E lá se foram eles.

Bett também tinha dançado com o pai. Ele a notou sentada a uma mesa ao lado da pista e se aproximou, inclinou-se com elegância e lhe perguntou em termos extremamente polidos se ela lhe concederia a próxima dança.

– Com um pedido tão galante como esse – disse ela, rindo ao lhe dar a mão.

Eles foram para a pista enquanto uma antiga valsa começava. Bett não custou a acertar o passo com ele. Jim ensinou as filhas a valsar corretamente, assim como Lola lhe havia ensinado quando menino. Quando crianças, elas adoravam procurá-lo no bar do hotel depois da escola e, se tudo estivesse tranquilo, revezar-se para uma dança sobre os pés: subir nos pés dele e ser conduzidas em uma valsa pelo salão ao som de qualquer coisa que estivesse tocando no rádio ou na TV no momento.

– Você ainda é um pé de valsa, pelo que estou vendo – comentou Bett, sorrindo para ele enquanto giravam por um dos lados da pista.

– Sempre ajuda quando tenho uma jovem linda e graciosa para me acompanhar – respondeu ele.

– Que sedutor!

– É verdade, Bett. Você sempre foi a de pés mais leves.

– É mesmo?

– É, sim. E tenho que dizer que está maravilhosa esta noite. Emagreceu, não foi?

– Um pouco – respondeu contendo um sorriso.

Seu pai sempre lhe disse isso ao longo dos anos, qualquer que fosse o seu tamanho, maior ou menor.

– O que quer que tenha feito, está linda. Vocês três estão.

Ficaram em silêncio por mais algumas voltas pela pista e então o pai apertou-lhe a mão.

– Disse isso a Anna mais cedo e quero dizer a você também agora. Estamos muito felizes por vocês estarem todas em casa outra vez.

Bett entendeu que o “estamos” se referia a Geraldine e ele. Seu pai com frequência era o porta-voz do casal.

– Também estou.

E Bett percebeu que falava sério.

– E você não vai sair apressada de novo, não é? Vamos tê-la de volta por um tempo?

– Não sei ainda.

– Há lugar para você aqui por quanto tempo quiser. E um emprego, se precisar. Você sabe disso, não é?

Ela apertou a mão dele de volta.

– Obrigada, papai.

Bett virou-se na cama novamente. A apresentação de slides lhe veio à mente e, com ela, a sensação incômoda que teve durante a festa. Alguma coisa em uma das fotos a surpreendeu, mas, entre o desastre do vestido e, depois, o resto da festa, não pensou mais nisso. E, agora, seu pobre cérebro estava tão encharcado de álcool que a imagem não lhe voltava. Tinha sido uma das fotos das Irmãs Alfabeto? Ou uma de Lola? Ah, doía só de pensar...

Ela ficou ali deitada, abraçando o travesseiro. Outra lembrança da festa voltou. Rebecca, sua colega repórter no jornal três anos antes, chegou atrasada. Bett notou de imediato que ela não havia mudado nada. Alta, esguia, com os cabelos presos em um rabo de cavalo louro cheio de estilo. Foi direto até Bett, abraçou-a, encheu de vinho as taças de ambas e, então, fez a proposta, objetiva como sempre.

– A mulher que ficou no seu lugar está com uma barriga de grávida quase explodindo e eu preciso de uma repórter em meio período para cobrir a licença-maternidade dela. O emprego é seu, se estiver interessada.

Bett teve que gritar por causa do barulho da música.

– Estou em casa apenas por uma ou duas semanas. Provavelmente vou para Melbourne ou Sidney.

– Mas Lola disse que você ia ficar. Não está com saudade da vida simples do campo? Pense bem nisso, Bett.

Elas conversaram sobre o assunto durante mais uma taça de vinho e um ou dois coquetéis. A ideia começou a parecer tentadora. Não ter que se preocupar com mudança ainda. Não ter que começar a procurar emprego... Mas será que aceitou o emprego ou não? Não conseguia lembrar. Virando o travesseiro para deitar sobre o lado mais fresco, Bett fechou os olhos e soltou outro longo gemido.

Anna foi a primeira a chegar à sala de refeições. Deixou Ellen na cozinha com Geraldine, ajudando-a a limpar as bandejas de café da manhã dos hóspedes. Seus pais já estavam de pé há horas. O salão de festas já estava arrumado, as decorações tinham sido guardadas e as últimas bandejas de pratos e taças ido para o lava-louças industrial. Geraldine recusou as ofertas de ajuda, preferindo fazer tudo do seu jeito. Anna se sentiu secretamente aliviada.

Ela sentou perto da janela, com vista para o vale. Quando se mudaram para aquele hotel, as colinas em volta eram vazias. Pouco a pouco, a cidade de Clare estava se aproximando, casas sendo erguidas de ambos os lados da estrada, uma revendedora de automóveis em construção à esquerda. Mas a vista ainda era linda, especialmente ao sol da manhã. As filas ondulantes de videiras do outro lado da estrada eram de um verde viçoso e reluzente contra o solo escuro.

– Bom-dia.

Era Carrie.

– Bom-dia.

Carrie se serviu de café e sentou-se em outra mesa.

– Uma noite e tanto, não foi?

– Um anúncio e tanto, você quer dizer.

– Que é ridículo, claro.

– Claro. Mas você fez um belo trabalho de organização da festa. Tudo saiu bem.

Carrie enrubesceu de repente.

– Obrigada.

Anna decidiu fazer a pergunta que vinha querendo fazer desde que chegou.

– Antes que Lola chegue e me pegue, tenho que lhe perguntar uma coisa. Matthew não se importou por não poder vir ontem à noite?

– Não, tudo bem, ele entendeu – Carrie respondeu secamente. – De qualquer modo, ele está trabalhando no norte. Em uma fazenda de criação de carneiros. Isso lhe poupou uma longa viagem.

– Ah, que bom.

Anna esperou, mas parecia que Carrie não tinha mais nada a dizer sobre ele. Certo, então ela não falaria mais nada sobre ele também. As duas ficaram por um momento olhando pela janela.

– Bom-dia.

Elas se viraram. Era Bett, com o cabelo desarrumado, rímel em torno dos olhos, vestindo o que parecia uma calça larga de pijama ou um agasalho muito esquisito.

– Já foi cancelado? – indagou ela.

– A qualquer minuto agora – respondeu Anna.

As três ficaram sentadas em silêncio e, então, a porta se abriu novamente e Richard Lawrence apareceu.

– Bom-dia. Estou muito atrasado para o café da manhã? Acho que me esqueci de fazer o pedido ontem à noite.

Carrie levantou.

– Não faz mal. Vou arrumar alguma coisa. Precisa de nosso dor de cabeça especial ou quer o puritano básico?

Bett traduziu, adivinhando que ele provavelmente estaria tão de ressaca quanto ela. Na última vez que o vira, ele estava participando entusiasticamente de uma roda de conga em volta do salão.

– Ela quer dizer bacon com ovos para a cura total da ressaca ou um café continental comum. – Bett notou o olhar surpreso de Carrie. Mas é claro que ela lembrava os nomes que davam para os cafés da manhã. Reparou que Anna aguardava ser apresentada. – Ah, desculpe. Achei que vocês já tinham se conhecido ontem à noite. Richard, esta é a mais velha de nós, Anna Quinlan, atriz, mãe de uma menina. Anna, este é Richard Lawrence, de Londres. Ele é jornalista e está aqui no hotel enquanto pesquisa para um livro que está escrevendo.

Uma vez mais, sentiu os olhos de Carrie sobre si. Estaria surpresa por Bett já saber tanto sobre ele?

– Oi, Anna. – Richard lhe dirigiu seu lindo sorriso. – Devo lhe dizer que já estou pensando em jogar fora toda essa pesquisa em troca de mais uma conversa com sua avó. Isso me dá muito mais material.

– Ótimo. E você poderia aproveitar e fazer o musical em nosso lugar – disse Anna.

Ele pareceu surpreso.

– Vocês não vão fazer?

– Claro que elas vão fazer. – Lola entrou por trás dele, vestia uma túnica turquesa sobre calças brancas, estava completamente maquiada e cheia de joias. – Richard, querido, como vai? Foi maravilhoso dançarmos juntos ontem à noite. Belo par de quadris você tem. Quadris de cobra, eu costumava dizer em minha juventude.

Bett estava com muita dor de cabeça para reclamar do atrevimento de Lola. Sua avó podia ter chegado fazendo malabarismo com ursinhos de pelúcia e vestindo um biquíni de lantejoulas naquela manhã que ela nem se importaria. Só queria voltar para a cama.

Carrie levou Richard à cozinha e o deixou aos cuidados de sua mãe, quando voltou, fechou a porta atrás de si.

– Então, Lola, qual será a melhor maneira de cancelarmos tudo?

– Cancelar? Por que faríamos isso? Eu achei que tínhamos ficado de acordo ontem à noite.

– Não, não ficamos – disse Anna.

– Não podemos fazer, Lola – acrescentou Bett.

– Por que não?

– Porque não estaremos aqui para fazer – respondeu Anna, pacientemente.

– Não estarão? E onde vão estar?

– Ellen e eu vamos voltar para Sidney, claro.

Aquele, definitivamente, não era o momento para mencionar que estivera pensando em ficar um ou dois meses.

– Por quê?

– Porque é onde moramos. Onde eu trabalho. Onde Ellen vai para a escola.

Lola notou que Glenn não foi mencionado.

– E daí? Morem aqui por um tempo. Fará bem às duas. Há boas escolas aqui também. – Ela voltou a atenção para Carrie. – E você, Caroline? Achei que ia adorar isso. Uma oportunidade de voltar ao palco.

– Estou muito ocupada no hotel – ela respondeu rapidamente.

– Bett, e você? Não me disse em uma de suas cartas que sentia saudade de tocar piano? E você vai ficar aqui na cidade, não vai?

A cabeça de Bett estava latejando agora.

– Eu não tenho certeza.

– E quanto ao emprego que Rebecca lhe ofereceu no jornal?

– Como sabe sobre isso?

– Eu já lhe contei. Conversei com ela na rua na semana passada. E a vi falando com você ontem.

– Que tal arrumarmos um pregoeiro para sair pela cidade gritando os segredos de todo mundo e acabar logo com isso? – disse Bett irritada.

Lola se perguntou se seu discernimento estaria falhando. Imaginou que elas iriam adorar a ideia. Hora do plano B.

– Tudo bem, então. Há mais uma coisa que preciso lhes dizer. A outra razão para tê-las trazido de volta.

Três rostos voltaram-se para ela. Tinham estado à espera daquilo.

Lola fez uma pausa teatral.

– Fui à médica na semana passada. Ela está preocupada comigo.

E estava mesmo. Preocupada por Lola andar bebendo demais. Ela prometera reduzir depois da festa. E talvez o fizesse.

– Preocupada com o quê? – Bett fez a pergunta por todas elas.

Tinha a atenção delas. Ótimo. Agora era usá-la.

– Com o fato de que sou uma senhora muito idosa e que meu tempo na Terra está se esgotando depressa.

– Sua médica lhe disse mesmo isso? – indagou Carrie.

– Não exatamente com essas palavras. Mas o que estou dizendo é: quem sabe por quanto tempo ainda estarei aqui? – "E isso era verdade", pensou. Quem sabe por quanto tempo qualquer uma delas estaria ali? – E significaria muito para mim se vocês três fizessem o musical –

continuou Lola em sua voz mais persuasiva. – Anna, as escolas locais são muito boas. Há até escolas de diferentes linhas religiosas, embora eu já nem saiba mais no que você acredita hoje. E, Bett, Rebecca me disse que o emprego que lhe ofereceu é em meio período e por seis meses, o que seria bem adequado para você. Bastante tempo para os ensaios. E você, Carrie, claro que todas nós lhe daremos uma ajuda no hotel. Mas, sem dúvida, você arrumará algum tempo para aprender suas falas do papel principal.

– O papel principal?

Lola riu alto.

– Eu vivo esquecendo que vocês ainda não leram o roteiro. Sim, pensei em você para o papel principal, Carrie. Você como diretora musical, Bett, a menos que deseje subir ao palco novamente? Não, eu achei que não. E, Anna, eu vi você como a diretora de toda a produção. Podemos até mudar o impresso para dizer *Roteiro: Lola Quinlan; direção: Anna Quinlan; trilha sonora: Bett Quinlan; estrelado por Carrie Quinlan.* Ah, já estou até vendo os programas agora. – Seguiu-se uma pausa calculada, antes de ela baixar a voz. – Claro que, depois de lerem o roteiro, vocês podem ter suas próprias ideias.

Bett soube naquele momento como um carneiro se sentia quando estava sendo conduzido por um cachorro para dentro de um cercado.

– Quer dizer que você já escreveu o roteiro inteiro? – perguntou Anna, ainda desconfiada.

– Inteirinho – respondeu Lola com orgulho. – Tive que resistir a alguns toques extras especiais de acabamento, mas acredito que está praticamente pronto. Cerca de duas horas com um intervalo. Sete personagens principais, um coro, muitos personagens secundários. Vocês vão poder envolver toda a cidade no projeto, se quiserem. Há até um ou dois papéis para crianças. Eu pensei em Ellen, se você achar que ela tem condições. E incluí até uma referência às Irmãs Alfabeto. Imaginem. Foi algo totalmente pessoal e vocês podem tirar se quiserem.

– Ainda não decidimos nada – Anna falou por todas.

– Claro que não. Têm que ler primeiro. – Lola abriu a bolsa a seu lado. – Aqui estão, suas cópias para leitura, recém-saídas da impressora. Mas, pelas suas caras, talvez prefiram esperar até a ressaca ter passado. Por que insistem em misturar fermentados com destilados é algo que não entendo. É vinho em um minuto, um destilado no seguinte. Sim, Bett, vi você com aqueles coquetéis no fim da festa. Eu fico no gim--tônica a noite inteira, então meu corpo sabe exatamente o que esperar e aqui estou, perfeitamente bem. – Ela terminou de entregar as pastas. – Agora vou voltar ao meu quarto para escrever alguns cartões de agradecimento. – Ia voltar para dormir, claro. Estava com uma terrível dor de cabeça de ressaca. – Então, vamos nos encontrar aqui novamente à noite para ver o que vocês acharam?

Os roteiros tinham mais de dois centímetros de espessura.

– Esta noite? – espantou-se Anna em uma voz aguda nada parecida com seu timbre modulado usual. – Vou levar mais tempo do que isso só para ler, quanto mais para tomar decisões.

– Nós não podemos largar tudo, Lola. Tenho um hotel para administrar, lembre-se – acrescentou Carrie.

Bett não disse nada. Só queria que alguém a carregasse até a cama.

– Está bem, então. Que tal amanhã à tarde? Excelente. Preparem todas as suas dúvidas e nós nos encontraremos outra vez. Esplêndido.

Richard chegou da cozinha nesse momento, trazendo um prato de bacon com ovos e uma grande caneca de café.

Lola sorriu para ele.

– Richard, tudo certo? Ótimo. Aproveite seu café da manhã!

– Com certeza. E vocês, aproveitaram a reunião?

Lola soltou um suspiro feliz.

– Ah, foi maravilhosa.

Mais tarde naquele dia, depois de um sono longo e reparador, Lola foi até a cozinha. O almoço tinha sido servido algumas horas antes e os preparativos para o jantar ainda não haviam começado. Era o horário favorito de Lola no hotel. A grande mesa metálica no meio da cozinha estava vazia e brilhando. O ar ainda guardava os aromas da refeição. Geraldine estava no escritório organizando as contas. Carrie foi para casa, para começar a ler o roteiro. Anna e Ellen saíram para um piquenique. Bett estava no quarto. Lola serviu-se de uma xícara de chá e do que restou do bolo de chocolate da sobremesa da véspera. Tinha acabado de abrir o jornal na página das palavras cruzadas quando seu filho entrou.

– Você parece estar bem acomodada. Geraldine não está aqui?

Lola fingiu procurar sob a xícara e o pires.

– Não, não a estou vendo.

Jim sorriu.

– Eu nunca aprendo, não é? Faça uma pergunta óbvia...

– Receba uma resposta esperta. Como está, Jimmy? Sente-se aqui e converse com sua velha mãe.

Raramente surgia a oportunidade, mas Lola adorava esses momentos em que olhava para seu filho bonito e forte e sentia a energia que emanava dele. Era difícil pensar que aquele homem de quase 60 anos era o mesmo garoto que ela arrastava consigo de um hotel para outro nos velhos tempos. Isso nunca foi um problema para ele. Jim era bem-humorado, por algum golpe de sorte. Porque Deus sabe que o pai dele podia ser tudo, menos bem-humorado.

Jim preparou uma xícara de chá para si.

– Quer mais alguma coisa, Lola? Mais chá? Mais bolo?

– Peguei exatamente quanto eu queria, meu amor, até a última mordida, obrigada. O que eu quero é ouvi-lo falar.

Eles tomaram um gole de chá.

– As meninas parecem estar se entendendo – comentou Jim.

– Você acha? – Lola sorriu.

– Bem, eu achei que poderia ficar desagradável, por causa de toda a situação com Matthew, mas até agora está indo bem.

– Até agora está indo esplendidamente – concordou Lola.

– Se pudéssemos ter as três de volta fazendo a limpeza e atendendo como garçonetes, seria como nos velhos tempos, não é? Lembra aquelas noites em que você começou a treinar as meninas? Você as fez andar equilibrando livros na cabeça e carregando bandejas cheias de copos. Devemos ter perdido uma dúzia naquela primeira noite.

– Mas a postura delas é excelente, Jim. Você tem que admitir.

– E também teve um grande valor de novidade pôr as três como garçonetes. Especialmente quando você as fazia cantar no fim do turno. Nunca vi nada como aquelas gorjetas em todos os meus anos em hotéis.

– E foram muitos anos, hein? Mas você nunca se arrependeu de ter entrado nesse negócio dos hotéis comigo, não é? Não se incomodou com todas as mudanças?

– Claro que me incomodei. Fui criado como um cigano. Toda a minha infância passada em cozinhas e bares, sem nunca saber por quanto tempo poderia chamar um local de lar.

Lola reclinou-se na cadeira e sorriu. Sempre se divertia quando Jim a provocava assim.

– Certo. E não se esqueça de que você era acorrentado à pia desde quando mal sabia andar.

– Exatamente. E lavando copos, esfregando panelas e frigideiras. Sabe que eu era o único menino em qualquer uma das escolas em que estudei que tinha mãos ásperas e secas de tanto lavar panelas?

– E não esqueça que eu sempre o arrastava para fora das escolas bem quando você começava a fazer amigos.

– Sem falar de ter arruinado qualquer chance que por acaso eu tivesse de ser um jogador de futebol profissional. Lembra aquela vez em que mudamos de hotel três semanas antes da grande final?

– Eu tinha me esquecido disso. Provavelmente foi melhor assim. Você seria uma massa de ossos quebrados e hematomas se tivesse seguido no esporte.

– A mudança seguinte a essa foi a melhor de todas as que fizemos, claro.

– Foi? Por quê?

Jim riu.

– Foi quando conheci Geraldine.

– Ah, claro. – Geraldine trabalhava na cozinha daquele próximo hotel, fazendo treinamento para cozinheira. Quando Lola e Jim mudaram de novo, dois anos depois, Geraldine foi junto, como esposa dele e já grávida de Anna.

Lola sempre se perguntara se Jim já havia notado que ela e Geraldine não se suportavam. Ah, ambas eram gentis na superfície; com todos eles morando tão próximos, era preciso haver boas maneiras. Mas tinha sido difícil. No começo, Lola pensou seriamente em mudar para outro hotel, deixando Geraldine e Jim cuidarem da própria vida. Mas aí vieram as meninas e Lola simplesmente se apaixonou por elas. Desde então, fez um pacto consigo mesma de manter tudo bem entre ela e Geraldine. Jim era totalmente devoto à esposa, mas Lola ainda não conseguia entender por quê. Ela era muito fria na opinião de Lola. Muito empertigada. Mais interessada em Jim e no hotel do que nas filhas. Sempre magoou Lola ver as três meninas tentando chamar a atenção de Geraldine e geralmente fracassando. Essa foi outra razão para tê-las inundado de atenção. Como se precisasse de mais razões.

Lola tirou um envelope de dentro da bolsa e entregou-o ao filho.

– Para mim?

– Para você. Para você e Geraldine, na verdade.

– O que é?

– Olhe e diga-me você mesmo.

– Passagens. – Ele as abriu. – De trem, primeira classe. – Havia dois pares, um para uma viagem de duas noites no lendário Ghan, saindo de Adelaide e cruzando o centro desértico da Austrália até Darwin. O outro para o Indian Pacific, uma viagem de quatro dias saindo de Sidney, pela planície de Nullarbor, até Perth. Em outro envelope, havia passagens de avião para os voos de conexão. Ele as examinou também. – Tudo em nome de Jim e Geraldine Quinlan.

Lola adorava esses momentos.

– E, agora, olhe as datas.

– Saindo de Adelaide na próxima semana? E só voltando daqui a um mês? Lola, nós não podemos aceitar.

– Claro que podem. Eu insisto. – Ela ergueu a mão para sustar o protesto do filho. – Vou cuidar do hotel enquanto estiverem fora. E não me diga que eu não daria conta, porque faço isso desde muito antes de você ter qualquer noção. E tenho as meninas para me ajudar agora, como você mesmo comentou. Entrei em contato com a cozinheira reserva de Geraldine e ela me disse que adoraria o trabalho. Carrie já conhece este lugar de trás para frente. Bett é ótima na limpeza se estiver determinada. E Anna também, desde que receba dez pares de luvas. Ellen também poderia ajudar. E todas elas são excelentes garçonetes. Eu mesma cuidarei das escalas de trabalho.

– Já consultou as meninas sobre isso? Não, nem responda. E provavelmente vai me dizer que essas passagens não são reembolsáveis e que, se não as aceitarmos e não fizermos como planejado, você nunca mais vai falar comigo?

Lola concordou com a cabeça, feliz.

– E o resto do argumento também deve estar todo pronto. Que há anos não tiramos férias e que esta é a melhor oportunidade para isso.

– Exatamente.

Jim estava sorrindo.

– Então é melhor eu ir direto falar com Geraldine e dizer-lhe para começar a arrumar as malas, certo?

– Em resumo, é isso mesmo. Venha aqui, querido. – Ela se inclinou e deu-lhe um grande beijo na testa. – Obrigada, Jimmy. Você sempre foi um menino muito obediente.

Capítulo 8

EM SEU QUARTO no dia seguinte, Bett parou em meio ao trabalho de desfazer a mala. Havia verificado o registro de reservas e aquele quarto parecia estar livre pelo menos por mais algumas noites. Esse sempre foi o inconveniente de dormir nos quartos do hotel: ter que juntar tudo rapidamente e fazer uma limpeza apressada, mas completa, quando hóspedes de verdade apareciam. Quando adolescentes, as três se tornaram mestras naquela arte. Carrie detinha o recorde, por ter certa vez transferido todos os seus pertences, arrumado a cama e limpado o quarto, tirado o pó e passado o aspirador no tempo que levou para os hóspedes irem da recepção até o carro e estacionarem na vaga na frente do quarto.

Na adolescência, seu pai presenteou cada uma delas com uma grande caixa sobre rodas. As caixas eram perfeitas para armazenar e transportar suas roupas, quadros, vasos e pôsteres, todas as coisas que elas gostavam de levar para os quartos para que parecessem seus. E davam a aparência de algo mais oficial quando elas entravam e saiam de quartos. Suas caixas mágicas, ele as chamava. Lola as chamou de caixas de personalidade quando as viu lado a lado numa tarde, depois de uma necessária mudança rápida de quartos. A de Anna continha uma infinidade de amostras de maquiagem, um pequeno espelho de moldura dourada, uma revista de teatro, um livro de dicas de dramaturgia e uma grande estola de pele artificial que ela gostava de usar teatralmente enrolada nos ombros. A caixa mágica de Bett continha uma caixa menor cheia de fitas cassete, um toca-fitas portátil, um punhado de revistas pop importadas, partituras de piano, pacotes vazios de salgadinhos e livros. Carrie, louca por animais na época, tinha guardado seus dois ratinhos de pano, um livro de histórias sobre cavalos e três pacotes de animais de fazenda de plástico.

Bett teve que forçar a porta do guarda-roupa para fechá-lo. Havia espaço suficiente apenas para as camisas, saias e vestidos que trouxe consigo no avião. O resto das coisas viria por navio. Montou aos poucos um guarda-roupa totalmente novo nos últimos três anos, depois de não ter levado praticamente nada de seus pertences quando deixou tão apressadamente a cidade. Lembrava-se de ter telefonado de Melbourne para Lola poucas semanas depois da grande briga e se desculpado por ter deixado tudo para trás.

– A mamãe me disse que você juntou todas as minhas coisas. Obrigada, Lola. Você teve tanto trabalho por minha causa.

– Não, que nada.

– Mas ela disse que você embalou tudo e guardou.

– Eu fiz isso. Mas não tive trabalho nenhum. Só joguei tudo em um monte de caixas e fechei com fita adesiva. Ficará mais fácil para você quando resolver voltar.

Acabou sendo bom, no fim. Sendo forçada a começar do nada, com um orçamento muito pequeno, a maior parte de suas roupas tinha sido comprada em brechós e lojas de roupas de segunda mão em Dublin e Londres. As lojas comuns nunca tinham sido adequadas para ela, cheias de opções de roupas para mulheres de corpo bem menor e mais esguio que o seu. E roupas de brechós tinham seu próprio charme, ou pelo menos ela assim se convencera. Bett sorriu da ironia. Após anos reclamando de ser forçada a usar roupas antigas como figurino das Irmãs Alfabeto, começou a voluntariamente comprá-las para si mesma.

Um barulho na porta entreaberta interrompeu seus pensamentos. Não foi uma batida. Era mais como alguém roçando de leve na madeira. Ela se virou a tempo de ver Ellen se escondendo apressada.

– Oi, Ellie – ela chamou com voz animada.

Não houve nenhuma reação de Ellen.

– Oi, Ellie. Pode entrar se quiser – Bett convidou em uma voz mais normal.

A menina entrou e se encolheu timidamente contra o armário.

Bett sorriu para ela.

– Como vai?

– Bem. – A voz era muito baixinha.

– Você estava ajudando o vovô com as garrafas?

Ela viu os dois puxando o carrinho de manhã, com seu pai dando várias pequenas caronas a Ellen para um lado e para o outro.

Ela fez que sim com a cabeça.

– E você se divertiu na festa de Lola?

Outro aceno afirmativo com a cabeça.

Bett não sabia bem sobre o que conversar com Ellen. Fazia anos que não tinha nenhuma relação com crianças. E, na verdade, nem conhecia mais Ellen direito. Havia uma grande diferença entre uma menina de 4 anos e uma de 7. Especialmente uma criança que havia passado pelo que Ellen passou. Bett teve uma lembrança rápida de como Lola costumava conversar com elas: como se fossem suas parceiras de conspiração, suas iguais. Poderia falar com Ellen sobre seus problemas de perder peso e de falta de namorado? Não, nenhum assunto em comum aí. Poderiam falar sobre programas infantis de TV, talvez, mas Bett não assistia um há anos.

Ellen estava mexendo no frasco de protetor solar que Bett deixou sobre o móvel. Sentia-se tão tímida quanto ela, Bett percebeu, enternecendo-se.

– Venha aqui, sente-se ao meu lado, Ellie, e vamos bater um papo. – Ela largou a tarefa de desfazer a mala, sentou-se no chão e bateu no tapete a seu lado.

Ellen hesitou.

– No chão?

Mas não era isso que crianças faziam? Sentar no chão?

– Isso mesmo. Prefere uma almofada? Eu não sabia que você era da família real.

Ela mordeu o lábio. "Guarde seu sarcasmo para si mesma, Bett. Ela é uma criança", pensou.

Para sua surpresa, Ellen sorriu.

– Se eu fosse da família real, teria que ser uma almofada de veludo, não é?

– E com borlas – Bett concordou solenemente.

– O que são borlas?

– Um tipo de... um tipo de rabo de cavalo com franjas preso nas bordas, como decoração.

– Isso, eu ia querer borlas. E um garçom parado aqui com uma bandeja de prata servindo bebidas.

Estava melhorando.

– Que tipo de bebidas você iria querer? Quer dizer, nós, não é? Você está planejando dividir comigo?

– Pode ser. – O pequeno sorriso outra vez. – Seria leite com chocolate para mim e para você...

Bett esperou.

– Cerveja.

– E não champanhe?

Ela sacudiu a cabeça.

– Cerveja.

Bett fez uma careta.

– E depois de tomarmos nossas bebidas, o que vamos fazer?

– Brincar no castelo.

– Sozinhas? Ou temos animais de estimação?

"Ah, droga. Por que foi falar de animais?", pensou.

– Cachorros não. Tenho medo de cachorros grandes agora.

"Claro que sim", Bett pensou, olhando de relance para a cicatriz. Estava surpresa de Ellen ter mencionado cachorros. Não pôde evitar a pergunta que saiu de repente.

– Você se lembra muito disso, Ellen?

Um aceno curto com a cabeça.

"Será que posso perguntar isso?", perguntou-se Bett.

– Você foi muito corajosa depois. Deve ter sido muito assustador.

A menina não estava olhando para ela agora. Concentrada em seus pés, apenas ergueu os ombros.

– E está muito melhor agora, não está? – disse Bett, sentindo-se como um carro dando marcha à ré rapidamente em uma rua de mão única. "De volta ao jogo, depressa." – Então, não teremos um cachorro. Podemos ter um gato?

– Não, um carneiro. Como Bumper.

Ótimo. De volta aos trilhos.

– Que boa ideia.

Uma voz vinda de fora as interrompeu.

– Bett? Você está aí? Ellen está com você? Preciso de uma ajuda.

Bett nunca ficou tão contente de ouvir a voz de sua mãe chamando.

– Vamos lá, querida. Parece que você tem umas batatas para descascar.

Geraldine apareceu à porta.

– Ah, aí está você, Ellen. Venha me ajudar a provar algumas das sobremesas desta noite. Não sei dizer se elas já estão no ponto.

Ellen saiu alegremente. Bett pôs de lado a mala vazia e olhou o relógio. Quase 15 horas. Era melhor se apressar. Hora da primeira reunião da produção, como Lola a estava chamando. Uma reunião arrumar-um-jeito-de-sair-disso, como Bett a chamava. Na passagem para o salão de festas, deu uma olhada para dentro da cozinha. Geraldine estava de volta ao fogão, Jim à mesa com Ellen nos joelhos, forminhas de bolo de chocolate diante deles. Estavam debruçados sobre um mapa da Austrália e uma pilha de folhetos de viagem.

Bett ficou espantada com a notícia das férias de seus pais.

– Não tome isso como algo pessoal, Bett – Lola lhe disse naquela manhã. – Eles não estão loucos para sair de perto de vocês. Foi só uma decisão prática. Seus pobres pais não tiram férias adequadas há anos e funcionários temporários são muito caros. Com vocês três em casa para dar uma ajuda, essa é a oportunidade perfeita para eles saírem um pouco.

– Mas nós acabamos de chegar.

– E vão ter muito tempo para vê-los depois que eles voltarem. – Ela puxou Bett para perto, deu-lhe um grande beijo na testa, depois baixou a voz. – Na verdade, fiz isso de propósito para poder ter vocês só para mim. Você sabe que nunca gostei de dividi-las com seus pais.

Anna, Carrie e Lola já estavam no salão de festas quando ela chegou. Anna estava explicando a Lola que talvez fosse melhor se ela lhes desse mais algum tempo.

– Queremos conversar sobre isso entre nós primeiro, Lola. Sabe, para não...

– Magoar meus sentimentos? – À confirmação constrangida de Anna, Lola riu. – Tenho 80 anos, querida, não tenho mais sentimentos para serem magoados. Está certo, conversem entre si e eu ficarei aguardando para ouvir o que têm a me dizer.

Ela lhes deu um adeusinho jovial, depois saiu pela porta da frente e deu a volta pela lateral do hotel até os fundos do salão de festas. Esteve ali antes e abriu todas as janelas, sabendo que as vozes delas poderiam ser ouvidas de fora. Tinha até levado uma cadeira para lá. Bobinhas se acharam que ela ia deixá-las falar sobre o seu musical fora do alcance de seus ouvidos.

As irmãs puxaram as cadeiras em torno de uma mesa no centro da sala, com os roteiros e uma cafeteira à sua frente. Bett lançou um olhar rápido para as duas. Anna estava elegantemente vestida como sempre: roupas de grife, joias de prata vistosas, toda magrinha, o corte de cabelo perfeito. Carrie parecia estar a caminho de filmar uma propaganda de xampu, com os cabelos louros ondulantes e o corpo benfeito, usava jeans de cintura baixa e camiseta justa. Bett pôs os cabelos rebeldes atrás da orelha e ajeitou o jeans de cintura alta e a camiseta, que felizmente não era colante.

– Então – disse Anna, assumindo o controle. A atmosfera era tensa. – Vocês leram?

Carrie e Bett responderam afirmativamente com a cabeça.

– E o que acharam?

Nem Bett nem Carrie abriram a boca, ambas com os olhos baixos para o roteiro. Anna esperou um momento. Nada ainda. Inclinou-se, então, para a frente e falou, com a voz muito grave e muito firme.

– Quando eu estava na escola de teatro, às vezes tinha que fazer coisas de que não gostava. Fingir ser um cachorro. Ficar no coro quando preferia ser a protagonista. Isso ainda acontece no meu trabalho. Tenho que aceitar alguns projetos que preferiria não fazer, simplesmente porque é assim. Às vezes a gente precisa fazer coisas que não quer, ou para agradar outras pessoas, ou porque precisa ser feito.

Bett tentou não reagir. Sempre odiava quando Anna parecia estar lhes dando sermões.

Carrie tinha vontade de virar os olhos. Quem Anna pensava que era? Mãe delas?

– Não sei se Lola passou dez anos ou dez minutos fazendo isso, mas acho que devemos a ela pelo menos conversar racionalmente a respeito. Vocês sabem tão bem quanto eu como ela foi boa para nós. Neste momento, montar um musical é a última coisa que quero fazer, para ser totalmente sincera. Mas, em minha opinião, quanto antes pelo menos conversarmos sobre isso, e decidirmos se vamos fazer ou não, mais cedo estará acabado.

Bett continuou com os olhos fixos em seu roteiro. A pior coisa em Anna, além de ser tão mandona, era estar quase sempre completa e irritantemente certa.

– Não estou pedindo que façam isso por mim – continuou Anna. – Estou pedindo que façam por Lola. Isso a deixaria muito feliz.

Carrie, então, levantou os olhos.

– É fácil para você falar. Ela tem deixado a mamãe e eu loucas nos últimos meses.

– Ela tem deixado a mamãe louca há mais de trinta anos, Carrie, e você sabe disso. Quanto a você, pense nisso como um bom exercício para quando você e Matthew tiverem filhos. Se conseguir lidar com Lola, vai poder lidar com qualquer criança travessa.

Ela ignorou a puxada de ar de Carrie e serviu-se de mais café.

Lá fora, Lola estava pensando se deveria ou não se ofender por alguma coisa que ouvia. Após um momento de reflexão, decidiu não se ofender. De qualquer modo, não estava ouvindo ali nada de que já não soubesse.

Anna tomou um gole de café antes de bater os dedos no roteiro de maneira profissional.

– Então, vamos começar de novo? O que acharam do texto?

Lembrando algumas das cenas, Bett de repente se pegou tentando não rir.

– Sem dúvida, é diferente – comentou. Notou rápidos sorrisos de Anna e Carrie em resposta, antes de elas ficarem sérias outra vez. "Diferente" era a palavra usada no vale para qualquer coisa um pouco complicada ou fora do comum, uma maneira educada de dizer que era esquisito. "Gosto de seu vestido, Anna. É diferente." "Você cortou o cabelo, Bett? Puxa, ficou diferente." – Deixe-me reformular. Acho que é o teatro musical mais maluco que já li na vida.

Os lábios de Anna se contraíram de leve.

– Eu concordo. Carrie?

Carrie ainda parecia um pouco aborrecida.

– Se quer saber minha opinião, parece que ela pegou todas as suas músicas favoritas de todos os seus musicais favoritos, misturou tudo com alguns trechos de diálogo e este foi o resultado.

Ao lado da janela, Lola sorriu serenamente: "Carrie, boa menina. Foi exatamente isso que fiz."

Bett virou-se para Anna.

– Você conseguiu mesmo entender o que acontece na história?

– Acho que sim. É ambientada em Terowie, no tempo da guerra, onde os moradores da cidade...

– Ou os aldeões, como ela os chama – interrompeu Carrie.

– Os aldeões ficam sabendo que o General Douglas MacArthur vai passar por ali de trem...

– A deixa: três versos da canção *Chattanooga Choo Choo* – lembrou Bett.

– E uma grande briga começa entre duas rivais na Associação de Mulheres Campesinas (AMC) sobre quem vai organizar a festa de boas-vindas na estação ferroviária. Essa briga vai crescendo até se tornar uma briga em grande escala... muito parecida com a cena da briga em *Amor, Sublime Amor*. E, claro, logo o filho e a filha de duas rivais ficam secretamente apaixonados.

– E, por acaso, eles se chamam Romeu e Julieta, esses nomes tão comuns na Austrália da década de 1940 – disse Carrie.

Lola se eriçou. Podiam muito bem ter sido nomes comuns em Terowie. Como elas poderiam saber? Continuou ouvindo atentamente enquanto Anna, Bett e Carrie revezavam-se contando a história. Elas podiam estar rindo de seu musical, mas pelo menos estavam conversando.

– Mas então Julieta começa a se interessar pelo jovem soldado americano que está organizando a visita de MacArthur. Romeu fica com ciúmes e eles se separam.

– Então o soldado começa a se sentir culpado por ter causado toda essa confusão em uma cidadezinha e comenta isso com o *playboy* da cidade, que estava assistindo de fora a toda aquela história.

– E que, por acaso, é sobrinho de um maquinista e tem a brilhante ideia de fazer o próprio soldado se vestir de General MacArthur e chegar à plataforma um dia antes. Então, as mulheres da AMC ficam todas alvoroçadas e preparam sua festa de boas-vindas.

– E eles fingem que, por razões de segurança, tudo terá que ser repetido no dia seguinte. Então o trem chega de novo no outro dia, só que, dessa vez, claro, é o verdadeiro MacArthur.

– E o outro grupo tem a chance de servir seu chá matinal e fazer a festa de boas-vindas também, e é então que o General MacArthur faz seu grande discurso "Eu voltarei".

– E o soldado e o *playboy* atrevido riem entre si porque, na verdade, ele já voltou.

"Engenhoso", Lola pensou com orgulho.

Anna recostou-se elegantemente na cadeira.

– E todos vivem felizes para sempre, inclusive o casal. Entra a música *Happy Talk* do filme *Ao Sul do Pacífico*.

– Lola inventou toda essa história do General MacArthur? – perguntou Bett.

– Não, a história é verdadeira – respondeu Carrie. – Eu procurei na internet esta manhã. Ele parou mesmo em Terowie e foi lá que fez o famoso discurso. Mas não acho que nenhuma das outras coisas tenha acontecido, principalmente as cenas de guerra no começo.

– É, eu não imaginaria a sra. MacArthur cantando *My Favourite Things* para seu filhinho assustado naquela primeira cena, quando eles estão partindo de avião das Filipinas – disse Anna.

– Nem os aldeões de Terowie saindo todos os dias, olhando para os campos de milho e cantando *Oh, What a Beautiful Morning* – acrescentou Bett, tentando conter outro sorriso.

– Pelo menos ela não fez as mulheres da AMC cantarem *MacArthur Park*. – Anna ria de verdade agora. – Eu já estava esperando que ela aparecesse. Um coro de mulheres em fila, irritadas porque seus bolos tinham sido deixados do lado de fora, na chuva, como na letra da música.

Lá fora, Lola não estava rindo. Ela escreveu uma cena exatamente assim. Só a cortou porque não tinha certeza de que conseguiriam fazer o efeito de chuva no Paço Municipal de Clare.

– Mas tem algumas partes boas, não acham? – disse Carrie. – Adorei a cena em que o casal, dançando em volta do campo de futebol, canta *I Am Sixteen Going on Seventeen*.

Anna levantou a sobrancelha.

– Está falando da cena que é tirada diretamente de *A Noviça Rebelde*?

– Bom, sempre foi minha cena favorita no filme também – respondeu Carrie, defendendo-se. – E também gostei da cena da noite da primeira visita de MacArthur, quando a atriz principal canta *I Could Have Danced All Night*, de *Minha Bela Dama*.

Bett conhecia bem aquela música. Tinha sido o número solo mais popular de Carrie no tempo das Irmãs Alfabeto.

– Mas eu não acho que funcione quando, no dia seguinte, ela canta *I Like to Be in America* – comentou Anna. – Não depois de ela ficar falando sobre quanto ama o interior da Austrália e aquele homem, Romeu, ou seja lá como ele se chama.

– Mas aí é que está – interveio Carrie, entusiasmada. – Ela acha que ama Romeu, mas agora está com a cabeça virada por MacArthur, seu soldado e todo o drama e as histórias sobre os Estados Unidos. Ela está dividida entre sua vida simples no campo e a busca de seus sonhos.

Anna a olhou com seriedade.

– Você sentiu mesmo isso, não foi, Carrie?

– Bom, eu consigo ver o que Lola estava querendo dizer – respondeu Carrie, enrubescendo. – E acho que essa música cabe perfeitamente aí.

"Essa música que, por acaso, era a segunda canção favorita de Carrie na época das Irmãs Alfabeto", pensou Bett. Acabou de se dar conta do que Lola havia feito.

O tom de Anna era agora extremamente profissional.

– E o que acharam da referência às Irmãs Alfabeto no segundo ato?

O sorriso de Bett desapareceu.

– Eu risquei. – Ela não olhou para Carrie.

– Eu também – disse Carrie, igualmente sem olhar para Bett.

Anna sentiu a tensão aumentar na sala. Deu uma olhada rápida para as duas.

– Certo, vou riscar também. – Ela bateu com a mão no roteiro. – O que eu acho é o seguinte: é completamente louco, claro, e precisa ser um pouco trabalhado, mas dá para ser feito. Isto é, se Lola realmente estiver falando sério a esse respeito.

A cabeça de Lola apareceu sobre o parapeito da janela.

– Estou falando muito sério.

Elas deram um pulo. Anna franziu a testa.

– Lola, esta deveria ser uma reunião particular.

– Não seja ridícula. Já deviam imaginar que eu ficaria ouvindo aqui fora. Mas vocês falam muito baixo para meus velhos ouvidos aqui no fundo. O que acharam, afinal?

– É mesmo muito boa – respondeu Anna.

– Não pareça tão surpresa – disse Lola.

– Eu gostei – disse Bett.

– Achei que gostaria.

– Sem dúvida, há algo para cada uma de nós aqui – comentou Carrie.

– Foi a minha intenção. Então, acham que pode funcionar?

– Bom, sim – disse Anna. – Mas não é como as apresentações das Irmãs Alfabeto, Lola. Não somos apenas nós três de pé com vestidos iguais cantando algumas músicas. Precisaríamos de um teatro, para começar.

– Eu já reservei. – Ela sacudiu o folheto. – Para vinte de março. É o aniversário da visita do General MacArthur. Perfeito, não acham?

– Mas é muito pouco tempo. E os cenários? Figurinos?

– Len, o açougueiro, disse que seria um prazer ajudar. Ele se sai bem como marceneiro. Venho guardando algumas peças no bazar de caridade para os figurinos há alguns meses. Se não gostarem, podemos alugar em Adelaide.

– E quanto à banda?

Lola fez um gesto grandioso em direção a Bett.

– Quem precisa de banda quando temos Bett? Você poderia usar o piano daqui para os ensaios e poderíamos transportá-lo para o teatro no dia da apresentação. Há muitos músicos talentosos na cidade, se quiser mais de um piano.

Bett deu uma olhada na lista de músicas. Lola pensou nela também. Escolheu várias de suas favoritas, com muitos solos vibrantes de piano.

Anna estava folheando o roteiro outra vez. Ao terminar a faculdade de teatro em Sidney, ela entrou para um grupo de teatro que montava pequenos musicais para festas empresariais. Foi assim que conhecera Glenn. Ele estava organizando a festa de Natal da Associação Imobiliária. Ela conhecia todos os truques para encenar um show com orçamento pequeno: como usar apenas um fundo de palco para várias cenas diferentes e como fazer mudanças rápidas de cena para manter a ação em movimento. O roteiro de Lola era surpreendentemente bom, mas podia ver que alguns pequenos cortes aqui e ali funcionariam bem...

Lola era agora só ansiedade e entusiasmo.

– Achei que vocês poderiam pôr um anúncio no jornal convidando para as audições. Tenho algumas ideias para isso também. – Ela acenou com outra folha de papel.

Bett não estava convencida.

– Mas ainda é um tempo muito curto.

Anna tirou uma agenda da bolsa.

– Não se começarmos logo com as audições, depois iniciarmos os ensaios, duas vezes por semana. Carrie, este salão estaria disponível?

– Tenho que verificar as reservas, mas ele costuma estar livre à noite, durante a semana. E não temos nenhum casamento nos próximos dois meses. Mas, espere aí. Vocês vão ficar na cidade? Aqui no hotel? – Carrie olhou de Anna para Bett. Tudo estava indo muito rápido para ela. – E o seu trabalho, Anna? E Glenn?

O rosto de Anna não demonstrou nenhuma emoção.

– Se decidíssemos fazer o musical, eu poderia intercalar o trabalho. Ir a Sidney dois dias por semana. Ellen poderia ir comigo.

Ela não mencionou Glenn.

– Não, Ellen não poderia. – Lola deu um sorrisinho maroto. – Porque estará na escola aqui. Falei com a diretora hoje. Ela é minha amiga e disse que certamente haverá vaga para Ellen.

Carrie virou-se para sua outra irmã, lutando contra uma sensação de pânico. Uma coisa era esconder a ausência de Matthew por alguns dias, mas por semanas?

– E você, Bett? E o seu trabalho?

Lola interveio de novo.

– Ela aceitou um emprego de meio período no *Valley Times*. Não é, Bett?

Bett olhou para Lola, surpresa. Acabara de telefonar naquela tarde para Rebecca. Decidiu aceitar o emprego primeiro e preocupar-se depois com o fato de viver tão perto de Carrie e Matthew.

O telefone celular ao lado de Anna começou a vibrar. Ela verificou o número.

– Com licença – disse ela, saindo da sala para atender. – Glenn?

– Alô, Anna. Como estão as coisas? Como está Ellen?

– Bem. E você? – Tão tensos, tão constrangidos um com o outro.

– Bem, bem. Grandes novidades por aqui. A viagem para Cingapura vai sair. Parto daqui a dois dias.

– Certo. Quanto tempo vai ficar fora?

– Três semanas para começar. Mas são apenas oito horas de voo até Sidney. Posso ficar indo e vindo. E vou continuar telefonando para Ellen todas as noites, claro. Estou até pensando em comprar um celular para ela.

– Um celular? Ela só tem 7 anos, Glenn.

– Mas acho uma boa ideia ela ter um. Para ficar mais segura.

Mais uma provocação sobre seu fracasso como mãe. Anna sentiu-se muito cansada, ao mesmo tempo em que aquilo a ajudou a tomar a decisão final.

– Na verdade, Glenn, isso veio no momento certo. Nós vamos ficar aqui por um mês mais ou menos.

Não contou sobre o musical. Ele não estaria interessado.

A raiva dele atravessou a linha telefônica como uma onda sonora.

– Desse jeito? Sem me consultar? Eu pelo menos lhe disse que a viagem para Cingapura estava nos planos. E se eu não fosse para lá? Quando eu ia ver Ellen?

Ela caminhou para mais longe da construção do hotel, mantendo a voz baixa, a raiva apenas sob controle.

– Quando você ia querer ver Ellen? Entre uma noite e outra passada na casa de Julie? No intervalo das conferências? Das viagens de trabalho?

– Anna, eu a amo. Ela é minha filha. Você sabe que eu a vejo tanto quanto posso. E só porque não estou com ela todas as horas do dia não quer dizer que não esteja pensando nela. O que você vai fazer com a escola dela? E com o seu trabalho?

Anna teve que se sentar em um banco, com o peito apertado de irritação.

– Ainda não sei. Estamos resolvendo. – Houve uma longa pausa e, então, ela teve que perguntar. – Julie vai para Cingapura?

Ele tentou desconversar.

– Ela é minha assistente sênior e montar um escritório novo dá muito trabalho. Eu não poderia fazer tudo sozinho.

– Julie vai como sua amante além de sua assistente, Glenn?

A voz de Anna era calma. Ele não adivinharia por um instante que seu estômago estava revirando, suas mãos suadas. Ela queria a verdade.

– Julie vai comigo, sim.

Então ainda estava acontecendo.

– Ouça, Glenn, não posso conversar agora. Eu ligo amanhã.

Houve uma pausa, então ele falou de novo.

– Está bem. Diga a Ellen que eu a amo.

– Eu direi. Tchau.

Ela desligou e ficou sentada ali, por um momento, tentando conter a vontade de vomitar. Pôs a mão sobre o coração. Estava acelerado. Sentia a pele pegajosa de suor. Fechou os olhos por um momento, esperando a respiração acalmar, depois se levantou. Usou todos os anos de treinamento na faculdade de teatro para colocar um sorriso no rosto enquanto voltava para o salão de festas.

– Está tudo resolvido. Glenn precisa passar um tempo em Cingapura, a trabalho, então o momento não poderia ser melhor. Nós podemos ficar.

Ainda do lado de fora, apoiada no parapeito da janela, Lola notou que Bett cantarolava baixinho uma das canções. Carrie movia os lábios enquanto lia algumas falas. Anna era a única que parecia um pouco perturbada. Talvez tivesse brigado com Glenn para poder ficar. Ele sempre fora possessivo. Mas falariam sobre isso mais tarde. Ela fitou suas três netas.

– Então, tomaram uma decisão definitiva? Vão fazer o musical?

Anna olhou para Bett, que olhou para Carrie, que olhou de volta para Anna. E todas se viraram para Lola.

– Nós vamos fazer.

Capítulo 9

NO SALÃO DE FESTAS, uma semana depois, Bett estava ensaiando músicas ao piano para as audições da noite seguinte.

Seus pais tinham partido de férias naquela manhã. Lola, Anna, Bett, Carrie e Ellen ficaram no pátio acenando, enquanto os dois se afastavam de carro, sorridentes enquanto acenavam de volta. Todos pensaram a mesma coisa, mas foi Lola quem disse em voz alta.

– Jim e Geraldine parecem recém-casados saindo para a lua de mel.

– O que é lua de mel? – perguntou Ellen.

– Um período de férias para pessoas que acabaram de se casar – respondeu Anna.

– Você e o papai tiveram uma lua de mel?

– Sim, por duas semanas.

Eles tinham ido para um resort exclusivo em Fidji. Glenn confessou no avião a caminho de lá que tinha ouvido falar que aquele era um lugar excelente para fazer contatos de negócios.

– Por que vocês não me levaram junto?

Anna afagou os cabelos da filha.

– Você ainda não tinha nascido.

Ellen virou-se para Carrie.

– Você teve lua de mel, tia Carrie?

Bett e Carrie se enrijeceram.

– Sim, eu tive, Ellen.

– E você, tia Bett?

Antes que Bett tivesse a chance de responder, Lola deu um gemido muito alto. Todas se viraram para ela, alarmadas.

– O que foi, Lola? Está tudo bem?

Ela gemeu de novo.

– É só minha artrite, acho. Ela vem e vai neste tempo úmido.

Não chovia há semanas e Bett sabia muito bem que Lola não sofria de artrite. Sua avó só teria sido mais óbvia se tivesse gritado "Rápido! Mudem de assunto!" no máximo volume. Mas tinha funcionado. As cinco voltaram para o hotel e até conseguiram ter uma reunião suficientemente pacífica sobre as divisões de tarefas.

Bett estava encarregada da recepção naquela noite. Já havia interrompido seu ensaio no piano duas vezes para receber hóspedes e entregar chaves de quartos. Carrie esteve no bar mais cedo, servindo drinques para um pequeno grupo de pessoas. Agora estava escuro lá. Bett supôs que Carrie já tivesse fechado o bar e ido embora para casa. Anna encontrava-se na cozinha quando Bett passou por lá mais cedo. Preparava as bandejas de café da manhã dos hóspedes, seguindo as listas de instruções e distribuindo pequenas caixinhas de cereais, porções de geleia e sachês de açúcar. Ellen, de pé em uma cadeira ao lado dela, com a ponta da língua visível entre os lábios, dobrava os guardanapos de papel vermelho em passáveis formatos de leque.

Bett terminou de tocar *Oh, What a Beautiful Morning* e pegou a partitura de *Chattanooga Choo Choo*. Adorava a suavidade das teclas do piano sob os dedos, os sons familiares enchendo a sala à sua volta, a sensação de estar no controle da música, acrescentando notas elaboradas aqui e ali. Percorria cada uma das canções com lembranças de diferentes apresentações das Irmãs Alfabeto voltando-lhe à mente: cantando *My Favourite Things* para um público de cinco ouvintes, dois deles cachorros, em uma festa agrícola em Nova Gales do Sul. Lembrava-se de um dia quente e seco no campo em Queensland em que, no meio de *Boogie Woogie Bugle Boy*, as três haviam tido um inexplicável acesso de riso tão forte que Bett, e depois Carrie, caíram do palco. Isso quase se tornou parte da apresentação delas.

Ela parou de tocar, foi até a janela e olhou para o estacionamento. Estar de volta ali lhe despertava todos os tipos de lembranças. Não só de Matthew e da terrível briga com Anna e Carrie, mas de tudo o que havia acontecido depois. Sua mente esteve cheia de pensamentos sobre isso a semana inteira.

Na manhã depois da briga, ela levantou ao amanhecer, arrumou uma pequena mala, encheu o tanque do carro e começou a dirigir. De um hotel de estrada a caminho de Melbourne, telefonou para o escritório do *Valley Times* e pediu uma licença não remunerada por tempo indefinido. Ligou para uma amiga da faculdade de Jornalismo, que agora trabalhava em Melbourne, e explicou o que havia acontecido. À noite, estava instalada no quarto de hóspedes da casa da amiga.

Os três meses seguintes haviam passado em uma espécie de frenesi. Com muito tempo nas mãos, ela começou a beber demais e falar demais para encobrir a dor e a confusão. Encontrou algum trabalho *freelance* em jornais da cidade, começou a entrar e sair de bares com um grupo turbulento e variável de repórteres, subeditores, fotógrafos. Não contou a ninguém a verdadeira razão de estar em Melbourne. Fez todo o possível para bloquear isso de sua mente e quase conseguiu.

Até uma noite em Carlton em que, enquanto assistia a uma banda em uma nova casa noturna, deu de cara com um antigo colega de trabalho. Ficou surpresa ao vê-lo.

– Não sabia que você estava em Melbourne.

– Também não sabia que você estava aqui.

Bett não sabia se ele tinha conhecimento das circunstâncias de sua partida de Clare Valley, mas estava estranhamente feliz por ver uma cara conhecida. Ele lhe comprou uma bebida, depois outra. Ela não comeu o dia todo e ignorou a sensação da cabeça rodando. A vodca estimulava sua autoconfiança, ajudava-a a fingir ser despreocupada, enquanto eles trocavam histórias sobre a vida no jornal, mantendo uma conversa leve, divertida.

A noite foi passando e a banda terminou a apresentação. Eles saíram para mais um drinque, entraram juntos em um bar que ficava aberto até tarde, mais algumas vodcas e, de repente, ela se viu no apartamento dele, os dois sozinhos. Esteve falando a noite toda e se lembrava de ter ficado triste e até chorado um pouco por alguma coisa. Teria sido por causa de Carrie e Matthew? A briga com Anna? Tudo isso e mais. Ele a puxou para um abraço de conforto e foi então que a noite mudou.

Foi ela quem tomou a iniciativa para um abraço mais íntimo, um tipo diferente de abraço. Ela fez acontecer. Insistiu naquilo. Ela quis beijá-lo, tocá-lo de uma maneira que nunca havia feito com Matthew. Quis livrar-se das lembranças de Matthew, sentir-se diferente, comportar-se de um modo como nunca se comportou antes. Quis apagar as lágrimas e a vulnerabilidade que havia demonstrado naquela noite, cobrir tudo com sexo, suor, beijos, carícias, movimentos, costas arqueadas, unhas arranhando e bocas mordendo...

Quando acordou na manhã seguinte, a Bett selvagem e ousada tinha há muito ido embora, deixando a Bett envergonhada e de ressaca deitada ali, nua, ao lado dele. Tirou o braço dele de sua cintura e afastou-se tentando não fazer nenhum barulho. "Não acorde, por favor, não acorde", rezou, esgueirando-se do quarto para a sala. Juntando suas roupas, bolsa e casaco, vestiu-se e saiu rapidamente. Não deixou bilhete. Era uma cidade grande. Não precisavam se encontrar nunca mais.

Chegando em casa, passou o resto do dia na cama. À noite, estava desesperada para conversar com alguém sobre aquilo. Com vergonha de contar à sua colega de apartamento, sem poder ligar para as irmãs, telefonou para Lola e lhe contou tudo. Enquanto relatava a história, momentos iam voltando à sua lembrança e quase a faziam gemer de vergonha: "Ah, meu Deus. Tinha mesmo chorado nos braços dele?" Outro estremecimento quando se lembrou de como insistiu para beijá-lo. Como insistiu para fazer sexo com ele. Sentiu aquilo em seu corpo o dia todo, uma dor quente entre as pernas, na pele. Lembranças que teriam sido sensuais e agradáveis, se não a fizessem querer uivar de vergonha.

Lola não fez julgamentos.

– Talvez tenha sido melhor assim, com alguém que você conhecia e não um completo estranho. Usaram contraceptivos?

– Sim, sim, usamos.

– Quer vê-lo outra vez?

– Claro que não! Como eu poderia encará-lo? – Começou, então, a chorar. – Estou infeliz, Lola. Aquela não era eu. Não faço coisas assim. Não sei o que está acontecendo comigo.

– Bett, foi só uma transa de uma noite, não um assassinato em série. Mantenha a perspectiva. Quer voltar para casa?

– Não posso.

– Você pode. Vai acabar se acostumando a ver Carrie e Matthew juntos.

– Lola, eu não quero ver Carrie e Matthew juntos. Não quero todos me observando para ver como eu reajo, as pessoas falando de mim pelas costas.

– É um escândalo tão grande que as pessoas iriam falar não só pelas costas como pelos cotovelos, pode acreditar. Ah, querida, onde está o seu senso de humor? Vamos, é um relacionamento rompido. Isso acontece com milhões de pessoas todos os dias.

– Mas eu nunca quis ser como milhões de outras pessoas. E estou cansada de sempre fazer tudo errado. – As palavras começaram a fluir sem controle. – Queria ser destemida e fazer algo maravilhoso, esplêndido e notável, mas nunca fiz e acho que nunca farei. Tenho medo o tempo todo, Lola.

– Medo do quê?

– De passar vergonha. Ou de fazer papel de boba.

– Você vai ter que ser mais específica. Todo mundo tem medo disso. Seja mais clara comigo, querida.

Bett só teve que pensar por um momento.

– Tenho medo de muitas coisas. De ficar sozinha. – "De sexo, se fazia direito ou não". Mas não queria dizer isso a Lola. Pensou em outros motivos. – Tenho medo de ver meu corpo em espelhos nos provadores de lojas e de vendedoras enxeridas ficarem rindo de mim. – Ela conseguiu rir. – Tenho medo de coisas idiotas também. Como comer ostras. Estacionar de ré. Avião. Telefone celular...

– Só isso? Pensei que tivesse medo de coisas sérias.

– Elas são sérias para mim.

– Mas todas elas você pode superar. Você conhece a frase, Bett: tem que enfrentar seus medos.

– E por onde começo? Faço uma lista? Vou riscando?

– Deixe isso comigo. Por enquanto, ponha seu pijama, vá para a cama e durma cedo. Não beba. Seja paciente. E acalme-se.

O primeiro decreto chegou exatamente três dias depois. Apenas um cartão-postal, endereçado a Bett, com uma única linha no centro.

Coma uma ostra.

E só. Por um momento, ela pensou que podia ser uma nova campanha publicitária, com mensagem personalizada. Então reconheceu a caligrafia. Lola. Telefonou para ela.

– Como assim, coma uma ostra?

– Você tem medo delas. Então enfrente isso. Vá comer uma. Depois me escreva para contar como foi. Não quero que me telefone.

Ela obedeceu. Odiou, mas fez mesmo assim. Seu relatório para Lola também seguiu em um cartão-postal. *Fui a um restaurante de frutos do mar ontem à noite com minha colega de apartamento, Yvonne. Ela pediu ostras e eu comi uma. Foi a coisa mais nojenta que já provei, foi como engolir uma lesma salgada que tivesse estragado depois de ter ficado flutuando na água sob o sol. Precisei de três taças de vinho para tirar aquele gosto da boca.*

A resposta veio logo. *Muito bom, menina corajosa.*

Nas quatro semanas seguintes, cartões-postais de uma só linha chegavam com a precisão de um relógio. *Vá sozinha ao teatro. Saia sozinha para jantar.* Em cada uma das vezes, Bett realizava a tarefa e escrevia um cartão para contar a Lola exatamente o que havia acontecido. Na semana seguinte, outro cartão chegava. *Muito bom, menina corajosa*, com a orientação para outra tarefa.

Então recebeu uma tarefa surpreendente: *Vá viver em outro país.*

Ela telefonou para Lola imediatamente.

– É um pulo meio grande, não é? De ostras a outro país?

– Eu fui conduzindo-a para isso. Tenho incentivado você há anos. O dinheiro já está fazendo um buraco em meu bolso.

Lola tinha dado às meninas uma passagem aérea de ida e volta para qualquer lugar de sua escolha no aniversário de 25 anos de cada uma delas. Anna foi para os Estados Unidos fazer um curso de teatro.

Glenn foi atrás e a pediu em casamento enquanto faziam um passeio de carruagem pelo Central Park.

– Ai, que brega – disse Carrie. – Aposto que ele fez o condutor da carruagem tocar violino também.

Carrie fez uma viagem pela Ásia, que acabou resultando em um ano fora de casa. Mas, entre estudos e trabalho, Bett nunca encontrou tempo para deixar a Austrália.

– Não posso aceitar isso, Lola.

– Pare com essa bobagem. Suas irmãs aceitaram muito felizes e você também vai aceitar. E vou acrescentar algum dinheiro para as despesas também. Vamos dizer que sejam os juros que ganhei sobre o capital porque você demorou tanto tempo para decidir usá-lo.

– Mas você não tem condições para isso, Lola.

– Minha querida, você não tem a menor ideia se eu sou uma pobretona ou uma velha muito rica, e eu não vou lhe contar. Pegue o dinheiro e vá. Eu ia mesmo deixar esse dinheiro para você no meu testamento. É melhor lhe dar agora, para poder ver como você vai gastá-lo.

– Não posso.

– Por que não? Está com medo?

Bett riu.

– É, na verdade estou.

– Do quê? Do avião? De mudar para outro país?

– De tudo isso.

– Você sabe qual é a melhor maneira de lidar com esse medo.

E assim foi. Bett finalmente concordou em aceitar a passagem. Duas semanas depois daquela conversa, estava em Dublin.

Foi difícil no começo. Quem chegou a Dublin foi ela própria, não uma nova modelo destemida e melhorada de si mesma. No primeiro mês, ficou em um albergue da juventude no centro de Dublin. Teve medo de ser a pessoa mais velha dali e surpreendeu-se por ninguém se preocupar com sua idade. Com um passaporte irlandês, cortesia de Lola, saiu à procura de trabalho em jornais, antes de se dar conta de que estava sendo a velha Bett. Teve conversas imaginárias com Lola. "Do que você gosta?" "De música. De escrever." "Não pode combinar os dois?" Descobriu que podia, ao conseguir um trabalho atrás de um balcão de bar em uma das muitas casas de shows de Dublin e escrever resenhas ocasionais dos shows para jornais, websites e revistas de música.

Encontrou um prédio de quatro andares com fachada de tijolos vermelhos em um bloco de construções geminadas na Rua North Circular, perto do Phoenix Park, que alugava apartamentos para jovens estudantes irlandeses, nigerianos, asiáticos, romenos, cuja amizade era limitada a acenos e olás na escada íngreme que conduzia à porta da frente, pintada de vermelho. Ela caminhava para o trabalho passando por mercados de frutas, desviando de caminhões de entregas, pisando em couves, kiwis e, às vezes, até em mangas esmagadas nos paralelepípedos.

Começou a levar uma estranha vida de cabeça para baixo, trabalhando à noite, dormindo de dia, vendo, por semana, até dez bandas tocarem ao vivo nas casas em que trabalhava. Fez amizade com os outros funcionários do bar, os engenheiros de som, a mulher que vendia as entradas na porta. Quando trabalhar até tarde da noite começou a perder a graça, uma conversa casual que teve no bar com Karl, enquanto um dos primeiros contratados dele tocava para um salão vazio, levou a uma mudança para Londres e ao trabalho na gravadora. Foi excitante sair de uma cidade ainda nova para ela e ir morar em outra. Sentia-se corajosa, aventureira, livre...

Mas, então, começou a sentir falta de algumas coisas também. Ser livre significava ficar desconectada, solta. O que era bom quando estava feliz. Mas não quando a situação ficava incerta, quando, de repente, do nada, ela se via desejando conversar com Anna... ou mesmo com Carrie. Descobriu um site de horóscopos e lia os signos delas todos os dias, tentando adivinhar o que poderia estar acontecendo em suas vidas. Ao andar por uma loja de departamentos certa tarde, sentiu um perfume conhecido e foi invadida por saudades de Anna. Pediu uma amostra. No resto daquele dia, Bett teve a reconfortante sensação de que Anna estava por perto.

Houve uma única comunicação entre elas nos três anos em que esteve fora, quando Lola lhe contou sobre o acidente de Ellen. Bett ficou chocada com a notícia. Na mesma noite, enviou um cartão a Anna, sucinto, direto, dizendo como ficou triste ao saber do que tinha acontecido com Ellen. Não teve nenhuma resposta. Depois disso, não apareceu outra oportunidade. Não até a desculpa da festa de aniversário de 80 anos.

Imagens de Anna e Carrie vieram à sua mente agora. Não havia sido como ela esperava. Anna não era tão altiva ou tão distante quanto a Anna imaginária que manteve na mente durante aqueles anos. E Carrie também não era tão cheia de si e presunçosa como esperava. "Na verdade, ambas pareciam... o quê?" Bett pensou. "Normais? Comuns? Até mesmo um pouco perturbadas?"

O telefone tocou, fazendo-a dar um pulo. Bett correu para a recepção.

– Valley View Hotel. Em que posso ajudar?

– O que está fazendo, querida? – Era Lola.

– Dando uma olhada nas músicas – improvisou Bett. – Onde você está?

– No meu quarto. Vi você olhando pela janela do salão de festas e imaginei se estaria precisando de ajuda.

– Não, está tudo bem. Acho que já terminei por hoje. Pelo menos sei o suficiente para as audições de amanhã.

– Boa menina. Venha conversar comigo. E poderia me trazer a roupa que pretende usar no trabalho amanhã para eu dar uma olhada?

Bett riu.

– Lola, é muita gentileza sua, mas é um emprego de meio período, não meu primeiro dia na escola.

– Eu sei, mas primeiras impressões podem ser importantes. Você vai querer se sentir bem quando entrar lá e encontrar pessoas que não vê há anos.

– Vi Rebecca na semana passada.

– Dê-me esse prazer, querida.

Dez minutos depois, ela estava no quarto de Lola, levando as roupas que escolhera para ir ao jornal na manhã seguinte. Era uma saia clássica de seda vermelho-escura, que pretendia usar com uma camisa branca simples. Os sapatos eram bons, de couro italiano, com estilo, mas muito confortáveis.

Lola inclinou a cabeça e examinou as peças por um momento, como uma ave de olhos brilhantes.

– Acho que está correto. Você aprendeu alguma coisa enquanto esteve fora. Brincos?

Bett levantou o par que planejava usar. Também eram vermelho--escuros, feitos de contas de vidro antigas. Encontrou-o em um mercado em Dublin.

– Muito bonitos. Agora, o principal: como você se sente em relação à roupa?

– Bem, acho.

– Isso é o mais importante. E lembre-se de que você é a Bett, que tem 32 anos, morou em Dublin e Londres, comeu uma ostra e foi ao teatro sozinha, entre tantas outras coisas corajosas. Lembre-se de tudo isso amanhã.

Bett sorriu.

– Por quê? Alguém está planejando me jogar em um programa *Esta é a sua vida*?

– Só quero que você se sinta bem consigo mesma, o que quer que aconteça, quem quer que você encontre.

Bett se enterneceu. Lola sabia que haveria no escritório pessoas com quem trabalhou há três anos, quando toda a história com Carrie e Matthew estourou.

– Por que faz isso, Lola?

– O quê?

– Você nos aguenta. Todas nós. Como pode se dar a todo esse trabalho?

– Porque eu amo vocês. E porque amo ver vocês fazerem o que eu digo. Então, queixo erguido amanhã, o que quer que aconteça. Promete?

– Prometo.

Lola deu um suspiro satisfeito e deitou-se na cama.

– Nunca pensei que diria isso, mas uma das vantagens de ser um velho saco de ossos decrépito como eu é que ninguém presta mais atenção em nossa aparência. A gente vira apenas uma mulher velha, não mais uma mulher magra ou uma mulher gorda, uma mulher feia ou uma mulher bonita. A gente é apenas velha.

– Isso a incomoda? – perguntou Bett, enquanto pendurava a saia novamente no cabide. – Você sente saudade de ser jovem?

– Claro, mas é algo que não posso mudar. Sou velha. Talvez no fim da linha, com o relógio levando embora o pouco do tempo que me resta enquanto conversamos.

– Pare com isso, sua velha agourenta. – Bett sentou-se na cama ao lado de Lola. Era sempre um prazer tê-la apenas para si. – Mas você pensa nisso às vezes, Lola? Tem medo de morrer?

– Por quê? Está pensando em tentar me matar?

– Não, não esta noite. Estou gostando de você esta noite. Mas você pensa nisso?

– Claro que sim. A maioria das pessoas pensa. É por isso que temos que tentar preencher cada dia o máximo possível, caso venha a ser o último.

– Mas, se a gente realmente vivesse a vida assim, nunca iria para o trabalho, não é? Ou lavaria louças. Ou varreria o chão. Porque não iria querer passar o último dia sobre a Terra fazendo coisas chatas.

– Exatamente. Por isso não deixo passar um dia sequer sem tomar um gim-tônica. Não faz sentido racionar. E se o dia em que eu decidir não tomar um drink for bem o dia da minha morte? Penso em quanto trabalho vou poupar para o embalsamador com todo o gim que consumi ao longo dos anos. Tenho certeza de que já estou semiembalsamada.

– Você está ficando mais assustadora a cada ano.

Lola deu um sorriso feliz.

– Eu sei.

Bett pegou a mão esquerda de Lola e começou a girar sua aliança, como fazia desde que era criança, quando Lola e ela conversavam daquela forma. Conhecia cada curva daquele anel.

– Você ainda sente falta de Edward, Lola?

– Faz sessenta anos que ele se foi, Bett. A gente se acostuma com qualquer coisa depois de tanto tempo.

– Como ele era? Como eram vocês dois juntos?

– Por que esse interesse repentino?

Bett soltou a mão de Lola e ficou alisando a colcha da cama, reparando distraidamente em uma pequena queimadura de cigarro em um canto. Os hóspedes sempre ignoraram o aviso de não fumar na cama.

– Estava pensando nisso ontem à noite. Que há anos a gente vem até você trazendo cada detalhe de cada pequeno aspecto de nossa vida, resmungando e gemendo, e talvez agora seja a sua vez de falar e a nossa de ouvir. Pensei na sua apresentação de slides, naquelas fotos da Irlanda e dos primeiros tempos. Quero que você saiba que, se sentir vontade de falar algo sobre aqueles dias, sobre Edward, como era quando você e papai começaram a dirigir as pousadas e tudo o mais, ou se houver qualquer outro assunto de que queira falar, eu estou aqui, está bem?

Lola começou a rir. Ela estendeu a mão para tocar a cabeça cacheada a seu lado.

– Meu amor, muito obrigada. Se algo me ocorrer, prometo que te chamo.

– Lola, estou falando sério.

– Eu também.

Na cozinha de sua casa, Carrie olhou para o relógio. Quase 22 horas. Ele chegaria a qualquer momento. Verificou sua aparência outra vez, ajeitou o vestido, arrumou as facas e garfos na mesa. Percebeu que estava nervosa. Por causa de seu próprio marido.

Seu marido afastado, para ser mais precisa.

Foi até a varanda. Os pastos por todo o entorno da casa estavam escuros até onde podia enxergar. Durante o dia, gostava da paz e quietude. À noite, sem Matthew, aquilo lhe dava arrepios. Sobressaltou--se ao som de um pássaro nos eucaliptos atrás da casa, depois inquietou-se novamente quando ouviu um ruído entre os agapantos que margeavam a estrada. Era uma noite quente, mas ela ainda tremia.

Desejava a volta dos dias em que, só de ver a casa, ela já se alegrava. Ela e Matthew haviam passado meses procurando o lar ideal. Concordavam em tudo: queriam uma casa de pedras em estilo antigo, com varanda em todo o contorno, de preferência com uma lareira para as noites frias de inverno em Clare. Queriam um terreno pequeno, talvez um ou dois alqueires. Idealmente, encontrariam uma casa em que já tivessem sido feitas as reformas principais: encanamentos e fiação. E queriam pelo menos três quartos.

– Quatro – disse ela.

– Você quer três filhos? – ele riu.

– Pelo menos – Carrie respondeu, feliz. – E o mais rápido possível.

– Não tão depressa.

Ela devia ter entendido os sinais na época, não devia? Mas não, preferira ignorar, continuar fazendo planos, escolhendo cores para o quarto de bebê, muito antes de terem um quarto de bebê, quanto mais um bebê...

Haviam encontrado aquela casa por acidente. Um fim de semana, Matthew a pegou no hotel depois do trabalho e resolveram dar um passeio em vez de voltar direto para o pequeno apartamento alugado, como sempre faziam. Estavam em uma das estradas de terra ao sul da cidade, serpenteando entre os vinhedos. E lá estava ela. Uma placa de "Vende-se" pintada à mão no final de um caminho que conduzia a uma velha casa de pedra. Foram até lá e encontraram os proprietários na residência: uma dupla de hippies de meia idade, não havia outra maneira de descrevê-los. Moravam ali há dois anos, mas tinham decidido ir para o norte, em busca do calor tropical e das florestas de Queensland. Não tinham posto a casa na mão de nenhum corretor imobiliário, preferindo deixar que o comprador os encontrasse, conforme explicaram com seriedade. Matthew e Carrie estavam apertando a mão um do outro sob a mesa. A casa tinha praticamente tudo o que procuravam: a arquitetura de pedras original, a varanda, os pisos de ardósia. A fiação havia sido trocada e os encanamentos estavam em condição razoável. O principal problema eram apenas as cores de que as paredes tinham sido pintadas, tangerina e roxo, com espirais desta ou daquela cor. "Acho que eles estudaram na Escola da Maconha de Decoração de Interiores", Matthew sussurrou enquanto visitavam os aposentos. Mas isso não os desanimou. Fizeram uma proposta no dia seguinte. Dois meses depois, haviam se mudado para lá.

Carrie forçou-se a ficar ali fora, apoiada na coluna da varanda que ela mesma havia pintado, esperando pelo som do carro. Sabia que ele havia se surpreendido com seu telefonema naquela tarde. O que não era de admirar, considerando o que ela lhe gritou na última vez em que haviam se falado, algumas semanas atrás. "Acabou, Matthew. Chegamos ao fim. Não percebe isso?"

Ele pareceu cansado ao telefone. Exausto. Mas concordou em fazer a longa viagem desde a fazenda em que estava trabalhando para ouvir o que ela tinha a lhe dizer. Isso contava alguma coisa, claro.

O problema era que ela não sabia de fato o que queria dizer. Sobressaltou-se ao ver uma luz distante refletida no tronco pálido dos eucaliptos. Faróis de carro. Matthew? Seu coração começou a bater mais rápido enquanto o carro se aproximava...

Três horas depois, a paz da casa de campo era rompida pelo som de um ronco longo e estremecedor vindo do outro lado da cama de casal.

– Quieto, Matthew – Carrie resmungou no escuro.

Deu-lhe um forte beliscão, interrompendo momentaneamente o ressonar do marido, que logo recomeçou. Ela sentou-se e olhou para ele. Foi tudo mesmo muito bem. Era mais de meia-noite quando ele finalmente chegou. Carrie já tinha gastado o chão da varanda de tanto andar de um lado para outro, com o coração na boca toda vez que faróis de carro apareciam na estrada. Quando ele ligou para avisar que tivera um problema sério no motor e ficou duas horas parado no acostamento da estrada tentando consertá-lo, ela já estava agoniada de preocupação. E também um pouco bêbada do vinho tinto que esteve tomando para aplacar o nervosismo. No momento em que ele finalmente chegou, teve vontade de pular em cima dele, de tanta raiva e frustração, mas, pensando em Anna e Bett rindo dela e de seu casamento desfeito, manteve a voz baixa e doce. Ela o cumprimentara e lhe ofereceu uma cerveja.

Carrie conduziu o marido até a sala, sorrindo enquanto ele se sentava – não em sua cadeira habitual, ela notou – e oferecendo-lhe um sanduíche, um pouco de queijo. Era tarde demais para o jantar que ela preparou. Ele recusou, observando-a atentamente, tão nervoso em sua presença quanto ela na dele, Carrie reparou.

– Como foi o trabalho hoje? – perguntou com voz animada, embora só de ver a aparência dele, sujo, exausto, com as roupas cobertas de terra, já soubesse a resposta.

Ele passou a mão pelos cabelos. Carrie conhecia bem esse gesto. Significava que ele estava cansado e também impaciente.

– Podemos cortar as preliminares, Carrie? O que você queria falar comigo?

Ele estava bravo também. E Carrie supunha que tinha todo o direito de estar. Afinal, ela o chutou para fora de casa. Desligou o telefone todas as vezes em que ele ligou. Mandou de volta as cartas dele, sem nem sequer abrir ou responder. Sentiu uma pontada de vergonha. Sim, talvez ele tivesse mesmo algum direito de estar irritado com ela. Sobre o que ela queria lhe falar? Não sabia mais.

– Sobre nós, acho.

– O que mais você tem a me dizer? Achei que já tinha sido bem clara.

Ela se animou um pouco com o fato de ele pelo menos ter vindo, mesmo com a longa viagem, o longo dia de trabalho. Decidiu lhe dizer a verdade.

– É sobre Bett.

Ele passou a mão nos cabelos outra vez.

– Ela vai ficar aqui na cidade – Carrie continuou. – Aceitou um emprego no jornal local outra vez.

Pensou se deveria lhe contar sobre o musical de Lola, mas decidiu que não era a hora. A conversa era sobre Bett, não sobre Lola.

– É mesmo? Bom para ela.

– E como você se sente em relação a isso?

– Em relação ao emprego dela? Carrie, isso não tem nada a ver comigo. É Bett quem tem que decidir onde quer trabalhar.

– Não estou falando do emprego. Estou perguntando como você se sente pelo fato de Bett estar por perto outra vez.

Ela viu um lampejo de alguma coisa – irritação? – sobrepondo-se à exaustão em seus olhos.

– Carrie, eu me sinto exatamente como me sentia quando você me perguntou sobre Bett três semanas atrás. Seis meses atrás. Um ano atrás. Não vou continuar falando disso.

– Não acredito em você.

Ele levantou a voz.

– Porque não quer acreditar em mim. Não posso fazer mais nada. Por Deus, Carrie, é como ficar batendo a cabeça em uma parede de tijolos, estou cansado disso. – Ele fez uma pausa. – Ouça, posso tomar um banho, talvez um café? Podemos conversar sobre isso depois?

Ela lhe voltou as costas e deu de ombros. Viu no reflexo na janela que ele se levantou e olhou para ela por alguns instantes antes de ir ao banheiro. Carrie levou sua taça de vinho para a varanda e esperou que ele viesse encontrá-la ali e, enquanto isso, tentou se acalmar, preparando as palavras novamente, esperando que, dessa vez, conseguisse fazê-lo entender. Vinte minutos depois, ainda estava esperando.

Foi para o quarto e encontrou-o adormecido sobre a cama, semidespido. Pelo jeito, estava tão exausto que nem chegou a entrar no chuveiro, simplesmente deitou na cama deles e dormiu. E ainda dormia. Nem o barulho das panelas nem suas cutucadas o fizeram sequer se mexer. Sentiu um estremecimento de culpa ao olhar para ele, o rosto de menino adormecido no travesseiro, os cabelos castanho--claros despenteados, sujos.

Olhando-o na cama a seu lado agora, lembrou-se dos primeiros tempos, no primeiro ano de casamento, quando ele chegava em casa depois de ter tido dias como aquele, igualmente sujos e ocupados em fazendas e estações de criação de animais. Ela o recebia à porta com um beijo, punha um dedo sobre os lábios dele para impedi-lo de falar e levava-o ao banheiro, onde o despia lentamente e depois a si mesma, movendo-o para o chuveiro, ainda em silêncio, agora o beijando nos lábios, nos ombros, na pele bronzeada dos braços, na musculosa barriga bronzeada, e mais abaixo, até ele gemer encostado na parede. E, depois disso, seria no quarto que ele lhe retribuiria as carícias, não mais cansado, alisando-a e afagando-a, até ela não poder mais suportar e puxá-lo para si. A lembrança a excitou de repente e ela chegou mais perto dele.

– Matthew?

Tocou-lhe as costas por baixo da camiseta. Não houve resposta. Deslizou a mão pela lateral do corpo dele e o viu se mexer. Esperou, tentou de novo, movendo os dedos mais para baixo em direção à sua virilha. Ele murmurou alguma coisa, afastou-se e deitou de bruços, fora de alcance.

– Deixa para lá, então – Carrie disse em voz alta, irritada.

Quando aquilo aconteceu? Justo eles, que mal podiam tirar as mãos um do outro desde a primeira noite em que se conheceram. Socou o travesseiro em frustração. Como pôde estragar tudo daquela maneira?

Contendo as lágrimas, ela preferiu alimentar os sentimentos de raiva. Se não fosse Lola, o modo como havia começado a falar incessantemente de quanto sentia falta de ter as três juntas outra vez, de como sonhava ver as Irmãs Alfabeto novamente, ela nunca estaria naquela situação. Lola nunca disse nada, mas Carrie sabia o que estava oculto sob aquilo: era tudo culpa dela, por ter roubado Matthew de Bett. Se não tivesse feito isso, todos estariam vivendo felizes para sempre, não estariam? Jamais conseguiu eliminar os sentimentos de culpa de sua mente, ao mesmo tempo em que o trabalho de Matthew começou a afastá-lo de casa por períodos mais longos. Quando ele estava em casa, sempre acabavam brigando. E já não era mais só sobre ter um bebê. Haviam encontrado muitos outros motivos. Por fim, em um ataque de raiva dois meses atrás, ela lhe disse que eles precisavam se separar por um tempo.

Ele ficou chocado.

– Por quê?

– Porque não está certo. Não deveríamos estar juntos. Você devia ter ficado com Bett.

– Carrie, nós já falamos sobre isso. Eu me apaixonei por você. Teria sido errado de minha parte ficar com ela.

– Talvez não. Talvez você devesse ter feito isso. Foi um teste para o seu amor por Bett.

– O quê?

– Como uma tentação. E você falhou. E, agora, estamos sendo castigados.

– Que história é essa? Tem algum fanático religioso hospedado no hotel?

Ela não sabia como explicar melhor. E, então, ele ficou bravo, e começaram a brigar sobre várias outras coisas, até ser um alívio para ambos quando ele saiu de casa e ela lhe disse para não voltar mais.

No fundo de sua mente estavam as vozes de Bett e Anna. "Nós avisamos." Não podia suportar. Que confusão horrível, dolorosa, injusta, pensou, encolhendo-se na ponta da cama.

Ao seu lado, Matthew soltou outro ronco sonoro. Carrie teve que se conter para não sufocá-lo com o travesseiro.

Em seu quarto no hotel, Anna estava deitada na cama, com Ellen encostada ao seu lado, dormindo profundamente. Anna tinha os olhos bem abertos, fitando o nada. Sentia a pele suada, o estômago enjoado, estava exausta, mas era incapaz de dormir. Estava no campo, respirando ar puro, não deveria estar se sentindo melhor? A verdade era que nunca se sentiu tão cansada ou tão mal em sua vida.

Teve outra briga com Glenn por telefone naquela noite. Mais culpas, mais dedos apontados, mais palavras irritadas, tudo em voz baixa para que Ellen, no banho, não ouvisse. Ela saiu enrolada em uma toalha e perguntou: "É o papai?" Quando Anna fez um sinal afirmativo com a cabeça, a menina correu para pegar o telefone e sentou na cama para conversar com ele, usando todas as suas pequenas frases solenes para tagarelar com o pai. "Está trabalhando muito?" "Cingapura é quente como aqui?" "Vai me trazer um presente quando voltar para casa?" Como se tudo estivesse perfeitamente normal entre eles. E, então, o pior. "Você diz a Julie que mandei um oi?" Anna teve a sensação de que iria vomitar. Ellen era amiga da amante do pai o bastante para lhe mandar recados.

Quando Ellen lhe devolveu o telefone, Anna mal conseguiu falar com ele novamente e só manteve a voz educada porque sabia que a menina estava ouvindo cada palavra. Depois de desligar, teve vontade de arremessar o celular para o outro lado do quarto e vê-lo se estilhaçar em mil partes. Estava quase fazendo isso, independentemente da presença de Ellen, quando o telefone tocou outra vez. Não era Glenn agora, mas sua agente, Roz. Depois de se desculpar por ligar tão tarde, ela explicou que tinha aparecido um trabalho grande de um de seus antigos clientes. Anna estaria disponível?

– Eles pediram especificamente você. É um trabalho bom, Anna. E você poderia fazê-lo até dormindo. – Era a dublagem de três vídeos de educação sexual para adolescentes e uma série de anúncios de rádio dirigidos a pais e professores. Se a receptividade fosse boa, haveria novos comerciais. – E um ótimo pagamento. Serão poucos dias de trabalho. Você pode fazer?

Anna massageou as têmporas com a mão livre. Prometeu a Ellen que iam passar um longo intervalo juntas. Deus sabe como ambas precisavam disso. Mas aquele trabalho pagaria bem. O que queria dizer que não precisaria do dinheiro de Glenn, pelo menos por um tempo. A ideia a fez sentir-se bem.

– Claro que posso – respondeu.

Ellen murmurou no sono. Anna beijou-lhe a cabeça. Lembrou-se da proibição de Lola de que falassem qualquer palavra sobre Matthew. Seria essa a chave da vida? Simplesmente ignorar os assuntos difíceis? Deveria ter ignorado o fato de Glenn ter enjoado dela? Apenas continuar sorrindo, comparecendo aos eventos sociais com ele, talvez arrumar um ou dois amantes também? Deveria ter ignorado as ligações de Julie, a intimidade das conversas deles ao telefone, que provavam que a relação havia mudado de colegas de trabalho para amantes? Apenas continuar sorrindo, sorrindo, sorrindo? Até que seu rosto doesse e seu corpo se enrijecesse de tensão?

Até o momento, conseguiu evitar o assunto com elegância. Respondeu habilmente às poucas perguntas de seus pais sobre Glenn, explicando de forma convincente suas ausências nas visitas familiares, murmurando algo sobre pressões de trabalho, promoções e viagens ao exterior. Não havia risco de Carrie e Bett perguntarem dele: elas haviam deixado claro seus sentimentos em relação a Glenn três anos antes. Sentiu os olhos de Lola sobre si, como sempre, e esperava pelas perguntas, mas, até agora, nada.

Não que pretendesse respondê-las. "Sim, Lola, Bett e Carrie estavam certas naquela noite. Eu tomei mesmo uma decisão muito ruim anos atrás e tive que viver com isso desde então. De fato ignorei meus próprios instintos e levei adiante um casamento com alguém que eu sabia que só se importava com meu rosto e meu corpo, e não com meu coração nem, definitivamente, com minha mente ou minha alma."

Mas como consertar o inconsertável? Chegaria para Bett e Carrie e admitiria que elas estavam certas? Que as coisas terríveis que lhe haviam gritado na noite da Grande Briga de fato se tornaram realidade? Que seu casamento tinha acabado, que ela era exatamente o que as irmãs a haviam acusado de ter se tornado: fria, artificial, obsessiva? Será que elas diriam que ela merecia tudo aquilo, que ela fez a própria cama quando se casou com Glenn pelo dinheiro, pela posição social, pelos contatos?

Em seus braços, Ellen estremeceu de leve. Anna a apertou um pouco mais e fechou os olhos, cansada de pensar, querendo que o sono viesse para ela também.

Matthew já havia partido quando Carrie acordou na manhã seguinte. Procurou por um bilhete, um pedido de desculpas. Nada.

– É por isso! – ela gritou na porta, para ninguém exceto os passarinhos nos pastos em frente. – Você não fala comigo, não me conta mais nada. Não é surpresa que esteja tudo arruinado.

Chorando, ela correu de volta para o quarto deles, agarrou o travesseiro onde ele havia dormido e soluçou até a fronha ficar molhada sob seu rosto.

Capítulo 10

BETT EXPERIMENTOU sua cadeira giratória mais uma vez, dando-lhe um pequeno impulso e parando de frente para a sala de Rebecca do outro lado do corredor. Havia uma pilha de jornais na mesa a seu lado. Já havia dado uma olhada neles, lendo com prazer cada artigo, atualizando-se sobre os vaivéns da vida de Clare Valley. Havia reportagens sobre falta de água ao lado de imagens das maiores abóboras de todos os tempos, ações de caridade feitas por escolares ao lado de políticos trocando apertos de mão.

Teve uma longa reunião com Rebecca naquela manhã. Além de escrever notícias gerais e artigos especiais, Rebecca queria que ela se encarregasse de um novo projeto: um suplemento de 12 páginas sobre as atrações turísticas do vale, patrocinado pela comissão de turismo.

– Eles pediram muita cor, todas as vistas, os cheiros e os sabores. Por isso eu quero que você e o fotógrafo de fato provem tudo, para que você possa escrever sob a perspectiva do visitante.

– Você quer que eu faça isso? Eu, a nova contratada?

Era um trabalho dos sonhos.

Rebecca riu.

– É, eu sei. Se pudesse, faria eu mesma. Vou lhe contar uma coisa, ser a editora não é tudo aquilo que me disseram.

Bett voltou para sua mesa, sentindo-se feliz e entusiasmada por ter um projeto de redação pela primeira vez em meses. Começou a anotar uma lista de assuntos: os passeios de degustação de vinhos, o curso de cozinha *gourmet* em uma das majestosas casas de campo de Clare Valley, a experiência de passar uma noite sob as estrelas na mais antiga fazenda de criação de carneiros do vale, o passeio histórico seguindo o trajeto da antiga linha férrea... "Era isso que eu queria", pensou. Criou mentalmente a frase inicial de um artigo, como sempre fazia para treinar. *Bett Quinlan, 32, anunciou hoje que estava muito feliz por voltar a trabalhar em um jornal de verdade.*

Tinha acabado de pegar o telefone para ligar a um dos operadores de turismo quando teve um sobressalto ao ouvir uma voz atrás de si.

– Bett Quinlan, pelas barbas do profeta! – Era Neil, o repórter esportivo grisalho que estava no jornal desde os primórdios. – Que bom vê-la. Bem-vinda a bordo novamente.

Ela se levantou e lhe deu um abraço.

– Que prazer em vê-lo também, Neil.

Foi bom ver muitos de seus antigos colegas. Eles lhe perguntaram de Londres, da família, coisas normais. Ninguém mencionou Matthew até o momento.

– Fiquei sabendo do musical de sua avó. Será que tem algum lugar para um velho como eu?

Ele começou a entoar o primeiro verso de *The Sound of Music*.

– As audições serão esta noite. Por que não aparece por lá?

– Quem sabe? Eu bem que gostaria de pisar em um palco novamente.

Ele fez uma rápida demonstração de sapateado antes de se afastar.

Rebecca veio de sua sala.

– Até eu estou pensando em ir.

– Está brincando? Também quer participar?

– Claro que não. Mas não quero perder a chance de ver alguns dos moradores locais se apresentando na audição. Muito melhor do que assistir àqueles *reality shows* na televisão. Ah, Hildie acabou de chegar, o fotógrafo com quem você vai fazer o suplemento de turismo. – Ela enfiou a cabeça em uma das salas laterais e chamou: – Hildie, está por aí? Venha conhecer nossa nova repórter. – Então, baixou a voz. – Você deve se lembrar dele. Eu ainda não estava por aqui, mas ele trabalhava no jornal antes de ir passar um tempo em Melbourne. Eu o chamei de volta assim que ele retornou à cidade, no ano passado. – Ela olhou acima da cabeça de Bett e sorriu para cumprimentar o recém-chegado. – Bett Quinlan, que acaba de chegar de Londres, quero que conheça Daniel Hilder.

Bett virou-se e sentiu o sangue lhe fugir do rosto: sua transa de uma noite acabava de entrar na sala.

Na academia do clube de campo, Anna olhou para o relógio. Estava na esteira há apenas dez minutos e já se sentia sem fôlego, já fora de forma depois de tão poucos dias sem exercícios. Quase podia ouvir a voz de seu *personal trainer*. "Todo dia, uma hora, para a idade e o peso irem embora". Nada feito. Não podia fazer nada quanto à sua idade e não sentia que precisasse perder peso no momento. Para ser sincera, estava até precisando ganhar um pouco. Ironia das ironias. Agora que não havia pressão, agora que Glenn estava longe e ela podia engordar um pouco se quisesse, não tinha fome. Podia se liberar totalmente, se tivesse vontade. Também não havia qualquer outro homem em volta louco para ver seu corpo nu.

– Oi, Anna.

Ela se virou. Era Richard Lawrence, de bermuda e camiseta, uma tolha sobre os ombros. Não o viu mais desde aquela manhã depois da festa de Lola. Ele certamente estava muito melhor hoje. Mais alto do que ela se lembrava. Ainda usando óculos, o cabelo cortado muito curto. Parecia um atleta, pensou. Como um corredor de maratona. Esguio e enxuto.

– Richard, como vai?

Ela desligou a esteira, ajustando gradualmente seus passos enquanto a velocidade diminuía. Sempre tomava cuidado ao sair do aparelho, especialmente depois que Bett ligou para ela em Sidney alguns anos antes para contar sua humilhante experiência na primeira e última vez em que esteve naquela academia. Ela se atrapalhou com os passos na hora de sair da esteira e foi lançada para trás, sobre o aparelho de remo, antes de aterrissar em uma mulher e jogá-la também no chão. Era uma de suas histórias favoritas sobre Bett. Quase chorou de rir enquanto a irmã lhe contava.

Richard sorriu.

– Estou bem, obrigado. Não sabia que você também gostava de treinar aqui.

– Às vezes. Mas não estou no espírito esta manhã. Acho que hoje vou tentar algo mais natural e voltar caminhando para o hotel.

– Importa-se se eu for junto? Estava esperando uma oportunidade de falar com você novamente.

Anna parou diante dele, com a toalha nas mãos. Anos atrás, havia decidido deixar as coisas claras quando homens a abordavam daquela maneira.

– Você está sendo bem direto, Richard. Está tentando me cantar?

– Não sei ainda – respondeu calmamente. – Você é muito bonita e esse brilho em seus olhos me agrada, mas gosto de poder conversar com minhas garotas e não apenas olhar para elas. Então ainda é muito cedo para dizer.

Para surpresa de ambos, ela começou a rir.

– Essa é a melhor resposta que já ouvi. E o seu treino?

Ele sorriu.

– Podemos voltar pelo caminho mais longo, não podemos?

Em casa, Carrie sentia-se arrasada. Havia um livro sobre a prateleira de madeira a seu lado. Ela veio do hotel para um rápido intervalo depois do almoço, esperando por uma mensagem de Matthew, um e-mail, talvez até uma carta. Não encontrou nada. Andando pela casa, inquieta, tentou ver TV, depois ouvir rádio, antes de se agachar em frente à estante no corredor. Estava cheia principalmente de revistas e manuais. Nenhum dos dois lia muito. Encontrou um dos poucos livros de Matthew, uma coletânea de histórias de veterinários ingleses. Enquanto o folheava, o marcador de páginas caiu.

Era uma velha fotografia de Matthew e Bett juntos, de braços dados.

Às seis da tarde, Bett subiu correndo pela entrada do hotel e praticamente se atirou para dentro do quarto de Lola.

– Você sabia que ele estava trabalhando lá, não sabia? Foi por isso que disse todas aquelas coisas sobre eu ir com a melhor aparência possível. Achei que você estivesse pensando no outro caso, mas era em Daniel Hilder, não era?

– Olá, minha querida. Teve um bom dia no trabalho?

– Lola, estou falando sério. Por que não me avisou?

– O que eu ia dizer? "Boa sorte no trabalho amanhã e, a propósito, aquele homem com quem você teve um encontro de uma noite em Melbourne três anos atrás está trabalhando lá agora, portanto talvez você queira garantir que seu batom esteja bem aplicado." Bett, não era melhor ter a surpresa? Pense em como você ficaria nervosa ontem à noite se soubesse que ele estaria lá de manhã.

– Mas você tem alguma ideia de como foi constrangedor? Como se já não fosse suficientemente ruim saber que as pessoas estão falando de mim, de Carrie e de Matthew. Por que não me pôr de uma vez na carroceria de um caminhão e sair desfilando pela rua principal para todos rirem à vontade dos erros que já cometi na vida?

– É uma ótima ideia. Não sei como não pensei nisso. Talvez até pudéssemos arrumar patrocinadores...

– Lola, não tem graça.

– Daniel riu de você?

– Não.

– Ele chamou todos os colegas e contou o que aconteceu entre vocês dois?

– Não.

– Talvez ele nem tenha se lembrado.

– Claro que lembrou. A gente não se esquece de uma noite como aquela. Ou será que ele esqueceu? Ah, meu Deus, isso é ainda pior.

– Pobre homem, ele não tem como acertar – disse Lola rindo. – Você ficaria furiosa se ele dissesse alguma coisa e furiosa se ele tivesse esquecido. Ele é muito simpático. E você me contou que o sexo foi bom depois que parou de chorar e de falar e se envolveu no que estava fazendo.

– Eu lhe falei mesmo isso? – Ela se deu conta de que, sim, provavelmente falou. No estado em que se encontrava naquele tempo, estava praticamente parando completos estranhos na rua para lhes contar os detalhes mais íntimos de sua vida. – Mas eu não consigo – gemeu, lembrando a conversa curta e tensa que teve com Daniel naquela manhã, com Rebecca de pé entre os dois falando sem parar e sem perceber nada. – Eu sabia que não devia ter voltado, Lola. Anna, Carrie e eu estamos fechadas umas com as outras. Mamãe e papai continuam em seu pequeno mundo. Eu estaria melhor se tivesse ficado em Londres. – Com um choque, sentiu uma mão atingir seu rosto. – Você me bateu?

– Não bati, dei um toque com os dedos. É bem diferente. Eu me assustei achando que você estava ficando histérica e não tinha um balde de água à mão.

Bett ficou olhando para ela, boquiaberta.

Lola segurou o rosto de Bett entre as mãos e fitou-a diretamente nos olhos.

– Bett, enfrente-o. Enfrente tudo que a vida puser diante de você. Daniel foi gentil com você naquela noite, não foi? E tudo o que você contou a ele não era verdade? Talvez tenha sido bom para ele também, um curso intensivo de como entender as mulheres. Talvez ele tenha sido mais gentil com sua própria esposa ou namorada por causa de alguma das coisas que você lhe disse.

– Esposa? Ele está casado?

– Não, mas havia uma namorada séria em Melbourne, pelo que pude arrancar dele outro dia, quando lembrei quem ele era. Eles moravam juntos.

– Estava morando com ela quando eu dormi com ele? Ah, não! Isso só torna as coisas piores.

– Acho que não. Parece que estava com ela há um ou dois anos. – Lola riu. – Bett, não fique com essa cara tão horrorizada. Você não ficou grávida, ficou? Pegou alguma coisa dele? Ele tinha piolhos? Sarna? Aids? Por que essa surpresa? Eu vejo novelas na TV, conheço todas essas doenças. – Ela olhou para o relógio. – Querida, as audições não vão demorar para começar. Você quer ficar na frente de uma multidão de pessoas nesse estado? E, não, você não pode entrar debaixo da cama. Então pare de olhar para lá. Vá andar um pouco. Pense um pouco e lembre-se de como tem sorte.

– Sorte? Por que o meu momento mais constrangedor voltou para me assombrar?

– Esse não foi o seu momento mais constrangedor. Você me contou que seu momento mais constrangedor foi no ano passado, quando ficou andando pelo centro de Londres uma tarde sem perceber que o vestido estava preso na calcinha.

Bett gemeu.

– É, exceto esse.

– Viu? Você já teve mais momentos constrangedores do que se lembra. Não há necessidade de agir como se fosse esse o que vai jogar você montanha abaixo.

– Não pode ser mais boazinha comigo?

– Estou sendo boazinha. Cruel para ser boa. Bett, vá dar uma caminhada. Fique feliz por ter pernas fortes e pare de se preocupar com coisas pequenas que não importam. Quer saber, acabei de me lembrar de mais uma. Aquela vez que você fez o discurso na escola e chamou o convidado de honra pelo nome errado o tempo inteiro.

– Chega, Lola, ou eu juro que vou...

– Vai o quê? Elizabeth Quinlan, você está ameaçando sua frágil vovó de 80 anos? Saia daqui agora ou eu chamo a polícia.

Uma hora mais tarde, Lola, com um novo traje e outra maquiagem, estava sentada atrás de uma pequena mesa à porta do salão de festas cumprimentando efusivamente as pessoas que entravam. Ellen, sentada ao lado dela, entregava educadamente os formulários de inscrição.

– Sandra, que maravilhoso vê-la aqui – disse Lola com um largo sorriso. – E qual de suas filhas é esta? O que você vai cantar, minha querida? Celine Dion? Ah, uma das minhas favoritas. Preencha este formulário, por favor. Vamos começar assim que pudermos.

Anna, Bett e Carrie estavam no fundo do salão, observando o fluxo de pessoas entrando e se acomodando nas cadeiras alinhadas perto das paredes.

– Não acredito que apareceu tanta gente – disse Anna. – Achei que teríamos que sair caçando pessoas para a audição.

Bett teve um estremecimento de tensão.

– Você sabe mesmo como organizar isso?

– Claro que sei. Já estive em um milhão delas. Faremos as canções de aquecimento, pomos todos para cantar alguns versos e a estrofe de sua música escolhida, pedimos que parem no meio se acharmos terrível ou ouvimos até o fim se estiver bom. Depois, entramos em contato com os agentes das pessoas que nos interessarem e fazemos uma proposta.

Bett mordeu o lábio. Ela notou Carrie tentando não sorrir também.

– Eu não acho que o açougueiro Len ou a sra. Gill da escola primária tenham agentes.

– Vocês sabem o que eu quero dizer. Preciso administrar isto profissionalmente, estabelecer os padrões desde o início. Já não vai ser fácil montar esse musical em poucas semanas, partindo do zero, sem nenhum ator ou músico profissional, além de mim. – Houve uma pequena pausa. – E vocês duas, claro.

– Muitas pessoas aqui têm experiência – Carrie disse rispidamente. – Acho que você vai se surpreender, Anna.

– Espero que sim.

– Oi, Carrie!

Carrie se virou. Era Kaylene, uma das filhas de Len. Trabalhava em um salão de beleza da cidade, que Carrie deixou de frequentar depois de saber como ela era fofoqueira. Mesmo assim, Carrie sorriu ao cumprimentá-la. Naquela noite, quanto mais gente melhor.

– Oi, Kaylene. Conhece Anna? E Bett?

Kaylene cumprimentou as duas.

– Puxa, nunca pensei que iria vê-las, as irmãs Quinlan, juntas em uma mesma sala. Soube que tiveram uma briga violenta por causa de Matthew.

– É mesmo? – Anna disse com frieza. As três estavam de pé, próximas umas das outras e, sem perceber, aproximaram-se ainda mais.

– Ahan. Alguém me disse que vocês não se falavam há três anos.

Anna, no meio das irmãs, colocou os braços sobre os ombros de Bett e Carrie.

– Então parece que alguém estava errado, Kylie.

– Kaylene.

– Desculpe, Kaylene. Nós não deixaríamos uma coisa boba como uma briga por causa de um homem nos perturbar, não é, Bett, Carrie? – Pelas costas, ela as beliscou com força.

– Claro que não.

– Não mesmo.

– Na verdade, isso até nos aproximou mais – acrescentou Anna.

"Não precisa tanto", Bett pensou. Não ousou olhar para Carrie.

Kaylene pareceu desapontada.

– E você veio para a audição, Kaylene? – Anna perguntou simpática.

Kaylene corou.

– Eu queria tentar. Gosto de dançar e minha mãe diz que eu canto bem.

Bett apiedou-se dela.

– Obrigada por vir, Kaylene. Acomode-se. Começaremos assim que pudermos.

Enquanto ela se afastava, Anna sorriu.

– Ela foi embora bem a tempo. Já estava prestes a dizer que tinha dormido com Matthew também.

– Anna! – Carrie e Bett pareceram genuinamente chocadas.

Os olhos de Anna brilhavam travessos.

– Brincadeirinha.

Virando-se para o piano e tentando não rir, Bett não viu Daniel Hilder entrar na sala. Nem Lola cumprimentá-lo com um beijo no rosto. Ou ele sentar-se no fundo do salão, fora de seu campo de visão.

Vinte minutos depois, o salão estava repleto. O plano era que Lola cumprimentasse a todos, descrevesse sucintamente o musical, depois passasse o comando a Anna, que organizaria as audições.

– É todo de vocês agora. – Lola lhes disse naquela tarde. – Já fiz a minha parte. Quero apreciar no final, quando todo o trabalho duro já tiver sido feito.

– Você não vai ficar nos ensaios, para dar palpites? – perguntou Anna.

– Eu, dar palpites? O que acha que eu sou? Não, vou deixar tudo para vocês e passar meu tempo com Ellen.

Lola não se surpreendeu quando Ellen lhe disse que não queria participar do musical. Tinha notado como a menina era tímida. "É uma boa notícia, Ellen", comentou animada. "Assim você e eu podemos fazer companhia uma para a outra enquanto os outros trabalham."

Lola foi até a frente do salão. Bett observava com ar divertido algumas reações de pessoas no grupo ao repararem na roupa da avó: a camisa de seda azul tão brilhante que poderia ser uma sobra do guarda-roupa de Barry White, as calças bocas de sino, o colete de crochê composto em quantidade de cores suficiente para rivalizar com o manto de mil cores de José. Lola esperou teatralmente que as conversas parassem e então fez uma curta reverência.

– Obrigada a todos por terem vindo. Foi um comparecimento maravilhoso. Talvez já tenham ouvido que esta é a obra de minha vida, algo que venho planejando há quase dez anos...

"Dois meses", Bett corrigiu.

– E estou emocionada por tantos de vocês estarem aqui esta noite para a audição, ou pelo menos para se distraírem com as audições dos outros enquanto planejam fugir de mansinho antes de serem chamados para o palco. Olá, Rebecca, sim, eu a estou vendo escondida aí no fundo. – Houve risos gerais. – Deixem-me apresentar o cenário. *Muitas Felicidades* baseia-se em uma história real do herói de guerra americano General Douglas MacArthur e sua histórica visita à pequenina cidade de Terowie em 1942, no decorrer da Segunda Guerra Mundial. Minha história começa...

Bett olhou em volta enquanto Lola fazia um resumo do enredo. Havia várias pessoas de que ela se lembrava de seu tempo no jornal, mas muitas ela não conhecia. Um retardatário abrindo a porta do salão chamou sua atenção. Richard Lawrence. Não se surpreendia em vê-lo. Ele esteve curioso sobre o musical desde a festa de Lola. Voltou a prestar atenção no discurso.

– Então, vocês verão que é a velha história de família contra família, amor de jovens reprimido, uma cidade se unindo contra todas as expectativas, a tirania e ferocidade da guerra, tudo com uma trilha sonora de muitas antigas e maravilhosas canções de meus, ou melhor, de nossos musicais favoritos. – Houve uma salva de palmas, interrompida quando Lola ergueu a mão. – Agora, fiquem com minha neta Anna.

Anna veio para a frente, cheia de porte e *glamour*.

– Boa noite a todos e obrigada pela presença. Vamos ter uma ou duas canções de aquecimento e, em seguida, ouviremos suas canções individuais.

Ao piano, Bett observou Lola fazendo uma tentativa malsucedida de sair despercebida do salão com Ellen. Ao sinal de Anna, tocou a introdução e emendou-a suavemente com a primeira canção, *Dó-Ré-Mi*, de *A Noviça Rebelde*. Poucas vozes a acompanharam no início, mas ela continuou tocando e mais pessoas foram se animando. No final do terceiro verso, a plateia estava cantando, embora nem todos no tom certo. Bett ignorou o que parecia uma careta de Anna e passou para a segunda canção de aquecimento, *Boogie Woogie Bugle Boy*. O salão começou a ficar um pouco alegre demais.

Anna levantou-se depressa no final do segundo verso, interrompendo-os.

– Excelente! Estamos começando bem. Vamos então para as apresentações solo.

– Não há câmeras ocultas por aí, não é? – Bett ouviu um homem perguntar a outro. – Isso está parecendo um programa de talentos na TV.

– Só cante e pronto. Pense na cerveja grátis depois.

Bett sorriu. Foi ideia de Carrie acrescentar a oferta de bebidas grátis nos anúncios. "Senão não vamos ter nenhum homem presente, e precisamos deles para os aldeões e os soldados, sem falar no General MacArthur."

Anna pegou aleatoriamente um dos formulários de inscrição em sua mesa.

– Muito bem, vamos começar com Louise cantando *Bohemian Rhapsody*. Quando estiver pronta, Louise.

No quarto sete, Lola estava sentada ao lado da cama de Ellen, contando histórias sobre a infância das meninas.

– Eu dizia que era minha Coleção de Choros, Ellen. Eu tinha uma fileira de jarros e, assim que ouvia sua mãe chorar, ou Bett, ou Carrie, chegava devagarzinho por trás e capturava o choro no jarro, depois fechava depressa com a tampa. Era maravilhoso. Elas paravam de chorar imediatamente.

Ellen estava rindo.

– E você ainda tem todos os jarros?

Lola sacudiu a cabeça com tristeza.

– Não. Infelizmente, três meninas sapecas abriram todas as tampas uma tarde. Foi uma barulheira que você não imagina! Cinco anos de lágrimas e birras libertados em um só momento. Precisei usar minha lábia para convencer a polícia de que nada terrível tinha acontecido. Quanto aos pobres hóspedes do hotel... eles nem souberam o que os atingiu.

Ellen se aconchegou melhor na cama.

– Pode me contar outra história?

– Claro! Mas não esta noite. Já passou muito da hora de as bisnetas boazinhas dormirem.

– Espere, Lola. Tenho outra pergunta.

Lola esperou. Estava acostumada àquelas táticas de ganhar tempo. Anna era exatamente igual quando criança.

– Certo, mais uma pergunta, então.

– Por que você tem uma voz engraçada?

– Como assim, uma voz engraçada?

– Você fala diferente das outras pessoas. Você fala assim: "Já passou muito da hora de as bisnetas boazinhas dormirem".

Lola riu alto. Ellen acabou de imitar perfeitamente seu sotaque irlandês. Era, definitivamente, filha de Anna.

– Isso, meu anjo, chama-se sotaque irlandês e não voz engraçada.

– Eu gosto.

– Que bom. Vou mantê-lo, então. – Ela beijou a testa de Ellen. – Boa noite, querida. Durma bem. Estou a três portas daqui se precisar de alguma coisa, certo? E mamãe vai chegar logo também, assim que acabarem as audições.

– Boa noite, Lola.

A voz de Ellen mal era audível. Lola esperou do lado de fora da porta por alguns minutos até ter certeza de que estava tudo bem. Depois de um instante, ouviu o som da respiração regular da menina e saiu. Garotinha linda.

Ao entrar em seu quarto, Lola de repente se sentiu exausta. Gostaria de ter ficado para assistir a todos os momentos das audições. Gostaria de participar de todas as reuniões da produção também. De pintar os cenários, ajudar Bett com a música, costurar as roupas até. Mas não tinha mais energia para isso. O espírito estava mais do que disposto, mas a carne ficava mais fraca a cada dia. Ah, sim, ela estava em melhor forma que a maioria das pessoas de 80 anos, não havia dúvida disso, mas era só colina abaixo agora, e não gostava nem um pouco disso.

Abriu a porta do frigobar e preparou um gim-tônica. Leria um pouco, pensaria um pouco, beberia um pouco e, então, uma boa noite de sono. O fato é que estava louca pela cama. Não avisavam isso nos livros sobre envelhecimento, não é? Que, em alguns dias, tudo o que se teria vontade de fazer era dormir, como um bebê. Era assim mesmo: quanto mais velha ficava, mais a vida voltava para trás, os cabelos escasseando, os dentes caindo, a bexiga adquirindo vida própria. O que seria em seguida? Seus miolos?

Ela se endireitou na cadeira. Não, de jeito nenhum. Manteve-se firme até agora e era assim que iria continuar. No momento em que começasse a ficar largada pelos cantos, com preguiça, entregando o corpo, tudo desabaria à sua volta. Não deixou isso acontecer quando era jovem e não deixaria agora.

Passou deliberadamente para a cadeira dura e ficou ali, mais desperta, lembrando-se de Bett lhe perguntando se ela sentia saudade de ser jovem. Pensou nisso desde então e concluiu que sentia saudade de uma única coisa muito simples. De correr. Sentia falta de ser capaz de correr. Desejava, só mais uma vez, poder correr como fazia quando criança, na Irlanda, pelos campos atrás da casa, na chuva fina ou nos dias amenos de verão, com a grama e as castanheiras exuberantes de brotos novos em toda a sua volta, sentindo a terra sob os pés, lamacenta às vezes, e as longas lâminas de relva roçando as pernas nuas. Sua rota favorita era sair da porta da frente da casa e descer pelo caminho até o carvalho do lado de fora do portão principal. Ela tocava o tronco uma, duas, três vezes para dar sorte, depois corria de volta o mais depressa que podia.

Tomou um gole de gim e moveu-se para ligar a TV, mas mudou de ideia, decidiu que preferia os próprios pensamentos. Esteve lembrando muito de sua infância recentemente, desde que pegou as poucas fotos que tinha e as selecionou para que Frank, da loja de artigos elétricos, pudesse transformá-las em slides para a festa. Ele veio devolver os originais naquela tarde e entrou para conversar, cheio de perguntas. Ia passar férias na Irlanda dali a alguns meses e queria ouvir dicas, saber se ela desejava que lhe trouxesse algo, ou que ele fosse até a velha casa e tirasse algumas fotos?

Ela deu um tapinha na mão dele. "Que gentil, Frank. Obrigada, mas não precisa. Bett fez isso para mim quando esteve lá alguns anos atrás". Não que Lola olhasse com muita atenção para as fotos que Bett lhe mandou na época. Não havia necessidade, havia? Não significavam nada para ela. Mesmo assim, enviou um bilhete a Bett, agradecendo-lhe o trabalho de ter ido até lá, conversado com pessoas, tirado as fotos. E, então, nunca mais tocou no assunto. Às vezes, sentia mais que a ocasional pontada de culpa. Dava-lhe vontade de contar a verdade a alguém. Mas tempo demais já se passou agora para que isso ainda tivesse alguma importância.

Tomou mais um gole de seu drinque e pegou as palavras cruzadas. Terminaria as últimas pistas que faltavam e iria para a cama. Quando pegou a caneta e os óculos de leitura, ouviu um estalo seguido de um zumbido, e a lâmpada do teto apagou. A luz na arandela ainda estava acesa e permitia-lhe enxergar, mas não era suficientemente forte para que pudesse ler. Havia anos falava a Jim que devia trocá-las. Tinha uma lâmpada sobressalente no guarda-roupa. Levantou-se e experimentou a cadeira. Sim, era sólida o bastante e o teto era tão baixo que o alcançaria com facilidade. Seria rápido e ela já trocou centenas de lâmpadas, se não milhares, ao longo dos anos. E arrumou milhares de camas. E milhares de bandejas de café da manhã. E limpou um milhão de banheiros. Precisava contá-los qualquer dia, poderia ser divertido.

Pegou um lenço sobre a cama para desparafusar a lâmpada ainda quente. Abrindo a porta do guarda-roupa para ter algo em que se apoiar, ela subiu na cadeira. Quando o fez, a cadeira balançou ligeiramente. Lola virou para segurar na porta do guarda-roupa, mas calculou mal a distância. A cadeira desequilibrou e ela sentiu que ia cair. Levantou os dois braços tentando evitar a queda, mas era tarde demais. Sua cabeça bateu com força na porta do guarda-roupa e ela desabou para o chão.

O intervalo estava quase encerrado. Todos voltavam do bar para o salão, com a cerveja e o vinho de cortesia nas mãos. Em sua mesa no canto, as três irmãs examinavam os formulários.

Bett conferiu sua lista. Havia feito marcas entusiasmadas ao lado de muitos nomes.

– O que achou, Carrie?

Era surpreendente como havia sido fácil naquela noite conversar com as irmãs. Mas, claro, a proibição de assuntos difíceis que Lola impôs continuava firmemente em vigor.

– Achei que há muitos talentos. E estes aqui, olhem. Que tal eles para os papéis principais? Anna, quem você selecionou?

Anna fez um gesto mostrando sua folha de papel em branco, exceto por alguns rabiscos aleatórios.

Bett conteve um sorriso.

– Anna, é um musical amador, lembre-se. Estamos levantando dinheiro para uma nova ambulância, não indo para o Tony Awards.

– Mas, já que vamos fazer, podemos...

– Fazer benfeito – as outras duas completaram em coro. Quantas vezes tinham ouvido aquilo de Lola...

Anna suspirou fundo, depois examinou os formulários outra vez.

– Nós já ouvimos a audição deste Daniel Hilder? Ele preencheu o formulário e teria a idade certa para o personagem do *playboy*.

Bett enrijeceu.

– Daniel Hilder está aqui?

– O fotógrafo? – Carrie levantou os olhos. – Eu não o vi. Querem que eu vá chamá-lo para fazer a audição?

– Não. – Bett falou mais alto do que pretendia.

Anna e Carrie pareceram surpresas.

– Você não quer que ele faça a audição? – perguntou Anna.

– Não, quero dizer, eu mesma vou chamá-lo.

Bett levantou-se, levando consigo sua taça de vinho. O que Lola teria lhe dito? Enfrente seus medos. Você tem 32 anos. O que aconteceu, ainda que muito constrangedor, foi anos atrás. Exatamente. Claro que podia lidar com aquilo.

Ela deu uma olhada pelo salão antes de avistá-lo vindo do bar, segurando um drinque.

– Daniel?

Ele se virou. Quando Bett estava se aproximando, alguém atrás dela recuou de repente e bateu em seu cotovelo, lançando sua taça de vinho pelos ares. Ela ficou ali, com vinho tinto pingando do queixo aos joelhos e por toda a frente do vestido azul-escuro.

Por uma fração de segundo, sentiu-se tentada a sair correndo do salão. Então, teve uma súbita inspiração. Reaja como se fosse Anna, e não Bett, disse a si mesma rapidamente. E funcionou.

– Vou ignorar o fato de isso ter acontecido – disse calmamente.

– Vai? – Ele pareceu surpreso. – Certo. Eu também.

Bett olhou firme para ele, tentando desconsiderar o ar divertido em sua expressão.

– Você ainda vai querer participar da audição? Se quiser, ainda há tempo.

Ele fez um sinal afirmativo com a cabeça, mas não respondeu.

– E então?

Ele sorriu.

– Desculpe, Bett. Estou realmente tentando ignorar esse pequeno acidente, mas está um pouco difícil com o vinho tinto pingando do seu queixo.

Ela se agarrou desesperadamente à sua nova *persona* controlada.

– Então cuidemos disso. – Bett pegou um guardanapo e enxugou o queixo. – Vai querer participar? Notei que você se inscreveu, mas ainda não se apresentou.

– Eu tive que sair por uma hora – disse ele. – Um telefonema urgente. Perdi minha vez. – Ele sorriu com surpreendente timidez. – Eu me inscrevi porque achei que seria bom fazer algo diferente.

Como ele estava sendo tão normal? Será que vivia tendo transas de uma só noite ou algo assim? Ou a havia apagado da memória? Bett tentou fazer isso, mas o dia inteiro esteve atormentada por lembranças daquela noite. Tentou bloqueá-las novamente. Ele tem uma namorada e moram juntos, lembre-se. Talvez até fosse casado. Talvez sete ou oito filhos. Um labrador. Mau hálito. Alopecia. Micose nas unhas dos pés. É, não estava adiantando. Só conseguia reparar em coisas boas nele. Os olhos escuros. As linhas de riso na expressão. O rosto simpático. Os cabelos escuros revoltos. O jeans desbotado e a camisa informal, solta para fora da calça, sexy.

Ela abriu a boca, sentindo a necessidade de dizer algo sobre aquela noite juntos, tentando encontrar as palavras, quando ouviu uma voz atrás de si.

– Oi, Daniel. Sou Carrie. Acho que ainda não fomos apresentados.

– Oi, Carrie.

Carrie olhou de um para o outro.

– E então, os dois estão prontos para continuar?

Bett enrubesceu e não olhou para Daniel.

– O quê?

– A audição.

"Ah, sim, a audição".

– Claro. Está pronto, Daniel?

Bett descobriu que era possível olhar um pouquinho à direita do rosto de alguém e quase parecer que estava olhando direto.

Ele sorriu.

– Estou pronto quando você estiver.

Bett os seguiu de volta para o piano, surpresa de que as velas nas mesas não estivessem derretendo com o calor de seu rosto.

Em seu quarto, Ellen acordou.

– Mamãe? – Nenhuma resposta. – Mamãe?

Então se lembrou. Sua mãe estava fazendo o musical e Lola estava cuidando dela e lhe disse para ir a seu quarto se precisasse de alguma coisa.

A menina levantou da cama.

Anna mantinha a postura profissional.

– Bett, Daniel, quando estiverem prontos.

Daniel, de pé junto ao piano, olhava para ela, pronto para começar a cantar. Ela teve que piscar para tirar da cabeça mais uma lembrança de tê-lo beijado. Se estava se lembrando assim do corpo dele, será que ele também se lembrava do dela? Encolheu a barriga.

– Bett? – A voz de Anna soou um pouco mais alta.

"Concentre-se, Bett", disse a si mesma. Mais fácil falar do que fazer. Como sua vida chegara àquilo? Sentada ao piano no Valley View Hotel, prestes a tocar a música de acompanhamento para que Daniel Hilder fizesse sua audição para o musical que Lola escreveu. Não ficaria tão surpresa se, de repente, se visse amarrada à ponta de um foguete espacial. Olhou para a partitura. Com as mãos posicionadas no piano, ergueu os olhos para ele, fez um sinal com a cabeça e tocou a primeira nota.

Um grito agudo encheu o salão.

Todos se viraram. Ellen estava à porta, de pijamas, com lágrimas escorrendo-lhe pelo rosto.

– Mamãe, Lola morreu.

Capítulo 11

BETT PRESSIONOU o rosto contra a parede do corredor do hospital, sentindo a superfície fria enquanto falava no telefone público.

– Não, não precisa voltar, papai. Ela está no hospital. Está tudo sob controle.

– Tem certeza? Podemos pegar um avião e estar aí em poucas horas.

– Sério, não há necessidade. Ela está um pouco atordoada, mas foi apenas um pulso quebrado e um corte feio na testa. Nem estava inconsciente quando Ellen a encontrou. É que Ellen ficou muito assustada.

Nada se comparava ao que as palavras de Ellen haviam produzido nelas. As audições tinham sido esquecidas, Daniel Hilder tinha sido esquecido, enquanto Bett, Anna e Carrie corriam para o quarto de Lola. A primeira visão fora a pior: Lola esparramada no chão, a cadeira virada a seu lado, o pulso esquerdo dobrado em um ângulo esquisito.

– Lola, não – Bett gritou.

Anna pegou o pulso direito da avó para sentir a pulsação e quase pulou de susto quando Lola falou com ela.

– Oi, querida.

– Você não está morta?

– Não, a menos que o céu se pareça com o hotel.

Bett ajoelhou no chão ao lado dela e tocou-a com cuidado.

– Está machucada? O que aconteceu?

– Foi essa porcaria de lâmpada. Eu disse a seu pai para comprar lâmpadas de melhor qualidade.

– Lola, e nós lhe dissemos para não trocar lâmpadas sozinha – Anna a repreendeu. – Você tem 80 anos, é muita idade para ficar subindo em cadeiras desse jeito.

Lola se animou.

– Num minuto você está chorando porque acha que eu morri, no minuto seguinte está me dando uma bronca. E ainda falam de amigos para as horas boas.

Também agachada ao lado da avó, Carrie levou a mão ao próprio peito.

– Meu Deus, Lola, pelo menos você está bem. Quase morri de susto. Meu coração ainda está acelerado, você nem imagina.

– Jesus amado, Carrie. – Bett ficou chocada e uma onda de fúria subiu por suas veias. – Você tem que ser o centro das atenções o tempo todo?

Carrie arregalou os olhos.

– Mas eu não estava... eu só...

– Você estava, sim. Você sempre...

– Pare com isso, Bett, pelo amor de Deus – Anna interveio. – Você não está ajudando.

Bett a encarou com irritação.

– E você não comece...

– Já comecei. Deixe Carrie em paz e chame uma ambulância, por favor.

– Eu ia fazer isso, quando ela...

– Meus amores, por favor. – A voz de Lola ergueu-se entre as delas. A cabeça apoiada no ombro de Carrie, os olhos fechados. – Não briguem por minha causa. E, Bett, não volte a blasfemar desse jeito. Você sabe que eu não gosto.

As palavras de Lola as puseram em ação, embora tenham evitado se olhar daí em diante. Bett chamou a ambulância. Carrie ficou com Lola enquanto Anna ia até a porta pedir que a multidão que estava ali se afastasse.

– Ela está bem, vai ficar bem. Não está morta.

– Mamãe?

Uma vozinha conhecida veio de trás do grupo. Anna viu quando Richard Lawrence apareceu trazendo Ellen pela mão.

– Eu a encontrei chorando no salão de festas.

Anna puxou a menininha para seus braços.

– Ellie, desculpe. Desculpe por ter deixado você lá. – Na pressa para encontrar Lola depois do anúncio de Ellen, saiu correndo sem pensar em mais nada. – Você é uma menina maravilhosa, pode ter salvado a vida de sua bisavó, sabia disso?

Bett ia sugerir uma xícara de chá, algo quente e doce para Lola, quando viu os faróis se aproximando. Agachou ao lado da avó e pegou com delicadeza sua mão direita.

– Pronto, a ambulância chegou.

Não era a ambulância, mas uma van comum. Daniel Hilder saiu do carro e aproximou-se delas.

– Achei que seria mais rápido eu levar Lola ao hospital. A ambulância pode demorar um pouco.

– Estão vendo como é importante esse musical? – disse Lola, animando-se novamente por um instante. – Eu lhes disse que a cidade precisa de outra ambulância.

– Lola, tem certeza de que pode se mover? – perguntou Bett. – Não machucou mais nenhuma parte do corpo? As costas ou as pernas?

– Estou bem. É só minha cabeça doendo e esta porcaria de pulso. – Ela tremia violentamente.

Carrie estava de um lado dela, Bett do outro. Bett virou-se para Daniel, séria, objetiva, sem necessidade de invocar uma Anna interior agora.

– Daniel, nós aceitamos, se não se importar. Carrie, você e eu vamos com ela. Anna, é melhor ficar aqui com Ellen. Lola, acha que pode se levantar?

Daniel avançou.

– Posso carregá-la até o carro, Lola, se você precisar.

– Que gentil, Daniel – Lola respondeu, com cortesia. – Mas eu posso andar. Primeiro, onde está minha pequena Ellen,? – Ellen aproximou-se e Lola tocou-lhe carinhosamente o rosto. – Obrigada, meu amor, você fez exatamente a coisa certa.

Bett sentiu os olhos se encherem de lágrimas diante do rostinho cheio de orgulho de Ellen. Depois disso, tudo foi ação: levar Lola ao hospital, na sala de espera. Daniel Hilder ficou lá, gentil, ajudando, depois desapareceu antes que Bett tivesse a chance de lhe agradecer.

No telefone, Jim Quinlan pareceu aliviado.

– Tem certeza absoluta de que não precisa de nós aí, Bett?

– Tenho certeza, papai. Ela está dormindo agora. Vamos para casa também. Ligo para você logo cedo amanhã.

Quando desligou, viu que tinha as mãos trêmulas. Enfermeiras moviam-se rapidamente pelo corredor do hospital. Carrie estava em uma cadeira um pouco adiante, falando pelo celular. Com Matthew, Bett supôs....

– Bett?

Ela se virou. Era Daniel.

– Está tudo certo? Lola está bem?

– Sim, disseram que ela vai ficar bem. Parecia mais sério do que de fato foi. – Ela olhou para o relógio. Quase duas horas haviam se passado desde que chegaram ali, entre exames clínicos e raios X, antes que Lola fosse finalmente instalada em uma pequena enfermaria. – Esteve esperando esse tempo todo?

– Não me importo. Tinha um livro comigo. Achei que você e sua irmã poderiam precisar de uma carona de volta ao hotel.

Bett estava cansada demais para se sentir constrangida ou nervosa na presença dele. Apenas lhe deu um largo e agradecido sorriso.

– Obrigada.

A dez metros dali, Carrie falava ao celular.

– ... então ela vai passar a noite aqui. Sabe Deus o que poderia ter acontecido se Ellen não a tivesse encontrado. Ela estava tão em choque que não tinha conseguido levantar-se do chão.

– E o que ela estava fazendo em cima da cadeira? – perguntou Matthew. – Nem me diga, balançando-se na luminária?

Era bom rir. Assim que ouviu dos médicos que Lola ficaria bem, teve vontade de ligar para Matthew. Ele atendeu com um tom de voz cauteloso, que mudou assim que ela lhe contou o acontecido. Só ouvir a voz dele já ajudava a acalmá-la também. Até que, de repente, ele mudou de assunto.

– Eu quero ir até aí, Carrie. – Ele fez uma pausa. – Não só para ver Lola, mas para ver Bett também. Acho que preciso. Tenho pensando muito nela.

Carrie gelou. Lembrou-se da foto que encontrou.

– Não, você não pode.

– Carrie, pare com isso. – Ele parecia irritado e impaciente outra vez. – O que acha que vai acontecer? Que eu vou decidir que cometi um erro e voltar para ela?

Quer dizer que aquela ideia já havia estado na cabeça dele.

– Não sei o que aconteceria e não quero descobrir.

– Carrie, não desligue. Você não vê...

Ela não queria ver mais nada naquela noite.

– O médico está voltando, Matthew. Preciso desligar. Depois ligo de novo.

– Carrie...

– Tchau. – Ela desligou primeiro, outra vez. Recompondo-se, caminhou até onde estavam Bett e Daniel.

No hotel, Anna estava ajoelhada ao lado da cama de Ellen. Acariciava os cabelos da filha enquanto ajeitava o lençol em torno de seus ombros. A menina, quase dormindo, movia-se de vez em quando para fazer mais uma pergunta.

– Lola vai ficar bem, não vai, mamãe? Eles não vão levá-la para ser sacrificada, não é?

Anna conteve o riso. O gato de seu vizinho em Sidney tinha sido atropelado e precisou ser levado ao veterinário para ser sacrificado. Anna achou que tinha explicado bem a situação para Ellen quando aconteceu, contando-lhe a verdade, que o gato tinha quebrado tantos ossos e estava com tanta dor que seria uma bondade maior encerrar a vida dele do que tentar curá-lo. Afagou-lhe os cabelos outra vez.

– Claro que não, Ellie. Os médicos e enfermeiras sabem muito bem o que fazer e ela logo estará de volta em casa.

As pálpebras de Ellen tremularam levemente e se fecharam. Em segundos, sua respiração estava constante e tranquila. Anna esperou mais um momento, depois se inclinou, beijou-lhe a testa e murmurou:

– Só vou apagar as luzes do hotel e já volto.

Quando Anna saiu do quarto, sobressaltou-se ao ver alguém surgir de repente à sua frente. Era Richard. Reparou que o bar e o salão já estavam escuros.

Ele se aproximou.

– Espero que não se incomode, quis ajudar de algum modo, então fechei tudo para você. Já estou aqui há tanto tempo que conheço a posição de todos os interruptores de luz.

– Obrigada – disse ela, surpresa e bem impressionada.

– E Lola vai ficar bem?

– Com certeza. Fomos nós que quase morremos com o choque.

Richard pareceu preocupado.

– Anna, quer que eu lhe faça uma xícara de chá? Ou talvez um chocolate quente? Sei me orientar bem na cozinha. Gostaria disso? Deve ter passado por um susto terrível esta noite.

– Sim, eu gostaria. Obrigada, Richard. Seria muito gentil de sua parte.

E ela começou a chorar.

A van azul parou diante do hotel.

– Obrigada, Daniel – disse Carrie, do banco de passageiros ao lado dele.

– Sim, obrigada, Daniel – ecoou Bett, do banco de trás.

– Foi um prazer ajudar. Vocês vão ficar bem?

– Estamos bem, obrigada. – Bett conseguiu responder primeiro.

– E digam a Lola que perguntei por ela, por favor.

– Claro.

Bett hesitou por um momento, imaginando se aquela seria a oportunidade para conversar com Daniel. Precisava mencionar alguma coisa sobre a noite que haviam passado juntos, ou a tensão no trabalho seria insuportável. Mas não podia ser agora. Não perto de Carrie. E sua irmã parecia estar levando horas para desatar o cinto de segurança e sair do carro.

Elas finalmente saíram ao mesmo tempo e ficaram paradas, lado a lado, enquanto Daniel se afastava. Houve um longo e incômodo silêncio. Bett sentia-se pouco à vontade. Deveria convidar Carrie para uma xícara de chá? Dar-lhe uma chance para conversar sobre aquela noite? Com certeza, ela também se sentia abalada com tudo aquilo.

Carrie tirou dela a decisão ao procurar as chaves do carro na bolsa.

– Vejo que Anna apagou as luzes, então eu vou embora.

A voz dela era muito seca.

– Está bem. Boa noite, então.

– Boa noite. Vejo vocês amanhã.

Bett caminhou para seu quarto. Carrie foi para o carro. Nenhuma delas olhou para trás ou notou que a luz ainda estava acesa na cozinha.

Capítulo 12

– QUANTO EXAGERO.

Anna sorriu.

– Lola, não é exagero. Estou fazendo o que o médico mandou: dar uma olhada em você toda hora.

– Muito barulho por nada, se quer saber.

– Está mais para "a megera domada".

Anna estava de pé ao lado da cama de Lola, olhando para a avó recostada no apoio de travesseiros e com o braço em uma tipoia feita de um lenço de seda com estampas vibrantes. Seu roupão era de cetim amarelo vivo. Havia buquês de flores por todo o quarto. Vinham chegando o dia inteiro, conforme se espalhava a notícia de que Lola tinha saído do hospital e estava de volta ao hotel. Estava totalmente maquiada, inclusive tinha aplicado base na testa, em torno da bandagem. Anna percebeu que ela errou um pouco a mão, o *blush* ligeiramente mais escuro de um lado que do outro, o batom trêmulo. Lola manteve sua atitude firme desde o acidente, embora sua médica tivesse chamado Anna de lado para lhe dizer que ficasse de olho em algum efeito retardado em seu estado de humor. Até agora, nenhum sinal. Lola passou a tarde lendo para Ellen e ainda estaria fazendo isso se Anna não as tivesse separado à força e mandado Ellen para a cama.

Anna arrumou gentilmente os lençóis da avó.

– Tem certeza de que não precisa que eu lhe traga nada antes de ir para os ensaios?

– Eu estou bem, querida. Pare de me olhar como se eu fosse uma peça de museu.

Anna sentou-se na cama e pegou-lhe a mão.

– Você nos deu um susto.

– Eu assustei a mim mesma.

– Não morra, Lola. Nós não íamos gostar disso.

– Está bem, meu amor, eu prometo que não vou morrer. Agora vá para esse ensaio e faça sua pobre avó doente orgulhar-se de você.

Anna tinha saído há não mais que dois minutos quando Carrie bateu levemente à porta e entrou.

– Está tudo certo, Lola? Precisa de alguma coisa?

– Eu não poderia estar mais feliz, minha querida. Deveria ter feito isso há meses. Todos esses mimos! É maravilhoso. – Ela deu uma batidinha na cama ao seu lado. – Agora, chega de falar de mim. Quero interrogá-la por um minutinho rápido. Está se virando bem com o trabalho no hotel enquanto seus pais estão fora? Precisa de alguma ajuda extra?

– Está tudo certo, sem problemas. – Carrie, na verdade, estava gostando. Aquilo lhe dava a oportunidade de tentar fazer algumas coisas a seu modo.

– E como vai com Matthew?

– Tudo bem – ela mentiu baixinho, pegando um dos cartões de "Melhore logo" na mesinha de cabeceira de Lola e concentrando-se firmemente nele. Tinha sido enviado, junto com as flores, pelas senhoras do bazar de caridade, desejando-lhe uma recuperação rápida. Ao lado dos cartões havia uma grande cesta cheia de frutas, chocolates e revistas de palavras cruzadas. Presente de Jim e Geraldine. – Ele mandou abraços. Disse que teria lhe trazido cachos de uvas se estivesse aqui.

– Se ele tivesse permissão para estar aqui, você quer dizer. Carrie, estive pensando nessa proibição e decidi que ela pode ser suspensa. Acho que seria bom se ele viesse agora. Acho até que Bett gostaria de vê-lo.

Carrie encarou-a em sobressalto.

– Ela disse isso para você?

– Não, mas nem precisa. Eu a conheço. Matthew disse alguma coisa?

– Ele também disse que gostaria de ver Bett outra vez. – As palavras deixaram um gosto ruim em sua boca.

– Ótimo. Era mesmo o que eu esperava. Vou deixar a seu encargo cuidar disso. Acho que, quanto antes, melhor.

Carrie desviou o rosto antes que Lola visse sua expressão.

Lola tinha acabado de voltar a suas palavras cruzadas depois que Carrie saiu quando ouviu outra batida à porta. Uma cabeça com cachos escuros apareceu pela fresta.

– Lola, você está bem?

Lola sorriu.

– Bett, querida, não deveria estar no ensaio?

– Eu estava indo para lá. Atrasei um pouco na recepção por causa de uns hóspedes que chegaram agora há pouco. Só queria ver se você não precisa de nada, ou se queria vir assistir.

– Eu não aguentaria a dor.

– Ah, coitadinha. Quer que eu puxe uma das poltronas grandes do bar? Assim você poderia apoiar o braço.

– Não é a dor no braço. É a dor de ver vocês massacrando a minha obra-prima.

Bett relaxou.

– Muito engraçado. Mas você ficaria surpresa. Selecionamos um elenco muito bom.

Anna havia passado o dia depois do acidente de Lola ao telefone, distribuindo os papéis e dando notícias sobre a avó.

– Lola não poderia ter cronometrado melhor mesmo se quisesse – ela comentou com Bett.

As pessoas não ousaram recusar nenhum dos papéis, sabendo que essa é a obra da vida de Lola. Ela não poderia ter feito isso de propósito, poderia?

Pelo menos daquela vez, Bett tinha certeza de que não. Vira dor e susto reais nos olhos de Lola naquela noite.

Anna continuou.

– Perguntei àquele Daniel Hilder se ele queria vir de novo para fazer sua audição, mas ele disse que não, que infelizmente suas circunstâncias tinham mudado. É uma pena, porque ele teria a idade certa para o papel do *playboy*.

– Sim, é uma pena – Bett disse com alguma indiferença, enquanto, por dentro, sentia-se aliviada.

Lola estava recostada nos travesseiros, satisfeita.

– Mal posso esperar pela noite de estreia. Diga-me, Bett, você já está pronta para ver Matthew?

– Você me pergunta isso assim? Não tem algum sininho que toque avisando quando você vai entrar no campo pessoal?

– Você quer vê-lo? Acho que deveria. Acabe com isso de uma vez. Vai aliviar a atmosfera entre você e Carrie.

– Carrie e eu estamos bem... considerando as circunstâncias.

Não, não estavam. O gelo talvez já estivesse derretendo entre ela e Anna, mas a neve ainda cobria tudo entre Carrie e ela.

– Não, não estão. Ainda não. Pense nisso, Bett. Lembre-se de minhas duas regras.

– Enfrente seus medos e diga a verdade. Sim, eu me lembro. – Ela se inclinou e beijou a avó. – Sabe, você tem sorte de eu a amar tanto, ou eu a chamaria de velha bruxa intrometida.

Lola riu e voltou para suas palavras cruzadas.

No salão de festas, Anna sorriu para todos. Havia 15 pessoas sentadas em um círculo de cadeiras à sua volta. Carrie estava em uma das pontas. Bett sentava-se ao piano, com partituras empilhadas a seu lado.

– Todos estão com o roteiro? Ótimo. E já sabem direitinho quais os papéis que vão interpretar? Sim? Mais nenhuma confusão sobre quem fará o General MacArthur? – Dois dos homens evitaram deliberadamente se olhar. – Excelente. Para entrar no clima, eu gostaria que vocês se chamassem pelos nomes de seus personagens enquanto estivermos ensaiando, está bem? Então, vamos começar hoje com uma leitura da cena da abertura com você, sra. MacArthur, e seu filho, Arthur, a seu lado.

A sra. MacArthur, antes conhecida como Kaylene, filha do açougueiro Len, sorriu abertamente para todos. O menino de 13 anos que ia fazer o papel do menino Arthur de 4 anos não parecia tão feliz. Mas um papel era um papel e ele precisava de toda a experiência possível se quisesse, de fato, ir um dia para a faculdade de teatro. Ou, pelo menos, foi o que sua mãe disse.

Anna moveu a cadeira para ficar de frente para eles.

– Conforme o roteiro, vocês estão em um avião com o General MacArthur, seu marido – olhou para Kaylene – e seu pai – olhou agora para o menino –, voando da guerra nas Filipinas para a Austrália. Há uma tempestade em volta. Haverá o som de tiros, trovões e relâmpagos, portanto será bem dramático.

Ou ela esperava que fosse. Sua primeira reunião com Len sobre a cenografia não a encheu de confiança. Foi necessário explicar educadamente a ele que precisariam de mais do que tampas de panela batendo e jarros de vidro cheios de arroz para fazer os efeitos da tempestade.

– Então, sra. MacArthur, seu filhinho não tem passado muito bem e está assustado, portanto, para aliviar seus terrores, você começa a cantar *My Favourite Things* para ele. Quer tentar essa cena?

A sra. MacArthur pigarreou e olhou para o papel.

– Pobre-Arthur-você-deve-estar-assustado-com-esse-barulho-não--se-preocupe-eu-sei-como-pôr-um-sorriso-outra-vez-em-seu-rosto.

Anna tinha ouvido mais animação de um relógio falante.

– Foi um bom começo. Mas talvez ajude se eu puder usar um pouco de motivação. – Ela fez uma pausa, refletindo. – Imagine a cena. Você está viajando com seu marido e seu filho doente há semanas, bombardeados pela guerra, com saudade de casa, desejando a sua vida de sempre, sentindo-se afastada de tudo que conhece e ama: seu lar, sua família.

Ela se levantou e começou a andar pela sala, buscando suas próprias experiências, como havia aprendido na faculdade de teatro, pensando em sua última conversa telefônica irritada com Glenn.

– Era isso que queria quando se casou?, você se pergunta. Entrou nisso com os olhos bem abertos? Ou estava seduzida pela ideia do *glamour*, das viagens e da posição social e deixou que isso a levasse? O seu casamento tornou-se uma concha? Seus amigos a abandonaram porque estão cansados de ver vocês dois brigando o tempo todo? Seu filho está sofrendo?

– Anna?

– Você chora às vezes até dormir, de solidão, de medo e da dor das esperanças e sonhos desfeitos?

– Anna?

Anna voltou a si quando Bett chamou seu nome um pouco mais alto. O grupo a olhava com algum alarme. Ela se recompôs e bateu a mão profissionalmente no roteiro.

– Ou uma maneira mais simples de olhar para isso seria uma mãe cantando para seu filho assustado dormir. Bett, quando estiver pronta. *My Favourite Things* desde o início.

No intervalo, Bett trouxe um copo de água para a irmã.

– Anna, você está bem?

– Ótima, não poderia estar melhor.

Bett hesitou. Percebeu alguns ecos incômodos nas palavras de Anna sobre a sra. MacArthur. Ecos da Grande Briga na noite em que ela descobriu sobre Carrie e Matthew, quando se virou contra Anna e disse coisas terríveis sobre Glenn, sobre o casamento de Glenn e Anna. Uma parte tinha sido quase palavra por palavra o que Anna acabou de dizer. Desde o acidente de Lola, vinha sentindo necessidade de falar sobre a situação. De pôr todas as cartas na mesa. De parar com todo aquele jogo de ficarem se desviando umas das outras.

– É que... o que você estava dizendo sobre a sra. MacArthur...

Anna esperou.

– Era só sobre a sra. MacArthur?

– Claro. – Ela riu com ligeireza. – Meus diretores sempre me repreendiam por exagerar em meus exercícios de motivação.

– Mesmo?

– Mesmo. – Anna ocupou-se em fazer anotações em seu roteiro.

"Diga, Bett, diga".

– Não estava falando sobre você e Glenn? É que algumas coisas que você disse... – Ela parou quando viu Anna perceptivelmente esticar as costas e erguer o queixo. Recuou de imediato. – Deixe para lá. Esqueça isso.

Naquela noite, Carrie estava no escritório quando ouviu uma batida à porta. Era Bett. Carrie se surpreendeu. Até então, elas fizeram o máximo para evitar estarem sozinhas juntas.

– Está tudo certo? Lola está bem?

– Está bem. Vendo TV, reclamando que seus níveis de gim-tônica estão muito baixos e que ela vai ter que ficar bêbada por uma semana para trazê-los de volta ao normal. – Bett hesitou. – Na verdade, eu queria falar com você sobre outra coisa.

– Ah. Tudo bem. Entre.

Bett sentou-se e tentou escolher as palavras certas. Talvez fosse nisso que havia errado com Anna mais cedo. Foi muito direta. Procurou tatear o caminho agora.

– É sobre Matthew.

Carrie enrijeceu.

Bett não pôde deixar de notar.

– Carrie, estive pensando muito nisso. Preciso vê-lo.

– Como assim, "precisa"?

– Acho que nós três precisamos nos encontrar. Talvez Lola estivesse certa no início quando pediu que você o mantivesse longe, mas eu vou ficar aqui e, com o musical e tudo... acho que é importante.

– Você esteve falando com Lola, não foi?

– Sim. Mas é o que eu quero também. – Será que Carrie não poderia facilitar um pouco?

– Ele está fora, a trabalho – Carrie disse, sucintamente.

– Então quando ele voltar no fim de semana.

– Ele não volta em todos os fins de semana.

– Bom, no fim de semana em que ele voltar.

Carrie estava olhando para seus papéis sobre a mesa outra vez.

– Vou pensar nisso.

– Eu não entendo – Bett sussurrou para Anna minutos mais tarde. No caminho de volta para seu quarto, Bett viu as luzes do quarto de Anna acesas e, em um impulso, bateu de leve à porta. Anna pareceu surpresa, mas fez sinal para que ela entrasse, com o dedo indicador sobre os lábios. Ellen estava dormindo na cama de solteiro. Havia um livro aberto sobre a cama de Anna. – O que ela acha que eu vou fazer, me jogar em cima dele quando o vir? Agarrar-me a suas pernas?

– Ia ficar meio difícil tosquiar carneiros com você se arrastando pelo chão aos pés dele – Anna murmurou de volta.

– E tudo por causa dos conselhos de Lola – disse Bett, mantendo a voz baixa. – É muito fácil dizer "Enfrente seus medos", mas e se seus medos não quiserem ser enfrentados? Eu realmente pensei que Carrie também iria querer acabar com isso de uma vez. Mas é como se ela não quisesse que eu chegasse perto dele. Vai que de repente eu me desfaço em lágrimas e tento roubá-lo de volta ou coisa assim.

– O que você não faria, não é mesmo?

– O quê?

– Tentar roubá-lo de volta.

– Ahn?

– Você não iria querê-lo de volta, certo?

Bett ficou tensa.

– Eu não sei. – Uma pausa. – Não tenho certeza de como vou reagir até vê-lo.

– Ainda evitando a verdade depois de todos esses anos, Bett?

O tom de Anna era brincalhão, mas seu olhar era muito sério.

Bett desviou os olhos. Não queria estragar essa nova e frágil amizade com Anna.

– É a verdade. É por isso que preciso vê-lo. – Ela se apressou em mudar de assunto. – Como foi Ellie na escola hoje?

A menina havia começado na escola local naquela semana. Todas tinham se reunido para vê-la sair de uniforme no primeiro dia, cada uma delas acenando como se Ellen fosse sua própria filha.

Anna hesitou, depois aceitou a mudança de tema.

– Tudo bem. Ela ainda não disse muita coisa. É preciso algum tempo para se adaptar. Você deve lembrar como é isso, chegar a uma nova escola no meio do ano.

Bett concordou com a cabeça. A tensão estava definitivamente de volta entre elas. O que deveria fazer agora? Tentar rompê-la outra vez? Perguntar sobre Glenn, mesmo sendo ele uma das principais razões para ela e Anna terem ficado três anos sem se falar? Imaginou Lola no canto do quarto, incentivando-a.

– Como está Glenn, Anna?

As palavras saíram um pouco hesitantes.

– Está bem – respondeu Anna.

Bett a conhecia suficientemente bem para saber que Anna não diria mais do que isso naquela noite. Observou enquanto Anna ia até o frigobar, pegava uma garrafa de vinho e procurava o saca-rolhas. Ela não parecia mãe de uma criança de 7 anos, Bett pensou. Estava muito bonita: os cabelos lisos e brilhantes, a maquiagem perfeita, o corpo esguio e bronzeado, nem um quilinho extra de gordura. E aquela postura serena que tinha, o tipo de elegância mantenha-sua-distância que Bett sabia que nunca conseguiria ter, nem em um milhão de anos. De repente, pareceu-lhe importante elogiar Anna, fazê-la saber como estava linda, ser a primeira a começar a construir pontes. Quando Anna voltou para junto da cama com a garrafa aberta e duas taças, ela sorriu.

– Anna, você está ótima.

Anna franziu a testa.

– O quê?

– Está com uma aparência incrível. O corpo perfeito, as roupas perfeitas, cabelo perfeito, pele perfeita, o casamento perfeito, uma filha linda, tudo com tanta tranquilidade. – Bett riu, satisfeita com o que havia dito. – Tenho certeza de que um dia estaremos lendo sobre a linha de produtos Anna Quinlan para beleza e para o lar. Martha Stewart que se cuide!

Para surpresa de Bett, Anna não achou graça. E certamente não tomou aquilo como um elogio.

– Acha que tudo isso vem com facilidade? Tranquilamente? – A voz dela ainda era baixa, mas o olhar era furioso. – Acha que sou tão magra por acaso? Não, Bett. Isso se chama disciplina e, às vezes, chama-se fome. Acha que meu cabelo é assim naturalmente? Não, isso custa uma fortuna uma vez por mês. E meu casamento perfeito? – Anna respirou fundo, pronta para contar tudo. Querendo contar tudo, cansada do fingimento. – Ah, sim, Bett, é tão perfeito que eu...

– Mamãe!

Ambas se viraram e viram Ellen agitando-se sob os lençóis, falando no sono ou tendo um pesadelo, Bett não saberia dizer. Anna largou a taça de vinho e foi depressa para junto da filha. Começou a falar baixinho com ela, afagando-lhe a testa até ela se acalmar outra vez. Quando tudo ficou tranquilo, voltou silenciosamente.

Bett levantou-se, sua voz quase um sussurro.

– Eu vou embora. Desculpe interromper...

– Bett, fique, por favor. – Anna, de repente, parecia muito cansada. – Ela está bem. Por favor, não vá ainda.

Por alguns instantes, mantiveram-se em um silêncio constrangido. Bett moveu-se, querendo pedir desculpas. Tinha sido tola de pensar que a situação se ajeitaria tão rapidamente. Dois passos para a frente, um passo para trás. Ela respirou fundo.

– Anna, desculpe pelo que eu disse sobre sua aparência. Juro que não foi uma provocação. Sei que você se esforça muito para isso. Eu quis mesmo fazer um elogio. Só que saiu do jeito errado.

Parecia ter escolhido exatamente as palavras certas, pelo menos uma vez. Diante de seus olhos, a tensão deixou o corpo de Anna, as linhas duras que mostrava em torno da boca desapareceram.

Anna sorriu meio sem jeito.

– E eu sinto muito por ter sido ríspida. Acho que estou cansada. Ellen teve pesadelos outra vez na noite passada e eu não dormi bem.

Bett embarcou com alívio na mudança de assunto.

– Ela tem pesadelos com frequência?

– Não tanto como antes, mas de vez em quando ainda tem. Imagino que esteja revivendo o ataque. E aí não volta a dormir até que eu leia para ela, ou a aconchegue, ou que venha para a cama comigo. E, então, dorme como um bebê e eu não consigo mais dormir. Ela prefere a posição horizontal na cama, em vez da vertical. – Anna sorriu de novo.

– Ela foi muito corajosa. Deve ter sido difícil.

– Foi. Foi difícil para todos nós.

Bett sentiu uma pontada de culpa. Deveria estar lá para ajudar.

Anna levantou-se, pegou a garrafa de vinho e encheu as duas taças, passando uma para Bett.

– Se vamos ficar sussurrando no escuro como nos velhos tempos, podemos também beber no escuro como nos velhos tempos.

Bett pegou a taça, surpresa e feliz.

– Lembra como Lola ficou furiosa naquela noite?

– Acho que éramos menores de idade. E era a melhor garrafa de vinho tinto do papai.

Ficaram sentadas em silêncio por um momento, antes de Anna falar outra vez.

– E então, foi bom em Londres? E em Dublin?

– Sim, foi bom.

Lá estavam três anos resumidos em três palavras.

– Você estava trabalhando em uma gravadora?

– Estava. – Lola de fato havia atuado como um canal de notícias entre elas. – E você é a voz por trás da maioria dos anúncios de TV atualmente, certo?

Anna deu de ombros.

– Não é exatamente a Real Companhia de Teatro Shakespeariana, mas eu gosto. – Outra pausa e Anna falou de novo. – Bett, posso perguntar algo pessoal?

Bett ficou tensa.

– Você conheceu alguém em Dublin ou em Londres? Algum homem, eu quero dizer?

Bett fez que não com a cabeça. No avião, alimentou um desejo de inventar um marido imaginário, uma família imaginária, toda uma vida familiar para tornar sua volta para casa mais fácil. Mas desistiu porque sabia muito bem que Lola exigiria provas fotográficas e todos os detalhes íntimos. A triste verdade era que ela não conheceu ninguém de quem gostasse, ou que gostasse dela. Decidiu manter sua resposta leve.

– Não. Continuo na prateleira. E destinada a permanecer na prateleira, imagino.

– Bett, não fale assim. Tenho certeza de que você conhecerá alguém, quando a pessoa certa chegar. Talvez até um bom rapaz do interior.

Bett riu baixinho, de repente sentindo-se feliz pelo prazer de conversar com Anna outra vez. Era quase como nos velhos tempos – se ignorasse as dezenas de assuntos que não podiam ser mencionados.

– Seria irônico, não é? Passo três anos em Dublin e Londres e, durante todo esse tempo, o homem dos meus sonhos está me esperando em minha própria cidade. – Estava brincando, mas alguém lhe veio à mente. – Sabe quem é legal? Richard, o inglês hospedado aqui no hotel. Sentei ao lado dele na festa de Lola, ele é boa companhia. Espirituoso. E você já viu quando ele sorri? É como uma transformação. Os olhos dele brilham. Anna, você acha que eu deveria convidá-lo para um drinque? Esta noite mesmo, talvez?

– Acho que ele está fora.

– Não, não está. Eu o vi ir para o quarto algum tempo atrás. Ele me cumprimentou. – Bett levantou-se. – Quer saber? Acho que vou lá. Vou perguntar se ele quer ir comigo até a cidade beber alguma coisa.

– Não, Bett.

– Por que não?

– Acho que tem uma corrida de motos na cidade. Os bares devem estar superlotados. Será horrível.

– Ah. – Bett sentou outra vez. – Bom, então acho que vou dormir cedo hoje.

– Boa ideia. Você parece um pouco cansada. Está ótima – acrescentou rapidamente –, só parecendo um pouco cansada.

– É, eu estou mesmo. – Ela se levantou. – Talvez eu convide Richard para um drinque amanhã à noite.

– Vá para a cama, Bett.

– Está bem. – Ela hesitou, depois se inclinou e deu um beijo na irmã. – Obrigada. Foi bom conversar com você outra vez.

– Também gostei de conversar com você.

Bett saiu, fechando silenciosamente a porta. Anna sentou-se na cama e soltou um lento suspiro de alívio.

Capítulo 13

Em seu quarto, Richard digitou mais um parágrafo, depois salvou o arquivo em seu *notebook*. Ótimo, conseguira adiantar bastante o trabalho e ainda tinha tempo de se aprontar.

Enquanto se espreguiçava, olhou com prazer para a pilha de papéis que crescia a seu lado. Foi uma boa ideia ir para aquele lugar. Estava sendo fácil imaginar os personagens na mesma paisagem mais de cento e cinquenta anos atrás. O Clare Valley era como uma versão mais agreste da Toscana. Colinas ondulantes, vinhedos, olivais, velhas casas de pedra e aquele incrível e amplo céu azul, dia após dia. Explorou as cidades, os vilarejos e várias das vinícolas. Absorveu o cenário: as colinas arborizadas, as silhuetas dos eucaliptos contra o céu e os salgueiros margeando o leito seco do riacho. Ao pôr do sol, observou cacatuas de peito rosado descerem voando em grandes bandos. Começou até a reparar em diferentes cheiros, das folhas de eucalipto, das flores nativas e da própria terra, cozida sob meses de sol forte. Os sons também eram peculiares, o gorjeio das pegas e o riso alto das kookaburras. Tudo o ajudava a alcançar os detalhes corretos.

Vinha falando em escrever um livro há anos, sempre imaginando que, quando começasse, seria uma longa noite escura da alma. Em vez disso, descobriu um interesse – e um talento, a julgar pelas respostas dos agentes aos primeiros capítulos – por aventuras de ficção divertidas baseadas em fatos. Sua história tinha como base a vida de um ladrãozinho inglês que foi deportado para Sidney, depois fugiu para o Clare Valley, onde conheceu uma empregada irlandesa. O casal se envolveu em uma vida de crimes antes de desaparecer para uma nova vida com nomes falsos ou para a morte no deserto. Não exatamente Bonnie e Clyde, mas também não muito distante disso.

Mais uma vez, agradeceu silenciosamente à sua tia, única irmã muito rica de seu pai, que faleceu um ano antes e deixou para Richard e cada uma de suas duas irmãs mais de 30 mil libras em seu testamento. O dinheiro chegou seis semanas depois de ele ter rompido um longo relacionamento com a namorada, uma repórter do mesmo jornal em que ele trabalhava em Londres. Isso o estimulou a tomar algumas grandes decisões: largar o jornalismo, sair de Londres e fazer uma tentativa real de escrever um romance.

Passou um mês em Sidney antes de decidir estabelecer sua base em Clare Valley. Isso não só lhe daria o clima certo para o outro cenário principal do romance, como também seria mais barato e lhe proporcionaria menos distrações. Encontrou o Valley View Hotel na internet e gostou da ideia de um quarto de hotel de frente para uma pitoresca vista do vale. O hotel não fez muito justiça ao nome, pensou com um sorriso. Era mais Vista de Parte da Colina do que Vista do Vale. Mas, afinal, o que vinha acontecendo conforme o esperado recentemente? Ele certamente não imaginou que ia querer ficar em Clare Valley por tanto tempo. Não esperou descobrir um material de pesquisa tão fascinante com o grupo de estudo da história local. Ou encontrar uma personagem como Lola Quinlan. E certamente não esperou conhecer alguém tão bela, ou tão frágil, ou tão agradável quanto a neta de Lola.

Ouviu uma batida à porta. Abriu-a sorrindo.

– Oi.

– Oi.

Virou-se e fez um gesto extravagante em direção à pequena mesa arrumada com uma garrafa de vinho e duas taças.

– Entre, por favor.

Anna sorriu.

– Obrigada.

Na casa da fazenda, Carrie estava deitada no centro da cama de casal, completamente acordada. Depois que voltou do trabalho, fez uma faxina na casa inteira e limpou a geladeira. Mas ainda não estava cansada e ainda não conseguia tirar da cabeça as conversas que teve com Bett e com Matthew.

Pegou a foto deles outra vez e observou-a por um longo tempo. Pensou em queimá-la, depois repreendeu a si mesma por ser tão infantil. As coisas não iam mudar se a foto não existisse. Matthew ainda queria ver Bett. Bett ainda queria ver Matthew.

De sua posição na cama, reparou que uma camiseta havia caído entre o guarda-roupa e a cômoda no canto do quarto. Não a havia notado antes. Levantou na mesma hora e foi pegá-la. Era de Matthew.

Não pensou duas vezes. Tirou a camisola e vestiu a camiseta, respirando o cheiro dele, sentindo a malha de algodão sobre sua pele, tentando imaginar a sensação do corpo dele quando o abraçava.

Isso a fez se sentir um pouco melhor.

Anna voltou a seu quarto em silêncio. Caminhou direto até Ellen e beijou-a de leve. A menina ainda dormia profundamente.

Foi para o banheiro e começou a tirar a maquiagem. Que noite incomum. E que homem incomum. Não se sentiu sob nenhuma pressão. Ele não fez nenhuma investida nem a deixou de modo algum pouco à vontade. Apenas tomaram vinho e conversaram. Da mesma maneira que haviam conversado com tanta naturalidade na noite do acidente de Lola, quando ele lhe fizera um chocolate quente. Mostrara-se tão interessado por tudo, pelo que ela fazia profissionalmente, pelo que havia acontecido a Ellen, há quanto tempo seus pais tinham o hotel.

– Você é um detetive? – perguntou ela.

– Não, sou um jornalista tentando se tornar escritor.

– Isso explica as perguntas. Mas por que é tão gentil? Você é gay?

Ele riu.

– Não, também não sou gay. Por que a desconfiança?

– Porque, em minha experiência, as pessoas não fazem tantas perguntas a não ser que estejam atrás de alguma coisa.

– Estou interessado porque me interesso por pessoas. E me interesso especialmente por pessoas com uma voz tão bonita.

Ela realmente enrubesceu.

– Descobri que não há nada melhor para estimular a imaginação do que ouvir as histórias das outras pessoas – ele continuou. – Ou seja, é mais canibalismo do que curiosidade. Estou me alimentando de você para poder escrever meu livro.

– Ah, nesse caso, tudo bem.

Ele compreendeu perfeitamente ela ter saído várias vezes para dar uma olhada em Ellen, alguns quartos adiante.

– Tudo certo?

– Está dormindo.

– Então você pode ficar mais um pouco? – À resposta afirmativa dela, ele serviu mais vinho. – Conte-me algumas histórias, Anna Quinlan.

– Sobre o quê?

– Deixe-me ver. Uma fácil para começar. Conte-me por que há tanta tensão entre você e suas irmãs.

– Você percebeu?

– É um pouco difícil não notar. Acho que não vi vocês três fazerem mais do que tomar uma xícara de café juntas desde que se reuniram aqui. Minhas duas irmãs estão sempre de cochichos entre si, então fiquei curioso...

Ela hesitou.

– Tivemos uma briga três anos atrás.

– Por quê?

Anna decidiu que queria lhe contar.

– Você já ouviu a música *Sisters* do filme *Natal Branco*?

Ele começou a cantá-la perfeitamente.

Anna ergueu uma sobrancelha.

– Conhece musicais assim de cabeça? Tem certeza de que não é gay?

Ele sorriu.

– Não, eu só gosto de musicais antigos. Sei cozinhar também. Então, foi um cavalheiro que surgiu entre você e sua irmã?

– Não, não entre mim e minha irmã. Um cavalheiro surgiu entre minhas duas irmãs. Bem, passou de uma irmã para outra, na verdade. E casou-se com a segunda.

– Ah, entendo. Isso explica o problema entre elas. Mas e você? Como se envolveu nisso?

Anna não queria estragar o clima falando nesse assunto. Estava gostando demais daquela atmosfera tranquila.

– Isso é uma história para outra ocasião. Agora é sua vez de me contar algumas histórias. Está mesmo escrevendo um livro ou isso é só um disfarce para algo bem mais sinistro?

– Estou mesmo escrevendo um livro. Tentando escrever um livro, pelo menos – respondeu ele. – E este é o lugar perfeito para isso. O cenário é lindo. O vinho é delicioso. E todas as pessoas que conheci parecem muito interessantes. – Ele fez uma pausa. – Uma em particular.

– É mesmo? – Uma troca de olhares entre eles. – Isso é bom.

Ela sorriu enquanto terminava de tirar a maquiagem e voltava em silêncio para o quarto. Deu-se conta de que esteve flertando com ele. E não só isso. Gostou de cada minuto que passaram juntos. Beijou Ellen outra vez e se deitou. O quarto ficou quieto por alguns minutos e, de repente, ela riu alto. Acabou de se pegar ali deitada, sorrindo no escuro como uma adolescente.

Em seu quarto na porta ao lado, Bett não conseguia dormir. Primeiro, achou que estava muito quente. Depois, quando ligou o ar-condicionado, ficou com frio. Todos os barulhos do lado de fora pareciam altos demais – hóspedes chegando tarde, portas abrindo e fechando em quartos próximos, os murmúrios das conversas noturnas.

Tinha a cabeça cheia de pensamentos sobre as irmãs. Era estranho pensar que Anna estava a poucos metros de distância, Carrie a poucos quilômetros, sozinha na casa de fazenda que Bett ainda não conhecia. As três vinham conseguindo trabalhar em um musical juntas, ajudar a administrar o hotel juntas, no entanto, a tensão ainda zumbia entre elas. Bett sabia que Lola observava cada movimento, escutava todas as conversas que podia, tentando avaliar como andava a situação.

Ela tentou o máximo naquela noite. Tocou no assunto de Matthew com Carrie. Falou com Anna sobre Glenn. Mas não estava se sentindo melhor. Virou na cama outra vez. O que mais poderia fazer para eliminar a tensão? Desafiá-las para um duelo?

Deitou de costas, chutou os lençóis, amassou o travesseiro. Virou-o para sentir o lado mais fresco no rosto. Parou por um momento e, então, pegou o travesseiro, ergueu as pernas no ar e equilibrou-o sobre os pés. Deu uma olhada para o relógio e começou a cronometrar. Menos de um minuto depois, sua perna tremeu e o travesseiro escorregou. Um desempenho muito ruim. Obviamente perdeu o jeito.

Talvez aquela fosse a solução, pensou. Podia convidar Anna e Carrie para virem ao seu quarto e recomeçarem as Competições de Equilíbrio de Travesseiros de que tanto gostavam quando crianças. Ergueu o travesseiro sobre os pés novamente, lembrando-se da primeira vez em que haviam brincado disso, em um hotel diferente, mas em uma noite quente de verão como aquela. Tinham sido forçadas, por questão de espaço, a compartilhar um salão em estilo dormitório. As janelas tinham sido deixadas abertas e as meninas estavam deitadas na cama vestidas apenas com camisetas, tentando se refrescar. Estava muito quente para dormir ou para fazer qualquer coisa.

Bett, com 14 anos na época, virou o travesseiro de um lado, sentido o frescor da fronha no rosto, depois virou-o novamente. Alguns minutos depois, já estava quente outra vez.

– Tinha que ter um suprimento de ar fresco aqui o tempo todo – disse em voz alta.

– O quê? – perguntou Anna, entretida com um livro. Na cama entre elas, Carrie dormia.

– Nada. – Bett estava inquieta agora. Desistiu de virar o travesseiro e, em vez disso, contorceu-se na cama e levantou as pernas para o ar. Pegou, então, o travesseiro e o equilibrou sobre os pés. Alguns minutos depois, ainda estava assim, e muito satisfeita consigo mesma. – Anna? – sussurrou de novo.

Anna não olhou.

– Humm?

– Aposto com você que eu consigo equilibrar um travesseiro assim por horas.

Isso fez Anna levantar os olhos.

– É, acho que vai ganhar um lugar no Circo de Moscou.

– É mais difícil do que parece. Experimente. Precisa de muito poder de concentração e equilíbrio.

– Quanto tempo eu tenho que ficar fazendo isso? – perguntou Anna, resmungando um pouco enquanto pegava seu travesseiro e o equilibrava. O dela não era tão firme quanto o de Bett e ficava caído sobre seus pés. – Espere, ainda não está uma competição justa.

Inclinando-se, ela puxou o travesseiro de Carrie.

– Quê? – Carrie abriu os olhos com o rosto franzido, como se fosse chorar. – Anna, me devolva.

– Não posso, desculpe. Preciso dele como equipamento.

Carrie olhou em volta sonolenta, viu Bett com as pernas para cima e um travesseiro sobre os pés e, depois, Anna ficando em posição para fazer o mesmo.

– O que estão fazendo?

– É a Competição Anual Quinlan de Equilíbrio de Travesseiros – Bett respondeu com naturalidade. – Estou ganhando longe. Estou quilômetros à frente de vocês.

Carrie se inclinou, pegou o travesseiro que estava sobrando na cama de Anna e colocou-o sobre os pés.

Anna moveu o abajur para o chão e ajeitou o relógio para poder marcar o tempo.

– Muito bem, começando em dez segundos. Travesseiros em posição. Já!

Ficaram daquele jeito por vários minutos antes de Carrie resmungar.

– É um pouco chato.

– Não é, não. – A voz de Bett soou tão indignada quanto possível naquela posição. – É uma combinação de equilíbrio e concentração. É você que não consegue.

– Consigo, sim. É fácil.

Bett deu uma olhada. Carrie parecia totalmente relaxada.

– É fácil para você. Suas pernas são mais curtas, então há menos músculos para doer.

– E as suas são mais gordas, e a gordura sobe, então deveria ser mais fácil para você.

Anna interveio depressa.

– Carrie tem razão, é um pouco chato. Vamos inventar um jeito mais interessante.

– Já sei – disse Bett, tentando retomar o controle de seu jogo. – A gente tem que fazer alguma coisa enquanto equilibra o travesseiro.

– O quê, por exemplo?

– Sei lá, fazer alguma coisa estranha com o rosto. Assim.

Bett puxou os olhos para baixo com uma das mãos e fez uma careta, enquanto empurrava o nariz para cima com a outra.

Anna olhou para ela com expressão de quem não estava entendendo.

– Você não disse que ia fazer alguma coisa estranha com o rosto?

– Estou fazendo – respondeu Bett, com a voz abafada pela contorção.

– Mas parece a mesma de sempre, não é, Carrie?

– A mesmíssima – Carrie concordou alegremente.

– Talvez um pouco mais bonita que de hábito. Está de maquiagem, Bett?

Bett mostrou a língua.

– Então faça algo você, Anna, já que é tão esperta.

– Certo. – Ela pensou por um instante. – Vou ser um morcego. Ouçam.

Ela começou a fazer um barulho agudo, que ficava cada vez mais alto, incessante, ignorando os protestos de Bett e Carrie, até que Bett finalmente jogou um livro nela. O travesseiro de Anna desequilibrou e caiu, com o de Carrie desabando também alguns segundos depois.

Bett pulou na cama, segurando o travesseiro sobre a cabeça.

– Eu ganhei! Campeã de Equilíbrio de Travesseiro! Saiam do caminho, perdedoras, para eu poder dar meu pulo da vitória.

Ela saltou de sua cama para a de Carrie, mas errou o cálculo da distância e caiu direto sobre a perna da irmã. Carrie deu um grito horrível.

– Shhh, Carrie, fique quieta ou Lola vai vir aqui – pediu Anna.

Carrie não parou.

– Não me importo. Ela quebrou minha perna, essa baleia.

– Não quebrei.

– Quebrou, sim. Foi como uma tonelada de tijolos caindo em cima de mim.

Ofendida, Bett voltou-se contra a irmã.

– Não foi. Se eu tivesse feito de propósito, aí é que você ia sentir mesmo, pode acreditar. Assim.

Dizendo isso, ela pulou na cama de Carrie outra vez, agora desabando deliberadamente, e com duas vezes mais força, sobre a perna da irmã.

Os gritos de Carrie rivalizavam com qualquer barulho agudo de morcego de Anna. A porta se abriu e a luz foi acesa, mostrando Lola ali de pé.

– Mas, o que é isso? O que está acontecendo aqui? Seus pais devem estar ouvindo vocês lá no bar. Carrie, quer parar? Você está se comportando como um bebê.

– A Bett pisou em mim – disse ela, entre lágrimas, com a voz trêmula. – Quase quebrou minha perna.

Bett agora estava em sua cama, com ar inocente.

– Carrie, pare de ser sempre tão exagerada.

Lola não estava interessada em ouvir os lados da história.

– Não me importa o que aconteceu. Fechem a boca e vão dormir, todas vocês. Eu nem deveria ter que lhes lembrar que têm um show amanhã. A ideia era que dormissem cedo. Anna, você é a mais velha. Tente fazer com que elas obedeçam, está bem?

A luz apagou e as três ficaram imóveis.

– Vou pegar você por isso, Bett – Carrie sussurrou, com os soluços miraculosamente desaparecidos.

– Vou pegar você primeiro por me entregar, sua bebezona. Vou pedir a mamãe que ponha o berço de volta no quarto para você. Ainda é muito pequena para dormir em uma cama.

– Anna, faça a Bett parar de me amolar.

– Parem com isso as duas. Preciso do meu sono da beleza.

– Baleia.

– Bebê.

– Baleia.

– Bebê.

As provocações continuaram no quarto escuro até que uma das duas finalmente pegou no sono.

Bett virou na cama outra vez. Era estranho. Não tinha certeza se as lembranças daqueles tempos que passaram juntas a faziam sentir-se bem ou mal. Nas últimas semanas, estava sendo cada vez mais difícil definir a diferença.

Capítulo 14

SENTADA em uma cadeira confortável na frente de seu quarto na manhã seguinte, Lola fechou os olhos ao sol, sentindo-se como um velho gato cansado cochilando no batente de uma janela. Mas um velho gato cansado e feliz, pelo menos. Apesar do pulso quebrado e da batida na cabeça, tudo ia bem. Conseguiu pôr o musical em marcha, enviou Geraldine e Jim para uma viagem de férias e fez as meninas trabalharem juntas no hotel. Estava havendo alguma dificuldade para trazer Matthew de volta à cena, fazer de uma vez aquela reunião, mas sabia que o dia estava se aproximando.

E agora, o que faria consigo mesma? A melhor maneira de manter a mente alerta era conservá-la ocupada, disse sua médica. Precisava de outro projeto, de algo mais para fazer. Naquela manhã, esteve lendo uma edição de *Ireland's Treasures*, a revista que chegava para ela pelo correio aéreo todas as semanas, esperando que lhe inspirasse alguma ideia. Havia chegado na véspera, junto com um cartão-postal de Geraldine e Jim de Alice Springs. Os dois pareciam estar se divertindo como nunca.

Fez uma careta ao ouvir o súbito gemido insistente de uma sirene de incêndio subindo da cidade. Ah, a tranquilidade de viver no campo. Se não era a sirene de incêndio, eram os tiros de armas de gás comprimido para afugentar os passarinhos dos vinhedos, ou os tratores ou caminhões-tanques subindo pelas estradas.

Talvez fosse um alarme falso, ou talvez um pobre coitado tivesse posto fogo na casa. Desceria até o bazar de caridade mais tarde para descobrir o que havia acontecido. O filho de uma de suas colegas era voluntário no corpo de bombeiros.

– Eles realmente atendem ao toque dessa sirene? – Lola perguntou certa vez. – E se estiverem fazendo alguma outra coisa, um bom filme ou um bom sexo, por exemplo? Será que podem fingir que não ouviram?

– Lola! – A mulher ficou chocada. – Claro que não podem fingir! A sirene os está chamando. Eles têm que atender.

Um bom método, Lola pensou agora, vendo vários carros seguindo apressados pela estrada em direção à cidade, voluntários ou bisbilhoteiros a caminho do posto de bombeiros. Muitas vezes desejou poder tocar algo similar quando tivesse uma boa ideia ou quisesse contar alguma coisa às meninas. Ou quando as quisesse de volta em casa depois de já estarem até tarde demais na rua. Mas não aquele som de lamento agudo. Talvez um trecho de Cole Porter ou as notas de abertura de *In the Mood* de Glenn Miller.

Um grito de Carrie intrometeu-se em seus pensamentos.

– Bumper, venha aqui! Venha aqui, seu moleque!

"Ah, não", lembrou Lola. Tinha se esquecido outra vez de amarrar Bumper na véspera. Ellen e ela tinham saído com o carneiro para conduzi-lo pelos trechos de grama crescida.

– Bumper, seu carneiro idiota, venha aqui!

Aquilo parecia divertido. Lola levantou-se lentamente da cadeira e deu a volta pela quina do prédio bem a tempo de ver Carrie correndo atrás de Bumper. O carneiro estava assustado para valer, investindo sem controle contra os engradados de garrafas de cerveja e latas de lixo nos fundos do hotel. Carrie gritou para ela quando a avistou.

– É culpa sua, Lola.

– Não é, não. Não fui eu quem inventou os carneiros.

– Você entendeu. Sabe como ele fica louco quando ouve barulhos altos.

– Eu não sabia que ia acontecer um incêndio.

– Quer me ajudar a amarrá-lo, por favor? Antes que ele cause mais estragos?

– Eu sou muito velha e frágil para correr atrás de carneiros.

– Posso ajudar, tia Carrie? – De seu quarto, Ellen tinha ouvido a confusão. – Bumper gosta de mim, não é, Lola?

– Gosta muito, querida.

Carrie fez uma careta ao som de mais garrafas quebradas.

– Claro, Ellie. Tente, por favor. Deus sabe como eu já estou farta de correr atrás desse animal idiota.

Ellen chegou perto das garrafas e começou a chamar o carneiro com uma voz alta e clara.

– Bumper, venha aqui comigo. Aqui, Bumper.

Carrie começou a rir. Ellen não só estava imitando os chamados de Lola, como também seu sotaque irlandês.

Ellen nem percebeu.

– Aqui, Bumper. Está tudo bem. Venha aqui comigo agora, querido.

Carrie não sabia se foi pelo chamado de Ellen, ou porque a sirene de repente parou, mas Bumper acalmou-se o suficiente para a menina colocar a mão em seu dorso e segurar a coleira. Com os cascos fazendo barulho no concreto, ele seguiu Ellen até onde estava Carrie.

– Pronto – disse ela, com um sorriso iluminando todo o seu rosto.

– Ellen, você é uma gênia.

Carrie sacudiu a cabeça com admiração antes de pegar Ellen por uma mão e segurar firmemente o carneiro com a outra.

Com a diversão encerrada, Lola voltou à sua cadeira ao sol e pegou a revista outra vez, parando para ler uma reportagem fascinante sobre o Festival Casamenteiro de Lisdoonvarna no condado irlandês de Clare. Era um evento anual em que fazendeiros solteiros desciam das colinas para conhecer as moças em um ambiente distinto, com jantares dançantes e almoços elegantes. Tão civilizado. Um dos casamenteiros falava com orgulho de seu histórico: centenas de casamentos, quase o mesmo número de noivados. Não mencionou nenhuma separação ou divórcio. Parecia divertido, Lola pensou. Talvez pudesse sugerir a Geraldine e Jim que eles começassem algo similar ali no vale. Já havia muitas ligações entre a cidade de Clare e o condado de Clare na Irlanda. Já exportavam vinho da Austrália para a Irlanda. Talvez a Irlanda pudesse despachar algumas dezenas de solteiros em troca?

Baixou a revista quando viu Richard Lawrence caminhando em sua direção, vestindo bermuda e camiseta. Lola acenou, chamando-o. Pelo visto, ele era mesmo adepto de exercícios. Outra vez voltando da academia. Quase tão fanático quanto Anna. Não admirava que tivesse os quadris tão ágeis na festa. Foi bom ver Bett conversando com ele, nas vezes em que olhou para ver como estavam indo. Tinham muito em comum: jornalismo, Londres...

– Bom dia, Richard – disse, quando ele se aproximou.

– Bom dia, Lola.

– Faz bem ao coração ver um jovem em boa forma como você andando ao ar livre.

– Jovem? – Ele sorriu. – Não vai querer que eu me preocupe com sua visão agora, não é?

– Ah, você não passa de uma criança aos meus olhos. Agora me diga, que tal aparecer por aqui mais tarde? Tenho uma garrafa de gim que preciso de ajuda para abrir. Essas tampas andam muito apertadas atualmente. Umas 16 horas? Perfeito.

Despediu-se dele com um aceno enquanto uma van azul entrava no estacionamento. Lola observou Daniel Hilder descer com um pacote de jornais. "Bett escolheu bem o seu caso de uma noite", pensou, com um sorriso malicioso. Certamente não tinha a beleza dos catálogos de moda, mas havia algo nele de muito atraente. Sempre achou que olhos risonhos levavam um homem muito longe. E gostou tanto da conversa que haviam tido dias atrás. Se havia uma coisa que apreciava era um rapaz espirituoso. Além disso, ele pareceu bastante interessado nas fotos que ela havia lhe mostrado. E também fez um ótimo trabalho arrumando a ducha do chuveiro e rependurando o quadro. Na verdade, eficiente demais para os seus fins. Tinha a sensação de que ainda havia mais ali para descobrir.

Lembrou-se depois que a mãe dele costumava aparecer ocasionalmente no bazar de caridade tempos atrás. Para fazer doações, não compras, claro. Essa distinção era importante para algumas pessoas. Lembrava-se da sra. Hilder como uma mulher de posses. Com boa fala, sempre elegante, muito bem arrumada. Uma daquelas mulheres que combinam o tom do batom, do esmalte, da bolsa e dos sapatos. Lola não imaginava como elas faziam aquilo. Olhou para sua própria roupa naquele dia, o conjunto de calças largas e túnica. Cerca de 15 cores diferentes brigando pela proeminência, sem que nenhuma delas vencesse. O que uma das mulheres do bazar de caridade lhe disse um dia? "Lola, você é sempre tão diferente." "Imagino que queira dizer diferente no sentido de terrível", ela respondeu, para horror da mulher. Lola riu com a lembrança.

Avistou Bett empurrando o carrinho de limpeza carregado de frascos de sabão, saquinhos de chá e roupas de cama limpas. Observou enquanto ela pegava a chave mestra e entrava em um dos quartos para fazer sua parte na limpeza. "Menina querida, era tão bom tê-la em casa outra vez". Ela ficou muito abalada com toda aquela história de Matthew, mas, na opinião de Lola, foi providencial. Por mais estranho que parecesse, sempre achou que Carrie e Matthew eram um casal muito melhor do que Bett e Matthew. Mas ficou de boca fechada sobre esse assunto. Alimentou grandes esperanças de que Bett conhecesse alguém em Melbourne, ou em Dublin, ou em Londres. Alguém com um pouco mais de vivacidade do que Matthew. Mas não aconteceu. Bett continuava solteira. Que loucura. O que se passava com os homens do mundo para deixarem uma boa moça como ela solta por aí?

Momentos depois, Daniel Hilder desceu agilmente os degraus da frente da recepção e entrou de novo no carro. Lola o viu checando alguma coisa em uma pasta no banco. Em poucos minutos, passaria na frente de seu quarto, a caminho da próxima entrega.

Ela releu a fala do casamenteiro na revista. *É um processo simples. Entrevistamos todos os homens solteiros, depois entrevistamos todas as mulheres solteiras e, então, decidimos quem combina melhor com quem. Mas não fazemos isso com pressa. É uma questão de conhecer as pessoas, avaliar sua adequação, antes de colocá-las juntas.*

Começou a sorrir. O Festival Casamenteiro do Valley View Hotel talvez não fosse tão charmoso quanto o de Lisdoonvarna, mas os princípios poderiam ser os mesmos, não é? Encontrar um homem solteiro que seja adequado para a sua moça solteira e colocá-los juntos. Seu sorriso se ampliou. Já marcou de conversar com Richard naquela tarde. Se conseguisse Daniel agora, daria conta dos dois no mesmo dia. Muito eficiente. Quanto a Bett... bem, claro que não precisava entrevistá-la. Já conhecia a neta até pelo avesso.

Levantando-se o mais depressa que seus velhos ossos permitiam, ela entrou no quarto, pegou a bengala que usava às vezes para andar e, com ela, derrubou o quadro da parede, fazendo uma careta quando ele se espatifou no chão. Tudo bem que molduras de vidro não estavam previstas no orçamento. Quando ouviu o som do motor do carro, voltou para a porta e acenou avidamente com o braço bom.

Daniel freou o carro, parou ao lado dela, baixou o vidro e sorriu.

– Oi, Lola. Você está com ótima aparência novamente.

– Dando nó em pingo-d'água, como dizemos na minha terra. Daniel, você foi um presente dos céus, sem dúvida nenhuma. Aquele maldito quadro caiu de novo. Será que você teria um momentinho?

Lola sorriu consigo mesma quando ele desligou o motor. Isso poderia ser mais divertido do que escrever o musical.

No dia seguinte, Bett estava voltando de carro para o escritório do *Valley Times* com Daniel. Haviam passado a tarde acompanhando um dos jovens vinicultores do vale em sua pequena vinícola, enquanto ele lhes mostrava o processo desde a uva até a garrafa. No final da sessão, Daniel passou a câmera para Bett e a observou enquanto ela examinava as fotos. Eram boas, um pouco peculiares, transmitindo muita ação e interesse. Rebecca ficaria muito satisfeita.

Bett também estava satisfeita consigo mesma. Até aquele momento, conseguiu ficar bastante natural na companhia dele. Provou uma taça de um novo vinho sem derrubá-lo por toda parte. Melhor ainda, teve várias conversas com ele sem ficar vermelha. Talvez, bem no fundo, ela de fato fosse uma adulta madura.

O rádio do carro tocava o novo *single* da mais recente banda pop fabricada do país. Ele aumentou o volume.

– Legal, uma de minhas favoritas.

– Está brincando, não é?

Os olhos dele brilharam.

– Para falar a verdade, ainda não decidi entre esta ou a banda feminina que foi formada depois daquele *reality show* no supermercado. – Ele pressionou o botão para mudar a estação do rádio. Um som *punk* gritado encheu o carro. Bett fez uma careta. Daniel percebeu e baixou o volume. – Parece que você nunca foi *punk*, não é?

Ela sacudiu a cabeça.

– Por quê? Você foi?

– Por seis meses inteirinhos. Até mudei meu nome.

– Não acredito.

– Estava escrito com tachinhas nas costas de minha melhor jaqueta jeans. Danger Hilder. Eu era extremamente assustador para um menino de 12 anos. – Ele sorriu. – Então você nunca usou cabelo espetado? Ou alfinetes de segurança?

– Não. Infelizmente, cheguei à adolescência no tempo das meias fluorescentes e faixas na testa.

– Ah, sim. Acho que já vi fotos dessa época.

Será que ele estava na festa de Lola? Não, com certeza não. O sangue subiu por seu pescoço e faces. Só havia mais uma maneira de ele ter visto as fotos.

– Por acaso Lola lhe mostrou as fotos das Irmãs Alfabeto?

Ele fez um solene sinal afirmativo com a cabeça.

– Muitas fotos, aliás. Ela tem muito orgulho de vocês, não é?

– Está decidido. Vou invadir o quarto dela e queimar todas.

– Você nunca vai encontrá-las. Estavam escondidas em livros e embaixo de caixas pelo quarto inteiro. "Eu tenho que esconder ou as meninas iriam sumir com elas em segundos" – imitou.

Bett teve que rir da boa impressão que Lola lhe causou. O celular dele tocou antes que pudesse comentar alguma coisa. Daniel encostou o carro para atender e ela aproveitou a oportunidade para dar uma boa olhada nele. Devia ter uns 35 ou 36 anos, supôs. Lembrava-se vagamente de ele ter comemorado seu trigésimo aniversário logo depois de ela ter chegado pela primeira vez ao *Valley Times*. Haviam trabalhado juntos em poucas ocasiões, mas conversava com ele ocasionalmente nos bares, ou em restaurantes. Ele tinha uma namorada na época, não tinha? Uma das professoras do colégio, se sua memória não falhava. E ela já estava saindo com Matthew. Era noiva de Matthew, na verdade.

Sempre achou tranquilo trabalhar com ele naquele tempo. E estava sendo a mesma coisa agora. Bett entrevistou o vinicultor enquanto Daniel andava pela propriedade tirando fotografias, como uma equipe normal de jornalista e fotógrafo. A única diferença era que eles haviam tido uma noite de sexo selvagem três anos atrás e nunca mais falaram sobre isso. Ela decidiu que tinha que trazer esse assunto de uma vez. Tirá-lo do caminho. Pôr as cartas na mesa, como Lola aconselharia.

Ele terminou de falar ao telefone. Era um dos outros repórteres do jornal, marcando uma sessão de fotos para o dia seguinte.

– Desculpe por isso – disse.

– Não tem problema. – Ela resolveu ir direto ao assunto. – Daniel, antes de você ligar o carro, acho que há uma coisa que precisamos... – Foi interrompida pelo toque do celular dele outra vez.

Ele olhou para o número no visor.

– Desculpe, Bett. Preciso atender esta.

Era, evidentemente, um telefonema pessoal. Ele saiu do carro e afastou-se um pouco. Como a janela dela estava aberta, pegou pedacinhos da conversa. Ele parecia estar acalmando alguém. Ouvia muito e, depois, tranquilizava a pessoa do outro lado. Não estava perto o bastante para ouvir mais do que isso. "Vejo você esta noite. Está bem. Tchau."

Ele voltou para o carro.

– Desculpe, Bett. O que você ia dizer?

Bett notou que o estado de humor dele havia mudado, estava mais sério. Ela perdeu a coragem.

– Não era nada importante.

– Tem certeza?

– Tenho.

Daniel ligou o carro e seguiram em silêncio por certo tempo até ele falar de novo.

– Aquilo que você ia dizer... era sobre aquela noite em Melbourne, por acaso?

– Sim, era isso. – "Aquele guincho era mesmo sua voz?", pensou.

– Eu estava me perguntando quem iria trazer o assunto primeiro. – Ele continuava sério. – Tudo bem, Bett. Eu sou adulto. Já superei.

– Superou? – Será que tinha sido tão ruim assim? Algo para ser superado?

– Claro. Não foi a primeira vez e tenho certeza de que não será a última.

Que ele havia tido um caso de uma única noite?

– É mesmo?

– Sim. Sério, nem pense mais nisso.

Ela estava se sentindo pior.

– Achei que pelo menos precisava mencionar. Sabe, agora que estamos trabalhando juntos. Para o caso de você estar pensando...

Ela parou. "Para o caso de você estar pensando que eu sou uma vadia contumaz que pularia na cama com você à primeira oportunidade". Não poderia dizer isso.

Estavam chegando à cidade agora.

– Bett, está tudo bem. Eu entendi o recado em Melbourne. Então, por favor, não se sinta constrangida de trabalhar comigo.

Que recado? Ela não tinha deixado nenhum recado. Estava tão envergonhada que saíra sorrateiramente sem nem acordá-lo.

O telefone dele tocou novamente e ele atendeu sem parar o carro.

– Oi, Rebecca. Uns cinco minutos. Não se preocupe. Vou deixar Bett no escritório e sigo direto para lá. – Ele virou para Bett. – Você não se incomoda, não é? Aquele incêndio na velha pedreira recomeçou. Rebecca quer que eu vá direto para lá.

– Claro.

Ficaram em silêncio enquanto ele seguia pela rua principal de Clare. Daniel parou habilmente atrás de uma das árvores altas que lançavam sua sombra sobre o asfalto quente.

– Vejo você mais tarde, então.

– Sim, até mais tarde. – Ela saiu do carro tão depressa que quase tropeçou.

Na noite seguinte, o elenco estava mais uma vez reunido no salão de festas. Bett uniu as mãos sobre o colo. Desistiu de tocar qualquer uma das músicas. Carrie estava no meio do grupo, parecendo revoltada. Anna, na frente, tinha uma aparência extremamente infeliz.

– General MacArthur, por acaso olhou para esse roteiro desde o último ensaio?

– Eu pretendia, Anna, de verdade. Mas tive um problema com o dique no fundo do pasto e acabei ficando sem tempo.

– E você, sra. MacArthur?

– Eu dei uma lida. Mas a feira da escola foi esta semana e eu tive que escolher entre fazer três dúzias de *cupcakes* ou decorar as falas.

Anna foi olhando de um membro do elenco para o seguinte.

– O cachorro comeu meu roteiro.

– O gato fez xixi no roteiro.

– Fui chamado para combater um incêndio na velha pedreira.

Anna suspirou e pôs as mãos nos quadris, exasperada.

– Aposto um milhão de dólares que Andrew Lloyd Webber nunca ouve desculpas como essas.

Todos riram. Aquele era o problema, ela se deu conta. Ninguém estava levando a sério. O que Lola faria se estivesse ali? O que fosse necessário, pensou. Ela teria que fazer o mesmo.

Ergueu o corpo, recompôs-se, buscou mentalmente em seu repertório de vozes até encontrar a mais cativante e, então, tossiu suavemente para chamar a atenção de todos. Em um tom persuasivo, começou a falar sobre o General MacArthur, sobre o que ele havia significado para as pessoas durante a guerra. Lembrou a todos do sonho de Lola, da necessidade de uma nova ambulância, dos altos e baixos da atividade de atuar, de orgulho, de confiança no próprio trabalho, de determinação.

"Caramba", pensou Bett. Já sentia um verso de *Climb Every Mountain* se aproximando.

Carrie nem estava ouvindo. Já havia decorado suas falas há dias. Não tinha mais nada para fazer na casa solitária depois que chegava do trabalho. Ela e Matthew haviam tentado outra conversa pelo telefone naquela tarde. Terminou desastrosamente outra vez. Mais uma briga. Mais culpas lançadas. Estavam chegando ao estágio em que quase desligavam antes de se cumprimentar.

Olhou para Bett. Elas mal haviam trocado uma palavra entre si desde aquela noite no escritório. Para Bett, era fácil dizer que queria ver Matthew. E o que achavam que ela deveria fazer? Tirá-lo de um chapéu e dizer: "Está aqui, Bett, pegue-o de volta"? Queria pedir conselhos a Lola, mas, para isso, teria que lhe contar toda a história da separação. Não poderia suportar a vergonha. Se ao menos houvesse alguma maneira de consertar as coisas entre ela e Matthew. Desviou o rosto quando Bett levantou os olhos na direção dela. Fitou rigidamente o roteiro em suas mãos, fingindo estar concentrada no discurso de Anna.

– Então, por favor, todos vocês – Anna dizia com sentimento, a voz já rouca nesse estágio. – Por favor, decorem suas falas e as letras das músicas antes do próximo ensaio. Lembrem-se de que temos poucas semanas para montar este musical. E quero lhes dizer outra vez quanto seria importante para minha velha avó ver seu sonho trazido ao palco. – Ela baixou a voz. – Todos sabem do acidente e eu me preocupo muito em ver como ela está frágil, como está perdendo aos poucos o fio já tênue que a prende à vida. Acho que isso daria a ela um novo ânimo e espero que todos vocês façam o seu melhor.

Ela olhou em volta. Aquela mulher à esquerda estaria mesmo chorando? Oh, céus, talvez tivesse ido um pouco longe demais.

– Então, Bett, vamos tentar *Chattanooga Choo Choo* desde o começo.

***

Em seu quarto naquele momento, Lola tomou um longo gole do gim-tônica e apontou o controle remoto para o CD *player*. Adorava cantar junto aquelas antigas canções de musicais. Não havia nada como isso para animar o espírito. Mas agora era hora de encerrar o intervalo e voltar ao trabalho.

Acomodando-se mais confortavelmente na poltrona, colocou os óculos e examinou as duas listas com caligrafia tortuosa na página à sua frente. Gostaria de ter pensado em fazer isso anos atrás. Quem imaginaria que seria tão divertido algo tão simples como juntar duas pessoas?

Havia seguido as instruções do casamenteiro à risca. Primeiro, fazer uma lista curta dos pretendentes disponíveis. A dela era curta, só dois nomes. Depois, fazer uma lista de seus atributos. Fez isso também, com base em suas entrevistas recentes, formais e informais. Eles eram similares em alguns aspectos. Os dois pareciam muito gentis, com ótimo senso de humor e o brilho necessário nos olhos. Ambos tinham bastante experiência de vida também, o que sempre era bom. Os dois tinham morado na cidade, mas escolheram ficar no campo por enquanto, o que também era bom.

Agora, só restava fazer sua escolha definitiva. Era difícil, com ambos tendo tanta coisa a favor. Leu as listas outra vez. Sem dúvida, nenhum ficava muito à frente do outro, mas estava tendendo para o da esquerda. Sim, decidiu com firmeza. Era aquele.

Tudo de que seu projeto precisava agora era de um nome. Este finalmente lhe veio à cabeça e ela o escreveu cuidadosamente na pasta.

Operação Richard e Bett.

Capítulo 15

EM CASA, duas noites depois, Carrie serviu-se de uma taça de vinho e foi da sala para o quarto, depois voltou para a cozinha, tentando decidir onde o faria. Não ajudava o fato de haver sinais de Matthew por toda parte: um par de botas no corredor e sua jaqueta impermeável pendurada atrás da porta. E lembranças em cada cômodo também. O quadro que haviam comprado em Adelaide pouco depois de se casarem. O abajur que ela havia admirado em um antiquário no norte em um fim de semana que passaram fora de casa e que Matthew teve o trabalho de buscar para ela como surpresa, dirigindo três horas para ir e voltar. O armário que os dois tinham passado semanas lixando, para descobrir depois que a madeira por baixo estava em tão mau estado que tiveram que pintar tudo novamente.

Finalmente, decidiu-se pela cozinha. Puxou uma cadeira para junto da mesa de madeira, pegou a bolsa e tirou a revista de dentro. Tinha-a visto na papelaria na cidade naquela manhã, as letras grandes falando diretamente a ela: *Como salvar seu casamento.* Comprou vários outros itens junto para disfarçar, canetas e blocos de notas, até uma revista *Seu Jardim*, de modo que a mulher atrás do balcão, cujo casamento ela ajudou a organizar, não desconfiasse.

– Procurando outro homem, Carrie?

Ela quase pulou de susto.

– Não, Matthew está bom. Ele só viajou a trabalho por um tempo.

– Então não deixe que ele a pegue olhando para isso.

– Não.

Já estava totalmente vermelha nesse ponto. Foi só depois de entrar no carro que entendeu do que a mulher estava falando. *Os cinquenta solteirões mais cobiçados. Fotos deliciosas que dá vontade de pegar!*

Ela virou as páginas de propaganda de perfumes, as páginas de moda e dos solteirões cobiçados até chegar ao artigo *Como salvar seu casamento*. Por favor, que seja algo como misturar uma poção rápida de sementes de romã e vinagre, ou entoar um cântico olhando para uma foto antiga dos dois, pensou. Lembrou com um pouco de culpa de que a maioria de suas fotos estava em uma sacola no telheiro, onde ela a jogou depois da última briga. Mas, pelo menos, não as havia rasgado. Ou melhor, pelo menos não havia rasgado todas.

Passou os olhos pela introdução do artigo. *Você sente que seu relacionamento perdeu o brilho?* Não só o brilho. O relacionamento tinha perdido o relacionamento. *Não sabe o que deu errado?* Ela se agitou desconfortável. Próxima pergunta. *As coisas mudaram mesmo para pior?* Essa era fácil.

Então experimente este exercício para se sintonizar com seus sentimentos. Sente-se em silêncio e lembre-se dos primeiros dias do relacionamento. Pense em tudo o que a atraiu para ele e ele para você. Lembre-se do primeiro toque, do primeiro beijo, da primeira vez que fizeram amor. Deixe as lembranças a invadirem. Esqueça qualquer raiva que possa estar sentindo agora. Esqueça as mágoas ou desentendimentos. Leve sua mente de volta para os primeiros tempos, lembrando os primeiros momentos maravilhosos de atração.

Carrie afastou um pouco a cadeira da mesa, fechou os olhos e concentrou-se. Abriu um dos olhos e leu a última linha outra vez. *Leve sua mente de volta para os primeiros tempos, lembrando os primeiros momentos maravilhosos de atração.* Isso, pelo menos, ela podia fazer. Tinha sido na primeira noite em que o viu, quando chegou em casa depois de sua viagem ao exterior. A princípio, em toda a confusão da chegada, sua bagagem por toda parte, o falatório e as conversas com os pais e com Lola, ele tinha sido apenas o noivo de Bett: estatura média, cabelos castanho-claros cacheados. Aparência sólida. Mais tarde, porém, no bar para onde Bett insistiu em levá-la, algo aconteceu entre eles.

Sob o efeito da mudança de fuso horário e da alegria de estar em casa, ela se lembrava de estar em um estado de espírito brincalhão.

– Normalmente, Matt... posso chamá-lo de Matt, não? Afinal, somos praticamente irmão e irmã. Normalmente, Matt, eu ia querer conhecê-lo aos poucos, analisá-lo para ter certeza de que era bom para minha irmã, mas vou ter que usar o método rápido agora. Você está se especializando em veterinária, certo? Isso é bom, um trabalho estável. Agora, deixe-me ver. Que tipo de espécime físico você é? Posso verificar, Bett?

– Vá em frente – respondeu Bett, rindo.

Ela começara a apalpá-lo, comentando enquanto o fazia.

– Sim, bons ombros, peito largo, muito bom, ah, sim, ótimo, uma barriga em forma também. – Bett estava se divertindo com aquilo, Carrie pensou. – E tem pernas incríveis, não tem, Bett? – Ela as tocou também, sentiu os músculos firmes sob o tecido escuro. Será que suas mãos roçaram o alto da coxa dele deliberadamente? – Sim, ele é uma beleza, Bett. Vai servir muito bem.

Tudo risadas e brincadeiras enquanto estavam ali em pé, com os braços nos ombros um do outro, Bett diante deles. Mas, quando ela se sentou, apenas por um instante, houve uma troca de olhares entre ela e Matthew. O riso tinha sumido dos olhos dele, substituído por uma faísca de desejo. Ela percebeu. E sentiu a mesma coisa em si. Um pequeno lampejo, a mais breve centelha entre eles. E, então, com a chegada de outros amigos, a noite mudou e tornou-se descontraída.

Exceto pelo fato de ela se lembrar daquilo no dia seguinte. Provavelmente era o cansaço da viagem, pensou. Ou o prazer de tocar um homem outra vez. Viajou com um namorado para a Ásia, mas eles tinham rompido no Vietnã, depois de brigarem no Laos, fazer as pazes no Camboja e passarem três meses brigando enquanto viajavam pela Tailândia. Em Bali, ela teve um caso rápido com um português experiente, que certamente lhe ensinou alguns truques na cama, além de alguns palavrões em português, mas isso já fazia meses.

Nas primeiras semanas, a tensão entre ela e Matthew ficou disfarçada como simples provocações entre cunhado e cunhada, incentivadas por toda a família. Mas era mais sério do que isso, desde o começo. Houve um interesse mútuo genuíno, uma vontade de conversar um com o outro. Se Matthew vinha pegar Bett para ir a algum lugar, sempre dava um jeito de procurar Carrie, nem que fosse para alguns poucos minutos de conversa. Se ela ouvia sua voz, também achava uma maneira de ir ao seu encontro, aparecendo onde ele estava como se fosse por acaso, fazendo alguma piada, alguma provocação, apenas superficialmente.

Uma ou duas vezes houve um toque físico casual, quando Matthew segurava a porta aberta para ela, ou ao passar-lhe algo na mesa em um jantar de família. Só o mais breve roçar de pele. Com outra pessoa, ela talvez nem notasse. Com Matthew, era como se todos os seus sentidos ficassem em alerta. Nada era dito, mas o contato passou a ser algo que eles buscavam. Em um piquenique de família, quando Anna, Glenn e Ellen estavam de visita em um fim de semana, todos se amontoaram no mesmo carro. Bett dirigia. No banco de trás, Carrie precisou sentar no colo de Matthew enquanto Anna, Glenn e Ellen se espremiam ao lado, com Lola no banco de passageiros na frente. Algum deles notou o efeito que o contato físico e teve sobre ela e Matthew? O toque era como uma dor saborosa para Carrie, a sensação das coxas dele sob si, a mão dele roçando seu braço nu. Ele moveu lentamente o braço esquerdo, de modo a deixá-lo quase em volta da cintura dela. Também lentamente, ela baixou a mão até pousá-la no braço dele. Sentiu o calor do sol sobre a pele, sua respiração mudou. A atenção de todos estava em Ellen, então com 3 anos, que, empolgada com tanto refrigerante e atenção, gritava a cada curva quando todos eram jogados de um lado para outro. Carrie sentia um fogo lento entre ela e Matthew a cada movimento. Quando, por fim, chegaram de volta ao hotel, saiu do carro depressa. Houve apenas um olhar rápido entre eles, cheio de significado.

Soube depois que ele se sentiu da mesma maneira. Chegou a um ponto em que ela sabia quando ele estava no hotel, em algum lugar por perto, como se houvesse uma espécie de zunido, de corrente entre eles. Mas ele é noivo de Bett, dizia a si mesma.

Lembre-se do primeiro beijo...

Aconteceu no dia em que ele a levou até a faculdade agrícola. Carrie estava na dúvida quanto a fazer um curso e fora a própria Bett quem sugeriu ir com Matthew fazer uma visita. Ela estava consciente de que havia se aprontado com mais cuidado, escolhendo o vestido azul-claro que ficava bem em contraste com sua pele bronzeada e cabelos loiros de fios ainda mais claros depois do longo e quente verão. Bett acenou-lhes em despedida.

Seguiram por uma hora, talvez, nem metade do caminho ainda, conversando e brincando um com o outro. Carrie sentia uma consciência intensa de seu próprio corpo, a borda do vestido levantando um pouco quando ela movia as pernas, cruzava-as de vez em quando, sabendo que Matthew observava-as. Foi um inseto o responsável pelo primeiro contato. Com calor, ela havia aberto a janela. Um inseto entrou lançado pelo vento, direto em seu rosto.

– Ai! Entrou alguma coisa no meu olho.

Ele parou imediatamente no acostamento. Seu carro era o único na longa estrada reta. Matthew soltou o cinto de segurança e se inclinou para ela.

– Deixe-me ver.

A mão dele estava no rosto dela, o rosto dele mais perto do que jamais esteve. Houve um momento em que toda a tensão entre eles pareceu apertar-se e contrair-se até que não estavam mais separados, mas lábios nos lábios, corpos pressionados o mais próximo possível.

Ela se afastou primeiro, relutante, com os olhos muito abertos.

– Não podemos.

Matthew não respondeu, apenas a olhou de uma maneira como ela nunca havia sido olhada antes. O estômago de Carrie deu piruetas e ela não disse nada quando ele se inclinou em sua direção outra vez, o beijo desta vez mais suave, mais exploratório, mas mais profundo e mais sensual do que o primeiro.

Um carro passou, o motorista buzinou para eles e quebrou o encanto. Matthew se afastou e olhou para a frente.

Carrie olhou para a frente também.

– Desculpe.

Ele emitiu um som entre um riso e um suspiro.

– Desculpe também.

Continuaram olhando para a frente.

– Vamos continuar a viagem.

Eles o fizeram, em silêncio por dez minutos, depois a mão dele saiu do volante e cruzou o banco, ao encontro da dela. Sua voz era doce.

– Carrie, nunca senti por ninguém o que sinto por você.

Ela compreendia bem o que era aquilo.

– Não sinto por Bett o que sinto por você.

– Está errado. Você é noivo de Bett.

Era difícil dizer isso, quando o toque da mão dele a fazia sentir como que pequenas explosões na corrente sanguínea. Colocou a mão dele sobre sua coxa e ouviu uma pequena alteração na respiração de Matthew. Pensou em Bett novamente e então, conscientemente, forçosamente, afastou-a de seu pensamento. Aquilo não era mais sobre Matthew e Bett. Era sobre eles dois e o que estava acontecendo ali.

– Você também sente, não é?

Ela concordou com a cabeça.

– Precisamos conversar.

Pouco adiante, havia uma placa indicando uma área de camping próxima à estrada principal. Ele entrou. O lugar era abrigado e ainda estava muito cedo, mesmo em um dia quente, para haver alguém por ali. Ele saiu do carro. Carrie saiu também. Ficaram encostados à cerca, olhando para o leito seco do riacho, sem falar nada. Os únicos sons eram o vento nos troncos descascados dos eucaliptos e o gorjeio dos pombos. O sol era quente na pele dela.

Carrie tocou o braço de Matthew e ele se contraiu como se o tivesse queimado. Mas o movimento reavivou a tensão entre eles. Carrie sentiu o próprio corpo responder, sentiu os seios tesos contra o tecido do vestido, desejosa de tocá-lo outra vez. Aquilo tinha que ser certo, tinha que ser real, com Bett ou sem Bett.

Ele se moveu primeiro, deslizando a mão suavemente pelo braço dela, desde a alça do vestido até embaixo. Carrie respirou fundo e fechou os olhos. Ele moveu a mão, repetindo a carícia. Ela sentia a resposta em cada terminação nervosa de sua pele. Não se mexeu, apenas continuou respirando, enquanto ele seguia o contorno do decote, sua mão roçando-lhe os seios.

E, então, ela fez o mesmo, descendo a mão por todo o braço dele, depois o outro braço, tocando a pele, sentindo os pelos curtos. Moveu depois os dedos do decote da camiseta para o peito, para o estômago, e mais baixo, o suficiente para ouvi-lo respirar fundo.

Aquele momento tornou-se uma lenta e intensa troca de prazer, com os dois se revezando, sem falar nada. Ele se aproximou e tocou-lhe o vestido, contornou-lhe os seios sobre o tecido, esforçando-se para não puxá-la contra si.

Olhando fixo nos olhos dele, Carrie estava intensamente consciente de todas as sensações à sua volta, o calor do sol, a mais leve brisa, o zumbido dos insetos. Tocou o corpo dele de novo, descendo a mão por sua barriga, pelo tecido do jeans, observando a reação em seus olhos, o escurecimento da pupila enquanto ela o acariciava gentilmente.

– Não podemos. Temos que parar – Carrie sussurrou, quando ele segurou a mão dela sobre o jeans.

– Eu sei – disse Matthew, fechando os olhos de prazer enquanto ela levava um dos dedos dele à boca e o sugava delicadamente.

O som de um carro atrás deles os interrompeu. Carrie sabia que estivera a segundos de arrancar o vestido, de despir Matthew, de fazer amor ali mesmo, ao ar livre. Era uma família, um homem, uma mulher e três crianças pequenas, que estacionou a metros deles e começou imediatamente a descarregar cadeiras e equipamento para churrasco.

– Belo dia para isto – disse o homem.

– Com certeza – respondeu Matthew.

Voltaram para o carro e ficaram em silêncio por um momento, antes de Matthew ligar o motor e voltar para a estrada principal. Carrie não se surpreendeu quando ele entrou em uma via lateral, poucos quilômetros à frente, parou e virou-se para ela outra vez. Mas alguma razão tinha voltado à sua mente, com choque de quase ser pega em flagrante, o choque de constatar que esteve prestes a fazer sexo com o noivo de Bett. E o choque de ainda estar com vontade de fazer isso.

Outro beijo quente e profundo, e ela se afastou primeiro.

– E Bett? – sussurrou, mal conseguindo falar.

– Não sei o que fazer com Bett – respondeu ele.

Por quatro semanas, eles resistiram, tentando não ficar muito tempo juntos. Mas era como uma febre, um vício. A tensão entre eles aumentava. Havia telefonemas, três, às vezes quatro, por dia. Ele lhe escrevia cartas. E, o tempo todo, a tensão sexual crepitava entre os dois.

Lola notou que havia algo estranho. Carrie sabia disso. E talvez Bett tenha suspeitado também. Tentava não passar muito tempo com a irmã, necessitada de manter a distância. Teve uma conversa incômoda com Matthew sobre ela.

– Você ainda está dormindo com ela?

Matthew pareceu pouco à vontade.

– Não posso. Quero que seja você. Não seria justo.

Isso a fez sentir-se melhor, quanto a si mesma, ainda que pior quanto a Bett. Mas parecia fora do controle dela, fora do controle deles, como se fosse uma sina, um destino e todas essas coisas mágicas.

Matthew lhe disse que sentia a mesma coisa.

– É diferente com você, diferente de tudo que já tive. Com Bett, parecia fácil, como se fôssemos levados pela corrente. Mas com você...

Carrie estava dividida entre querer saber sobre a relação dele com Bett e sentir que era melhor não saber nada.

– Não podemos falar dela. Temos que tirá-la da cabeça quando estivermos juntos, até descobrir com certeza se isso é real ou não.

Ele telefonou na noite anterior ao dia em que marcaram para voltar à faculdade agrícola.

– Tomei uma decisão, Carrie. Vou terminar com Bett. Não posso viver assim, sentindo isso com você, conversando com ela sobre o casamento, sabendo que estou mentindo.

– Tem certeza?

– Se você tiver.

– Você sabe o que isso significa.

– Continuo tendo certeza.

Lembre-se da primeira vez que fizeram amor...

Essa conversa tinha sido o momento decisivo. Na manhã seguinte, ele a pegou no hotel conforme o combinado. Bett já tinha saído para o jornal, para alívio de Carrie.

Mal falaram enquanto ele dirigia, mas ela não conseguia tirar os olhos das mãos dele ao volante, sentindo a leveza de seu próprio vestido sobre as coxas. Ele entrou na mesma clareira na floresta em que haviam estado pela primeira vez, cinco semanas antes. Não havia ninguém mais ali. O ar estava quente e parado, o céu sem nuvens. Desceram do carro. Ele a pegou pela mão e recomeçaram a lenta dança erótica, a mão dele traçando os contornos do corpo dela, a mão dela percorrendo o dele, sem nenhuma palavra dita até os dois estarem quase tontos de desejo.

– Tem certeza? – perguntou ele.

Ela concordou com a cabeça.

Daquele momento em diante, não se importariam se houvesse filas de carros à sua volta. Ele abriu lentamente os botões do vestido dela, expondo-lhe os seios no sutiã que ela escolheu com tanto cuidado naquela manhã. Ela desabotoou a camisa dele, acariciou a pele morena, os músculos do braço, depois abriu o jeans, movendo a mão até finalmente tocá-lo.

Ele a beijou outra vez. O beijo durou infinitamente, enquanto as mãos dele apertavam o corpo dela contra o seu. Moveram-se até uma mesa e fizeram sexo rápido e apaixonado, ambos ainda parcialmente vestidos, o suor cobrindo-lhes a pele, a respiração arfante e apressada. Os gemidos deles eram os únicos sons em volta.

Carrie sabia que não devia ter feito aquilo. Soube disso no momento em que terminaram, no momento em que a tensão passou e os dois ficaram ali abraçados, a cabeça dele junto da dela. Mas, então, ele a abraçou ainda mais forte, sussurrou "obrigado", e ela entendeu que era a coisa certa. E que seriam capazes de enfrentar Bett juntos. E foi exatamente o que fizeram naquela noite. Matthew telefonou para Bett, combinou de se encontrarem no hotel. E ambos lhe revelaram a notícia...

Lembre-se do dia de seu casamento.

Quieto, sem alarde, todos tentando ignorar o fato de que Anna e Bett não estavam lá.

Pense nos primeiros dias da vida de casados.

Nos dois primeiros anos, eles moraram em um apartamento alugado em uma das menores cidades do vale. Carrie trabalhava no hotel, Matthew terminou seus estudos e começou a trabalhar na cidade. Nos fins de semana, encontravam amigos, procuravam casas, ocasionalmente viajavam se os dias de folga dela permitiam, ou se ele não estivesse de plantão.

Foi nos últimos doze meses que tudo começou a mudar. Ela começou a notar coisas em Matthew que não eram assim antes, ou pelo menos não eram evidentes. Ele não era propriamente mesquinho com dinheiro, mas parecia se interessar pelos centavos que ela gastava.

– Faria mais sentido economizarmos nesse tipo de coisa nos primeiros anos, enquanto estamos poupando para comprar uma casa – disse ele uma noite, quando ela chegou com três maços de flores caras.

– Ah, Matt – ela riu. – Você está administrando nosso casamento como uma espécie de negócio.

– E é, se estamos falando de comprar uma casa. Carrie, dê uma olhada nestes números.

Ela dava uma olhada, tentando não deixar muito evidente que estava contendo um bocejo.

Foi a mesma coisa com as flores e plantas que comprou para o jardim. Veio para casa com o porta-malas do carro cheio e passou a tarde plantando-as, encantada com o efeito. Ele chegou tarde em casa e saiu cedo na manhã seguinte. Foi só no fim de semana que pôde vê-las. Carrie colocou a mão sobre os olhos dele e levou-o até o jardim.

Ele não se impressionou.

– Quanto custou isso?

Ela fez um gesto vago.

– Um pouco, mas valeu a pena, não é? Veja como são lindas.

– Mas estão todas florescendo – comentou Matthew, franzindo a testa. – Não vão durar. Seria melhor você ter comprado mudas ou sementes. Caso contrário, é dinheiro jogado fora.

Ela ficou ali, pensando se chorava ou corria para dentro. No fim, fez uma combinação dos dois. Entrou no carro e saiu abruptamente levantando pedriscos do chão e certificando-se de que ele visse seu rosto choroso. Foi direto para o hotel, à procura de solidariedade.

Sua mãe parou de preparar a salada, deu uma palmadinha em sua mão e voltou às alfaces.

– Faz parte da vida de casada, Carrie. Todos nós temos briguinhas.

Seu pai perguntou quanto as flores custaram e riu quando ela se recusou a contar.

– Pelo jeito foi muito, não é?

Lola ouviu toda a história, depois disse:

– Entendi. Agora, volte para casa e peça desculpas.

– Por que eu deveria pedir desculpas? É por culpa dele que estou aborrecida. Ele deveria ter gostado de eu ter arrumado o jardim.

– Talvez gostasse se tivesse sido consultado.

– Ele não é meu dono. Não vou pedir desculpas.

Passaram três dias separados, até que, uma noite, ele veio até o hotel, entrou na cozinha, pegou-a pela mão e praticamente a arrastou para o carro.

Lá fora, disse apenas uma coisa.

– Sinto sua falta.

Era tudo que ela precisava ouvir.

– Sinto sua falta também.

– Vai voltar para casa?

Ela fez que sim com a cabeça. Estavam indo para casa quando ele fez um desvio e entrou na área de camping que ambos conheciam. Sem uma palavra, repetiram seu primeiro momento juntos. Na noite quente de verão, fizeram amor ao ar livre.

A paixão entre eles durou praticamente dois anos. Mais tempo que na maioria dos casos, pelo que Carrie podia supor ouvindo as histórias de seus amigos. Uma amiga lhe disse que, depois que vieram os três filhos, ela e o marido tinham perdido o interesse. "Sinceramente, se ele quiser sair e ter uma amante, está tudo bem para mim. Com as crianças e o trabalho, não tenho tempo para sexo." Outra amiga a alertou antes mesmo de estarem casados. "Agora não vai ter mais o mesmo sabor. Vocês vão poder fazer na hora que quiserem. Então não se surpreenda quando um programa de TV lhe parecer mais interessante que a ferramenta dele."

Carrie fingiu ficar chocada. A mesma amiga, um pouco mais tarde naquela noite e bem mais bêbada, fora além.

– Posso lhe fazer uma pergunta direta?

"Quanto mais direta ela poderia ser?", Carrie pensou.

– Alguma vez Matthew já comparou você e Bett? Você entende, ele já disse alguma coisa sobre como as duas são na cama? Não faça essa cara indignada, Carrie. Ele deve ter pensado nisso. Você nunca teve curiosidade?

Claro que teve. Mas claro que nunca perguntou. Disse à sua amiga para cuidar da própria vida e tentou não pensar mais naquilo. E era muito fácil não pensar quando faziam amor. Com certeza, não podia ter sido assim com Matthew e Bett, ou ele nunca a teria deixado.

Você consegue identificar quando as coisas começaram a dar errado?

Facilmente. Quando Lola começou a ficar obcecada com a ideia de trazer Anna e Bett de volta para casa. Quando Carrie começou a se sentir culpada por seu casamento. Quando começou a pensar que talvez não fosse um amor escrito nas estrelas. A notar mais coisas erradas em Matthew. A implicar com ele, a querer provocar brigas deliberadamente, para que ele provasse que a amava. Só que teve o efeito contrário, não é? Ela implicou tanto que ele ficou feliz de ir embora.

Tem certeza de que está tão ruim quanto você imagina?

Ela percebeu que estava chorando e limpou bruscamente uma lágrima. Sim, estava, mas ela queria que não estivesse. Sentia falta dele, muita falta mesmo. As conversas no fim do dia. As imitações engraçadas que ele costumava fazer, principalmente as de Frank Spencer e Basil Fawlty. Adorava ouvir os planos dele para a casa, sair à caça de móveis com ele. Adorava estar na cama com ele...

Às vezes pode ser uma simples questão de sentar e conversar. Não tenha medo de ser a primeira a pedir desculpas.

Desculpas? A quem? Matthew? Bett? Anna? Lola? O que deveria fazer? Alugar um estádio e fazer uma declaração pública? Superar tudo de uma só vez? Revista idiota. Será que eles não percebiam que nunca era assim tão simples? Estava prestes a jogá-la para o outro lado da cozinha quando o telefone tocou e ela deu um pulo. Matthew? Pegou-o depressa.

– Alô?

– Alô, aqui é do serviço de assinatura da revista *Sports Weekly*, ligando de Sidney. Seu marido está em casa, por favor?

Carrie não conteve mais o choro.

– Não, não está.

Capítulo 16

NO QUARTO DE ANNA na noite seguinte, Lola e Ellen estavam sentadas lado a lado na cama de solteiro, ambas de camisola. Tinham toalhas enroladas como turbantes na cabeça e os pés mergulhados em bacias cheias de água quente perfumada.

– E então, madame Lola, qual tratamento vai querer hoje? – perguntou Anna, com um excelente sotaque francês.

– O tratamento completo, por favor. Gostaria de ficar parecendo vinte anos mais nova até as 20 horas.

– Perfeitamente, madame, embora isso envolva alguma cirurgia plástica. Tenho uma faca bem afiada e adoro usá-la. E você, pequena madame, do que gostaria? Tratamento completo?

Ellen fez que sim.

– Quero parecer vinte anos mais velha, por favor.

Lola caiu na risada.

– Ainda vamos nos encontrar no meio do caminho.

Anna ajeitou cuidadosamente os turbantes em volta do rosto delas, fazendo um rápido afago no nariz de Ellen para dar sorte.

– O que vamos fazer hoje é aplicar meus melhores produtos do modo mais gentil possível, para dar a vocês duas o tratamento de mimos completo. Então, recostem-se, relaxem e deixem Anna dos Dedos Mágicos fazer seu melhor trabalho.

Ela havia aplicado o primeiro dos cremes no rosto das duas quando ouviu uma batida à porta. Bett apareceu.

– Anna, um recado de... Meu Deus, o que é isso? Uma reunião de culto?

Lola e Ellen a fitaram com os rostos cobertos por uma camada espessa de creme branco, os olhos como os de um panda.

– Estamos procurando a juventude e a beleza eternas, que são oferecidas por madame Anna dos Dedos Mágicos – respondeu Lola. – Quer juntar-se a nós?

– Eu iria precisar de toda uma equipe de reconstrução, não só de Anna dos Dedos Mágicos. – Ela se sentou na cama de Anna, de onde podia ter plena visão dos procedimentos. – Um recado do açougueiro Len para você, Anna, para dizer que os cenários estão quase prontos e que ele terminará o último neste fim de semana.

– Todos esses anos cortando costeletas finalmente deram resultado – disse Lola.

– Boca fechada, por favor, Madame Lola – repreendeu Anna. – A senhora deveria estar relaxando.

– Como posso relaxar quando meu musical está em um estágio tão crucial? Contem de novo. Sei que Carrie é Julieta, mas quem vai ser Romeu? E o homem que está interpretando o General MacArthur, ele tem mesmo a compostura certa?

– O que é compostura? – perguntou Ellen, com a voz abafada porque Anna começou a limpar a primeira camada de creme.

– Quer dizer seriedade. – respondeu Bett, pegando uma revista na mesa de cabeceira.

– Senhoras, por favor. – Anna deu um passo para trás. – Não vou ser responsável pelas consequências se minha atenção for desviada. – Ela fingiu arrancar o nariz de Ellen. – Por favor, um pouco de silêncio.

– Um pouco de compostura – disse Ellen.

– Exatamente. Ah, Anna, posso sentir os anos indo embora.

Lola ronronou como um gato enquanto Anna retirava gentilmente o creme de limpeza com algodão macio e dedos firmes.

Ficaram em silêncio por alguns instantes, então Ellen falou.

– Mamãe, é verdade que Lola foi criada pelas fadas na Irlanda?

– Claro que fui, Ellen – murmurou Lola.

– Lola, diga a verdade para ela.

Lola cruzou os pés na bacia de água e olhou para Ellen, com o rosto brilhando.

– Era uma vez... – Ela parou. – Não posso contar uma história e ter um tratamento facial ao mesmo tempo. Bett pode contar por mim, por favor? Assim eu posso ouvir também.

– Claro. – Bett deixou a revista e acomodou-se na cama, sentando com as pernas cruzadas. – Sua bisavó nasceu na Irlanda, Ellie, do outro lado do mundo. O país é dividido em condados e ela nasceu em um condado chamado Galway. O pai dela era um homem de negócios e a mãe era uma mulher muito elegante. Moravam em uma casa antiga de dois andares, muito grande e bonita, coberta de trepadeiras e cercada de campos, riachos e carneiros de cara preta.

– Você tinha um carneiro de estimação quando era pequena, Lola?

– Centenas, Ellie.

Bett continuou.

– Lola foi para um colégio interno, no qual aprendeu a cavalgar e a ser uma fina dama, fazer arranjos de flores e ser graciosa, boa e gentil. E, nas férias escolares, ela ia para casa e eles faziam festas, dançavam e ouviam música. Em uma dessas festas, ela foi apresentada a um jovem e belo rapaz chamado Edward, que era filho de um amigo do pai dela. Menos de seis meses depois, Lola e Edward já estavam noivos. Como estou indo até aqui, Lola?

Lola mantinha os olhos fechados.

– Perfeita, querida. Pode continuar.

– O pai de Edward tinha negócios na Austrália e, para grande entusiasmo de Lola, sugeriu que Lola e Edward passassem um ano neste país. Quatro meses depois do casamento, os dois estavam morando em Melbourne.

– Você voou em um avião, Lola?

– Ah, não, Ellie. Naquela época a gente viajava de navio. Levamos quatro semanas para chegar aqui, imagine só.

– O trabalho de Edward era supervisionar a lã, o trigo e outros produtos das fazendas de seu pai e, enquanto ele fazia isso, Lola ficava em Melbourne, deixando a casa linda.

Anna parou de aplicar o segundo creme, esperando que Bett contasse a próxima parte da história.

– Mais ou menos nessa época, começou a Segunda Guerra Mundial e Edward, seu bisavô, ofereceu-se como voluntário no exército australiano. Ele começou o treinamento para ser soldado e passava meses sem poder ver Lola, até que foi enviado com o resto das tropas. E, então, algo muito triste aconteceu. Edward foi morto bem no seu primeiro dia de combate.

– Ele morreu?

Lola tinha contado a mentira tantas vezes que as palavras saíam com facilidade.

– Isso mesmo, Ellie. Os soldados me contaram depois que ele foi muito corajoso. Que eu devia me orgulhar dele.

Bem melhor que a verdade, que seu marido não tinha sido um soldado corajoso, mas um bêbado fraco e arruaceiro.

Bett prosseguiu.

– E, dois dias depois que Lola recebeu essa notícia, Ellie, ela descobriu que ia ter um bebê. Era James, seu avô.

Bett sempre achou tão trágico que Edward tivesse morrido sem saber que ia ser pai.

Ao lado dela, Anna estava em silêncio. Sempre imaginou Lola, tão jovem, longe da família e de seu próprio país, descobrindo que não só estava viúva, como prestes a ser mãe.

– Por que você não voltou para a Irlanda, Lola? – perguntou Ellen.

– Eu não estava muito bem para viajar e era tempo de guerra. Não havia navios disponíveis para passageiros como eu. E, quando a guerra acabou, eu já tinha começado com a pousada e Jim estava na idade de ir para a escola. Percebi que gostava da Austrália. Gostava do sol, dos passarinhos e das plantas. Então, decidimos ficar.

– Ela não foi corajosa, Ellie? – comentou Bett. – Do outro lado do mundo, com um filho pequeno para criar?

– Se você tivesse voltado para a Irlanda, eu seria uma menina irlandesa agora?

– Não sei, Ellie. Porque, se eu tivesse voltado para a Irlanda, seu avô talvez não tivesse conhecido sua avó, e eles talvez não tivessem tido três filhas, e você talvez tivesse nascido em uma família totalmente diferente.

Ellen pareceu refletir sobre aquilo.

– E você voltou para a Irlanda alguma vez?

– Não, nunca. Minha família não existe mais agora e é muito longe para uma velha enferrujada como eu.

– Mas eu visitei a casa de Lola quando estive na Irlanda, Ellie – contou Bett.

Anna a olhou surpresa. Não sabia disso.

– E ainda tinha carneiros, pôneis e festas? – Ellen perguntou.

– Não que eu tenha visto, mas talvez houvesse alguns atrás dos muros.

– Como estava a casa? – perguntou Anna.

Bett lembrou-se do dia em que tinha ido de Dublin até Galway. Telefonou para Lola na véspera, surpreendendo-a ao pedir informações de como chegar lá.

– Será que ainda tem alguém da família com quem eu possa falar?

– Ah, não, Bett. A família já desapareceu faz tempo – Lola respondeu.

Bett levou a manhã inteira para encontrar a casa, seguindo as informações de Lola. Era diferente do que imaginou, muito menor, o caminho de entrada não tão curvo quanto se lembrava de Lola ter contado. Achou que a frente da casa ficava prejudicada por um pequeno grupamento de pinheiros. Tirou várias fotos e enviou para Lola. Lembrava-se de que ficou um pouco desapontada com a reação dela. Lola pareceu agradecida, mas não interessada. Enquanto descrevia a casa agora para Anna e Ellen, a sensação que a incomodou no fundo da mente desde a apresentação de slides na festa de Lola voltou. Era sobre as árvores.

– Lola, aquele slide que você mostrou na festa era da sua casa, não era?

– Sim, era.

– E qual era aquela árvore na frente?

– Um enorme carvalho.

Bett bateu a mão na testa.

– Não acredito. Que idiota que eu fui. Você sabe como eu fiquei perdida naquele dia em que fui procurar sua casa, tentando seguir suas informações, não é? Naquele fim de semana em que fui para Galway ver se conseguia encontrar alguém que se lembrasse de você e Edward? Estava certa de que tinha seguido suas instruções perfeitamente, mas a casa que fotografei tinha pinheiros na frente, fileiras deles, não um carvalho. Não me admira que eu não tenha encontrado ninguém que a conhecesse. Eu estava na casa errada, não é?

– Sim, Bett, estava – Lola respondeu honestamente.

– Ah, Bett, sua tontinha – disse Ellen.

As três começaram a rir. Bett virou-se para Lola.

– Por que não me contou quando eu lhe mandei as fotos?

– Não quis aborrecer você.

Ela bateu a mão na testa de novo.

– Que imbecil. Minha única chance de descobrir o mistério que é Lola Quinlan e o que eu faço? Vou na direção totalmente errada. Desculpe, Lola.

Agora entendia por que ela não se interessou muito, ao mesmo tempo em que tentava não magoar Bett por ter encontrado a casa errada.

– Não tem nenhuma importância, Bett. – Hora de mudar de assunto, Lola pensou. – Pronto, você já sabe a história, Ellie. Agora vamos nos concentrar no tratamento de beleza.

Ela se recostou e fechou os olhos, feliz com o silêncio. Sempre detestou mentiras, embora às vezes precisasse ser feito. Detestava principalmente mentir para Bett.

Capítulo 17

Era a vez de Bett levar Ellen para a escola no dia seguinte. Esperou na frente do hotel enquanto Ellen corria para dizer tchau ao carneiro Bumper. A menina já havia levado dez minutos para se despedir de Lola e de Carrie. Ainda bem que Anna teve que sair cedo naquela amanhã para seu trabalho de dublagem em Sidney, senão provavelmente seriam mais vinte minutos de atraso com mais essa despedida.

– Pronta? – chamou, enquanto a menina vinha correndo com a mochila sacudindo nas costas e uma das meias já caída sobre o sapato.

Estava indo à nova escola há quase duas semanas e a rotina das despedidas matinais parecia demorar cada vez mais.

Ellen disse que sim.

– Tem certeza? Não quer dizer tchau para aquele pombo ali?

– Que pombo?

– Deixe para lá – Bett disse, rindo e segurando a mão dela.

Era uma bela manhã de verão, os jardins na entrada principal estavam exuberantes, o ar agradável, o céu já perfeitamente azul. Enquanto caminhavam, Bett começou a cantar *Oh, What a Beautiful Morning.*

– Para você, Ellen. Um gostinho de As Irmãs Alfabeto.

– Você, a mamãe e a tia Carrie viajavam mesmo por todo o país cantando?

– Muito. Sua mãe ficava à esquerda no palco, eu no meio e Carrie à direita. E nós cantávamos e às vezes até dançávamos um pouco.

– Vocês ainda fazem essas coisas?

Bett riu imaginando a cena.

– Não, acho que estamos meio velhas para isso agora.

– E por que pararam?

– É uma longa história, Ellie. Um dia eu conto para você.

– Quer dizer que você não quer me contar, não é? Minha mãe às vezes também diz isso, mesmo quando temos tempo de sobra.

– Deve ser de família.

– Como assim?

– Há coisas que todos na família fazem do mesmo jeito. Ou podemos ser parecidos, ou gostar das mesmas coisas, ou ser bons no mesmo tipo de atividades.

– Então eu também poderia ser cantora?

– Você gostaria de estar em um palco?

Ellen sacudiu a cabeça.

– Não. Eu não gosto que as pessoas fiquem olhando para mim.

– Eu também não gosto muito. – Caminharam um pouco em silêncio, balançando os braços. Bett apontou para um alto eucalipto com galhos bifurcados. – Está vendo aquela árvore ali, Ellie? Sua mãe, quando era um pouco mais velha que você, e estávamos morando em outro hotel, subiu em uma dessas e não queria mais sair de lá. Demorou três horas até conseguirmos fazê-la descer. Papai, quer dizer, seu avô, teve que chamar os bombeiros. E, mesmo assim, ela só concordou em descer se eles tocassem as sirenes.

Ellen riu.

– Conte mais sobre minha mãe.

– Ela pegou toda a maquiagem de Lola uma vez e usou em nós três, achando que ninguém ia notar. Só que éramos ainda mais novas que você, as faces cobertas de batom e sombra.

– Eu peguei o batom da mamãe uma vez. E Julie também já me deixou usar um pouco do dela.

– Julie?

– A amiga do papai. Ela é legal comigo.

– Amiga do seu pai?

Ellen fez que sim com a cabeça.

– Ela guarda os segredos dele também.

Bett parou.

– Ellen, quem é Julie?

– Ela trabalha com o papai no escritório.

Ah, sim. Por um instante, pareceu que essa Julie era namorada de Glenn ou algo assim.

– Julie é secretária de Glenn, é isso, Ellie?

Ellen concordou com a cabeça outra vez.

– Ele está em Cingapura com ela agora. A mamãe não gosta muito disso.

– Seu pai está fora? É, imagino que ela não goste. Deve sentir falta dele.

– Eu também sinto falta. Mas ele me telefona todas as noites.

– É mesmo? Que bom – comentou Bett, mantendo a voz neutra.

Ellen não precisava saber o que ela pensava de Glenn. Chegaram ao portão da escola e Bett agachou-se na frente da sobrinha, checando se os cadarços do sapato estavam amarrados e se a fita no cabelo estava em ordem.

– Pronto, está perfeita. Já fez muitos amigos?

Ellen olhou para os pés.

– Ainda não.

Bett afagou o rosto dela. Conhecia muito bem a sensação de começar em uma nova escola.

– Você vai fazer, Ellie. Não se preocupe. Isso demora um pouco mesmo.

Ellen concordou com a cabeça.

– Então, divirta-se, vejo você depois da escola, está bem? – Bett deu um grande abraço na menina e ficou observando enquanto ela corria para a classe.

Bett gostava de levar a sobrinha até a escola e, depois, ir cedo para o escritório. “Para ser eficiente”, dizia a si mesma. Para já estar envolvida no trabalho quando Daniel Hilder chegasse, na verdade. Rebecca percebeu algo e a questionou na véspera.

– Somos velhas amigas, não somos? – perguntou Rebecca.

– Claro.

– Posso lhe pedir um favor, então?

– É lógico.

– Vá com calma com Daniel Hilder.

– Como assim, vá com calma?

– Seja mais gentil com ele.

– Eu sou gentil.

– Não é, Bett. Você é toda rígida e esquisita com ele. E ele também muda quando você está por perto. Não sei o que acontece entre vocês dois, mas ele precisa de um pouco de apoio.

– Por quê? Aconteceu alguma coisa?

– A história é dele, não minha, mas posso lhe dizer que ele está enfrentando dificuldades em casa.

– Com a namorada?

– Namorada?

– Ele está morando com alguém, não está? Alguém que ele conheceu em Melbourne?

– Não, parece que eles terminaram meses atrás. Ele voltou sozinho. Bett, para uma jornalista, você não está muito atualizada sobre os fatos. – Rebecca a examinava atentamente. – O que está havendo? Você e Hilder ficaram juntos no passado? Antes de eu chegar aqui? Houve algum rompimento difícil?

– Não. – Ela se concentrou firmemente em não ficar vermelha. – Não, eu já estava com Matthew quando trabalhei com Daniel aqui.

– Ah, sim, você e Matthew. Nunca entendi direito toda essa história também. – O telefone de Rebecca tocou e ela sorriu. – Salva pelo gongo, Bett. Vou deixar esse interrogatório para outra hora.

Em Sidney naquela tarde, Anna falava em uma voz baixa e controlada.

– Segure o preservativo cuidadosamente com uma das mãos e deslize-o sobre o pênis ereto.

A voz de Bob veio aos seus fones de ouvido.

– Desculpe, Anna, pode repetir essa última parte? Problema com a fita aqui.

Anna aproximou-se do microfone outra vez.

– Por acaso você acha isso divertido, Bob? Como foi que fizemos toda a seção sobre parto sem nenhum problema e agora temos que repetir essa parte... quantas vezes já? Três?

– É essa sua voz sensual. Você sabe que ela me deixa louco.

– Só mais uma vez, Bob. Ou eu vou dar queixa de você e de seu equipamento de gravação defeituoso no Sindicato dos Atores.

– Certo, fita rodando, soltando o vídeo, agora.

Uma imagem de uma mulher colocando um preservativo em um modelo de pênis apareceu na pequena tela de TV diante de Anna. Só um modelo, Anna notou. Parece que esses vídeos educativos para escolas ainda não estavam tão ousados. Combinou a fala com a imagem, quase sabendo as palavras de cor, de tanto que já as repetira naquele dia.

– Amarre a extremidade do preservativo e tome cuidado para que não haja vazamento de esperma. Descarte no lixo o preservativo usado. Não o jogue no vaso sanitário.

Não o jogue pela janela do carro, como fazia a maioria dos meninos adolescentes que ela conheceu.

A voz de Bob soou nos fones de ouvido outra vez.

– Perfeito, obrigado. Mas será que poderíamos fazer aquela parte sobre sexo oral outra vez?

– Sua mente é um esgoto, Bob. Mais uma piadinha dessas e eu vou ligar para sua esposa e alegar assédio sexual.

Anna conhecia bem a esposa de Bob.

Ele sorriu para ela do outro lado do vidro.

– Ok, meia hora de intervalo. Você está começando a parecer um pouco ofegante, ou talvez seja apenas minha imaginação.

– Muito engraçado.

– Espero você de volta aqui às 15 horas para as alegrias da gravidez adolescente. O que achou dessa? Sou um poeta e nem sabia.

Fora da cabine de som, Anna pegou um café e levou-o para a pequena varanda. Encostou a cabeça na parede quente de tijolos e fechou os olhos, surpresa pela súbita vontade de fumar um cigarro. Parou de fumar oito anos antes, quando estava tentando engravidar, mas ocasionalmente ainda lhe vinha o desejo. Com mais frequência nos últimos tempos. Creditava isso a toda a tensão em casa. Até algum tempo atrás, costumava achar bobagem quando alguém dizia que problemas emocionais afetavam a saúde. Agora, não tinha mais certeza. Ou estava o tempo inteiro cansada e com vontade de dormir, ou tão elétrica que não conseguia pegar no sono. E, às vezes, ficava sem fôlego. Vinha notando isso com mais frequência nas últimas duas semanas.

Na véspera, a caminho para o aeroporto em Adelaide, viu uma clínica médica que atendia sem precisar marcar consulta. Em um impulso, resolveu entrar. A sala estava cheia, com quatro ou cinco médicos diferentes entrando e saindo. Tinha quase se convencido de que estava exagerando e que era melhor ir embora, quando seu nome foi chamado.

O médico devia ter um 60 e poucos anos. Rosto vermelho, brincalhão. Ela descreveu seus sintomas. Cansaço, respiração curta, perda de apetite.

– Alguma chance de estar grávida?

Ela e Glenn não faziam sexo há meses.

– Não, nenhuma.

– Vejo que seu endereço é de Sidney. Mas você está morando aqui? Pode me contar um pouco sobre como está sua vida?

O médico começou a sorrir no meio do relato, com jeito de quem já entendeu tudo.

– Acho que encontramos nossa resposta. O acidente com sua filha, por si só, já poderia ser a causa. Você deve ter liberado adrenalina suficiente naquele dia para abastecer-se por um ano inteiro. Sente um aperto no peito, como se fosse difícil respirar? E náusea?

Ela concordou.

– Tudo isso.

– Para mim, parece que você está tendo crises de pânico, ou ansiedade. Elas acontecem quando uma pessoa está especialmente estressada. Você retém subconscientemente a respiração, então seus pulmões precisam trabalhar dobrado, e o coração também, o que explica a falta de ar. E perda de apetite é com frequência outro sintoma de estresse. – Ele olhou para Anna. – Você já está muito magra. Precisa prestar atenção nisso, reservar um tempo para comer.

Ele checou a pressão sanguínea, os olhos, a língua. Tudo certo.

– E você tem a idade a seu favor também. Trinta e quatro? Na flor da vida. Acha que pode reduzir um pouco o ritmo, levar a vida com um pouco mais de calma?

Anna riu e decidiu não mencionar que estava no meio da produção de um musical amador completo.

– Acho que não. Não neste momento, pelo menos.

– Então que tal se mimar um pouco? Há alguma coisa que goste de fazer e não tenha dado tempo ultimamente? Alguém com quem goste de estar? Um lugar onde goste de ir? Algum local que a faça se sentir bem, relaxada e feliz? Isso muitas vezes é tão eficaz quanto qualquer comprimido ou exercício de meditação que eu possa lhe receitar.

Ela marcou um retorno para dali a algumas semanas. Mas o médico foi categórico.

– É só ir com mais calma, Anna. Não se esqueça de aproveitar a vida enquanto passa correndo por ela.

Sua agente, Roz, uma mulher calma e mais velha, foi igualmente tranquilizadora quando almoçaram juntas naquele dia.

– Então, vamos recapitular, Anna. Você tem se sentido cansada? Um pouco ansiosa? Com falta de ar de vez em quando? E aí eu me pergunto, mas por que tudo isso? Afinal, você não tem nenhum estresse em sua vida, não é? Uma filha entrando e saindo do hospital durante todo o ano passado. Um marido entrando e saindo da cama da secretária, aquele cachorro. Não faça essa cara chocada. Você sabe que nunca gostei de Glenn. E, agora, está de volta em casa, convivendo pela primeira vez em anos com suas duas irmãs, depois de estarem brigadas, e dirigindo sem aviso prévio um musical amador. Não, pela minha opinião de especialista, eu digo que você deveria estar se sentindo leve como uma pluma com tudo isso que está acontecendo.

Anna riu.

– Bem, pensando por esse lado...

– Esse é o lado para pensar. Anna, não se preocupe. Claro que você está estressada. O médico está certo. Só precisa de um descanso e eu vou cuidar disso. Depois que você terminar este projeto escolar de saúde, claro. Primeiro quero receber minha comissão por ele.

Anna riu, sentindo-se imediatamente mais tranquila. E estava gostando do trabalho. A única dificuldade era que a dublagem não estava sendo gravada na ordem correta, o que tornava as coisas um pouco confusas. Os jovens atores no documentário haviam se conhecido em uma boate, logo em seguida tido um filho juntos, depois feito sexo e, agora, a menina estava prestes a ter sua primeira menstruação. Não admira que estivessem tão aflitos!

Uma lembrança veio-lhe de repente à mente, do dia em que teve a sua primeira menstruação. Era uma tarde nas férias escolares de verão, quando tinha 13 anos, antes de se mudarem para Clare Valley. Sabia exatamente o que estava acontecendo. Esteve atenta há meses, lendo tudo a respeito para complementar o superficial curso de educação sexual da escola. Procurou sua mãe na cozinha, sussurrou a novidade em seu ouvido e foi recompensada com cinco gloriosos minutos de sua atenção. "Está tudo bem?" "Você sabe o que fazer?" "Está com alguma cólica?" Houve até um breve abraço, antes que o telefone tocasse e algo no fogão começasse a ferver e sua mãe tivesse que deixá-la.

Sentindo-se no topo do mundo, dirigiu-se aos aposentos da administração e ao quarto que dividia com as irmãs.

– Sou uma mulher agora – disse para Bett, que estava deitada na cama, lendo.

– O que você era antes, uma iguana? – perguntou Bett, sem levantar os olhos.

– Não, estou dizendo que veio a minha primeira menstruação, o que significa que sou fisicamente, oficialmente, uma mulher.

– Que nojo. Não quero saber disso.

– Nojo por quê? É perfeitamente natural. Você vai ser a próxima.

– Não estou interessada.

– E o que vai fazer? Impedir que aconteça? Tomar comprimidos para se transformar em um menino? Começar a jogar futebol? Ficar pendurada de cabeça para baixo... – Anna cutucou Bett com o pé.

Bett deu um tapa nela.

– É sério, não estou interessada. Blergh. – Ela teve um arrepio de asco.

Anna olhou para si mesma no espelho, para seu rosto, convencida de que, sim, até parecia diferente. Não exatamente mais madura, mas mais sabida. Como um dos livros dizia, ela agora partilhava de um dos maiores segredos femininos do universo. Alisou o cabelo com a mão e olhou para o reflexo de Bett.

– Acho que, quando você e Carrie também menstruarem, há uma boa chance de acontecer para nós todas ao mesmo tempo.

Bett agora estava deitada de bruços, com o rosto enterrado no travesseiro.

– Para, para!

Anna não imaginou que seria tão divertido.

– Tem a ver com a lua – disse, aproximando-se da irmã e se inclinando para ela. – Nossos úteros são todos interligados com o céu e com o mar, em sintonia com a natureza. Nós três poderemos dançar nuas, criaturas da fertilidade e da feminilidade. Uma vez por mês sob a lua.

– Cale a boca. Eu não estou ouvindo. Você é nojenta.

– Você está é com inveja.

– Inveja do quê? – perguntou Carrie, entrando no quarto.

– De mim. Porque, jovem Caroline, eu, Anna Mary Quinlan, tornei-me hoje oficialmente uma mulher. Estou tendo minha primeira menstruação.

– É mesmo? Que legal! Mal posso esperar. Está usando tampão ou aqueles absorventes?

Bett gemeu e cobriu o rosto com o travesseiro.

– Vocês são duas nojentas.

Vinte anos depois, a lembrança ainda fazia Anna rir. Bett sempre foi tão engraçada com qualquer coisa que tivesse a ver com tornar-se mulher, para diversão dela e de Carrie. Tão fácil de provocar também, com relação a meninos, sexo ou relacionamentos. Lembrava-se com alguma culpa de quando ela e Carrie foram convidadas para o baile da escola, e Bett não. Deveria ter sido mais solidária, Anna pensou agora, mais respeitosa. Mas ficou tão entusiasmada com o seu próprio encontro, aprontando-se, aplicando maquiagem, que nem notou como Bett estava triste. Ela e Carrie saíram de carro, luminosas e bem-vestidas, e nem se preocuparam com Bett, que preferiu ficar em casa com Lola. Anna sentiu um arrepio de culpa, imaginando como se sentiria se Ellen não fosse convidada. Deve ter sido difícil para Bett. As duas irmãs tendo sempre que se desvencilhar da atenção dos meninos, mas não ela. Lembrou-se de outra ocasião em que Carrie e ela estavam se arrumando para sair. Bett estava lendo, fingindo não prestar atenção, não estar interessada. Carrie, com a autoconfiança presunçosa de uma adolescente de 13 anos, resolveu lhe dar conselhos.

– Você ficaria ótima se desse um jeito no seu cabelo. E posso lhe ensinar a aplicar maquiagem, se quiser.

Anna viu a faísca de raiva no olhar de Bett antes de ela levantar o livro.

– Não quero sua ajuda.

– Não é culpa minha se nunca convidam você para sair – disse Carrie, antes de se retirar de nariz empinado.

"Como pudemos ser tão cruéis?", pensou Anna. E aquela não fora a única vez. Seria muito tarde para pedir desculpas agora? Certamente nunca era tarde demais. Sentiu uma súbita urgência de telefonar para Bett, de dizer que sentia muito por tudo, não só por aqueles horríveis anos da adolescência, mas por tudo que haviam dito uma para a outra na noite da briga. Pegou o celular e o ligou. Mantinha-o desligado durante as gravações. O sinal sonoro a avisou que tinha recebido duas mensagens. O pedido de desculpas para Bett ficou esquecido quando ela ouviu a primeira.

– Anna, alô, aqui é a sra. Harold da escola de Ellen. Será que poderia vir buscá-la? Ela está muito nervosa e acho que seria melhor se ficasse em casa o resto do dia. Ligue-me assim que for possível, por favor.

A segunda mensagem também era dela.

– Anna, é a sra. Harold outra vez. Poderia me ligar assim que receber esta mensagem?

Anna conferiu a hora. Ambas as mensagens tinham sido enviadas nos últimos quinze minutos. Pressionou o botão de discagem rápida em seu celular e nem se preocupou em trocar cumprimentos quando a sra. Harold atendeu.

– É Anna, mãe de Ellen Green. O que foi, sra. Harold? Ela está doente? Machucou-se?

– Oi, Anna. Não, é que houve um incidente no parquinho.

Anna sentiu uma onda de pânico.

– Não foi outro cachorro?

– Não, nada desse tipo – a voz a acalmou. – Mas seria melhor se pudéssemos conversar pessoalmente. Ellen está aqui na sala conosco. Poderia vir o mais rápido possível?

– Não posso, estou em Sidney, a trabalho.

Anna esperou pela desaprovação, a mudança no tom, e ficou surpresa quando nada disso aconteceu.

– Há mais alguém que poderia vir buscá-la? Uma de suas irmãs? Lola?

Essa era a bênção das cidades pequenas. Todos conheciam as situações.

– Sem dúvida uma delas poderá ir. Vou ligar agora. Posso falar com Ellen primeiro?

A mulher baixou a voz.

– Ela está dormindo. Acho melhor não acordá-la agora.

– Claro. Vou telefonar para casa agora mesmo.

Dez minutos mais tarde, estava tudo resolvido. Bett voltou ao hotel para almoçar e atendeu ao telefone.

– Lógico – respondeu, depois de ouvir Anna explicar a situação. – Vou pegá-la agora. Ligo para você assim que estiver de volta.

Ao desligar, Anna sentiu que sua nuca estava molhada de suor e o enjoo tinha voltado. Ellen com problemas e ela ali, a centenas de quilômetros de distância. Graças a Deus pelas famílias. O que as pessoas faziam quando não tinham irmãs a quem pudessem ligar para pedir ajuda? Então ela se lembrou. Exatamente o que ela havia feito nos últimos três anos. Sentiam-se desesperadamente sozinhas.

Anna sentiu o telefone vibrar dentro do bolso da calça enquanto fazia a dublagem do trecho sobre os diferentes métodos de testes de gravidez. Foi sua vez de interromper a gravação.

– Desculpe, Bob. Voltarei em um instante.

Ela atendeu do lado de fora.

– Bett? Ela está bem?

Bett respondeu em voz baixa.

– Não, está muito nervosa. Chorando muito. Lola está com ela agora, tentando fazê-la dormir.

– O que aconteceu?

– As crianças estavam fazendo piadinhas com ela. Um grupo de crianças.

– Que tipo de piadinhas?

Bett hesitou.

– Elas a estavam chamando de "cara de cicatriz".

Anna jamais sentiu tanta raiva.

– Que imbecis. Que crianças imbecis e malvadas. Não tem jeito, vou tirá-la da escola. Diga a ela que estarei em casa à noite, assim que conseguir um voo, mas para ela não se preocupar porque nunca mais terá que voltar lá.

– Lola disse...

– Não me importa o que Lola disse. Ela é minha filha, Bett, e não vai mais voltar àquela escola. Chame Lola para eu falar com ela.

Um minuto depois, ouviu a voz irlandesa de Lola.

– Ela está dormindo agora, Anna. Coitadinha. Ficou muito nervosa.

– Claro que ficou. E ela não vai mais voltar lá, Lola. Vou pegar um voo esta noite e ela ficará comigo em casa amanhã. De agora em diante, eu mesmo vou ensiná-la se for preciso.

– Achei que você ia dizer isso. Mas e o seu trabalho? Não disse que seriam três dias? Não precisa vir correndo para casa. Estamos aqui. Ela ficará bem conosco. Esta noite vamos mimá-la até ela se cansar, e amanhã eu mesma a levarei à escola.

– Lola, você não me ouviu? Ela não vai voltar para aquela escola.

– É a melhor coisa a fazer. Ela tem que enfrentar seus medos.

Anna se enfureceu.

– Não me fale de enfrentar medos, Lola. Eu vi essa criança enfrentar mais medos do que você ou eu jamais tivemos que enfrentar. Vi o rosto dela quase arrancado pelos dentes de um cachorro, e esses, esses cretinos filhos da puta na escola ainda ousam fazer piada com isso!

– São crianças de 7 anos, Anna. Não sabem que estão sendo cruéis. Crianças são assim. E é por isso que ela precisa voltar, para mostrar que eles não venceram.

– Não é uma questão de ganhar ou perder. Eu só não quero mais que a magoem. Ela não vai voltar, Lola. Estarei em casa assim que puder, não importa o que você diga.

– Anna, eu sei que você está nervosa, mas, por favor, não fale assim comigo. Fique aí. Bett e eu estamos aqui com Ellen. Ela ficará bem esta noite. Acho que você está errada, mas se não quer que ela vá à escola amanhã, tudo bem, ela não vai. Vou mantê-la aqui comigo. Mas não cancele sua viagem, nem venha correndo para casa desse jeito. Você disse que esse trabalho era importante.

A tensão de Anna aliviou-se um pouco.

– Sim, é importante.

– Então termine-o. Vou cuidar de Ellen como nunca, eu prometo. Pedirei que ela ligue para você assim que acordar. E você pode ligar para ela outra vez amanhã. O dia inteiro, se quiser.

Anna percebeu que sua avó estava certa.

– Desculpe, Lola. Desculpe por falar palavrões.

– Está tudo bem, minha querida.

Lola deixou Ellen dormir por mais ou menos uma hora, deu-lhe um sanduíche, depois decidiu que era hora de um pouco de caminhada e um pouco de conversa.

– Acho que você, eu e Bumper precisamos passar um tempo juntos.

De mãos dadas, com Ellen segurando Bumper pela correia, começaram a percorrer lentamente o perímetro do hotel. Lola apontou diferentes árvores, uma cacatua em um galho, a casca retorcida de um tronco, até um lagarto tomando banho de sol sobre uma pedra, antes de se dirigirem ao banco que Jim instalou especialmente para ela. Situado no meio da encosta suave, de lá se tinha uma vista maravilhosa dos vinhedos. O banco parecia quase dourado sob a luz de fim de tarde. Lola sentou-se com Ellen a seu lado, Bumper na frente delas, seguramente amarrado, puxando lentamente tufos de grama de baixo do banco e fazendo leves ruídos ao arrancá-los. Lola sempre achou que os carneiros eram as criaturas mais relaxantes do mundo para se ter por perto. Afagou carinhosamente a cabeça do animal.

– Se ele fosse seu carneiro, que nome você lhe daria, Ellie?

– Mike – respondeu ela sem hesitação.

– Mike, o carneiro. É, ficaria interessante. Agora, minha pequena e querida Ellie, estive pensando no que aconteceu esta manhã e tenho algumas coisas que gostaria de lhe dizer. Você quer ouvir?

Um leve assentimento com a cabeça.

– Ellie, você sabe por que as crianças na escola estavam fazendo piadas com você?

– Porque eu sou horrível. Porque sou feia e tenho uma cicatriz horrorosa. – As lágrimas começaram outra vez.

Lola a puxou para perto com o braço saudável, apertou-a contra si e esperou que a lágrimas parassem.

– Não, não é essa a razão. Eles fizeram piadas porque têm medo de você. Porque você parece um pouco diferente. E as pessoas sempre têm medo de quem parece diferente. Você sabe o que significa de fato uma cicatriz, Ellie?

– É o que aconteceu quando o cachorro...

O resto das palavras perdeu-se em um soluço que lhe estremeceu o corpo.

Lola esperou um momento outra vez e, então, virou Ellen para que ficassem face a face.

– Uma cicatriz é um sinal de que você sobreviveu a algo, Ellie. Que algo aconteceu a você, mas seu corpo foi tão forte e inteligente que se consertou. Você contou às crianças na escola o que aconteceu?

Ela sacudiu a cabeça.

– A mamãe diz para eu apenas ignorar.

– Quase sempre a mamãe está certa, mas, às vezes, é bom que as pessoas saibam toda a história.

Ellen se afastou.

– Eu não quero que eles saibam toda a história. Não quero que eles saibam nada. Não quero vê-los nunca mais.

– Boa ideia. Vamos fugir juntas, que tal?

Ellen ficou imóvel.

– Como assim?

– Se essas crianças estão sendo malvadas com a minha linda bisneta, então eu também não quero vê-las nunca mais. Vamos fugir juntas. Para onde vamos?

Ellen deu de ombros.

Lola continuou.

– Certo, então eu decido. Vamos para uma terra em que todos sejam um pouco diferentes e, assim, nós não vamos nos destacar. O que acha disso?

Lola tinha toda a atenção de Ellen agora.

– Que terra?

– Bem, vamos pensar. Eu estou velha e as pessoas ficam me chamando de "querida" e "pobrezinha" e falando comigo com uma voz estranha e eu não gosto muito disso. Sabe do que eu ouvi um rapaz no bazar de caridade me chamar no mês passado? De velha enrugada. Isso não é grosseiro? Então eu quero que haja muitas pessoas enrugadas lá, para eu não me destacar. E acho que devemos ter muitas pessoas bem altas também, porque elas também ouvem gozações, não é? E pessoas acima do peso, porque elas são chamadas de "gordas" e de "baleias", certo? E pessoas de cabelo vermelho também passam por isso. E pessoas sem cabelos. E pessoas que usam óculos.

– E pessoas de nariz grande – Ellen disse baixinho.

– Sim. E de queixo pequeno. E de traseiros grandes. E de dentes ruins. Ou sem dentes. Ou de dentes grandes demais. Ou pessoas com ossos quebrados como eu. Pessoas em cadeiras de rodas. Nossa, essa terra está ficando muito lotada, não está?

– Mas ninguém com cicatrizes como eu.

– Claro que haverá também. Haverá muitas pessoas com cicatrizes. Não pense que vai ser a Rainha Cicatriz lá, senhorita. Pode ser a Princesa Cicatriz, talvez. Então, vamos ver. Podemos começar com Harry Potter, não acha? Ele tem uma cicatriz horrível na testa.

– Ele não é real.

– A terra é nossa e podemos pôr quem quisermos lá, real ou não. Eu tenho uma cicatriz, sabia? Na perna. Quando eu era pequena, levei um coice de um cavalo.

– Eu não sabia.

– Qualquer dia eu lhe mostro, quando não estiver toda amarrada nessas meias elásticas. Provavelmente ficarei com uma cicatriz na cabeça também, quando esta porcaria sarar. – Ela tocou o pequeno curativo em sua testa. – Sua mãe também tem uma cicatriz. Você sabia disso?

– É mesmo?

Será que Ellen era pequena demais para saber que tinha nascido de cesariana? Talvez.

– É uma cicatriz muito especial. Pergunte a ela qualquer dia, peça para lhe mostrar. Seu avô também tem uma cicatriz. Vou pedir que ele lhe mostre quando voltar de viagem. É no joelho. Ele levou um tombo horrível de uma escada quando era pequeno. A tia Bett também deve ter uma, de quando caiu da bicicleta. E acho que Carrie também tem. Vamos ter que montar um clube da cicatriz nessa terra em que viveremos todos juntos.

Ellen estava rindo agora.

– Quando vamos para lá?

– Já estamos lá.

– No hotel? É aqui? – Ela pareceu decepcionada.

– Não só aqui, Ellie – Lola respondeu, com naturalidade. – É aqui no vale, aqui na Austrália, aqui no mundo inteiro, com todo tipo de pessoas diferentes, com diferenças de tudo quanto é jeito. Porque ninguém é perfeito, querida, nenhum de nós. Todos temos algo um pouco diferente: cicatrizes, nariz grande, pés pequenos, dentes tortos. E isso não vai mudar, onde quer que possamos ir viver. O que precisamos fazer, você e eu, é procurar o melhor jeito de você lidar com isso aqui mesmo, da maneira mais feliz que puder.

– Mas não naquela escola.

– Não por um dia ou dois, talvez. Não por enquanto, pelo menos. – Lola teve outra ideia, mas provavelmente era muito cedo para mencioná-la para Ellen. – Mas eu prometo solenemente que faremos o que puder para tornar as coisas tão boas quanto possível para você. E chega disso agora. – Ela se levantou com um gemido exagerado. – Vamos lá, Princesa Cicatriz. Que tal irmos ver o que eles estão planejando para o jantar?

Um brilho maroto voltou aos olhos de Ellen.

– Está bem, Vovó Enrugada.

Lola apertou a mão dela.

– É Bisavó Enrugada, sua sapequinha.

Na manhã seguinte, Lola deixou Ellen ficar dormindo. Se fosse sua filha, teria definitivamente voltado para a escola. Mas Anna insistira. Então seria um dia de folga.

Passaram a manhã juntas. Tomaram o café da manhã na cozinha do hotel, depois Ellen ajudou as faxineiras a arrumarem alguns quartos, carregando lençóis limpos e pacotes de biscoitos. A menina parecia contente, Lola pensou, observando-a brincar, mas havia algo contido nela. Uma tensão, lágrimas iminentes.

Anna chegou em casa no fim da tarde. Entrou no estacionamento quase em alta velocidade. Ellen esteve esperando por ela. Lola observou com interesse como a menina mudou de humor de um instante para o outro. Em um momento, estava brincando muito feliz com as bonecas, inventando um complicado enredo que envolvia um grupo de bonecas querendo hospedar-se em um hotel que o outro grupo de bonecas administrava, mas achando os quartos ruins. Lola até já começava a perder o fio da meada da história. Então, ao ouvir o som do carro de Anna, ela começou a chorar e correu para a mãe, gemendo o mais alto que podia.

– Mamãe, mamãe!

Anna a puxou para si e a abraçou com força e as duas ficaram assim por algum tempo. Jantaram juntas, com Ellen ainda lacrimosa, precisando ser alimentada na boca como uma criancinha pequena. Na noite anterior, usou garfo e faca sem nenhum problema, lembrou-se Lola. Quase precisou passar fita adesiva na boca para não fazer comentários. Ellen é filha de Anna. Cabe a Anna criá-la como achar mais adequado, disse a si mesma. "Mas, e se houvesse alguma outra maneira, possivelmente melhor, de lidar com isso?", perguntou a si mesma.

Depois de Ellen finalmente ter ido dormir, um árduo exercício de mais lágrimas e chiliques, Lola preparou um bule de chá e levou-o até o bar, onde Anna estava sozinha, acomodada em uma das grandes poltronas, olhando para a TV com expressão atordoada. "Ela ainda é linda", Lola pensou, "mas tão magra ultimamente, frágil até".

– Anna, minha querida, quer um pouco de chá?

Anna sorriu, agradecida.

– Você veio para me dar um sermão, não é? Diga-me onde estou errando com Ellen. Que eu sou uma péssima mãe. Que tomei a decisão errada de tirá-la da escola.

– Acho que você é uma mãe maravilhosa. Acho que Ellen é uma criança maravilhosa. Mas talvez haja outras maneiras de lidar com a situação.

Ela contou a Anna sobre a conversa que havia tido com Ellen na véspera. Como já esperava, Anna não gostou.

– Lola, não quero que a chame de Princesa Cicatriz. Isso não é engraçado.

– Não pretendia que fosse engraçado. É um novo tratamento psicológico. Quanto mais você expõe a pessoa a algo, menos isso lhe causa medo. Li a respeito no jornal. Eles fazem isso com aranhas, expõem lentamente alguém a...

– Não me importo se você está fundamentada na Faculdade de Medicina de Harvard. Não quero que chame minha filha de Princesa Cicatriz.

– E só de Cicatriz?

– Certo. Então você a chama de Cicatriz e eu vou dizer a ela para chamar você de Bisavó. Bisa Velha. A Velhinha.

Lola sorriu.

– Está bem. Vou parar de chamá-la de Princesa Cicatriz. Mas estou falando sério, Anna. Você não pode continuar tirando-a das situações cada vez que ficam difíceis para ela. Então você a tira da escola, muda-a para outra escola e a mesma coisa acontece de novo. E daí? Você a tira de lá também? Tenta outra escola? O que isso vai fazer com a pobre menina, ser trocada de escola toda hora desse jeito?

– Você e o papai fizeram isso conosco a nossa vida toda.

– *Touché*. – Lola sorriu. – Mas vocês ficavam alguns anos em cada uma, não é o mesmo que algumas semanas. E Ellen está enfrentando problemas diferentes dos que vocês três tiveram. Você precisa torná-la mais forte, mais corajosa e não mais covarde.

– Minha filha não é covarde.

Lola ergueu a mão.

– Não, ela definitivamente não é. Mas sabe chorar quando lhe é conveniente e sabe como deixar você nervosa.

Anna ficou em silêncio.

– Ela vai superar isso, Anna. Mas você precisa ajudá-la, torná-la corajosa. Não pode protegê-la o tempo todo.

Anna abriu a boca, querendo contar tudo a Lola. Sobre Glenn, sobre seu casamento acabado, sobre as centenas de coisas de que queria proteger Ellen. Mas o peso era excessivo e as palavras pararam em sua garganta.

Lola observou, esperando, depois se aproximou dela.

– Sou uma velha intrometida, Anna, mas acho que estou certa. Acho que Ellen tem que voltar para a escola, enfrentá-los outra vez. Você vai ver como será o melhor.

– Está bem – Anna falou baixinho.

– Tem certeza de que está em condições de fazer os ensaios desta noite? Posso cancelar, se você preferir.

Anna sorriu, um pouco trêmula.

– Você sabe bem como é. O show tem que continuar.

No dia seguinte, Anna levou Ellen à escola. Foi chamada antes das 11 horas para pegá-la novamente. As crianças tinham voltado a provocá-la.

Depois de pôr Ellen na cama, Anna confrontou Lola.

– Ah, isso realmente a deixou mais corajosa. Não só Cara de Cicatriz hoje, mas também Amarelona por ter faltado ontem. E depois finalizaram com Bebezinha quando ela começou a chorar. Devemos mandá-la de volta esta tarde, para que eles possam terminar o serviço, Lola? Vou matá-los. Pequenos idiotas.

– Eles sabem o que aconteceu com ela? Sabem por que ela tem essa cicatriz?

– Ah, claro, eu fui lá, fiz todos eles se sentarem e expliquei que Ellen tinha sido atacada por um cachorro e que tudo tinha sido muito difícil para ela e que eles deviam admirá-la em vez de atacá-la. É lógico que não sabem. Acha que eu quero chamar mais atenção para ela do que o necessário?

– Pois eu acho que isso é exatamente o que você deveria fazer. Acho que deveria ir lá, sentar-se com eles e contar a todos aqueles pequenos idiotas, como você os chama, o que aconteceu a Ellen. Mostre-lhes as fotos. Deixe que eles façam perguntas a Ellen. E então veja o que acontece.

– Que bem isso fará?

– Acho que os ajudará a entender. – Lola podia ver a dor de Anna e também o seu desespero. – Confie em mim, Anna.

Naquela tarde, Lola telefonou para sua amiga diretora da escola. Tiveram uma longa conversa e marcaram uma data e horário. Ela encontrou uma carta e algumas fotos que havia recebido de Anna meses depois de Ellen ser atacada e que mostravam o grande progresso que já tinha sido feito. Ligou para Frank, da loja de artigos elétricos, e pediu-lhe que fizesse mais uma série de slides o mais depressa possível. Depois se sentou com Anna e Ellen e explicou a elas sua sugestão.

Três manhãs depois, Anna estava de pé diante de uma classe de crianças de 7 anos de idade, mais nervosa do que jamais havia estado em um estúdio de gravação. A professora pediu silêncio às crianças e a apresentou.

– Esta é Anna, mãe de Ellen Green. Ela quer conversar com vocês sobre o que aconteceu com Ellen e eu gostaria que todos ouvissem com muita atenção.

Anna contou a história de forma bem simples. Mostrou um slide de Ellen antes do ataque, depois explicou o que havia acontecido com o cachorro naquele dia no parque. Mostrou slides de Ellen no hospital, logo depois do ataque. Várias crianças fizeram sons de espanto. Mostrou outro slide com uma imagem ampliada do ferimento. As marcas dos dentes do cachorro eram visíveis. Nem precisava apontá-las. Mostrou slides dos meses seguintes, em que Ellen passara por cirurgias, pontos, plásticas, entrando e saindo do hospital.

– É por isso que Ellen tem uma cicatriz no rosto. É um sinal de que ela sobreviveu a um ataque horrível de um cachorro muito grande, e eu fico muito feliz por isso, porque ela é muito preciosa para mim, e para o pai dela, e para as tias, os avós e a bisavó. Quis contar isso hoje a vocês para que entendam e espero que sejam bons com ela. Ellen é uma menina muito legal.

A voz de Anna falhou ligeiramente e ela tossiu para disfarçar.

A professora saiu e foi buscar Ellen, que ficou esperando do lado de fora com Lola. Explicaram a ela exatamente o que Anna ia dizer e que ela entraria depois para juntar-se à classe. Ellen estava muito pálida quando se sentou ao lado de Anna, na frente dos alunos, bem encostada na mãe, com o cabelo na frente do rosto.

A professora sorriu para ela e virou-se para a classe.

– Então, crianças, querem fazer alguma pergunta para Ellen ou para Anna?

Um menininho levantou a mão.

– O que aconteceu com o cachorro?

Anna respondeu com sinceridade.

– Ele teve que ser sacrificado. O veterinário precisou dar uma injeção para ele morrer, para que não fizesse isso, ou talvez até pior, com outra criança.

A resposta satisfez o garoto. Outro menino levantou a mão.

– Saiu muito sangue quando ele mordeu a Ellen?

Ellen fez que sim com a cabeça.

– Sim – respondeu Anna. – Ellen perdeu tanto sangue que tiveram que lhe dar mais no hospital.

– Ellen foi em uma ambulância?

Ellen concordou com a cabeça outra vez, ainda em silêncio.

– Uau!

Todas as perguntas estavam sendo dirigidas a Anna.

– Ela sempre vai ter essa cicatriz no rosto?

– Estamos fazendo um tratamento com laser no momento.

– Laser? Como em *Star Wars*?

– Não exatamente, mas eles lançam uma luz especial, um feixe de laser, no rosto de Ellen para romper o tecido da cicatriz pouco a pouco. Assim, quando ela for mais velha, esperamos que já não seja tão visível.

– Ellen tem medo de cachorros agora?

Para surpresa de Anna, Ellen respondeu.

– Não de todos os cachorros. Só dos grandes.

– Então você não pode ter bichos de estimação?

– Eu tenho um carneiro chamado Bumper Béé. Foi minha Superbisa quem me deu. Ele tem no pelo uma coisa chamada lanolina que deixa as mãos da gente macias.

– Bumper Béé? É um nome legal para um carneiro, Ellen – comentou a professora.

– Foi ideia da minha Superbisa. Ela está lá fora, mas me disse que ia ficar com o ouvido encostado na porta para ouvir tudo o que a gente falasse. Ela é muito velha, mas escutei meu avô dizer que ela ainda ouve tão bem quanto um morcego. E minha avó falou, "É, um morcego velho".

Todos ouviram claramente a risada de Lola do outro lado da porta.

Anna estava esperando no portão da escola no final do dia. Ficou um pouco para trás das outras mães, embora soubesse que a estavam observando e que provavelmente sabiam quem ela era. A diretora havia enviado um comunicado a todos os pais explicando que Anna faria uma apresentação, qual seria o motivo e pedindo a ajuda de todos para que as crianças parassem de fazer piadas com Ellen.

O sinal tocou e as crianças começaram a sair. Anna reconheceu alguns dos colegas de classe da filha, mas Ellen não aparecia. Por fim ela veio, sozinha. À sua volta, havia pequenos grupos de meninas e meninos, em duplas e trios. Anna prestou atenção ao rosto da filha para ver se notava vestígios de lágrimas. Nada.

– Oi, Ellie. Como foi o resto do dia?

Anna manteve um tom de voz leve e natural.

– Bem.

– O almoço foi bom? E o intervalo?

Ellen fez um sinal afirmativo com a cabeça.

– Mas ainda estou com fome. Posso tomar sorvete quando chegarmos em casa?

– Acho que hoje pode.

Nenhuma menção à conversa da manhã. Anna decidiu não puxar o assunto, nem perguntar se alguma das crianças havia falado com ela depois, ou se a haviam provocado nos intervalos, embora as palavras queimassem como fogo em sua língua.

Estavam quase chegando ao carro quando uma menina aproximou-se correndo. A mãe dela estava alguns metros atrás.

– Ellen, pode pedir à sua mãe agora?

Anna parou.

– Pedir o quê?

A garotinha falou antes de Ellen.

– Ellen e eu estávamos querendo saber se eu posso ir brincar no hotel e ver o carneiro uma noite dessas?

Ellen ergueu os olhos para a mãe.

– Eu posso mostrar o hotel para Hannah, mamãe? Patrick e Samuel também queriam ir, mas eu disse que achava que tinha que ser um de cada vez. Falei certo, não foi?

Anna inclinou-se e pôs o cabelo de Ellen atrás da orelha, sorrindo.

– Falou muito certo.

De mãos dadas, elas foram conversar com a mãe de Hannah.

Capítulo 18

– COMO VÃO INDO os ensaios? – perguntou Daniel.

Bett e Daniel estavam no carro voltando de Martindale Hall, uma casa em estilo georgiano do século 19 perto da pequena cidade de Mintaro. Bett passou a manhã percorrendo os aposentos luxuosos, imaginando-se vivendo em tanta glória e opulência.

– Bem – mentiu. Não iam bem. Do jeito como estavam indo, havia mais chances de Lola aparecer na capa da *Vogue* do que seu musical ficar pronto para a estreia de gala em meados de março. – Na verdade, não estão bem. Acho que você escapou de uma boa.

– Não sei. Eu bem que gostaria de estar no palco outra vez.

– Outra vez?

– Você não é a única criança artista neste carro, sabia?

– Você foi uma criança artista?

Ele confirmou com a cabeça.

– Por pouco tempo. Aos 12 anos. Nos meus dias de Danger Hilder. Mas eu não era um *punk* de rua comum. Tive minha própria banda.

Ela percebeu aquele brilho nos olhos dele novamente.

– É mesmo? E como se chamava?

– Promete que não vai rir?

– Prometo.

– A gente se chamava Dangerous.

Bett sorriu.

– Que assustador, não? Fizeram muitos shows?

– Um.

– Ah. Bom, acho que escolas infantis não têm orçamentos muito grandes para shows ao vivo nas festas de fim de ano.

– Foi um show na TV. Fomos como convidados especiais.

Ela se virou totalmente no banco. Aquilo estava ficando cada vez melhor.

– Vocês fizeram cover ou foi música original?

– Bett, eu era um artista alternativo. Claro que foi original.

– Pode cantar para mim agora?

– Não.

– É uma pena que na época não houvesse vídeos.

– Na verdade, havia.

– E você tem uma cópia da apresentação?

Ele fez que sim com a cabeça.

– Posso ver?

Ele riu.

– Claro que não.

– Por favor, Daniel.

– Não.

– Eu te imploro para me deixar ver.

Ele ergueu a sobrancelha.

– Você me implora?

– Já sei, vai me dizer que perdeu a fita, não é?

– Não, está em casa.

– Em Melbourne?

– Não, aqui em casa. Na casa de minha mãe. Estou morando com ela no momento.

– Eu gostaria muito de ver.

Ele hesitou, depois sorriu.

– Está bem. Você tem tempo agora?

– Agora?

Estavam a poucos quilômetros ao sul da cidade de Sevenhill, no vale.

– A casa de minha mãe é logo ali.

Era uma grande e antiga casa de pedras, com uma varanda que a circundava e o telhado de chapa ondulada pintada de vermelho.

Caminharam pela entrada de lajotas, com grama aparada à esquerda e uma horta bem cuidada à direita. Bett notou que havia milho, tomates e melão, as folhas viçosas e verdes, as frutas pendendo pesadas.

– Sua mãe é boa jardineira.

– Ela era. Atualmente, sou eu que cuido. Foram seis meses de trabalho duro para fazer isso. Acho que poderia ir comprar na mercearia em menos de cinco minutos.

Ele abriu a porta e Bett o seguiu para a sala de estar. Era um cômodo claro e alegre, cheio de toques femininos: almofadas vibrantes, cortinas leves, revistas femininas e fotos de família sobre os móveis. Daniel ligou o ventilador de teto, fazendo uma brisa agradável circular pela sala quente.

– Tem certeza de que quer ver isso?

– Sim, se você tiver certeza de que quer me mostrar.

– Aposto que vou me arrepender, mas tudo bem. – Ele sorriu. – Vou pegar a fita.

Enquanto ele ficou fora da sala, Bett examinou uma foto sobre a TV, um antigo retrato em preto e branco de um homem e uma mulher com um bebê. Os pais de Daniel, imaginou. Sua mãe era muito elegante. A casa, obviamente, tinha sido obra dela também. Olhando em volta, notou vários detalhes incomuns. Havia faixas coloridas no chão e cadeados nos armários, como uma sala de pré--escola elegantemente decorada com uma mesinha de centro de revista de decoração de interiores.

Daniel voltou com a fita.

– Infelizmente, estava bem ao alcance da mão.

Bett largou a foto, esperando que ele não se importasse com sua curiosidade.

– Você é filho único?

– Não, tenho uma irmã mais nova. Christine. Ela está estudando na Nova Zelândia.

– Ah, sim. E ela tem filhos?

– Não.

Também não achava que ele tivesse filhos. Estava intrigada. A casa parecia cuidadosamente protegida para a circulação de crianças. Talvez a mãe de Daniel cuidasse de crianças. Gostaria de ter feito mais perguntas, mas ele agora estava agachado na frente da televisão e do aparelho de vídeo. Bett olhou para suas costas longas e esguias sob a camiseta e teve que piscar para afastar a lembrança de tê-las beijado.

Ele pressionou o botão de reproduzir, depois a pausa, de modo que uma imagem tremeluzente e estática apareceu na tela.

– Só estou fazendo isto por uma questão de justiça. Afinal, eu vi aquelas fotos suas e das Irmãs Alfabeto.

Bett sentou-se no sofá e concordou.

– Eu entendo. É o princípio do "eu mostrou o meu e você mostra o seu".

Em vista do encontro deles em Melbourne, aquilo soou imediatamente como uma coisa errada a se dizer.

Ele disfarçou um sorriso.

– Então vamos lá. – Daniel recostou-se ao batente da porta atrás dela e apontou o controle remoto.

Em poucos momentos, ela estava rindo alto. Era um show de talentos da TV, de baixo orçamento, no início da década de 1980. O cenário parecia feito de papel alumínio e embalagens plásticas. Dangerous foi o terceiro a se apresentar, depois de uma mulher cantando uma versão apressada e desafinada de *Love Me Do* e uma harpista de aspecto sonhador tocando uma ária escocesa, também muito rápido. O apresentador chamou Dangerous afetando medo e alertando os espectadores de que as próximas cenas poderiam ser perturbadoras.

Reconheceu Daniel imediatamente, uma versão menor dele mesmo, com lápis preto em torno dos olhos, batom preto, cabelo espetado e roupas detonadas. Os magérrimos braços brancos despontavam da camiseta rasgada e ele ensaiou uma ótima cara de mau que evidentemente agradou ao diretor de imagens. Houve pelo menos seis *close-ups* de Daniel fazendo caretas para a câmera. A letra era direta, sobre ser atormentado por pesadelos com ratos, aranhas e cobras.

Ainda estava rindo quando Daniel pressionou o botão de pausa. Teve que enxugar os olhos, certa de que havia rímel por todo o seu rosto.

– E então, vocês ganharam?

– Não, e até hoje não entendi por quê. Acho que éramos muito melhores que a harpista. Gostou da letra? Ainda posso escrevê-la inteirinha, se você quiser.

– Não precisa, obrigada. Como era mesmo aquela rima no refrão, cobra com obra? Bem explosivo.

– Não zombe de um menino de 12 anos. Era difícil falar em derrubar o governo quando eu nem conseguia escrever as palavras direito. Fiquei no que eu sabia. As meninas na escola ficavam apavoradas comigo.

– Você tem sorte de Lola não ter visto isso. Ela teria escrito um papel no musical especialmente para você. Ganha de longe das Irmãs Alfabeto.

– Ah, não sei não. O que vocês ganharam, afinal? O terceiro lugar no show de talentos da Miss Indooroopilly em 1978? Mesmo sendo as únicas concorrentes?

– Lola contou sobre isso também?

– Não, você contou. Naquela noite em Melbourne.

– Eu contei?

– Não lembra? Quando saímos da festa e fomos para aquele pequeno bar italiano. Você me contou tudo sobre as Irmãs Alfabeto. Fazia muito tempo que eu não ria tanto.

– Eu fiz isso?

Ele a fitou com ar pensativo.

– Bett, você lembra muita coisa daquela noite?

Ela passara três anos tentando esquecer.

– Ahn, sim, umas partes.

Uma pausa.

– Importa-se de me contar quais partes?

– Lembro-me de ter encontrado você na boate.

– Sim.

– E me lembro... de ter ido para aquele bar. E depois para o seu apartamento, de conversar e, então... ahn... de ter ido para a cama com você...

Um pequeno sorriso.

– Bom.

Algo na maneira como ele a olhava a fez querer contar a verdade.

– Mas eu me lembro principalmente de ter acordado e ficado tão envergonhada do meu comportamento que fugi dali o mais depressa que pude.

– Envergonhada? Por quê?

– Bem, é que... – ela começou, hesitante.

Não podia dizer o resto: "Porque eu parecia ter enfiado na cabeça que era uma deusa do sexo. Porque eu me joguei em cima de você, ou melhor, eu me arremessei sobre você..."

– Bett, não fique envergonhada, eu gostei. Gostei de tudo. – Ele deu de ombros levemente. – Foi por isso que fiquei decepcionado por você já ter ido embora quando eu acordei. Sem nem termos tido a chance de trocar números de telefone. Voltei algumas vezes ao bar onde nos encontramos, mas não a vi mais lá.

– Você fez isso?

Ela nunca mais passou a menos de um raio de três quilômetros de distância do lugar depois daquela noite.

– Pensei em ligar aqui para o hotel, para saber se eles podiam me dar o seu número. Mas achei que, por causa de todos os problemas com sua irmã e seu noivo, isso poderia ser um pouco impróprio.

Ela estremeceu por dentro. Será que tinha ficado de boca calada por algum momento naquela noite?

– E então cheguei à conclusão de que, se você quisesse me ver outra vez, teria deixado um bilhete. Olha, como eu disse outro dia, fiquei decepcionado por você não querer mais me ver, mas superei isso. Não quero que fique se sentindo constrangida.

– Foi isso que você quis dizer na semana passada quando falou em ter superado aquilo?

Ele pareceu intrigado.

– O que você achou que podia ser?

– Que você tinha superado aquela noite por ter sido tudo muito terrível. E então você disse que não tinha sido a primeira vez e não seria a última. Eu achei que estava falando de ter casos de apenas uma noite.

Ele inclinou a cabeça para trás e riu.

– Danger Hilder ataca outra vez! Não, Bett. Eu não tenho o hábito de ter casos de uma noite. Não que fosse exatamente isso que aconteceu entre nós, não é? Casos de uma noite não teriam que ser entre estranhos?

– Não sei bem a definição oficial. Também não tenho esse hábito.

– Não mesmo? – Os olhos dele brilharam. – Você é muito boa nisso para uma novata.

– Olha quem fala.

Bett mal podia acreditar que estava brincando sobre aquela situação.

O telefone de Daniel soou e ele leu a mensagem de texto.

– Não sei por que achei que um jornal do interior seria mais tranquilo que os da cidade. Precisamos voltar.

Estavam estacionando atrás do prédio do *Valley Times* quando ela sentiu que precisava mencionar o assunto mais uma vez.

– Daniel, obrigada por ter sido tão gentil sobre isso hoje. – Ela hesitou. – E três anos atrás.

– O prazer foi todo meu, Bett.

Bett sabia que ele estava lembrando exatamente o que ela estava lembrando.

– Que bom. Ótimo. Então... vejo você mais tarde.

Uma vez mais, ela quase tropeçou ao sair do carro.

Capítulo 19

– SEJA BEM-VINDO, General MacArthur. Aceita um pedaço de um de nossos melhores e mais tradicionais bolos lamington?

Anna suspirou. Ainda não estava bom. Mesmo depois de todo o seu discurso motivacional da semana anterior. Sim, alguns deles haviam decorado as falas, e, sim, algumas das músicas soavam um pouco melhor, mas a atuação ainda era um terror. Não havia outra palavra para aquilo. Essa era a quinta passagem da cena com a presidente da AMC, sra. Smith, dando as boas-vindas ao recém-chegado General MacArthur na Estação de Terowie e estava ficando pior.

– Vamos tentar mais uma vez? Talvez com um pouco mais de entusiasmo?

A mulher parecia estar oferecendo a ele um prato de cabeças de cobras em vez de bolo.

A sra. Smith pôs as mãos nos quadris.

– Não tenho culpa se não gosto de lamingtons. Já tentou fazê-los alguma vez? É só cobertura de chocolate e coco ralado pela cozinha inteira e o bolo sempre esfarela.

– Poderia fingir que gosta de lamingtons? Só para essa cena?

– Será que eu não posso oferecer a ele um sanduíche de queijo ou algo assim mais simples?

Anna manteve a voz calma.

– Um general americano sobreviveu a dias de batalhas ferozes, viajou em um trem por horas e horas até a sua pequenina cidade no meio do nada e você quer oferecer a ele um sanduíche de queijo?

– Talvez ele gostasse de sanduíches de queijo. Alguém do grupo dele poderia ter nos dito que ele gosta de sanduíche de queijo. Às vezes as coisas mais simples são o que as pessoas querem. Li em uma revista uma vez que a Princesa Diana costumava enjoar de toda aquela comida fina e sonhava com uma noite diante da TV comendo torradas com queijo.

Anna tentou contar até dez. Depois até vinte. Não adiantou. O que tinha dado neles naquela noite? Olhou em volta pelo salão. Romeu e o soldado americano jogavam uma partida improvisada de tênis de mesa em um canto da sala. Os músicos da escola secundária liam revistas sobre artistas pop em vez de ensaiar as canções com Bett. O General MacArthur estava mandando mensagens de texto pelo celular. O encanador que fazia o papel do *playboy* desapareceu, murmurando alguma coisa sobre um cano estourado em um dos bares na cidade.

Mas já desde o começo andava ruim. Kaylene pelo menos tinha decorado suas falas, mas insistia em dizê-las com sotaque inglês.

– Kaylene, não pode – Anna explicara. – Ela é americana.

– Mas ela tinha que parecer mais chique. Não poderia ser inglesa? Eu adoro fazer sotaque inglês.

– Se estivéssemos fazendo *My Fair Lady*, tudo bem. Mas você é a sra. MacArthur. A sra. Casada-com-o-General-Americano-e-Também-Americana MacArthur. Então quer, por favor, falar com sotaque americano?

Kaylene cruzou os braços.

– Não precisa ficar toda nervosa por causa disso.

E também não tinha sido melhor com o pai de Kaylene. Len chegou com o primeiro dos painéis do cenário naquela noite. Sua pintura da estação ferroviária de Terowie parecia mais o interior de um submarino. Passou dias contando a ela como o trem ia progredindo bem, para no fim mostrá-lo feito em uma caixa de sapatos. Eram 13 centímetros de comprimento.

– Len, não sei se isso vai funcionar no palco. É um pouco pequeno, não acha?

– Este é o modelo, Anna! – Ele estourou de rir. – Como se este pudesse ser o real.

– Ah, mas você passou dias fazendo este. Estou um pouco preocupada com o prazo.

– São os detalhes que tomam tempo. Veja só, Anna, eu pintei até pequenas pessoinhas nos vagões. Dê uma olhada.

Ela olhou. Sim, era verdade. Uma fileira de rostos sorria alegremente de um dos pequenos vagões. Maravilhoso. Esplêndido. Especialmente se ela estivesse planejando montar esse musical em um formigueiro. O que deveria fazer? Dar um binóculo para cada pessoa da plateia?

– E então, pode ser um sanduíche de queijo, Anna? – a mulher da AMC perguntou, teimosamente agora. – Ou um sanduíche de queijo e tomate?

Anna olhou atordoada para ela.

– Pode me dar licença um minutinho?

Ela andou decidida até a porta, atravessou o estacionamento e bateu educadamente à porta de Lola.

– Entre.

Lola estava na cama, com uma pasta de papéis no colo.

– Anna, querida, como vão indo as coisas?

Anna abriu a boca, gritou e fechou a boca outra vez. Sentindo-se muito melhor, deu meia-volta e retornou aos ensaios.

Na manhã seguinte, em seu quarto, Richard Lawrence fez um intervalo no trabalho e pegou a última edição do *Valley Times*. Ao virar as páginas, um artigo na página cinco chamou sua atenção.

Audições revelam talentos ocultos no vale

As audições para o próximo musical beneficente ***Muitas Felicidades*** têm revelado uma quantidade surpreendente de talentos locais, disse a diretora musical Anna Quinlan esta semana.

Os atores para os sete papéis principais já foram escolhidos, assim como o grande coro para o musical ambientado na década de 1940, escrito pela avó de Anna, Lola Quinlan, de 80 anos.

O musical é uma adaptação livre da história real da visita do General Douglas MacArthur, durante a guerra, à pequena cidade de Terowie.

A apresentação será no Paço Municipal de Clare em 20 de março, dia do aniversário da visita do General MacArthur a Terowie. Toda a renda será destinada ao Fundo para Compra de uma Nova Ambulância. Os ingressos estão à venda no Valley View Hotel.

Richard sorriu. Anna havia lhe contado que tinha dado uma entrevista diplomática para o jornal local. Ela apareceu para outro drinque depois dos ensaios na noite anterior. Era ótima companhia, cheia de histórias sobre as peças de que havia participado, as dublagens que tinha feito, mas cheia de perguntas para ele também, sobre Londres, sobre seu trabalho. Também o entretinha imensamente com as histórias dos ensaios, trens de 13 centímetros, atores teimosos, etc.

– Ainda não é tarde demais para você entrar – disse ela. – Tenho certeza de que podemos encontrar um papel. Até mesmo para representar o General MacArthur.

– Não, obrigado. Vou estar muito feliz na plateia na noite de estreia.

Ele já havia estendido sua estada por mais duas semanas para poder estar presente.

Seu celular tocou e ele teve uma breve esperança de que fosse Anna ligando de Adelaide. Ela lhe disse que estaria lá naquela manhã, tratando de assuntos do figurino para o musical. Imaginou que isso já estivesse resolvido nas mãos de Len, até descobrir a ideia dele de que um uniforme do exército poderia ser um capacete de pote de sorvete pintado e um cabo de vassoura como arma, com as cerdas ainda presas.

O nome Charlie aparecia no visor. Charlie Wentworth, um amigo da universidade que, no momento, estava viajando pela Austrália para produzir uma série não convencional sobre viagens para uma emissora de TV a cabo.

– Oi, Charlie!

– Sr. Lawrence, como está indo? Aquele livro vai sair mesmo?

– Não poderia estar melhor. E você? Ainda vindo para estes lados?

Ele se recostou na cadeira, esperando para ouvir as últimas novidades sobre as filmagens de seu amigo. O programa especializava-se em histórias incomuns do tipo "Você sabia?" Da última vez que haviam conversado, Charlie acabara de filmar um segmento sobre as atrações turísticas extragrandes da Austrália: as esculturas gigantes de abacaxis, coalas, lagostas e laranjas de fibra de vidro espalhadas pelo país.

Charlie tinha mais um lote de boas histórias dessa vez. Richard riu ao ouvir sobre um desastre nas filmagens na região das montanhas Flinders na semana anterior. Charlie descobriu um camelo que fazia um som estranhamente parecido com a melodia de *Jingle Bells*. Mas o animal morreu de repente bem na manhã em que eles chegaram.

– Mas que falta de consideração, deixar um buraco em sua programação desse jeito.

– Nem me fale! Fique de olho em histórias para mim, por favor. Para lhe dizer a verdade, estou desesperado. Qualquer tipo de curiosidade australiana que você encontrar pode servir.

Richard pegou o jornal a seu lado.

– Que tal essa? Você sabia que, em 1942, o General Douglas MacArthur... sim, como na música *MacArthur Park*, pegou um trem em Alice Springs, parou em uma cidadezinha australiana insignificante e fez um dos discursos mais famosos da guerra?

– E há alguma placa marcando o local? Uma "MacArthur Placa"?

– Muito engraçado.

– Que lugar é esse? Nunca ouvi falar disso.

– Terowie – Richard leu no jornal. – Acho que é assim que se pronuncia. Não fica longe de onde estou. Menos de uma hora. Você podia passar por lá e dar uma olhada quando estiver vindo para cá.

– Rich, você pode ter salvado minha pele. Há alguém no local que possa se lembrar desse acontecimento? Alguma pessoa com quem eu possa conversar sobre isso?

– Não sei. A única especialista no assunto que eu conheço é uma senhora irlandesa de 80 anos aqui em Clare, que escreveu um musical baseado na história.

– Uma senhora irlandesa de 80 anos que fez o quê?

Richard deu os detalhes. Quase podia ouvir os pensamentos na cabeça de Charlie.

– Você acha que poderíamos filmar um pouco desse musical? Só o suficiente para dar um pouco mais de cor e movimento à filmagem da estação?

– Vou checar e ligo de volta para você.

Ele discou o número de um telefone a apenas dois quartos de distância.

– Lola, olá, é Richard. Algo muito interessante acabou de aparecer. Será que você tem um minuto para conversarmos?

Dez minutos depois, Lola desligou o telefone com um sorriso de orelha a orelha. Deus estava de bem com eles no dia em que Richard Lawrence viera ficar em seu hotel.

– Se eu gostaria de ser entrevistada em um programa de TV? Se gostaria que meu musical fosse filmado? Richard, Elizabeth Taylor tem alguma joia? Fred Astaire era bom de dança? Quando? Agora? Só preciso de cinco minutos para pôr um pouco de maquiagem.

Richard riu alto ao telefone.

– Só daqui a algumas semanas, Lola, se isso der certo. Eles ainda estão organizando os cronogramas de filmagens. É só uma possibilidade, uma ideia, mas eu queria primeiro saber se você não se importaria.

– Esses seus bons modos, Richard. Você é um dos cavalheiros deste mundo. Deixe-me dizer alto e claro: nós adoraríamos aparecer no programa. É só você avisar e vou tê-los todos prontos e arrumados.

– Vou avisar meu amigo, então. Ele provavelmente vai querer falar com você também, se não houver problema.

– Ah, meu querido, será um prazer. – Ela estava pensando depressa. – Mas talvez seja melhor deixar isso em segredo para os outros por enquanto, para minhas netas e o elenco, não acha? Para o caso de não dar certo. Eu detestaria decepcioná-los.

– É, acho um bom conselho – ele respondeu.

Que a própria Lola não tinha a menor intenção de seguir, aliás. Passou os olhos pela lista de telefones do elenco na pasta ao seu lado, tentando decidir quem seria a melhor escolha. Quem tinha a maior boca, para usar termos claros. Sem dúvida era o açougueiro Len. Uma pequena semente plantada com ele não tardaria a se transformar em um grande carvalho. E, se Lola conhecia a natureza humana tão bem quanto imaginava, Anna provavelmente veria seus problemas nos ensaios desaparecerem como por encanto.

Ela discou o número.

– Len, é Lola Quinlan, do hotel. Ah, estou maravilhosamente bem outra vez, não há com o que se preocupar. Eu soube de umas novidades sobre o musical e estava explodindo de vontade de contar para alguém. E como sei o quanto você está envolvido nos trabalhos... Mas você promete manter segredo? – Ela baixou a voz quase a um sussurro. – Parece que uma equipe de televisão britânica vai vir filmar um documentário sobre nós. Não sei quando, acho que logo. Sim, não é fantástico? A única coisa que está me preocupando é que talvez nem todos tenham decorado as falas até lá, ou os cenários podem não estar prontos e nós seremos motivo de piada no Reino Unido ou no mundo, se acabarem mostrando isso em todos os canais de TV a cabo. Ah, estou falando muito sério. Parece que o produtor é fanático pelo General MacArthur. Ele mal pôde acreditar em sua sorte quando ouviu falar do musical. Não diga a ninguém, está bem? E é especialmente importante que não conte às minhas netas. Mesmo que aconteça de escapar para alguma outra pessoa, que elas não fiquem sabendo. Quero que seja uma surpresa para elas.

Lola desligou, feliz consigo mesma. Esperou um pouco, depois testou sua intuição discando para o número de Len outra vez. Estava ocupado. Ótimo. Tinha a sensação de que ficaria ocupado pelo resto do dia.

No ensaio, três noites depois, Bett saiu do piano com expressão surpresa. Anna e Carrie aproximaram-se.

– Alguém pôs alguma coisa na água da cidade? – perguntou Anna.

– É estranho, não é? – Carrie sussurrou.

Todos os membros do elenco sabiam suas falas e as letras das músicas. Todos chegaram no horário. Havia também um ar de entusiasmo neles, rostos maquiados, roupas um pouco melhores. Kaylene parecia estar a caminho de uma boate.

– Aquele seu discurso motivacional fez mesmo efeito – disse Bett.

Anna sorriu, orgulhosa.

– Acredito que sim. Mas não quero nem saber o que foi. Desde que continue assim, ainda tem chance de dar certo. – Ela bateu palmas, indicando o final do intervalo. – Muito bem, todos, desde o começo mais uma vez.

Capítulo 20

UMA SEMANA tinha se passado. Lola recostou-se mais fundo no travesseiro e bocejou delicadamente.

– É terrível, mas, desde que fiz 80 anos, parece que me sinto cansada mais cedo a cada noite.

– É o seu braço? Precisa de um analgésico?

Bett virou-se do guarda-roupa onde estava pendurando as roupas de Lola. As três vinham revezando turnos para vestir Lola e cuidar dela desde que a avó quebrou o pulso. Esta era a vez de Bett. Carrie estava em sua noite de folga. Anna tinha ido novamente a Adelaide para buscar os últimos figurinos. Ellen já estava na cama, passaria a noite no quarto de Bett.

– Não, o braço não está me incomodando nem um pouco. Ele só está incomodando vocês, que têm que vir aqui toda manhã e toda noite para me vestir. E não pensem que eu não percebo que estão tentando mudar as roupas que eu uso, porque percebi muito bem.

Bett sorriu inocentemente.

– O que acha de Richard Lawrence, Bett?

Bett não estranhou a mudança de assunto.

– Ele parece legal.

Parecia muito legal, na verdade. Mas ela ainda não o havia convidado para aquele drinque. A vida de repente parecia ter ficado muito ocupada, entre o musical, o trabalho no hotel e as viagens com Daniel pelo vale...

– Ele tem um excelente senso de humor.

– É, parece ter.

– Eu gostaria de ter sabido na sua idade que senso de humor vale muito mais do que uma avantajada carteira ou um avantajado...

– Pare com isso, Lola.

– Mas é verdade, senso de humor mútuo é tudo de que se precisa para ir em frente.

– Edward era divertido?

– Não.

– Ele não a fazia rir?

– Talvez tenha feito uma vez, quando tropeçou na cerca de arame. É, aquilo foi divertido.

– Por que você se casou com ele, então?

– As coisas eram diferentes na minha época. E especialmente na minha família.

– Quer dizer que foi um casamento arranjado?

"Lola nunca foi tão direta antes", Bett pensou.

– Um casamento de conveniência talvez seja o termo certo. – Lola não estava com vontade de conversar sobre aquilo no momento. Bocejou largamente, cobrindo a boca com delicadeza. – A propósito, Richard esteve me perguntando sobre você hoje.

– É mesmo?

Na verdade, não. Lola não o vira naquele dia.

– Sim, ele me perguntou se você era solteira. Também me disse que os seus olhos eram os mais lindos que ele já tinha visto.

– O quê?

– E sua pele a mais suave. Foi assim que ele disse? Não, desculpe, ele disse pele cor de leite.

– Richard disse isso? Ele quase não passou tempo nenhum comigo. Como saberia como é minha pele?

– Ele comentou que gostou muito de sua companhia na noite da minha festa. Que você foi muito agradável.

– Sério?

Na experiência de Lola, nada fazia alguém tão atraente quanto pensar que a achavam atraente. E Richard poderia muito bem ter pensado essas coisas todas sobre Bett. Talvez fosse muito tímido para mencioná-las.

Uma batida à porta. Richard apareceu na fresta.

– Estou pronto quando você estiver, Lola. Ah, boa noite, Bett.

– Oi, Richard. – O sorriso dela foi muito amplo.

Lola bocejou com extravagância.

– Desculpe, Richard, mas eu estou vencida pelo cansaço esta noite. E tão de repente! – Ela se virou para Bett. – Richard esteve me falando de sua curiosidade pela história de MacArthur e convidou-me gentilmente para jantar e contar a ele o que eu sei. – Outro bocejo. – Richard, meu querido, Bett conhece a história tão bem quanto eu, se não melhor, e saberá apresentá-la de forma concisa, como uma jornalista, enquanto eu sem dúvida acabaria divagando para todos os lados. Ou dormindo no meio da frase, pelo jeito como estou me sentindo hoje. Bett, você se importaria de tomar meu lugar como convidada de Richard esta noite? Richard, garanto que ela é uma companhia vibrante.

Richard lidou educadamente com a situação.

– Seria um prazer, claro. Mas não gostaria de privá-la do prazer de uma noite fora, Lola. Podemos remarcar para outra noite, quando não estiver tão cansada, se você quiser.

– Parece que eu estou cansada todas as noites atualmente.

Bett a fitou com uma expressão zangada. Foi só naquela noite que ela reclamou desse súbito cansaço.

– Eu não posso sair, Lola. Estou cuidando de Ellen.

– Ela ainda não dormiu?

– Não.

– Então a traga para o meu quarto que eu cuido dela. Acho que vamos estar as duas dormindo antes das 8.

Cinco minutos depois, Ellen tinha sido transferida para a cama de casal ao lado de Lola. Bett correu de volta para seu quarto para trocar de saia, passar uma escova nos cabelos cacheados e aplicar rímel e batom.

Ela deu uma olhada na porta do quarto de Lola antes de ir.

– Você não está armando nada, está?

– Como poderia? Do jeito que estou cansada? Eu pareço cansada, não é, Ellen?

Ellen estava apoiada em vários travesseiros, imitando Lola.

– Você parece muito, muito cansada.

“Isso tem um ar suspeitamente ensaiado”, pensou Bett.

– Boa noite, então.

– Divirta-se – disse Lola.

– Divirta-se – ecoou Ellen.

Lola esperou até Bett ter definitivamente ido embora antes de tirar uma caixa de bombons de baixo do travesseiro, apontar o controle remoto para a TV e sorrir para a bisneta.

– Acomode-se, Ellen. Você vai gostar disso.

Quando os créditos de abertura de *Mary Poppins* começaram a aparecer na tela, Lola sorriu consigo mesma. Operação Richard e Bett iniciada.

Richard havia reservado uma mesa para o jantar no Lorikeet Hill, um pequeno restaurante-vinheria no lado sul da cidade. A comida era deliciosa, com música irlandesa suave tocando ao fundo. O vinho relaxou o humor de Bett e soltou-lhe a língua. Richard parecia genuinamente interessado em muitas coisas. Não só na história do General MacArthur, mas em Lola, Anna, Carrie, ela mesma. Todas elas.

Ele tornou a encher-lhe a taça.

– Então, você começou a faculdade de jornalismo dois anos depois de terminar o ensino médio?

– Isso mesmo.

– E Anna foi para a faculdade de teatro mais ou menos na mesma época?

– Sim. Ela sempre disse que As Irmãs Alfabeto tinham lhe dado esse impulso. Não são muitas as pessoas que chegam aos 19 anos de idade tendo passado seis anos percorrendo o país em turnês.

– E ela conheceu o marido em Sidney?

– É. – Ela fez uma careta. – Infelizmente.

– Você não gosta dele?

– Desculpe, isso foi muito infantil. – E induzido pelo álcool, percebeu. Bett tentou encontrar as palavras. – Se Glenn fosse um animal, ele seria um urso. Se fosse um veículo, seria um trator. Mas ele adora Anna e acho que isso é o que importa.

– Ele adora Anna?

– Ele a idolatra. Venera o chão em que ela pisa.

E isso era algo que dava calafrios em Bett e Carrie. Glenn tinha uma maneira de olhar para Anna, de falar dela, como se fosse sua mais recente aquisição. "Este é meu carro novo, esta é minha grande casa na praia e esta é minha bela esposa atriz."

Richard a olhava atentamente.

– Quanto tempo faz que você não vê Glenn e Anna juntos?

– Faz um tempo.

– Um tempo?

– Mais de três anos – admitiu ela.

Quando o garçom veio retirar os pratos, Bett se deu conta de quanto esteve falando. Ele deve ter sido um jornalista talentoso, imaginou. Ela devia estar pedindo dicas a ele em vez de ficar abrindo a sua alma. Esperou o garçom se afastar antes de falar outra vez.

– Você não está escrevendo uma biografia não autorizada das Irmãs Alfabeto, está? Não sei se há escândalos suficientes para um livro.

– Ah, eu não sei sobre isso.

Algo no tom dele a fez desconfiar.

– Você sabe, não é?

Ele sorriu timidamente.

– Um pouco.

Bett xingou Lola mentalmente. Claro que ela devia ter contado a Richard toda a história.

– Posso saber exatamente o que contaram a você?

– Que você era noiva de um homem aqui em Clare, mas então ele conheceu sua irmã mais nova e apaixonou-se por ela. E que houve uma briga entre você, Anna e Carrie e vocês não se falaram e nem se viram mais até a festa de Lola.

– Bem, acho que, resumidamente, é isso.

– Deve ter sido terrível para você.

Ela tomou um gole de vinho.

– Sim, foi difícil. Senti muita falta delas.

– Delas?

– É, de Anna e Carrie.

– Eu quis dizer que deve ter sido terrível quando seu noivo a deixou por sua irmã.

Bett piscou.

– Ah. Sim. Foi.

O garçom veio com os pratos principais. Bett ficou aliviada com a interrupção e aproveitou a oportunidade para mudar a conversa para terrenos mais seguros. Falaram sobre o musical, sobre Lola e então Richard voltou ao assunto das Irmãs Alfabeto.

– Você sente falta daqueles tempos? De toda a adulação? As viagens? Os quartos de hotel?

– Bom, nós crescemos em quartos de hotel, então isso nunca foi um luxo para nós.

Ele riu.

– É, acho que não. O que vocês pediam? Que os patrocinadores lhes arrumassem uma confortável casa com três quartos para ficar?

– Exatamente. E você devia ver nossas exigências para o camarim. Garrafas de refrigerante. Revistas em quadrinhos. Bonecas Barbie.

– Ah, agora estamos chegando ao que interessa. – Ele sorriu. – Acho que sempre quis ser um jornalista do *showbiz*. Sabe como é, procurar as histórias por trás das histórias, a verdade por trás da imagem pública.

– Juro que estamos totalmente limpas. Exceto por aquela vez em que Anna e eu roubamos uma garrafa de vinho do papai. E Lola deu broncas em Carrie algumas vezes por falar palavrão, mas acho que ela pediu desculpas depois.

– E por que acabou?

Bett pensou um pouco. Poderia desconversar. Ou poderia contar a verdade.

– Por minha causa.

– Sua causa?

– Eu pus um fim. Recusei-me a continuar.

– Por quê?

Por causa da terrível última apresentação no show de Natal da sociedade musical da cidade. O verdadeiro número um de sua lista das *top* 10 histórias mais constrangedoras.

– É uma longa história.

– Conte-me – pediu ele.

Ela tomou um gole de vinho, organizou seus pensamentos e começou a falar.

O fato é que já eram muito velhas para aquilo: Anna com 18 anos, Bett com 16 e Carrie com quase 14. As três puseram-se no palco por ordem de idade, como sempre. Lola caprichou no figurino, vestindo--as de cetim vermelho com um chapéu verde decorado com festões. No espelho, Bett percebeu que seu vestido estava mais apertado nela que os de Anna e Carrie, mas Lola acabara de abraçá-la, dizer-lhe que estava maravilhosa e mandar as três para o palco.

No meio da canção *Sisters*, o número de abertura, ela olhou para o público e viu os três garotos mais populares da cidade. Sentiu o coração dar um pulo e passou da timidez para o entusiasmo. Desviou os olhos, depois olhou de novo. Os três estavam, de fato, olhando para ela, concentrando-se nela para variar, não em Anna nem em Carrie. Com um súbito aumento de autoconfiança, ela endireitou o corpo, cantou mais alto, sorriu mais largo.

Então, um deles gritou.

– Bola no meio!

As pessoas que estavam na frente ouviram. Ela notou vizinhos de poltrona inclinando-se e perguntando o que ele havia dito e, depois, abafando um riso. Os três garotos ficaram repetindo aquilo baixinho, como uma espécie de mantra. Bett tentou continuar cantando, sabendo que seu rosto estava vermelho-fogo, sentindo a pele a ponto de explodir. Eles cutucaram alguns outros amigos para participarem também e logo toda uma fileira de meninos estava movendo os lábios com as palavras "bola no meio". Anna não tinha notado, ou, se notou, não se importou, concentrada demais em manter a postura, sempre uma *lady*. Carrie provavelmente esteve muito ocupada deleitando-se com o fato de atrair a maioria dos olhares de admiração, as pessoas se cutucando e sussurrando: "Aquela menor não é uma belezinha?".

De algum jeito, conseguira levar até o fim as outras três músicas. Mas estava aos prantos quando saiu do palco. Lola a aguardava. Tinha percebido tudo.

– São meninos idiotas, Bett. Ignore-os, está me ouvindo?

Nos braços de Lola, Bett estava quase confortada. Então, de trás dela, veio a voz de Carrie.

– Talvez você pudesse emagrecer um pouquinho, Bett. Desculpe por dizer isso, mas acho que ficaríamos melhor se todas tivéssemos mais ou menos o mesmo tamanho.

Suas lágrimas pararam de imediato. Sentiu-se como se lhe tivessem jogado um balde de água gelada.

– O que está querendo dizer? Que eu estrago o visual do grupo?

– Não estou dizendo que você estraga. Mas, se vamos levar isso a sério, se vamos manter as Irmãs Alfabeto, talvez você precise pensar em emagrecer um pouco.

Bett virou-se para a outra irmã.

– E o que você acha, Anna? Acha que eu preciso emagrecer?

Anna deu de ombros.

– É, o que Carrie falou faz sentido. Mas sua aparência é escolha sua.

Bett recusou-se a cantar com as Irmãs Alfabeto a partir daquele dia. Havia mais três apresentações agendadas para depois daquela de Natal, mas ela não cedeu. Lola tentou convencê-la a usar a razão. Anna tentou pedir desculpas. Carrie foi enviada a ela e implorou com os olhos cheios de lágrimas. Mas era tarde demais para Bett. A piadinha da bola no meio havia se alojado firmemente em sua mente. Nunca mais iria cantar com as irmãs.

Anna não se importou muito. Já estava decidida a entrar para a faculdade de teatro e tratava as Irmãs Alfabeto como uma brincadeira naquela época. Mas Carrie ficou arrasada. Uma das apresentações seria televisionada pela rede local. Ela esperava ansiosa por aquilo havia semanas. Continuou tentando convencer Bett.

– Por favor. Você tem que ir, Bett.

– Não, eu não vou. Já lhe disse, nunca mais vou cantar com vocês.

– Mas eu pedi desculpas.

– Só porque Lola mandou.

– Mas eu sinto muito de verdade.

– Devia ter pensando nisso antes de falar.

– Você está estragando isso para todos. Não só para mim. Para Lola. Para o pessoal da TV.

– Achei que você e Anna iriam adorar ter o palco só para vocês, sem a minha presença ali para estragar o visual perfeito.

Carrie ficou furiosa.

– Não fui eu que chamei você de bola no meio, foram aqueles meninos. Mas você está agindo como uma monstra agora. Uma monstra egoísta. E vai me pagar por isso, prometo.

Bett não disse a Richard, mas a verdade era que a falta de apoio das irmãs a havia machucado mais do que as piadinhas. Foi o início de um período terrível em sua vida. Daquele momento em diante, parecia que Anna e Carrie tinham se desconectado dela e partido para um mundo de romances, encontros, garotos e autoconfiança. Bett sentiu-se uma mistura de Cinderela e da personagem infantil Bessie Bunter: obesa e infeliz, tendo como únicos prazeres a comida, os livros e o piano.

– E assim chegou ao fim – disse para Richard. – Simplesmente paramos.

Ele esteve ouvindo com atenção.

– Sempre dizem que são as pessoas mais próximas que sabem como nos magoar mais.

– É, acho que sim. – Ela tentou aliviar o clima. – E isso o ensinará a não me fazer perguntas depois que eu tiver tomado meia garrafa de vinho. Devia ter me feito calar a boca.

– Eu não faria isso. Estava interessado em ouvir. E sinto muito, Bett. Ser adolescente não é muito divertido para ninguém, mas deve ter sido bem duro para você.

– É, foi.

– E é por isso que você acha que Carrie seduziu Matthew? Para se vingar de você por algo que aconteceu anos antes?

– Como?

– Aquela história de Carrie ter dito que você ia lhe pagar um dia. E então, anos mais tarde, ela desfez o seu noivado e casou com o seu noivo. Você acha que teve alguma ligação?

Que loucura era essa? Carrie e Matthew se apaixonaram de verdade. Bett sempre soube disso. Percebia como eles agiam um com o outro. Foi uma atração quase imediata.

Ela o fitou fixamente, enquanto se dava conta do que acabou de admitir para si mesma. Por trás dos óculos, Richard a examinava com atenção. Simpaticamente, mas com atenção. Bett decidiu que, a partir daquele momento, não queria mais falar de si.

– Não, não acho que teve alguma ligação. Aliás, tenho certeza disso. – Pegou deliberadamente a jarra de água e encheu seu copo até a boca. – Então, chega de falar de mim. – Ficou satisfeita por sua voz soar tão firme. – Esse seu livro, Richard. Ele é ambientado na década de 1850, é isso?

Capítulo 21

ANNA OLHOU para o relógio no painel do carro quando passou por Auburn, a cidade que marcava o início do vale. Estava fazendo tempo bom. Notou suas mãos ao volante: relaxadas, e não o agarrando como se fosse uma boia salva-vidas. Em Sidney, muitas vezes se pegou dirigindo assim. Mas, em Sidney, as coisas eram muito diferentes. Seu tempo era preenchido por pensamentos conturbados sobre Glenn, lembranças de brigas passadas e premonições de discussões que certamente aconteceriam no futuro, um bombardeio constante de vozes zangadas e de desentendimentos. Mas, desde que chegou ao vale, imagens mais doces pairavam em sua mente. Havia coisas melhores em que pensar.

O musical, por exemplo. Surpreendeu-se por estar gostando tanto de fazê-lo. Não só os ensaios, mas toda a parte da produção também. Sua viagem a Adelaide foi muito proveitosa. Conseguiu os últimos figurinos e acessórios em diferentes lojas de fantasias pela cidade. Tudo, aos poucos, estava dando certo.

Vinha até se sentindo um pouco melhor. Menos tensa. Queria explicar exatamente isso para o médico naquela manhã, quando chamaram seu nome no consultório para a consulta de retorno. Entrou esperando encontrar novamente o doutor alegre de rosto vermelho, e não a mulher de expressão séria, que aparentava ter menos de 25 anos e parecia decidida a achar a causa de cada arranhão ou inchaço que Anna já teve na vida.

– Olhe, tenho certeza de que deve ser apenas estresse – dissera à médica. – Como seu colega me disse algumas semanas atrás, eu precisava diminuir um pouco o ritmo.

– Não estou gostando dessa parte da falta de ar. Há quantas semanas está assim?

– Um mês, talvez dois.

– E está piorando?

– Andei estressada – ela repetiu. – Devem ser apenas ataques de pânico. E agora tudo está melhorando muito em casa.

E não só com suas irmãs. Ela até conseguiu ter uma conversa normal com Glenn, quando ele ligou de Cingapura. Curta, mas, pelo menos, nenhum dos dois desligou na cara do outro.

– Você já teve asma?

– Não, nunca.

– Anna, eu gostaria que você fizesse uma tomografia. Só para ficarmos tranquilas.

– É mesmo necessário? Foi muita sobrecarga, só isso. E ter que fazer o exame vai me obrigar a voltar à cidade. Moro a duas horas daqui.

Ela lançou à jovem médica o olhar que geralmente fazia as pessoas pararem de insistir. Mas não daquela vez.

– Acho que é muito necessário, para termos certeza. É para isso que temos toda essa tecnologia: para nos mostrar tanto o que não está lá como o que talvez esteja.

A médica deu vários telefonemas enquanto Anna esperava, inquieta. Depois colocou o aparelho no gancho e sorriu.

– Podemos fazer o exame no final da próxima semana. Houve um cancelamento.

Anna anotou a data e o endereço em sua agenda. Seria dois dias depois do musical. Ela teria mesmo que ir a Adelaide para devolver as roupas alugadas.

– Está ótimo, obrigada.

Enquanto voltava para o carro, pegou o celular na bolsa para verificar as mensagens. Havia apenas uma, de Lola, pedindo que ela ligasse. Tinha havido um pequeno incidente com Ellen na escola, mas nada para se preocupar.

Anna ligou imediatamente, com o coração acelerado.

– O que foi, Lola? Mais problemas?

– Oi, querida. Não, eu não diria que é exatamente um problema.

Como Lola podia falar com tanta calma? Parecia até estar achando divertido.

– Mais *bullying*? Não me diga que outro cachorro...

– Não, um carneiro. Bumper, para ser mais precisa.

– Bumper?

– Ellen levou Bumper para a escola hoje. Para mostrar aos colegas. Recebemos um telefonema da professora meia hora depois para pedir que fôssemos buscá-lo.

Anna sentiu uma enorme vontade de rir.

– Como ela entrou com ele sem ninguém ver? Bett não a levou a pé para a escola hoje?

– Ela levou, cedinho, como sempre. Aí parece que Ellen voltou ao hotel, pegou Bumper e levou-o à escola. Pelas estradas laterais, se você quer saber.

– E a professora não se importou?

– A professora não o viu até chegar a hora de Ellen levantar e contar o que tinha trazido para mostrar aos colegas. Parece que ela disse, nestas palavras, que precisava "sair um minutinho e pegar uma coisa lá fora". Tinha amarrado Bumper em uma árvore no fundo do parquinho. – Lola agora estava rindo também. – Talvez você queira saber também que ela convidou a classe inteira para sua festa de aniversário no hotel. E todos já confirmaram presença.

– Mas ainda faltam meses para o aniversário dela.

– Acho que ela não especificou a data. Parecia mais interessada em descrever quais seriam as comidas e brincadeiras. Coquetel de camarão, esconde-esconde pelos quartos do hotel e passeios montados em Bumper foram os de maior destaque.

Anna ainda estava rindo.

– Ah, Lola, desculpe. Você pode cuidar disso para mim ou quer que eu volte imediatamente?

– Cuidar disso? O que há para cuidar? Vou é tomar umas lições com ela.

Anna sorriu. Estar no vale tinha sido tão bom para Ellen. Percebia que sua filha ficava mais autoconfiante a cada dia. Mais feliz. Mais tranquila. Como uma criança deve ser.

Enquanto passava por mais vinhedos, aproximando-se de Clare, Anna começou a pensar em alguém que havia feito com que *ela* se sentisse bem, feliz e tranquila. Richard. Pensou nas taças de vinho e conversas que compartilhavam nos fins de noite. Ele era tão interessado, tão cortês. Tinha aquele jeito de inclinar a cabeça ligeiramente de lado, como uma coruja, pensara a princípio, antes de começar a ver o gesto com carinho. Usava óculos, que ajeitava toda hora, principalmente quando estava falando com entusiasmo sobre algo. Gostava de críquete e não ficou contente quando ela comentou como os times ingleses andavam ruins. Também discordava das opiniões dela sobre Harold Pinter, Neil Simon e David Hare, mas concordava totalmente quanto a Shakespeare, Beckett e O'Casey. Isso a levou a lhe contar tudo sobre sua malsucedida carreira de atriz e como isso a fez partir para a nova e bem-sucedida carreira de dubladora.

Ele ligou a pequena TV no quarto do hotel e a fez sentar-se a seu lado até que aparecesse algum de seus comerciais. Não tiveram que esperar muito. Ele ficou em silêncio enquanto o comercial passava. Depois, segurou as mãos dela e beijou-a em ambas as faces.

– Você foi incrível, minha querida. Que combinação de sentimento e intensidade. Foi um desempenho realmente notável.

Era um anúncio de fluido de freios e ela dublou a voz do carro. Anna fez um agradecimento com a cabeça, aceitando o elogio e segurando o riso.

– De fato, acho que esse foi um de meus melhores momentos.

– Pode me arrumar um vídeo? Adoraria vê-lo outra vez. Com certeza, houve sutilezas em sua interpretação que não percebi.

Ela sorriu agora, lembrando-se da brincadeira. Uma brincadeira bem-humorada, não da forma desdenhosa como Glenn tantas vezes falou de seu trabalho. Conversaram por horas naquela noite. Ele lhe contou mais sobre sua vida em Londres. Falou do relacionamento de três anos que teve com uma colega repórter, até ela resolver terminar no ano anterior. Essa foi outra razão para ele ter decidido sair de Londres. E, na sequência, ela lhe contou sobre Glenn, e Glenn e Julie, e Glenn e Julie e Cingapura.

Sentia-se bem, confortável, ao pensar em Richard. E, quanto mais tempo passava com ele, mais *sexy* o considerava. Não da maneira autoconfiante e máscula como, no passado, achava Glenn *sexy*. Richard tinha uma autoconfiança mais tranquila, um calor interior em vez de um fogo aberto. E ficava ainda mais atraente por não ter feito nenhuma investida. Ele apenas ouvia. Parecia interessado. Quando era hora de ir embora, ele a acompanhava até seu quarto, cinco portas abaixo. "Durma bem", dizia, antes de beijá-la no rosto, tocando-lhe gentilmente o braço ao mesmo tempo. Nunca alguém lhe deu tanta atenção em sua vida.

Haviam combinado de se encontrar para uma taça de vinho quando ela chegasse em casa naquela noite. Ele avisou que ia levar Lola para jantar, mas esperava estar de volta lá pelas 23 horas. Eram dez e meia. Mal podia esperar para vê-lo.

Bett e Richard estavam fora do carro, no estacionamento do hotel.

– Obrigada, Richard, foi uma noite ótima.

– De nada, Bett. Eu também gostei.

Ela se perguntou se deveria convidá-lo para uma taça de vinho. Ou será que ele a convidaria para uma taça de vinho? Mas não houve nenhuma faísca entre os dois. Gostava dele, fora bom conversar com ele, mesmo tendo falado demais. Mas era só isso.

– Então, boa noite.

– Boa noite.

Dentro do quarto, ela sentou-se na cama e puxou os joelhos sob o queixo. A conversa durante o jantar ficava ecoando em sua cabeça.

"Foi difícil. Senti muita falta delas."

"Delas?"

"É, de Anna e Carrie."

"Eu quis dizer que deve ter sido terrível quando seu noivo a deixou por sua irmã."

Entrou no banheiro e fitou-se no espelho, insatisfeita com o que via. Passou a mão pelos lábios, manchando o batom. Inclinou-se mais e viu que o rímel já estava borrado. Há quantos anos olhava para aquele rosto e sentia-se irritada, sentia-se brava, sentia-se impotente? Quando a maturidade iria chegar? Quando teria a capacidade de lidar confiantemente com tudo que a vida lhe enviasse?

Decidiu tomar um banho, precisando ficar sob a ducha de água e deixá-la levar embora alguns de seus pensamentos perturbadores. Abriu ao máximo a torneira do chuveiro para encher o banheiro de vapor antes de entrar. Quando voltou ao quarto para pegar seu roupão, ouviu um carro parar no quarto ao lado, com a luz dos faróis brilhando momentaneamente através do tecido fino das cortinas do hotel. "Anna chegando da viagem a Adelaide", pensou. Cinco para as onze, bem tarde para ela. Bett despiu-se, entrou sob a água quente e fechou os olhos.

Depois de levar as roupas do musical para seu quarto, Anna simplesmente apagou a luz, fechou a porta atrás de si e caminhou cinco portas mais abaixo. Bateu de leve, duas vezes.

Ele atendeu imediatamente.

– Anna, bem-vinda de volta. – Seu sorriso era tão acolhedor quanto a voz.

– Oi, Richard. – Seus olhos assimilaram cada detalhe dele.

– Anna, você está bem?

– Estou bem. – Estava mais que bem. Estava feliz, percebeu. No hotel, sentia-se em casa. Sabia que Ellen estava segura no quarto de Lola. Encontrou um bilhete em sua cama na melhor caligrafia da filha: "Eu te amo, mamãe", com um desenho do carneiro Bumper e delas duas em cores vibrantes. Sentia-se leve depois de ter tido meses muito pesados. Falou com suavidade, mas com segurança. – Richard, eu sei que deveria ser recatada. E que deveríamos passar mais tempo juntos primeiro. E sair para jantar, para fazer caminhadas e nos conhecer melhor. Mas eu não quero esperar tanto. Quero fazer amor com você.

– Agora?

– Agora.

– Neste instante?

– Sim. – Sua voz hesitou ligeiramente.

– Pode pelo menos me dar um momento para arrumar a cama?

Ela sorriu.

– Não, não posso.

– Tudo bem, então. Daremos um jeito.

Ele a pegou pela mão e a puxou para dentro do quarto.

Bett estava sentada na beira da cama, enrolada em uma toalha. Seus pensamentos pulavam para todo lado. Do jantar que acabou de ter com Richard para suas conversas com Anna noites atrás. "Ainda evitando a verdade depois de todos esses anos, Bett?"

Não a esteve evitando. Conhecia-a bem há anos. Só escolheu não dizer a ninguém, manter a fenda aberta entre elas, por três longos anos. Mas por quê? Porque queria que a separação continuasse? Porque estava feliz por estar longe das irmãs?

Sim.

Naquela noite da briga, sentiu uma raiva tão violenta como nunca sentiu antes. Nos dias e meses que se seguiram, encontrou com facilidade outros combustíveis para mantê-la acesa. Alguns deles a surpreenderam. Lembranças de Anna fazendo tudo primeiro, aprendendo a andar de bicicleta, usando sutiã, usando maquiagem, e de ter inveja, porque sempre tinha que esperar sua vez. Lembranças de ter igualmente inveja de Carrie, que nasceu com todos os acessórios certos para ter sucesso na vida: os cachos loiros, o corpo miúdo, até um ligeiro receio quando criança, como uma versão moderna de Shirley Temple sem a doçura açucarada.

Sentiu uma vontade urgente de conversar com Anna sobre isso. Sobre tudo. De pedir desculpas pelas coisas terríveis que disse sobre Glenn. Não tinha esse direito. Anna o amava e ele amava Anna. O casamento era problema deles. O remorso durou por um momento, antes de ela começar a se lembrar de coisas sobre Glenn. Sua arrogância. O menosprezo com que ele às vezes tratava os outros. Isso não era legal. Não podia fingir que gostava de Glenn. Mas, ainda assim, podia se desculpar por ter falado tão mal dele.

Bett vestiu um robe, saiu do quarto e foi até a porta de Anna. As luzes estavam apagadas. Bateu de leve.

– Anna? – chamou baixinho.

Nenhuma resposta. Ela provavelmente tinha ido direto para a cama.

Bett olhou para a fileira de quartos e viu luz na janela de Richard Lawrence. Talvez pudesse começar por ele, usá-lo como uma experiência inicial. Imaginou a cena. "Oi, Richard. Sei que você não me conhece tão bem assim, mas preciso fazer outra confissão, se não se importa."

Enquanto olhava, a luz dele se apagou. Sentiu-se subitamente frustrada. Por que todos haviam decidido dormir cedo naquela noite? Hesitou um momento, depois se virou, retornou ao quarto, puxou o lençol e deitou-se.

Em seu quarto, Richard contornou o rosto de Anna com o dedo à luz do luar que entrava pelas cortinas.

– Sabe, eu não tenho muita certeza se fizemos isso certo.

– Eu também não – Anna respondeu, usando o mesmo tom sério. – Por que não tentamos de novo?

– Ótima ideia.

Ele se inclinou e beijou-a outra vez.

Capítulo 22

QUANDO AMANHECEU, Bett ainda estava acordada. "Deve ter sido a combinação do vinho que bebeu e da conversa com Richard", pensou. Aquilo parecia ter desencadeado lembranças que vinha mantendo fortemente trancadas há mais de três anos. Lembranças incômodas.

O quarto do hotel estava muito claustrofóbico. Precisava mover as pernas. Esperava que isso acalmasse sua mente. Vestiu uma calça esportiva, um blusão leve, amarrou os tênis e saiu do quarto quando o sol começava a brilhar sobre os eucaliptos na colina do outro lado da estrada. Pôs-se a andar na direção oposta à cidade, passando pelos vinhedos ao norte, ainda carregados de frutos, com os tons vermelhos e amarelos de início de outono aparecendo nas pontas das folhas.

Caminhar costumava acalmá-la. Estava caminhando uma hora por dia, quase todos os dias, desde o ano seguinte ao início de seu trabalho pela primeira vez no jornal. Lola a incentivou a começar, de sua maneira direta habitual. Entrou no quarto de Bett uma tarde e puxou uma cadeira para o lado da cama onde ela estava deitada, com a expressão muito séria.

– Bett, precisamos conversar.

– Sobre o quê?

– Você se lembra daquela gozação da bola no meio que a perturbou tanto anos atrás?

Bett baixou o pacote de batatas fritas que estava comendo.

– Lembro.

– É bom tomar cuidado ou logo vão chamá-la assim de novo. – Ela ignorou a expressão chocada de Bett. – Não sou uma patrulheira do corpo, mas não gosto de ver alguém ficar desleixada e é isso que você está fazendo.

– Tenho todo o direito de ser tão gorda quanto quiser. E você não é a pessoa mais indicada para falar de roupas.

Incomodada com o comentário de Lola, quis magoá-la também.

– Estou feliz com o que visto, Bett. Se você fica feliz assim, pode ser tão gorda quanto quiser e usar roupas largas pelo resto da vida. Mas você não está feliz, está?

Por um instante, ela se irritou e começou a revidar. Mas logo deixou as defesas caírem e confessou para Lola. Não, não estava feliz. Estava extremamente infeliz. Tudo foi se acumulando e seu único conforto ficou sendo a comida. Sentada durante horas estudando ou trabalhando em sua mesa, ela se consolava comendo biscoitos, doces e batatas fritas. E estava usando roupas largas porque eram as únicas que serviam nela no momento.

Lola ouviu e, depois, esperou até as lágrimas pararem.

– Você tem duas opções, Bett. Pode fazer alguma coisa em relação ao seu peso, ou pode ficar como está e decidir que não vai mais se incomodar com isso.

– Mas me incomoda. Claro que incomoda. Mas o que eu posso fazer? Sou uma inútil em uma academia ou em aulas de aeróbica. E adoro comer. Não quero viver de sopa de couve pelo resto da vida.

– E para que servem as suas pernas?

– Minhas pernas?

– O que elas fazem?

– Seguram meu corpo. Andam.

– Andam. Exatamente. De hoje em diante, quero que você ande uma hora por dia, chova ou faça sol, tenha névoa ou neblina. Ou, como é mais provável, já que é verão, sob o sol ardente dia após dia.

– Andar?

– Andar. O melhor exercício do mundo. O melhor calmante do mundo. Ninguém jamais se arrepende de uma caminhada, Bett. Vou ser sua treinadora. Vou forçá-la a fazer isso.

– Você vai andar comigo?

– Com estas pernas velhas? Eu desabaria logo. Não, vou deixá-la em algum lugar, depois vou com o carro até o fim da trilha e pego-a uma hora depois. Assim saberei quanto você andou e, se chegar até mim rápido demais, também vou saber que pegou alguma carona. E posso ficar no carro ouvindo música clássica, o que me acalmará ao mesmo tempo em que a caminhada estiver acalmando você. Fechado?

Bett apertou a mão da avó.

– Fechado.

E, assim, ela começou a caminhar uma hora todos os dias, por estradas de terra no fim do vale. Lola a deixava em um determinado ponto e, depois, passava por ela dirigindo seu pequeno carro branco, sentada ereta atrás do volante como uma suricata. As meninas sempre riram do estilo de Lola dirigir. Bett caminhava até encontrar Lola esperando a alguns quilômetros de distância, lendo o jornal, fazendo palavras cruzadas ou, às vezes, cochilando, enquanto música clássica ou uma fita com canções escolhidas tocava alto em seu carro. Três meses depois, Bett juntou coragem para sair e comprar roupas. Diminuiu apenas um tamanho, mas seu corpo estava diferente, mais firme. Não estava magra, nunca seria magra, mas agora tinha formas melhores e definitivamente encontrou um meio-termo em que se sentia confortável.

Conheceu Matthew não muito tempo depois. Ele se mudou para o vale como veterinário recém-formado para fazer um curso de especialização em uma faculdade agrícola nas proximidades. Ela o entrevistou em seu segundo dia na cidade, para uma reportagem sobre novos moradores. Como o assunto era trabalho, não o viu como um possível interesse amoroso e, portanto, não ficou tão nervosa como ficaria se o tivesse conhecido em um bar ou alguma situação social. Quando ele mencionou que ainda não conhecia ninguém na cidade, ela o convidou para tomar um drinque no bar do hotel. Seu pai o encheu de cerveja e de perguntas, enquanto Bett, sentada ao lado dele, participava da conversa e sentia-se feliz porque dessa vez era ela, e não Anna ou Carrie, que estava ao lado de um homem atraente naqueles bancos do bar. Carrie estava viajando pelo exterior na época. Anna encontrava-se em Sidney.

No fim de semana seguinte, ela e Matthew encontraram-se novamente, agora em um dos três barzinhos da cidade. Uma vez mais, não ficou nervosa. Sentia-se tranquila com ele. Encontraram-se de novo no fim de semana depois daquele. Havia se tornado um hábito, tão livre de estresse, tão natural que as pessoas na cidade começaram a vê-los como um casal antes que eles mesmos tivessem pensado naquilo.

Ele a beijou no quinto encontro. No sétimo, a relação havia progredido com o toque das mãos dele em seu corpo. Seis semanas depois do início do relacionamento, Bett decidiu que ia dormir com ele. Já sabia que ele era mais experiente do que ela. Matthew lhe contou que teve várias namoradas em Perth. Em um fim de semana que passaram fora da cidade, dois meses depois de terem se conhecido, fizeram sexo pela primeira vez. Foi bom. Nada de fazer a terra tremer, nem doloroso, nem especialmente cheio de paixão, mas confortável. Fácil. Gentil. E continuou assim. Ela ainda ficava tímida, não gostava de fazer amor no claro, sentia-se um pouco constrangida nas *lingeries sexy* que ele começou a comprar para ela. Mas o alívio que sentia era maior que tudo isso.

Porque a verdade era que Bett era virgem quando começou a sair com Matthew. Aos 28 anos. Teve várias oportunidades, uma ou duas quase concretizadas, mas algo sempre a fazia parar. Não contou a Matthew. Ele também não adivinhou. E certamente nunca contou a Anna ou Carrie. Para as duas, perder a virgindade foi algo fácil, agradável. Apenas uma questão de tirar aquilo do caminho, pareceu a Bett.

Depois de cinco meses, ela e Matthew haviam se habituado a um relacionamento tranquilo: encontrar-se para um drinque uma ou duas vezes por semana e jantar uma vez por semana, depois do que geralmente iam para a casa na qual ele alugava um quarto na cidade. Às vezes faziam amor, às vezes não. Certa noite, de repente, ele a pediu em casamento. Estavam voltando do casamento de um amigo. Durante toda a festa, os dois haviam sido provocados com brincadeiras sobre quando seria o grande dia. "Um casamento sempre atrai outro, vocês sabem disso." Os discursos tinham sido muito tocantes, com o casal falando de seu amor um pelo outro, a importância de suas famílias, como mal podiam esperar para montar uma casa juntos, iniciar a própria família.

No caminho de volta para Clare, Matthew contou-lhe mais sobre sua infância, como seus pais haviam se separado quando ele ainda era pequeno e como ele sempre teve que se mudar de casa.

– Não quero que o resto da minha vida seja assim, Bett. Quero me estabelecer em algum lugar, ter filhos, garantir que eles se sintam seguros.

Na ocasião, comoveu-a quase até as lágrimas pensar em como ele foi tão solitário quando criança que agora não queria que os próprios filhos passassem pela mesma situação.

– Você entende, não é, Bett? Sabe exatamente o que quero dizer.

Intimamente, Bett queria discordar. Ela gostou de todas as mudanças que haviam feito quando crianças. Mas, naquela noite, o champanhe tinha se apossado de suas emoções.

– Claro que entendo. E acho que você seria um ótimo pai. Um ótimo marido e pai.

Ele parou o carro e segurou as mãos dela.

– Bett, quer se casar comigo?

Ela sentiu um calor reconfortante por dentro. Até mesmo uma espécie de alívio outra vez. Ela não era um fracasso. Alguém a amava o suficiente para querer casar com ela. Foram direto ao hotel para contar a seus pais e a Lola. Naquela noite, aconteceu de Carrie ligar e contaram-lhe a novidade também. A notícia se espalhou pela cidade. Rebecca chegou ao trabalho com uma garrafa de champanhe. Foi um tempo muito feliz.

Mas parecia algo que ambos estavam destinados a fazer, que não poderiam viver se não fizessem? Não. A motivação veio mais das pessoas à sua volta, de seus amigos, vários dos quais estavam ocupados planejando os próprios casamentos e comprando a primeira casa.

Não se apressaram em fazer planos de casamento. Marcaram uma data, reservaram a igreja para dali a um ano, mais para ter certeza da data. Bett começou a pensar em seu vestido. Mas, principalmente, a vida se estabilizou: Bett com seu trabalho no jornal, Matthew com seu trabalho e estudos, ambos vivendo separadamente. O fato de estarem noivos era uma ligação agradável entre eles, mas nada estupendo, nada que lhes mudasse a vida. Uma vez mais, a ideia era: confortável, o que começou a parecer tedioso.

Bett lembrou-se de ter tocado no assunto de maneira indireta durante uma conversa por telefone com Anna.

– Você teve alguma dúvida sobre Glenn antes de se casar com ele, Anna?

Anna foi ao ponto imediatamente.

– Por quê? Está com dúvidas quanto a Matthew?

– Não. – Uma pausa. – Mas é algo lógico que se comece a ver defeitos em alguém, especialmente depois de já se estar saindo com essa pessoa há algum tempo, não é?

– Você e Matthew? Mas vocês estão juntos há menos de um ano! Acho que isso ainda é oficialmente conhecido como período de lua de mel. De que tipo de coisas você está falando?

– Bom, com Glenn, por exemplo, você já, humm, não sei, ficou sem assunto para falar? Viu-se ali sentada pensando no que dizer em seguida?

– Não, acho que não. – Anna riu. – Se não estamos conversando, geralmente estamos brigando por algum motivo, então comunicação não costuma ser um problema. Você ficou sem o que dizer a Matthew?

"Sim, fiquei", mas contornou a questão.

– Talvez apenas estivéssemos cansados demais para falar. Nós dois temos trabalhado muito.

– Mas vocês devem ter coisas em comum que possam conversar mesmo quando estão cansados. Vocês gostam das mesmas coisas? Do mesmo tipo de livros ou música?

Bett fez uma careta. Ela e Matthew não poderiam ser mais diferentes em seus gostos musicais. Ele só ouvia John Cougar Mellencamp. Matthew gostava de estações de rock, ela preferia as alternativas. Ele gostava de ouvi-la tocar piano, mas, pensando melhor agora, só quando estava tocando alguma das *top* 40, não os números musicais ou peças clássicas que Lola lhe ensinou. Matthew também não lia muito, além de revistas de veterinária, enquanto Bett sempre estava com dois ou três livros ao alcance da mão.

– Humm, não muito.

– Ele a faz rir?

Bett teve que pensar. Sim, ocasionalmente. Mas os principais atos de festas dele eram as imitações de Basil Fawlty, Frank Spencer e Elvis Presley e a verdade era que Bett nunca as achou engraçadas. Talvez até um pouco constrangedoras.

– Às vezes – respondeu para Anna.

– E quanto ao trabalho dele?

Foi interessante no começo. Mas ela nunca foi tão ligada em animais – bem, gostava de gatos, mas não era assim tão ligada em seus funcionamentos internos, não a ponto de falar sobre vermes intestinais durante o jantar quase todas as noites. Carrie era a louca por animais da família, a que colecionava fotos de cachorros e cavalos e as colava em seus livros de escola e na parede ao lado de sua cama. Ela havia tido até um cavalo imaginário por alguns anos, chamado Plink, em que galopava pelo estacionamento do hotel, para diversão dos hóspedes.

Bett lembrou-se de ter pensado que a música que Matthew ouvia era o mesmo tipo da que Carrie gostava. Que ela também não lia muito. Que mesmo a aparência dele era mais do gosto de Carrie que de Bett. Carrie sempre gostou de tipos mais rústicos, com vida ao ar livre.

Ela e Anna haviam conversado um pouco mais sobre isso antes de Bett, deliberadamente, levar a conversa para outros assuntos. Quatro dias depois, recebeu uma carta de Sidney.

Querida Bett:

Estive pensando muito em nossa conversa ao telefone ontem à noite e, em vez de ligar outra vez, resolvi escrever. Em primeiro lugar, sei que não é da minha conta, então já vou me isentando: se você resolver seguir meus conselhos, não poderei ser responsabilizada pelas consequências! Mas o que pareceu ficar muito claro em tudo o que você disse é que está com sérias dúvidas quanto a se casar com Matthew. Você me perguntou se eu havia tido o mesmo tipo de dúvidas antes de casar com Glenn, mas, como eu disse ontem à noite, Glenn e eu somos completamente diferentes de você e Matthew. É uma combinação diferente, uma situação diferente. Os problemas que temos não são os problemas que você e Matthew possam ter ou vir a ter.

Posso lhe fazer uma pergunta bem direta? Por que você vai se casar com ele? Não tenho muita certeza de que você o ama, como você também não tem, mas pelo menos gosta tanto assim dele? Fiquei preocupada quando falou que você e ele não têm muita coisa em comum. Preocupei-me ainda mais quando você disse que já não eram mais tão jovens e que todos os seus amigos estavam se casando. Como Lola diria, se todos os seus amigos pulassem do telhado, você pularia também?

Já que estou no assunto, por que Matthew quer se casar com você? Ele fala como o maior romântico do mundo, mas será que tem uma ideia real de você? Ele está interessado em você, como Bett, ou como uma mulher com quem ele pode se casar? O que me parece é que vocês dois foram sendo levados pela correnteza até essa situação e agora não sabem como fazer para se sair dela.

Se você ainda estiver lendo até aqui, provavelmente está pensando que eu deveria cuidar da minha própria vida. Mas você é minha irmã e eu a amo muito, e o que você faz é da minha conta. Eu me preocupo com você, me preocupo porque às vezes você enfia a cabeça na areia, finge que está tudo bem quando é evidente que não está, só para evitar confrontos. Mas seria muito menos complicado sair desse noivado do que sair de um casamento. Parece que vocês dois se dão bem e talvez ficassem melhor como amigos do que como amantes, ou como conhecidos do que como marido e mulher. Você me disse uma coisa importante ontem à noite: que, por Matthew ter sido o seu primeiro relacionamento sério, você não tinha com quem compará-lo, então estava simplesmente pressupondo que ficar entediada, ficar incomodada, era normal. Não acho que esse seja um comentário normal para alguém que vai entrar pela nave da igreja daqui a alguns meses.

Não vou falar mais nada, eu prometo. Só queria dizer que estou preocupada com você e espero que pense bem. Todos se enganam. Não seria o fim do mundo se você desistisse.

Nunca se esqueça de quanto eu a amo, mesmo quando você me deixa maluca.

Beijos, Anna

Anna veio a Clare não muito tempo depois para ver Carrie, mas Bett não mencionou a carta nem as dúvidas em relação ao casamento. Havia tanto entusiasmo por causa do retorno de Carrie que foi fácil evitar o assunto. Bett adorou a novidade de ter um namorado para mostrar a Carrie. Gostou da sensação de ir ao bar com eles naquela primeira noite, observando enquanto Carrie brincava de apalpá-lo para ver se o aprovava. Não se importou nem um pouco quando os dois muitas vezes se tornavam três, com Carrie unindo-se a eles para jantar, ou para um drinque no bar. Quando Carrie estava junto, Matthew parecia ter muito mais assuntos para falar. Ficava mais fácil quando saíam os três. Não havia mais os longos silêncios que tantas vezes aconteciam entre ela e Matthew. Carrie preenchia o espaço e trazia à tona um lado diferente de Matthew. Eles viviam descobrindo coisas em comum: músicas, compras de antiguidades, até mesmo compras de roupas. Foi Bett quem sugeriu que Carrie fosse até a faculdade agrícola com Matthew e assistisse a algumas aulas, já que parecia tão interessada nas histórias de veterinária que ele contava. Tinha uma lembrança clara daquele dia. "Matthew e Carrie devem estar juntos, e não Matthew e eu." Ela de fato pensou isso.

Parou de andar, sozinha na trilha, sentindo o ar fresco de início da manhã à sua volta, roçando frio em sua pele. Suas lembranças voltaram para a noite em que Matthew lhe contou sobre Carrie. Ele lhe telefonou no escritório, com uma voz estranha, perguntando se poderia encontrá-la depois do trabalho. Falou que tinha algo muito importante que precisava lhe dizer...

Fúria, dor e raiva a impulsionaram nos meses seguintes. A passagem para o exterior pareceu, então, uma boia de salvação. Uma chance de recomeçar, de deixar bem para trás a trapalhada que era sua vida em Clare Valley e seu relacionamento com as irmãs.

Foi assustador, mas também uma oportunidade de ser ela mesma, de parar de se comparar o tempo todo com Anna e Carrie. Exceto pelo fato de que não conseguira deixá-las para trás, não é mesmo? Todas as lembranças tinham ido junto com ela.

E ainda estavam ali.

Capítulo 23

DIAS DEPOIS, na casa de fazenda, Carrie apontou o controle remoto para a TV e baixou o volume do aparelho. Lola insistiu que ela tirasse uma folga do hotel. "Você tem trabalhado muito, querida. Faça uma pausa. Prepare-se para o musical, com muito relaxamento, muita boa comida, muito aconchego com Matthew."

Até parece. Estava estressada demais para relaxar, não havia comida em casa e o único aconchego que estava tendo era com as almofadas do sofá. Passou a tarde assistindo a programas de auditório americanos em que as pessoas iam à televisão para falar de seus problemas. "É tão mais fácil para os americanos", Carrie pensou. Eles eram tão bons nessa abordagem de "ir à TV e expor a vida". Não achava que sua herança irlandesa-australiana permitisse o mesmo nível de sinceridade. Os créditos do programa apareceram, com um número de contato para quem precisasse resolver algum problema de família. Será que o orçamento do produtor poderia incluir passagens para levar toda a família Quinlan aos Estados Unidos? Ou talvez pudessem iniciar em menor escala e ir ampliando. Pagar passagens apenas para ela e Matthew, para começar.

Se ao menos fosse assim tão fácil. O que os produtores fariam? Poderiam obrigá-los a falar sobre seus verdadeiros sentimentos? Insistiriam para que fossem sinceros? Carrie quase podia se ouvir dizendo a Matthew como estava arrependida por todas as brigas. Como sentia falta dele. Como queria tentar de novo.

Ela sentou ereta no sofá.

Era verdade. Era exatamente assim que se sentia. Mas o que Matthew diria se ela lhe falasse isso? Se lhe pedisse que voltasse para casa?

Percebeu que só havia uma maneira de descobrir.

Anna deslizou as mãos pelo corpo de Richard, estendendo-se até ficar totalmente encostada nele, pele contra pele. Ele sorriu fitando-a nos olhos, inclinou-se para a frente e beijou-lhe os lábios outra vez. Havia apenas um lençol de algodão cobrindo-os, o único abajur do quarto estava aceso, iluminando o ambiente com uma luz suave. Mal houve tempo para puxar as cortinas quando ela apareceu no quarto dele aquela noite, antes de começarem a se despir e a se beijar por um longo tempo. Amaram-se apaixonada e carinhosamente, antes de mais conversas, trocas de confidências sussurradas, exposições tímidas do que achavam um do outro, o que os levou a se amarem novamente.

Anna sentia-se envolta em aconchego, em elogios, pela admiração dele. Adorava o toque dos dedos de Richard em seu corpo, os lábios dele nos seus, o som da voz dele contando-lhe histórias, fazendo-lhe perguntas, demonstrando interesse por ela, coisa que não tinha há anos. Sentia a mesma curiosidade por ele, também querendo ouvir tudo a seu respeito. Nunca teve isso com Glenn, simplesmente ficar deitados juntos sob o lençol, conversando, seus corpos unidos, a lembrança do amor recente fresca na pele e na mente, a promessa de que tinha mais por vir nas carícias dos dedos no corpo um do outro, na expressão de seus olhares. Sentia-se empolgada, como uma adolescente travessa outra vez, ficando acordada até tarde, com a sensação tranquilizadora de que Ellen estava segura com Lola.

Ele acabou de lhe contar parte da conversa com Bett durante o jantar algumas noites antes. Anna percebia tanto a gentileza como a curiosidade dele, como se estivesse tentando compreendê-la, e às suas irmãs, e ao conflito entre elas.

– Eu entendo por que Carrie e Bett brigaram. Mas por que você e Bett brigaram também?

– Ah, não só eu e Bett. Eu e Carrie também. – Ela sorriu. – Nunca fomos uma família de fazer as coisas pela metade. Eu briguei com ela logo depois de ter brigado com Bett.

– Conte-me o que aconteceu.

– Você quer mesmo ouvir?

– Quero. Adoro ouvir você falar.

Anna estava em Clare para uma curta visita de fim de semana, enquanto Glenn levou Ellen para visitar seus pais em Queensland. Encontrava-se em seu quarto quando Bett entrou sem bater, com os olhos arregalados, os cabelos cacheados mais revoltos do que de hábito. Ela despejou a história toda de uma vez, antes de Anna fazê-la sentar e repetir tudo de novo, mais devagar e em detalhes.

Bett respirou fundo.

– Matthew me disse que tinha algo para me contar. Algo urgente. Que precisávamos conversar. Então nos encontramos aqui, no bar. Achei que seria alguma mudança de cidade por causa do emprego, ou qualquer coisa sobre o trabalho, mas não... – Uma pausa, e Anna podia ver que Bett estava tentando não perder o controle. – Não, ele disse que precisava desistir de nosso casamento.

Bett contou a Anna que mal havia balbuciado a pergunta "Por quê?" antes de Matthew lhe dar a resposta. – Ele disse: "Porque eu me apaixonei por Carrie".

E, então, Carrie entrou no bar. Um olhar entre ela e Matthew, disse Bett, e já entendeu tudo. Carrie também sentia o mesmo por Matthew.

– Você tinha que ter visto, Anna. Os dois sentados ali, de mãos dadas, me contando como aquilo era difícil para eles, para ELES, mas que acharam melhor me dar a notícia juntos.

Anna espantou-se.

– Eles ficaram de mãos dadas na sua frente? Deixaram assim tão aberto? Quer dizer que eles já estão ficando juntos?

– Eu não sei, acho que sim. Claro que sim. – Bett estava muito perturbada.

Carrie ficou falando de como eles tentaram evitar, mas que tinha sido muito forte, muito apaixonado, para que pudessem ignorar.

– Não acredito que Carrie faria isso. E qual é a de Matthew? Pulando da sua cama para a de Carrie? Qual é o problema dele, algum tipo de fetiche com irmãs?

Bett agitou-se, incomodada.

– Matthew e eu... não temos... bem, já faz um tempo.

– Desde antes de Carrie voltar ou foi depois?

– Desde antes. Não sei, com tudo que estava acontecendo, os planos do casamento, meu trabalho, o trabalho dele, não estávamos tendo tempo.

"Não estavam tendo tempo?", Anna ficou intrigada. Sexo não era algo que precisasse de um tempo reservado para fazer, especialmente nos primeiros arrebatamentos do amor.

– Bett, as coisas já não estavam bem entre você e Matthew antes disso, não é?

– Claro que estavam – Bett respondeu depressa. – Estava tudo perfeitamente bem até isso acontecer. É por isso que não consigo acreditar.

Anna franziu a testa.

– É mesmo? Não se lembra de ter me telefonado para falar sobre Matthew, dizendo que estava preocupada porque vocês talvez não combinassem muito bem? Que você achava que faltava um pouco de pique nele?

– É, mas eu não achava que ele ia dar um pique até a minha irmã. – Por um momento, ambas quase começaram a rir. Então Bett levantou e pôs-se a andar pelo quarto. – Não posso acreditar.

– Bettsie – Anna usou o nome carinhoso. – Pense bem. Lembra-se de nosso telefonema? Da carta que eu escrevi e que você nunca respondeu? Você sabe que não estava se sentindo segura em relação a Matthew. Você me disse isso. Talvez essa fosse a chance de dizer a ele. De deixar tudo claro.

Não houve resposta.

– Ah, Bett, por favor – Anna deu uma risada rápida. – Não negue. Você deve ser a única jornalista no mundo que tem o hábito de mudar os fatos para que lhe sejam convenientes.

– Olha só quem fala. Você também não é exatamente uma porta-voz do Palácio da Verdade.

Anna parou de rir subitamente.

– Como assim?

– Esqueça.

– Bett...

Bett ergueu o queixo.

– Você e Glenn.

– O que tem eu e Glenn?

– Por que você continua com ele? Por acaso estão felizes juntos? Você realmente o ama? Ele a ama? Ou é por causa de Ellen? Ou da posição social?

– Não faça isso. Não tente mudar de assunto.

– Não estou mudando de assunto. Estou dizendo que pessoas com telhado de vidro não deveriam jogar pedras.

– E irmãs que vêm pedir ajuda não deveriam ser tão canalhas.

– Canalha? Como é que é? Eu fui completamente humilhada e você se volta contra mim? – Seus olhos faiscavam de raiva. – Ótimo, excelente. Vá atrás de Carrie, então. Diga a ela como ficou encantada com a notícia. Dê-lhe os parabéns por ter feito de sua vida um maravilhoso sucesso. Vocês duas outra vez, a sra. Perfeita e a sra. Mais Perfeita Ainda. Não precisam mais se preocupar comigo atravancando o seu espaço perfeito outra vez. É como vocês sempre quiseram.

– Que droga é essa que você está falando?

Bett deu uma risada irônica.

– A mesma velha história outra vez, não é? Você e Carrie juntas, fazendo tudo do jeito certo, como vocês sempre disseram. Sem se atrapalhar com tudo, sem estragar o visual. Foi assim que vocês falaram, não foi?

– Bett, pelo amor de Deus, isso foi há muitos anos, nós não devíamos ter dito...

– Sim, vocês deviam. Sempre acharam que eu destoava, que estragava o quadro perfeito, então é claro que deviam ter dito. É para abrir o jogo, não é? Carrie fez isso de novo hoje. Vocês duas fizeram anos atrás. Agora é a minha vez.

– Bett, acalme-se.

Os olhos dela relampejavam.

– Não, não vou me acalmar. Está gostando da vida aí na torre de marfim, não é, Anna? Ótimo. Incrível. Faça bom proveito, embora eu tenha certeza de que Carrie e Matthew vão gostar de aparecer para uma visita de vez em quando, se forem aprovados na revista e não estragarem a sua decoração.

Anna já estava a ponto de perder o controle.

– Pare com isso, Bett. Você está nervosa. Não está vendo as coisas com clareza.

– Ah, estou, sim, Anna. Estou vendo as coisas mais claras do que nunca. O que foi que você e Carrie me disseram naquele dia? Que eu estragava o visual? Pois isso acabou. Eu deveria agradecer a Carrie e Matthew. Eles me deram a saída que sempre desejei. Adeus, Anna. Gostaria de poder dizer que foi um prazer ser sua irmã, mas, francamente, não foi.

Anna também estava furiosa agora.

– Tomou uma overdose de seus comprimidos melodramáticos? Tente se acalmar, pelo amor de Deus! Já lhe disse que estou do seu lado.

– Não está. Nunca esteve. Sempre se interessou só por você mesma. Mas nós enxergamos a realidade, você sabe disso. Ninguém gosta de Glenn. Tudo bem, case por dinheiro se quiser, mas não podia pelo menos ter escolhido alguém mais parecido com um ser humano?

– Agora chega.

– Ainda bem que Ellen é tão bonita, mas que Deus ajude a pobre menina se ela um dia ficar com um grama de peso em excesso. Posso até ver. Você vai levá-la à academia infantil, ao salão de beleza, aplicar camadas e camadas de falsidade. Tal mãe, tal filha.

– Sua estúpida. – Sentia a própria fúria explodir como um gêiser. – Eu queria ajudá-la, mas não tem a menor condição. Esqueça. Vá. Bons ventos a levem. Está por sua própria conta agora.

Bett a encarou com frieza.

– Talvez eu esteja há anos, Anna. – Ela saiu, batendo a porta atrás de si.

Anna mal teve tempo de recuperar o fôlego quando o telefone na mesinha de cabeceira tocou. Era Carrie.

– Annie? – Ela só a chamava de Annie quando estava aflita. – Preciso falar com você. Está sozinha?

Anna notou que suas mãos estavam trêmulas.

– Estou. Bett acabou de sair daqui.

– Nós podemos conversar com você? Poderia vir até o meu quarto?

Então "eles" já haviam virado "nós". Uma equipe unida. Contendo seus sentimentos de raiva por Bett, tentando ficar calma – afinal, alguém precisava ser a voz da razão naquele momento –, Anna foi direto para o quarto de Carrie. Dentro, Carrie e Matthew estavam sentados lado a lado na cama. Carrie estava chorando. A seu lado, Matthew tinha o braço sobre seus ombros, acariciando-a meio sem jeito, parecendo constrangido; parou por um momento, depois pôs-se a acariciá-la novamente. Anna achou aquilo muito perturbador.

– Então é verdade – disse, olhando para ambos.

Dois acenos afirmativos com a cabeça, o de Matthew um pouco envergonhado, o de Carrie mais desafiador.

– Bett está bem?

Anna soltou um meio riso.

– Bem? Não, eu não diria que ela está bem.

– Não pudemos evitar, não é, Matthew? Simplesmente aconteceu.

Anna olhou de um para o outro.

– Vocês têm certeza?

Matthew confirmou com a cabeça.

Carrie olhou para ele e confirmou também.

– Nós temos. Magoar Bett era a última coisa, a última das últimas coisas que queríamos fazer. Ela é minha irmã, mas isso ficou maior do que nós. Como se não tivéssemos mais escolha.

Entre o dramalhão de Bett e, agora, o ato de contrição de Carrie, Anna de repente perdeu a paciência.

– Está bem, Carrie. Não precisa exagerar.

O choro parou.

– Como assim?

Anna respondeu sem rodeios.

– Você sabe que você e Bett têm se estranhado há anos. Não estou dizendo que você fez Matthew se apaixonar deliberadamente, mas, seja sincera comigo, se não consigo mesma. No início não houve um pouco de brincar com fogo, de flerte, para irritar Bett?

– Está dizendo que eu fiz isso acontecer de propósito?

– Talvez inconscientemente. Mas, não, não acho que você imaginasse que chegaria até este ponto.

O lábio inferior de Carrie estava trêmulo.

– Você está, sim. É exatamente o que está dizendo. Que eu fiz isso para magoar Bett.

Anna riu. Não pôde evitar. Carrie parecia uma menininha amuada de 5 anos de idade. Como poderia ter uma briga de verdade com suas irmãs se as duas se comportavam daquele jeito?

O rosto de Carrie ficou duro.

– Isso não é engraçado. Você sempre ficou do lado de Bett. Sempre foram vocês duas unidas contra mim.

– O quê?

– Você sabe que foi assim. Vocês duas sempre odiaram me ter atrás, atrapalhando.

– Que história é essa, Carrie? Pare de se comportar como criança.

– É exatamente isso! Você diz isso para mim há anos. Mas eu cansei. Cansei de você e Bett me dizendo o que fazer e mandando em tudo. Sempre foi assim, desde aquela feira na escola.

– Que feira na escola?

– Aquela antes de nos mudarmos para cá. Mamãe e papai disseram que vocês tinham que me levar, e vocês não levaram. Pagaram aquela menina para ficar cuidando de mim.

– Carrie, isso foi há vinte anos. Você tinha 8 anos. Não queríamos ficar com você em volta.

– Exatamente! Vocês não me queriam em volta. Como acham que eu me senti?

– Como uma menina de 8 anos que foi deixada para trás por suas irmãs mais velhas. Como todas as meninas de 8 anos com irmãs mais velhas na história da humanidade, espero. Carrie, você está mesmo ouvindo o que está dizendo? Está associando o fato de ter feito Bett sofrer tomando o noivo dela com algo que aconteceu quando você tinha 8 anos?

– É sintomático.

– O quê?

– Padrões. Fatos recorrentes. Lá vamos nós outra vez. Eu e Matthew tomamos uma decisão adulta. Nós nos amamos. Mas aqui está você enfiando o seu nariz e se intrometendo no que não é da sua conta.

Os pelos de Anna se eriçaram tanto que quase poderiam ser visíveis projetando-se em pontas agudas sob sua camisa.

– Caroline, você precisa de uma palmada. Foi você que provocou tudo isso.

– Pois então vou lhe dizer que estou feliz que tenha acontecido.

– Está feliz?

Carrie pareceu desconcertada por apenas um breve momento.

– Se era disso que precisava para você e Bett não me verem mais como criança, então, sim, estou feliz.

– Desculpe, Carrie, mas será que entendi bem? Você está feliz porque acabou com o noivado de Bett? Espero, sinceramente, que esteja brincando, porque, se não estiver, você é um caso muito mais triste do que eu já pensava.

Matthew inclinou-se para a frente.

– Vou ter que me intrometer aqui, Anna.

Anna nem olhou para ele.

– Cale a boca, Matthew. Cuide de sua própria vida. Isto não tem mais a ver com você.

Carrie abriu a boca de espanto.

– Não ouse falar assim com ele!

Anna já não estava mais raciocinando.

– O quê? Devo ser doce com ele para o caso de ele enjoar de você e querer experimentar comigo? Ele vai passar o rodo, é isso?

Matthew e Carrie pareciam ultrajados agora.

– Isso não era necessário, Anna.

Anna sabia disso. Mas ver os dois ali, sentados juntos, aconchegados e enroscados um no outro, de repente a irritou profundamente. Carrie com a mão sobre a coxa de Matthew, Matthew afagando o braço de Carrie, a atração física tão óbvia entre eles. Quando foi a última vez que Glenn a acariciou em público daquela maneira? Ou mesmo em particular? Bloqueou esse pensamento e concentrou-se nos dois rostos furiosos que a encaravam.

– Eu peço desculpas por esse comentário. Mas não peço desculpas pelas outras coisas que disse. É hora de você crescer, Carrie.

– Hora de eu crescer? Pelo menos estou sendo honesta comigo mesma, entrando em um relacionamento por amor, não por ganhos.

– Como você ousa? Primeiro Bett, agora você. Como vocês duas ousam fazer julgamentos a meu respeito dessa maneira?

– Bett também lhe disse o que achava de Glenn? Ótimo. Já não era hora de dizermos alguma coisa em vez de ficar fingindo que gostamos dele? Pois não gostamos. E eu não gosto de você quando está com ele. Você mudou desde que foi para Sidney, Anna. Ficou toda cheia de pose. Boa demais para nós.

– Cale a boca, Carrie.

– Mas é verdade. Por que você pode entrar aqui e me dar lições, e depois se recusa a ouvir algumas verdades sobre você mesma?

– Sua pirralhinha egoísta...

– Não me importo com o que pensa de mim. – O lábio de Carrie estava trêmulo outra vez. – Vamos, Matthew. Não adianta. Vamos embora.

– Não são vocês que vão. – Anna disse, subitamente exausta. – Vocês estão em seu quarto. Quem vai embora sou eu. E vou com prazer. Adeus, Carrie. Adeus, Matthew. Boa sorte, o que quer que lhes aconteça no futuro. Mas eu lhes digo uma coisa: não quero ter participação nisso.

– Ótimo. Porque eu também não quero que você tenha.

E, com isso, Anna saiu batendo a porta.

Richard sacudiu a cabeça, pasmo.

– E onde estava Lola nessa hora? Não posso imaginá-la sentada, deixando tudo acontecer.

– Não, com certeza.

Houve uma conferência de família, Geraldine e Jim, Anna e Lola, e uma série de telefonemas para o celular de Carrie. Ela saiu do hotel e foi ficar com Matthew na casa dele, do outro lado da cidade. Bett também partiu. Entrou no carro na manhã seguinte e foi embora. Ela telefonou para Lola para avisar que estava segura, em Melbourne, e depois desligou o celular.

Jim Quinlan tinha certeza de que era uma situação passageira. Lola o fez ver que não era bem assim.

– Meu querido, você não notou nada disso acontecendo, não é?

– O quê?

Lola sacudiu a cabeça.

– Geraldine, e você?

Anna lembrava-se de que a mãe pareceu um pouco sem jeito.

– Tem andado tão corrido por aqui, Lola. Achei que elas estavam se entendendo tão bem.

– É, de fato. – Lola riu. – Só que ao contrário.

Todos concordaram quanto ao que fazer em seguida. O casamento teria que ser cancelado, assim como a reserva na igreja, os presentes de noivado seriam devolvidos e a notícia cuidadosamente transmitida a uns poucos arautos de informações da cidade, que se encarregariam de passá-la adiante. Lola se ofereceu para cuidar de tudo.

Anna foi embora no dia seguinte, ainda furiosa com Bett e Carrie.

– Elas mostraram quem são de verdade, Lola. Bett vive em um

mundo de fantasia e Carrie é uma criança egoísta. Não me importa quanto tempo vou ficar sem vê-las novamente.

– Agora é você que está sendo infantil.

– Não comece você também com os insultos. Já tive o suficiente daquelas duas. Pouco me importa se nunca mais falar com elas.

– Ah, então é isso. Não é só desgosto com o comportamento delas. Você também não gostou do que elas disseram. E o que é toda essa bobagem dramática de nunca mais se falarem? Claro que vocês vão se falar. Essa situação logo vai se resolver.

– Não vai, Lola. Vi um lado de Bett e de Carrie de que não gostei nem um pouco. Eu não vou correr atrás delas, posso lhe garantir isso. Se elas acharem que devem pedir desculpas, então podemos ver, mas eu não vou dar o primeiro passo.

– Quando foi que você ficou tão prepotente? Deve ter acontecido quando estava em Sidney, porque eu certamente teria dado um fim nisso se tivesse visto acontecer aqui.

– Não sou prepotente. E não gostei que você...

Ela parou ao ver Lola rindo.

– Não brigue comigo também, meu amor, ou vai acabar ficando sem nenhum parente. Certo, você não é prepotente e também não é muito orgulhosa.

Anna enrubesceu.

– Preciso me acalmar, como toda essa situação precisa se acalmar. E, então, vou ver como me sinto.

Um mês depois, ainda estava irritada e não teve nenhum contato com Carrie ou com Bett, que agora havia decidido ficar em Melbourne. Bem, se elas não iriam se desculpar por seu comportamento, ela também não iria. O silêncio de um mês entre elas cresceu para dois, depois para doze.

Anna soube por Lola que Bett tinha ido para o exterior. Carrie casou-se com Matthew, em um evento muito discreto em Adelaide. Nem Anna nem Bett tinham sido convidadas. Lola compareceu com

Geraldine e Jim e enviou uma foto e um relato para cada uma delas, com um comentário de desgosto no final: "*Este deveria ter sido um dia divertido e feliz para toda a família. Ainda estou envergonhada de vocês três. Vocês sabem que basta um pedido de desculpas para que tudo se resolva...*"

Anna desfez-se da foto e voltou toda sua atenção para Glenn, Ellen e o trabalho, retornando ao hotel apenas uma vez por ano e programando a viagem para coincidir com as férias anuais de Matthew e Carrie. Um ano virou dois, que viraram três, quando, então, o acidente de Ellen aconteceu e passou a ter prioridade em relação a tudo o mais.

– E era assim que a situação estava entre nós – disse ela para Richard. – Até a festa de Lola.

– Você tem passado por muita coisa ultimamente, não é?

Ela estava olhando nos olhos dele.

– Sim, é verdade.

Sentiu o toque dos dedos de Richard em seu braço, em sua pele nua.

– Muito para enfrentar sozinha. Gostaria de tê-la conhecido antes. Queria ter ajudado.

Ela se moveu para mais perto, apertando seu corpo contra o dele, sentindo a reação dele em resposta, os dedos de Richard percorrendo-lhe o corpo.

– Você está ajudando agora. – disse. E os lábios de ambos encontraram-se novamente.

Nesse momento, no alojamento dos veterinários na fazenda de criação de carneiros em Red Hills, Carrie estava beijando os lábios de Matthew, depois o peito e descendo, descendo.

– Carrie... – murmurou ele.

– Shhh – disse ela. – Já lhe disse, estou cansada de falar. Não vamos dizer nenhuma palavra.

– Precisamos conversar.

– Matthew, se você disser mais uma palavra, vou voltar para o carro e vou para casa. – Depois de ter tomado a decisão, tudo foi simples.

Ela amava Matthew e ia lutar por ele. Trocou de roupa, jogou alguns pertences em uma bolsa e dirigiu por duas horas sem parar. Ele estava em seu quarto quando Carrie bateu à porta. Não lhe deu chance de protestar, nenhuma explicação, somente correu para seus braços e começou a beijá-lo. Matthew levou apenas um segundo para começar a retribuir.

Carrie desabotoou-lhe os jeans, baixou-lhe a cueca, fez exatamente o que sabia que ele apreciava e foi recompensada por gemidos de prazer. Parou de repente, tirou lentamente as roupas e ficou diante dele em *lingerie* rosa-claro rendada e transparente.

– Senti tanto a sua falta. – A voz dele era quase rouca.

Ela se manteve um pouco afastada.

– E não se arrepende de ter se casado comigo?

– Não.

– Não quer voltar para Bett?

– Não.

– Tem certeza?

Ele a puxou para si.

– Carrie, que tal parar de falar de Bett por um minuto e vir aqui para eu poder... – Ele sussurrou no ouvido dela o que ia fazer.

Carrie parou de falar.

Capítulo 24

O TELEFONE TOCOU quando Bett passava pela recepção. Era sua vez de cuidar do bar e do telefone. Carrie estava de folga e Anna disse que queria dormir mais cedo. Ellen estava no quarto de Lola outra vez: decidiu que seu lugar favorito para dormir era a cama de casal da bisavó. Bett deu uma olhada nas duas um pouco antes. Ambas dormiam, com livros espalhados pela cama à sua volta.

Bett atendeu o telefone.

– Valley View Hotel.

– Boa noite, eu gostaria de falar com um dos hóspedes. – A pessoa tinha um educado sotaque inglês. – O sr. Richard Lawrence.

– Pois não, senhor. Vou passar a ligação para o quarto dele.

Ela tentou, mas recebeu sinal de ocupado.

– Posso anotar o recado? Não estou conseguindo transferir a ligação para ele no momento.

– Estou tentando falar com ele há duas horas e está sempre ocupado. E o celular dele está desligado. O hotel é pequeno?

– Sim, é razoavelmente pequeno. Mas é um bom hotel.

Ele riu.

– Desculpe, não estou perguntando por razões econômicas. É que tenho urgência de falar com Richard esta noite. Seria possível alguém ir bater no quarto dele, caso ele tenha esquecido o telefone fora do gancho? Preciso de uma resposta urgente sobre um assunto.

– Claro. Quem gostaria de falar com ele?

– Diga-lhe, por favor, que é Charlie. É sobre a filmagem.

Bett foi até o quarto de Richard. As cortinas estavam fechadas, mas podia ver o brilho fraco de um abajur de cabeceira. Bateu levemente à porta.

– Richard, desculpe incomodá-lo, mas é um telefonema urgente.

Ela ouviu um gemido.

– Richard?

Outro som parecendo um suspiro profundo.

"Meu Deus, será que ele está bem?", pensou.

– Richard?

Ela experimentou a maçaneta. A porta abriu bem no momento em que Richard e Anna chegavam juntos ao orgasmo.

Bett voltou à recepção em tempo recorde.

– Alô? Ahn, Richard está impossibilitado de atender no momento. Posso anotar seu número e pedir que retorne a ligação?

– Tem certeza de que ele não pode atender?

– Absoluta.

Não sabia quem tinha parecido mais espantado, se eles ou ela.

– Eu poderia falar com Lola, então?

Como ele conhecia Lola?

– Sinto muito, mas ela está dormindo.

– Droga. – Ele suspirou. – Vou deixar um recado, então. Pode lhe dizer que precisaremos mudar os planos para a filmagem? Ele precisaria ter tudo pronto depois de amanhã, em vez da semana que vem. Ele vai entender. E poderia lhe pedir que me ligue assim que for possível, para confirmar?

Ela anotou os detalhes e enfiou o papel no bolso. De maneira nenhuma poderia voltar ao quarto de Richard para entregar o recado. Não ainda, pelo menos. Estava completamente chocada. Há quanto tempo aquilo estaria ocorrendo entre eles? E quanto a Glenn? E Ellen?

Estava na cozinha preparando as bandejas para o café da manhã quando ouviu a porta abrir atrás de si.

– Bett? – Era Anna. – Acho que precisamos conversar.

Bett não olhou para ela.

– Anna, você não precisa me explicar nada. Sério. O que você faz é problema seu.

Bett pegou o pedido seguinte: cereal, bacon e ovos, ovos duros não escorrendo sublinhado cinco vezes. E mel, não geleia, por favor. Também sublinhado.

– Bett, eu quero explicar.

Bett alcançou uma caixa para procurar um sachê de mel.

– Você não precisa.

– Mas eu quero. Não quero que isso cause outro problema entre nós. – Ela hesitou. – Sei que você estava um pouco interessada em Richard.

Bett manteve-se ocupada com a bandeja.

– É uma situação bem diferente, não é? Eu estava noiva de Matthew quando Carrie dormiu com ele. Tudo que fiz com Richard foi dizer a você que talvez o convidasse para tomar um drinque. – Um pensamento horrível lhe ocorreu. – Vocês estavam rindo de mim? Você e Richard? Porque eu ia convidá-lo para sair?

– Não, Bett. Juro que não. Richard nem sabe que você ia convidá-lo para sair. Por favor, Bett. Por favor, largue essa porcaria de mel e me escute.

Bett virou. Anna estava vestida com um robe de seda. Impressionou-se ao notar como ela parecia cansada e frágil.

– Há quanto tempo isso vem acontecendo entre vocês?

– Não muito. Uma ou duas semanas.

– E Glenn?

– Glenn e eu terminamos há muito tempo, Bett. Ele tem outra mulher.

– Ele o quê?

Anna foi até a porta da cozinha, fechou-a e começou a falar.

Quarenta minutos depois, Anna chorava abraçada a Bett.

– Anna, eu sinto tanto. Não imaginava que estivesse assim tão ruim. Por que não nos contou?

– Quando? Como? Não estávamos nos falando.

– Mas por que não contou para Lola? Não acredito que tenha passado por tudo isso sozinha.

– Foi orgulho. Eu sabia que, se contasse a Lola, ela contaria a você e a Carrie. E decidi que poderia suportar melhor a vida, os silêncios entre eu e ele, do que vocês duas me dizendo como tinham razão. Que ele não era certo para mim. Que eu não devia ter me casado com ele. Todas as coisas que vocês me disseram naquela noite.

– Ellen entende o que está acontecendo?

– Mais ou menos. Ela percebeu a tensão e o fato de ele estar sempre tão ausente, embora ele tente voltar a tempo de levar Ellie para a escola todas as manhãs. – Glenn entrava, de banho tomado no banheiro de Julie, para estar sentado na cozinha na hora em que Ellen acordasse, fazendo o papel do pai perfeito. – Essa é a única parte boa. Ele a adora, pelo menos. E ela o adora. E ele é maravilhoso com ela. – Era um fato simples. – O problema somos nós dois... – Ela parou e começou a chorar outra vez. – Tem sido um desastre, Bett. Um horrível, doloroso e solitário desastre...

Bett a abraçou com mais força até que as lágrimas parassem de novo.

– E isso com Richard? – perguntou com delicadeza.

– Não sei. Só sei que ele é gentil, e me ouve, e me faz rir. Talvez dure um dia, ou uma semana, mas é do que preciso agora. Você compreende?

Bett pensou em sua noite com Daniel três anos atrás.

– Sim, compreendo.

– Desculpe. Eu devia ter lhe contado na noite em que você ia convidar Richard para um drinque. Devia ter falado que eu e ele estávamos ficando amigos.

– Não faz mal. Não mesmo. – Ela sorriu. – Mas talvez seja melhor vocês se lembrarem de trancar a porta daqui por diante.

Anna abraçou Bett com força outra vez.

– Nós precisávamos conversar. Há anos. Por que isso durou tanto tempo? – Ela recuou um pouco. – Bett, estou cansada de ter segredos entre nós. Por favor, será que você e Carrie não poderiam acertar os ponteiros também? Você já conversou com ela sobre Matthew?

Bett negou com a cabeça, cautelosa novamente.

– Por favor, Bett. Você precisa. Carrie acha que você ainda está apaixonada por ele, tenho certeza disso. Você tem que...

A porta abriu atrás delas. Era Richard.

– Desculpe se estou interrompendo. Volto depois.

Bett afastou-se de Anna, aliviada.

– Não, tudo bem.

Ele parecia constrangido.

– Bett, preciso lhe pedir desculpas. Sinto muito se coloquei você em uma situação embaraçosa.

Bett teve vontade de rir. Na verdade, foi ele que ficou em uma situação embaraçosa.

– Não tem problema, Richard. Eu é que peço desculpas por ter entrado daquele jeito. – Ela tirou a mensagem do bolso. – Tenho um recado para você. Uma pessoa chamada Charlie ligou para lhe dizer que a filmagem terá que ser depois de amanhã e não mais na semana que vem. Disse que você ia entender, mas quer que ligue de volta para confirmar.

– Depois de amanhã?

– Algum problema? – Anna perguntou.

Ele sorriu um pouco desajeitado.

– Acho que preciso contar algo a vocês.

Enquanto dirigia de volta para Clare Valley naquela noite, Carrie sabia que tudo havia mudado para melhor. Ela amava Matthew e tinha certeza de que ele a amava. Ele chegou a chorar em seus braços.

– Carrie, eu parei de amar Bett assim que conheci você. Nem sei mais se era isso que eu sentia por Bett. Nós nos dávamos bem, mas...

– Mas ela o amava muito. Ficou tão mal quando vocês romperam.

– Eu sei. E sinto muito, mas não havia mais nada que eu pudesse fazer. Eu precisava ficar com você.

Conversaram sobre os últimos meses, sobre as brigas e a separação.

– Você mudou quando Lola começou a falar na volta de Bett.

– Fiquei com muito medo de que você percebesse que tinha feito a escolha errada.

– Claro que isso não aconteceria. Mas era como se você estivesse tentando me mandar embora. Então eu fui. Mas senti muito a sua falta, muito mesmo.

– Foram outras coisas também. Você começou a falar de dinheiro o tempo todo. – Ela fez uma pausa antes de ir em frente. – E parou de falar em ter um filho.

Ele a abraçou.

– Carrie, achei que não estávamos em condições de ter um bebê ainda. Quero isso tanto quanto você, mas prefiro que tenhamos segurança primeiro. Ainda não concluí a especialização. A casa não está terminada. Queria ter tudo pronto quando o bebê chegasse.

– Então você quer ter um filho?

– Claro que quero. Tentei lhe explicar isso, mas não conseguia fazê-la entender.

Carrie lembrou as conversas irritadas que desembocavam em brigas e geralmente terminavam com ela saindo enfurecida e indo para o hotel ou para a casa de alguma amiga. Era aquilo que ele vinha tentando lhe dizer, pensou, sentindo-se culpada. Ela ouvia "eu não quero um bebê", quando o que ele dizia era "eu não quero um bebê ainda".

Naquela manhã, durante o café, ele concordou em ir ao vale encontrar-se com Bett. Combinaram que iria dali a dois dias. Carrie continuou dirigindo direto até o hotel. Já passava de 22 horas, mas estava decidida a falar com Bett ainda naquela noite, para marcar um horário e local para o encontro.

Todas as luzes do hotel estavam acesas. Ela se surpreendeu por encontrar as duas irmãs no escritório. Anna falava ao telefone fixo e Bett ao celular. Bett terminava a ligação no momento em que Carrie entrou.

– Carrie, você chegou mais cedo. Que bom. Será que poderia...

– Daqui a pouco, Bett. – Não podia perder o embalo. – Desculpe por ir tão direto ao ponto, mas precisamos conversar.

– Dê-me um minuto, Carrie. Surgiu uma novidade e precisamos ligar...

– É importante. – O tom dela surpreendeu a ambas. – Matthew vai vir para cá e quer se encontrar com você. E eu quero que ele se encontre com você. Você ainda quer vê-lo?

Bett piscou atordoada.

– Claro, sim. Está bem. Mas podemos falar sobre isso mais tarde? – Ela entregou uma lista de números de telefones para a irmã. – Temos uma emergência para resolver com o musical.

Às 11 horas na manhã seguinte, o elenco e uma equipe de ajudantes reunida às pressas estavam a postos no Paço Municipal de Clare. Len orientava um pequeno grupo de homens que arrastavam ruidosamente latas de tinta, painéis e escadas pelo piso de madeira. O piano tinha sido transportado do hotel no bagageiro de um caminhão refrigerado, espremido entre vinte caixas de sorvete. Esperavam apenas a chegada da empilhadeira do supermercado local para colocá-lo no palco.

Richard estava ansioso.

– Não é um documentário inteiro, Anna. É só um segmento curto. Talvez poucos minutos. Estou preocupado que vocês estejam tendo um trabalho excessivo.

Anna baixou a voz.

– Acho que, na verdade, seu amigo Charlie está me fazendo um favor. Se não fosse isso, não conseguiríamos ter tudo pronto a tempo.

Bett telefonou para sua editora, Rebecca, para saber se ela poderia vir e ajudar também.

– Você vai ligar para Daniel? – perguntou Rebecca. – Diga a ele que, se precisar de alguém para cuidar da mãe, eu posso ficar. Ele provavelmente será mais útil para vocês aí do que eu.

– Para cuidar da mãe dele?

– Bem, não exatamente cuidar. Ficar sentada ao lado dela. Escute, vou lhe poupar esse tempo e ligar para ele eu mesma, enquanto você cuida de outras coisas. Digo a ele para ir direto ao Paço Municipal? Certo. Até mais.

Lola, com o braço ainda na tipoia, assistia à atividade de uma cadeira na lateral do palco. Era um ponto de observação excelente. Em um canto da sala, três das senhoras do bazar de caridade organizavam as roupas em cabides. Bett estava ao piano, fazendo muita cara feia, mas, fora isso, parecendo no controle de seu pequeno conjunto de músicos, que haviam sido chamados direto do colégio, ainda de uniforme. Len movia painéis do cenário. Enquanto Lola observava, Daniel Hilder chegou e começou a ajudá-lo. No palco, Carrie ensaiava sua cena de dança solo, com uma pose muito elegante. Uma coisa intrigava Lola: o comportamento de Anna com Richard Lawrence. Seus olhos a enganavam ou havia mesmo muito flerte ali? Mais que flerte, na verdade. Pequenos toques de mãos. Olhares. Conversas rápidas.

Lola foi até Bett e sentou-se ao lado dela no banquinho do piano.

– Oi, Lola.

Bett sorriu para ela, distraída. Algumas das músicas não estavam dando certo, agora que as via executadas no palco. O tempo ou a duração estavam errados. Ia ter que cortar um verso de *Oh, What a Beautiful Morning* e acelerar o ritmo de *I Could Have Danced All Night*.

– Bett, podemos trocar umas palavras sobre Richard Lawrence?

– Humm?

Bett estava com uma caneta na boca, uma partitura em uma das mãos e experimentando um acorde no teclado com a outra.

Lola baixou a voz.

– Você e ele tiveram algum outro jantar, ou drinque, ou qualquer coisa desde aquela noite em que eu estava tão cansada?

– Richard e eu? – Bett tirou a caneta da boca. – Ah, não, Lola. Richard está com Anna. O casamento de Anna e Glenn acabou, a propósito. Há meses. Ele está tendo um caso com a secretária. Só descobri isso ontem à noite. Desculpe. Sei que Anna teria lhe contado, mas aconteceu toda essa confusão com o musical.

Lola nem piscou.

– Ah, entendo. Bom, vou deixá-la trabalhar.

Ela voltou à sua cadeira e sentou-se, refletindo por um momento. Anna e Richard. Quem teria imaginado? Virou-se ligeiramente para poder vê-los, de pé na beira do palco. Anna sorria de algo que ele estava dizendo. A expressão dele era cortês. Interessada. E muito afetuosa. "Às vezes, as coisas vêm de onde menos se espera", pensou. Quanto ao rompimento com Glenn... isso a surpreendia? "De fato, não", percebeu. Ela gostava de Glenn, com sua energia rude e voz retumbante. E ele sempre foi bom para Ellen. Mas não devia ser fácil ser casada com ele. Não, talvez Anna estivesse melhor com um homem gentil. Sim, decidiu que aprovava.

A voz de Len soou no salão.

– Isso, Daniel. Não, desculpe, um pouco mais para a esquerda. Agora para a direita. Para a frente, para a frente. Não, mais para trás de novo. Para dizer a verdade, acho que está de cabeça para baixo.

Lola observou Daniel Hilder e Len de pé diante de um dos painéis da Estação Ferroviária de Terowie e viu que, sim, estava mesmo de cabeça para baixo. Eles baixaram o painel com cuidado até o chão. Lola colocou os óculos e aproveitou a oportunidade para avaliar Daniel mais uma vez. Ele era bem-humorado, isso era evidente. Qualquer pessoa que conseguisse trabalhar com Len por mais de dez minutos sem levantar os braços e sair gritando da sala era definitivamente bem-humorada. E paciente. Um corte de cabelo cairia bem, no entanto. E ele ficaria muito melhor se enfiasse a camisa dentro das calças de vez em quando. Mas essa aparência informal, despreocupada, estava muito na moda, de acordo com o programa de TV que viu na noite anterior. Sim, ele serviria bem. Uma excelente segunda escolha.

E Operação Bett e Daniel soava muito melhor também.

Capítulo 25

CHARLIE CHEGOU às nove e meia da manhã e já foi entrando no Paço Municipal com sua equipe de filmagem. Ele era tão exuberante quanto Richard era quieto, seus cabelos longos amarrados em um rabo de cavalo, muito entusiasmado com tudo e todos.

– Anna, é um prazer. Ouvi ótimas coisas sobre você. E Bett, estou encantado. E você deve ser Caroline, certo? E onde está a magnífica Lola, cujos telefonemas me alegraram tanto nestes últimos dias?

– Bem aqui.

Eles se viraram. Lola trajava uma combinação vivamente colorida de túnica longa de cetim vermelho, calças pantalonas de lãzinha estampada, joias faiscantes, cabelos brancos armados e batom vermelho vibrante. Sua tipoia era de lamê dourado. E havia enrolado uma fita colorida na bengala.

Charlie fez uma reverência profunda.

– Lola, é uma honra. Será que você podia fazer essa entrada para mim outra vez? Para eu filmar?

Ela lhe mostrou seu sorriso mais fascinante.

– Meu querido, entrarei fazendo piruetas, se você quiser.

Uma hora mais tarde, Anna já havia quase mastigado todo o lábio inferior. Foram necessárias três tomadas para que *My Favourite Things* saísse certo. O trem entalou no meio da travessia pelo palco no primeiro verso de *Chattanooga Choo Choo*. O General MacArthur esqueceu suas falas e disse "eu devo voltar" em vez de "eu voltarei". A sra. MacArthur desafiou Anna e começou a falar em seu sotaque britânico assim que a câmera foi ligada. A apresentação solo de Carrie em *I Could Have Danced All Night* estava linda até que duas das dançarinas deram um grito atrás dela. Haviam pisado no pé uma do outra.

Mas Charlie estava encantado. Havia não só material de sobra para sua própria série, ele sussurrou para Richard, mas também alguns trechos perfeitos para vender a um daqueles programas de vídeos de trapalhadas. Especialmente quando a frente do trem avançou e deixou o maquinista para trás, de pé em um palco vazio. E a cena da marcha em que dois soldados erraram o passo e colidiram, testa com testa.

Charlie foi até o centro do salão e bateu palmas.

– Belo trabalho, todos vocês, excelente. Se, agora, pudermos ter as três netas aqui cantando *Sisters* juntas, concluiremos a filmagem.

Bett virou-se do piano. Carrie parou no meio do palco. Anna avançou no salão.

– Desculpe, Charlie, mas isso não faz parte do show.

– Mas está no roteiro. – Ele agitou sua cópia.

Anna notou que ele tinha uma cópia da versão original de Lola.

– Não, nós cortamos.

Ele franziu a testa.

– Mas esse é o charme de toda a história. Eu já havia editado tudo em minha cabeça. Tomadas de Terowie, a placa de MacArthur na estação ferroviária, cenas do musical, uma entrevista com Lola, as três cantando, terminando com Lola surgindo orgulhosa atrás de vocês.

Lola aproximou-se.

– Você vai querer que eu sorria, Charlie, ou prefere uma lágrima em meus olhos?

– Vamos tentar ambos, Lola. E então, vamos fazer, meninas? Ótimo! – Ele nem lhes deu chance de protestar e já se virou para falar com o elenco e com sua equipe. – Muito bem, todos. Obrigado pelo ótimo trabalho desta manhã. Vamos fazer um intervalo e voltaremos em vinte minutos com as três garotas juntas no palco.

Bett sentou-se ao piano, lutando contra as súbitas lembranças e a timidez. De volta ao palco com suas irmãs? Ah, não, sem chance. Não poderia fazer isso. Não na frente de todas aquelas pessoas. Na frente de Richard. Na frente de Daniel. Todos eles pensando a mesma coisa que os garotos na plateia tinham pensado havia tantos anos...

– Bett?

Ela se virou. Anna e Carrie tinham vindo até o piano. Anna parecia muito animada depois da filmagem.

– O que acha? Vamos fazer?

– Não – Bett disse automaticamente.

Respondeu para Anna, tentando não olhar para Carrie.

– Ah, vamos lá, pode ser divertido.

– Eu não quero mesmo, Anna.

Anna notou que Kaylene estava parada ali perto, ostensivamente tentando ouvir a conversa. Ergueu a voz e falou com determinação.

– Então vamos até o camarim, para ver se lembramos toda a letra?

Bett e Carrie a seguiram até o comprido camarim atrás do palco, passando por fileiras de cadeiras empilhadas, mesas de cavaletes, cabides de roupas e um espelho para maquiagem manchado. Anna certificou-se de que estavam sozinhas e, então, virou-se para Bett.

– Isso não é por causa daquela história da bola no meio, é? Bett, faz mais de quinze anos, pelo amor de Deus. Carrie já pediu desculpas. Eu já pedi desculpas. Não pode esquecer isso?

Bett sentiu uma onda de irritação crescer dentro dela.

– Nem sempre é tão simples, Anna.

– Claro que é. Vai te matar subir no palco outra vez? Você sabe como isso é importante para Lola. E significaria muito para mim também. Podemos conversar tudo de novo agora, se for preciso. Pedir desculpas de novo, se for preciso. Não é, Carrie?

Houve apenas silêncio de Bett e Carrie.

Anna perdeu a paciência.

– Ótimo. Que beleza. Mais silêncios. Para mim chega, estão ouvindo? Toda essa cautela umas com as outras. Todos os assuntos em que não queremos tocar. Para mim acabou. Vou começar a falar de tudo que nós três temos evitado tão lindamente neste último mês. Ou quanto tempo isso ainda vai ter que durar? Mais três anos? – Estava ficando um pouco sem fôlego e teve que fazer uma pausa. – Pois eu deixo aqui registrado que odiei essa briga idiota que tivemos. Odiei me ver envolvida nisso. Odiei vocês duas terem vindo me procurar para tentar consertar a situação e eu ter arruinado tudo. Acham que gostei de ficar sem falar com vocês? Ver meu casamento desmoronando e não ter ninguém para conversar, ou...

– Casamento desmoronando? – Carrie ficou chocada. – Mas Glenn adora você!

– Não, Carrie. Glenn e eu estamos nos divorciando. E, nesse novo espírito de transparência, lá vai outra novidade. Estou tendo um caso com Richard Lawrence e adorando cada minuto.

Carrie virou-se para Bett.

– Você sabia de tudo isso? – Diante do sinal afirmativo de Bett, ela se irritou também. – Claro que sabia. Que lindo. Vocês duas, unindo-se contra mim outra vez, como sempre fizeram.

– O quê? Que história é essa? – Bett também estava furiosa agora. – Nunca fomos eu e Anna. Sempre foram vocês duas, fazendo tudo tão certo, lidando com tudo tão perfeitamente. Eu sempre fui a que era deixada para trás.

– Pare com isso, Bett – Anna interveio. – Pare de mudar os fatos de acordo com a sua conveniência. Você fez isso com Matthew três anos atrás, mas não vou deixá-la fazer de novo agora.

Carrie ficou tensa.

– Como assim, ela fez isso com Matthew? Fez o que com Matthew?

– Mudou os fatos. Não foi, Bett? E eu ainda não entendo por quê.

– Anna, pare.

– Não, Bett. Venho tentando conversar sobre isso com você desde que chegamos aqui. Você sabe exatamente do que estou falando e é hora de Carrie saber também. É hora de esclarecer esse assunto de uma vez por todas para podermos levar nossa vida em frente e...

– Eu estou tentando – interrompeu Carrie. – Pedi a Matthew que viesse ver Bett. Sei que já deveria ter feito isso antes, mas tem sido muito difícil.

– Não é só a questão de ver Matthew outra vez, Carrie. Não é mesmo, Bett? Vai bem mais além disso.

O rosto de Bett estava em brasas.

– Não é assim, Anna. Você está fazendo da maneira errada.

– E qual é a maneira certa, então? Porque eu não sei mais. Só sei que estou farta de segredos e brigas e de nós três evitando falar as coisas abertamente. Tínhamos a sorte de ter umas às outras e agora está tudo arruinado.

– Não está arruinado.

Bett olhou para Anna, lembrando-se de tudo que a irmã havia passado com Glenn e Ellen. E sozinha, porque Bett foi orgulhosa demais para admitir a verdade para Carrie e tentar acabar com a briga entre elas.

– Está arruinado. – Anna parecia derrotada. – Certo, então vamos esquecer isso. Eu tentei, mas não posso forçá-la a nada. Vou dizer a Charlie que não vamos cantar juntas porque nunca seremos amigas de novo, portanto não faz sentido.

Ela estava quase na porta quando Bett falou.

– Anna, espere, por favor. – Ela respirou fundo. – Vou contar a ela.

Carrie olhava espantada de uma para a outra.

– O quê? Contar o quê?

– Sobre Matthew e eu. Sobre o que aconteceu três anos atrás. – Bett podia sentir os olhos de Anna sobre si, esperando que ela falasse a verdade. – Eu ia terminar meu relacionamento com Matthew, Carrie. Não queria me casar com ele.

Carrie ficou imóvel.

– Não acredito. Você está dizendo isso agora.

– É a verdade. Eu conversei com Anna sobre isso. Já tinha dito a ela que as coisas não iam bem entre nós.

Carrie olhou para Anna, que fez um sinal afirmativo com a cabeça.

– Como assim, não iam bem?

Bett hesitou. Quanto poderia ser sincera sobre o homem que agora era marido de sua irmã?

– Eu percebi que nós não combinávamos. Acho que nunca combinamos.

Carrie parecia genuinamente chocada.

– Então por que você ficou noiva?

Bett falou a verdade.

– Porque achei que ele faria eu me sentir melhor. Que me ajudaria a parar de cometer erros, a não me sentir deslocada. Achei que, quando eu tivesse um namorado, tudo daria certo.

– Então você nunca esteve apaixonada por ele?

Bett fez uma pausa.

– Não, acho que não.

– Mas não entendo. Você ficou tão mal quando... quando ele se apaixonou por mim.

– Fiquei magoada. Claro que fiquei. E chocada. Mas o que mais me incomodou foi você. E depois Anna. O modo como vocês duas reagiram. Você, Carrie, como se fosse seu direito. Nem pareceu surpresa por Matthew ter se apaixonado por você. Era como se isso fosse o esperado. Toda aquela conversa romântica, de que estava escrito nas estrelas, que foi incontrolável. E foi o jeito como você me contou, como se nem adiantasse eu tentar entender, como se estivesse além do meu alcance. Como sempre foi. – As palavras fluíam de Bett agora. – E você, Anna. Quando fui procurá-la depois que Matthew e Carrie me contaram, tudo o que eu queria era sua solidariedade. E você só ficou ali, toda calma e controlada, fazendo eu me sentir como se tivesse feito tudo errado outra vez.

– Não foi isso, Bett. Eu só queria que você admitisse que estava com dúvidas em relação a ele. Porque você estava. Mas, em vez disso, você se irritou e começou a me atacar.

– Não pude evitar. Senti como se você estivesse me criticando, me julgando outra vez. E não consegui suportar. – Ela sentiu lágrimas nos olhos e tentou limpá-las, desajeitada. – Parecia que era a prova final, e que eu tinha ficado empacada no meio, que nunca seria tão boa quanto vocês.

– Mas como você acha que foi para mim? – perguntou Carrie com emoção. – Eu me apaixonei por ele e você não esperou tempo suficiente para me deixar lhe dizer que era sincero. Nós queríamos tentar explicar, mas você não quis nos ouvir. E, quando eu fui procurar você, Anna, você só me atacou, perguntando se eu tinha certeza de que não era apenas um entusiasmo passageiro. Você falou comigo como se eu fosse uma criança, como sempre fez.

– Eu não tinha como acertar, não é mesmo? – disse Anna. – Fiquei no meio, para variar. Disse a Bett que ela deveria admitir a verdade para você e Matthew e ela simplesmente se enfureceu. E aí você se enfureceu contra mim também, Carrie, dizendo que eu devia cuidar da minha vida, que você era adulta e podia fazer o que quisesse. E eu pensei, então está bem, para o inferno as duas.

– Eu também – disse Carrie. – Foi exatamente o que eu pensei. Para o inferno as duas. Queria viver minha própria vida.

– Eu também – disse Bett. – Era exatamente o que eu queria fazer: tão longe quanto pudesse.

Carrie virou-se para ela.

– Foi por isso que você partiu? Não foi por causa de mim e Matthew?

– Foi por causa de você e Matthew no começo. Eu não podia ficar aqui, com todo mundo falando e cochichando sobre nós.

– Então por que você não voltou? Por que ficou longe?

Bett hesitou.

– Porque, depois que eu me recuperei do choque e passei primeiros meses em Melbourne, percebi que estava gostando de ficar longe de vocês duas. Gostei da liberdade. Gostei de ser apenas eu, não Bett, irmã de Anna, ou Bett, irmã de Carrie. Eu tinha que me afastar de vocês duas. Não estava aguentando mais.

As palavras saíam aos trancos, enquanto ela tentava explicar. Como, às vezes, tinha sido a melhor coisa do mundo ter uma irmã de cada lado, estar protegida, cercada. Mas que outras vezes fora como estar sufocada e espremida. A mais velha fazia primeiro, a mais nova fazia com mais graça. O que sobrava para a do meio? Ela precisava se afastar, certo? Ou nunca teria se encontrado, descoberto do que era capaz...

Ela foi parando de falar lentamente. Para sua surpresa, Anna e Carrie não pareciam magoadas. Elas pareciam... o quê? Aliviadas? Como se compreendessem?

– Eu também me senti assim – Anna disse de repente. – No começo, pelo menos.

Bett olhou para ela com espanto.

– Mas do que você poderia não gostar? Você sempre decidia tudo.

– Mas fiquei cansada disso, Bett. Cansada de intermediar as brigas de vocês, cansada de lhes dar conselhos quando eu tinha minha própria vida para viver, cansada das duas fazendo comentários sobre Glenn. Não só na noite de nossa briga, mas desde que eu o conheci. Estava chegando a um ponto de não saber mais o que eu mesma achava dele. Comecei a ficar confusa com o que vocês duas pensavam sobre ele.

– Eu também fiquei feliz no começo – Carrie disse em voz baixa. – Sempre foram vocês duas na minha frente, recebendo toda a atenção de meninas crescidas, enquanto eu era apenas a irmãzinha boba. E foi a mesma coisa naquela noite em que brigamos por causa de Matthew, Anna. Você fez eu me sentir como se tivesse sido maldosa e traiçoeira. E eu não tinha sido assim, não mesmo. Nós dois odiamos muito ter que magoar você, Bett. Se houvesse alguma outra maneira de lhe contar...

– Por que você não disse isso para mim, então?

– Você não quis ouvir. Saiu correndo assim que Matthew lhe contou. E de repente estávamos todas brigando e... e foi aquela confusão. Aí, na manhã seguinte, você tinha ido embora antes de termos uma chance de conversar outra vez.

– Eu tinha que ir. Tinha que me afastar de tudo, de vocês. Queria ser eu mesma um pouco. Só eu. Não uma das Irmãs Alfabeto ou mesmo uma das irmãs Quinlan.

– E ainda se sente assim agora? – Anna parecia muito séria.

Bett sacudiu a cabeça.

– Não, não me sinto mais assim há um bom tempo. Fiquei tão sozinha sem vocês. Depois que a novidade acabou, que eu já tinha provado para mim mesma que podia viver sem vocês, que podia fazer as coisas sozinha, até morar no exterior... Que eu não era um desastre. Eu queria a liberdade, adorei a liberdade, mas... – A voz dela falhou. – Senti muita falta de vocês. E, depois, Ellen sofreu o acidente e, Anna, isso é terrível de dizer, mas uma parte de mim ficou contente, porque era um motivo para eu lhe escrever. E eu fiz isso. Enviei aquela carta. Mas não tive resposta, aí achei que você não queria contato.

– Eu também – disse Carrie. – Queria ir para Sidney, mas Lola e mamãe chegaram primeiro. Telefonei e falei com Glenn, deixei um recado. Mas também não recebi nenhuma resposta.

Anna lembrou-se de ter recebido a carta de Bett, lido uma vez e deixado de lado. Lembrou-se de Glenn ter passado o recado de Carrie e de ela não ter feito mais nada a respeito.

– Não pude entrar em contato com vocês, sinto muito. Eu não tinha espaço para ninguém além de Ellen. Estava tão zangada com todos na época, comigo mesma por ter deixado aquilo acontecer, com Glenn por me culpar. Não tinha condições de lidar com mais ninguém. Desculpem.

Houve um silêncio e, então, Carrie falou.

– Todas nós temos que dizer a verdade agora?

– Seria bom – respondeu Anna.

– Acho que vocês deveriam saber que Matthew e eu estivemos separados por um tempo.

– O QUÊ? – Anna e Bett exclamaram em uníssono.

– Estivemos separados por alguns meses. Só ontem decidimos voltar a ficar juntos.

– Então estávamos brigando por causa de vocês e nem estavam juntos? – perguntou Bett.

– Nós estávamos. Mas ficou complicado por um tempo.

– Ah, Carrie! Por quê? – perguntou Anna.

– Mal-entendidos de todo tipo. E eu me sentia culpada. Achava que era tudo por causa do jeito como ficamos juntos. Que eu estava sendo castigada por tirar Matthew de Bett. – Ela não olhava para nenhuma das duas. – E eu não tinha certeza se Matthew não estava mais pensando em Bett.

– Ele não estava, Carrie. Tenho certeza de que não. – Bett tinha visto a foto do casamento. Sabia que Matthew nunca olhou para ela do jeito que olhava para Carrie naquela cena da fotografia. – Desculpe. Eu sinto muito por não ter contado a você antes, Carrie. E sinto muito por você ter tido que enfrentar tudo sozinha, Anna. Já tinha passado tanto tempo e, embora eu quisesse, não sabia mais como consertar a situação. – Ela ficou constrangida ao sentir os olhos se enchendo de lágrimas. – Era mais fácil ficar longe, continuar culpando vocês duas em vez de mim.

– Não importa agora, não é? – perguntou Anna. – Estamos nos falando outra vez, certo?

Ambas concordaram com a cabeça.

– E vamos continuar nos falando, não vamos? O que quer que aconteça?

As outras duas concordaram de novo.

Houve um silêncio cheio de afeto por um instante, Carrie então virou-se para Bett.

– Importa-se se eu fizer uma pergunta pessoal?

Bett ficou tensa outra vez.

– Não garanto que eu vá responder, mas, claro, pergunte.

– Está acontecendo alguma coisa entre você e Daniel Hilder?

Bett pareceu surpresa.

– É que eu notei que ele olha para você o tempo todo, e de um jeito especial. Não é, Anna?

Anna concordou com entusiasmo.

– É assim. – Ela imitou uma expressão de adoração, com os olhos brilhantes e um sorriso divertido.

– Claro que não.

– É verdade, Bett. Só que é mais assim. – Carrie fez uma expressão ainda mais exagerada, com um sorriso delicado e olhos doces.

– Parem com isso. Vocês estão imaginando.

Carrie sorriu e virou-se para Anna.

– E você e Richard estão mesmo juntos?

Anna fez que sim com a cabeça.

– Uau! Então eu tenho que dar um desconto para ele no quarto? Ou ele vai se mudar para o seu? – Ela riu. – Estou brincando.

Anna sorriu.

– E você e Matthew, Carrie?

A expressão de Carrie se enterneceu.

– Estamos bem. Na verdade, está tudo perfeitamente bem de novo. – Ela hesitou. – Você não se importa mesmo, Bett?

– Não me importo nem um pouco, Carrie. De verdade.

Elas se aproximaram espontaneamente para um longo e afetuoso abraço.

– Você quer vê-lo, Bett? – Carrie perguntou. – Agora?

– Agora?

– Matthew está aqui. Ele veio esta manhã. Está lá fora. Quer que eu o chame?

Bett hesitou um instante, então concordou.

Carrie estava quase na porta quando se virou e voltou.

– Fico um pouco sem jeito de pedir isso, mas... será que precisamos contar a Matthew que você ia terminar o noivado? É que eu não queria magoá-lo...

Bett quase riu. Mas é claro que Carrie queria proteger Matthew.

– Acho que ele não precisa saber disso agora.

Carrie sorriu aliviada.

– Volto em um instante.

Anna esperou que ela saísse antes de falar.

– Quer que eu saia e deixe vocês três sozinhos?

– Não. Uma por todas, todas por uma, não acha?

– Estou contente por você ter contado a ela, Bett. Desculpe se tive que forçar a barra.

– Foi bom você ter feito isso.

Ouviram barulhos no salão. O intervalo da equipe de filmagem tinha terminado. Painéis do cenário estavam sendo arrastados pelo palco outra vez. Escutaram o som abafado do tráfego na avenida. Uma porta de carro bateu. Passos, e a porta de vidro se abriu. Bett virou e lá estava ele, com Carrie um pouco atrás.

– Oi, Bett. Oi, Anna.

– Oi, Matthew – elas responderam juntas.

Bett observou rapidamente todos os detalhes da aparência dele. Os cabelos castanho-claros, os cachos agora cortados bem curtos. O rosto quadrado e amistoso. As roupas de trabalho. O corpo robusto. Era como olhar para alguém com quem ela frequentou a escola havia muitos anos.

Ele parecia constrangido.

– Como vai indo, Bett?

– Bem. É bom ver você outra vez.

E era. Nada mais, nada menos.

– Bom ver você também. – Matthew deu uma risadinha sem jeito, olhando de uma para a outra. – Bett, sinto muito pelo que aconteceu. Comigo e com Carrie. Sinto por tê-la magoado.

Por um momento, ela se sentiu tentada a dizer a verdade. Que nunca deveria nem ter começado a sair com ele. Que fora tudo pelos motivos errados. Depois olhou para Carrie, de pé mais atrás, orgulhando-se dele, e decidiu que aquele, definitivamente, não era o momento certo.

– Está tudo bem, Matthew.

Ele não pareceu convencido.

– Se Lola estivesse aqui, provavelmente usaria a varinha da verdade e faria todos dizerem como realmente estão se sentindo.

– Você sabe da varinha da verdade? – perguntou Anna.

– Claro. E das histórias das Irmãs Alfabeto. Lola gostava de contá-las, não é, Carrie? – Ele riu um pouco constrangido outra vez. – Não que Lola já tenha usado a varinha da verdade comigo, claro. Acho que era mais uma coisa de família. E muito prática às vezes, segundo ela.

– Era mesmo – comentou Anna. Ela virou para Bett e sua voz era desafiadora, embora estivesse sorrindo. – Se Lola apontasse a varinha da verdade para você agora, Bett, o que diria?

Bett respondeu com sinceridade.

– Provavelmente diria que estou me sentindo um pouco sem jeito, mas que também estou muito aliviada por finalmente ver Carrie e Matthew juntos. E que acho que eles formam um lindo casal. E que lamento ter demorado tanto tempo para lhes dizer como me sentia. E você, Anna?

– Eu provavelmente diria que também já estava farta de tudo isso há semanas, não, há anos. E que estou feliz por ter acabado e espero que nunca mais briguemos desse jeito outra vez.

Carrie estava segurando a mão de Matthew.

– E eu diria que sinto muito por qualquer dor que tenha causado a você, Bett. E a você, Anna. E que espero que nos perdoem.

– E eu diria, com os diabos, já não era sem tempo!

Era Lola, parada à porta.

– Esse é o segredo de praguejar – disse ela com um largo sorriso. – Use com moderação e o impacto é muito maior, não concordam? Então, tudo pronto para cantar *Sisters* para Charlie?

"Ah, droga", pensou Bett. Tinha se esquecido daquilo.

– Desculpe, Lola, mas eu não posso.

– Por que não, criatura?

– Esqueci a letra.

– Se ela esqueceu, então eu também – disse Anna.

– Eu também – acrescentou Carrie.

– Ah, mas tenho certeza de que ela voltará assim que vocês começarem a cantar. É aquela sobre o rapaz que aparece entre as irmãs. Não lembraram? Então foi bom eu trazer isto.

Ela distribuiu três folhas de papel com a letra da música. Estavam encurraladas.

– Vamos lá. Charlie e os câmeras estão esperando. Ele acabou de comentar outra vez como esta vai ser a parte principal da filmagem.

Tudo mentira, claro. Charlie não tinha nenhum interesse ou intenção de usar essa sequência das Irmãs Alfabeto. Havia representado aquela pequena cena minutos antes apenas para fazer um favor a Lola. Ela explicou a ele toda a situação pelo telefone na véspera. Charlie achou graça e se dispôs alegremente a ajudá-la. E, pelo jeito, havia funcionado.

– Vamos logo, meninas, tempo é dinheiro e estou em falta dos dois. – Ela começou a empurrá-las à sua frente, uma a uma. De repente, deu uma breve parada. – E você também, Matthew. Acabei de ter uma ideia muito divertida para você participar.

Meia hora depois, Charlie caminhou até onde Lola estava sentada, assistindo a toda a ação. Ela apertou a mão dele e sorriu.

– Obrigada, Charlie querido. Você se saiu muito bem como ator.

Ele fez uma reverência profunda.

– O prazer foi todo meu. Nunca se sabe, de repente até acabo usando essa filmagem. Elas eram boas, não eram? Belos arranjos de vozes.

– Depois que elas paravam de rir, sim, eram boas. Esse sempre foi o problema. Nunca levaram suficientemente a sério.

– Matthew também teve muita esportiva para concordar em ficar ali parado enquanto elas cantavam *Sisters* em volta dele.

"Não tanta esportiva quanto medo do que poderia acontecer se ele se recusasse a fazer como eu mandei", pensou Lola.

– Não é mesmo?

– Vou lhe mandar uma cópia. Para seus arquivos.

– Meus arquivos. Que frase maravilhosa! Obrigada, eu adoraria.

Lola olhou em volta. Anna, Bett, Matthew e Carrie estavam em um canto da sala, junto com Richard e Daniel, todo o grupo rindo. Deus seja louvado. Se aquela briga tivesse durado mais um dia, ela acabaria louca de vez.

– E qual vai ser seu próximo projeto? – perguntou Charlie.

– Bem, primeiro tenho que cuidar de nossa estreia de gala. Depois? – Ela sorriu. – Talvez uma adaptação musical de *Um Estranho no Ninho*.

Os pais delas chegaram em casa naquela noite. Houve uma hora de relatos das férias, uma hora de histórias sobre o musical, dez minutos sobre o acidente de Lola e, então, Jim Quinlan voltou a seu bar para arrumar as garrafas e Geraldine já estava na cozinha organizando o freezer.

Lola observou as três meninas ansiosas pela atenção da mãe e teve que se conter para não sacudir Geraldine. Conseguiu se controlar por muitos anos. Poderia muito bem se controlar por mais alguns, decidiu.

Na cama, aquela noite, Jim e Geraldine conversaram sobre as férias e a volta para casa.

Geraldine tirou os óculos e virou-se para apagar o abajur de cabeceira.

– As meninas parecem estar se entendendo bem outra vez, não é?

– Muito bem. Eu estava apostando que haveria pelo menos mais uma briga ou desentendimento enquanto estivéssemos fora, mas parece que não. Talvez fosse só disso mesmo que elas precisavam: estar outra vez sob o mesmo teto. – Ele riu. – Tiro o chapéu para Lola.

Jim não percebeu a expressão de Geraldine.

– Elas são adultas. Eu sabia que elas mesmas iam acabar resolvendo isso.

– Sim, claro que iam. Boa noite, meu amor.

– Boa noite, Jim.

Ele abraçou a esposa e fechou os olhos.

Capítulo 26

BETT ACORDOU com sinais mínimos de ressaca. Ela, Anna e Carrie tinham ficado acordadas até muito tarde conversando e tomando vinho tinto. Richard, Matthew e Lola estavam com elas a princípio, mas foram saindo um por um e deixando as garotas sozinhas. Elas haviam se apossado do pequeno bar do hotel, servindo-se sem cerimônia da boa adega de vinhos tintos locais do pai e deixando bilhetes cada vez mais rabiscados para ele.

– Ele não vai se importar, sei que não – disse Carrie, enquanto abria uma das garrafas mais antigas. – Bom, pelo menos ele não pode nos demitir, não é?

Em outra situação, depois daquela quantidade de vinho, Bett talvez tivesse acordado com dor de cabeça e com um frio na barriga de inquietação. Mas não naquela manhã. Não havia nada para se preocupar. Não sentia que tivesse dito nada estúpido ou falado demais. Lembrava-se de cada palavra, de cada brincadeira, de cada risada que haviam compartilhado, mesmo tendo ido para a cama quase às 2 horas da madrugada, depois de praticamente empurrar uma risonha Carrie para dentro do táxi que haviam chamado.

Bett se espreguiçou, gostando do efeito em seus músculos, do sol entrando pelas cortinas finas, do som dos passarinhos lá fora. Tinha uma sensação leve e gloriosa dentro de si, de que tudo ficaria bem outra vez. De que tudo estava bem com Anna e Carrie novamente. Havia muito tempo não se sentia tão tranquila.

Olhou para o relógio. Oito horas. Era melhor levantar-se e se arrumar. Tinha mais dois compromissos com Daniel naquele dia e combinaram de se encontrarem no escritório às nove e meia.

Anna e Carrie haviam feito mais comentários sobre ele na noite anterior.

– Você deve ter notado alguma coisa, Bett – insistiu Anna.

– Deve ter captado as *vibes*[1] – acrescentou Carrie, imitando um sotaque americano ruim.

– Vocês estão vendo o que não existe – Bett protestou. – Nós apenas nos damos muito bem. Não é nada mais do que isso.

– Não?

– Não. E parem com isso vocês duas.

– Você realmente, sinceramente, honestamente, não tem nenhum sentimento romântico em relação a ele?

– Não, não tenho – disse ela, ignorando uma voz fraca em sua mente que sugeria algo diferente.

– Eu vou lhe fazer algumas perguntas bem simples. – Anna piscou para Carrie ao dizer isso. As duas estavam se divertindo muito. – Daniel a faz rir?

– Sim, bastante.

Anna ia contando nos dedos.

– Você acha ele bonito?

– Acho.

– A-ha! – exclamou Carrie. – Está se entregando.

– Não, só estou atestando um fato – Bett respondeu depressa. – Ele é mesmo.

– Em que aspectos você o acha bonito?

Bett tomou um gole de vinho e pensou um pouco.

– Ele tem olhos lindos, meio enrugadinhos nos cantos, e aquele charmoso cabelo escuro despenteado, e ele usa roupas incríveis. – Ela parou. – Do que vocês estão rindo?

– De nada – respondeu Anna fingindo seriedade. – Então, você reparou em tudo isso nele. Admite que se dão muito bem. Ele não tira os olhos de você. Mas, mesmo assim, ainda acha que não há nada entre vocês?

– Não há mesmo.

Anna virou-se para Carrie.

1 Em inglês, termo informal para vibrations (vibrações).

– É tão doce ela ter conseguido manter sua inocência por tanto tempo, não acha, Carrie?

– É impressionante mesmo, nesses tempos atuais.

– Parem com isso. Deixem-me em paz.

Bett também já estava rindo nesse ponto. E estava agradecendo aos céus por ter se contido a tempo de não contar tudo a elas sobre aquela noite com Daniel. Só Deus sabe onde elas iriam parar se soubessem da história...

Mas não se importou nem um pouco com as provocações. Foi divertido. E também não era como nos velhos tempos. Tinha sido muito melhor. Era como o começo de novos tempos entre elas.

Ao se aprontar naquela manhã, Bett escolheu sua camisa verde--escura favorita, sua saia *vintage* preferida e os sapatos italianos que todos elogiavam. Aplicou um pouco de rímel. E, já que havia começado, completou com brilho labial. Tinha duas entrevistas para fazer, então era bom estar apresentável, disse a si mesma.

– Está elegante, Bett – seu pai disse quando ela entrou na cozinha para o café da manhã. – Tem algum trabalho especial hoje?

– Não. Só duas reportagens para aquele projeto de turismo.

– Com Daniel? – interveio Lola de sua cadeira.

– É, é com ele.

– Maravilhoso! – exclamou Lola, sorridente.

Lola não precisava ter parecido tão radiante, Bett pensou, enquanto entrava no escritório do jornal meia hora depois. O rosto de sua avó se iluminou como se Bett tivesse dito que ia fugir para se casar. O que deu em todo mundo de repente? Ela e Daniel estavam se tornando bons amigos e era só isso. Homens e mulheres podiam ser amigos, não podiam? Ela e Daniel simplesmente se davam bem. Trabalhavam bem juntos. E riam juntos. Bastante, na verdade. E, sim, talvez tivessem tido uma noite de sexo fabuloso três anos antes, mas isso era passado. Queria dizer apenas que... Ela parou. Queria dizer apenas que, se por acaso fizessem sexo de novo, provavelmente, seria muito bom outra vez.

– Bom dia, Bett. Pronta para sair?

Era Daniel.

Bett sentiu a cor subir para o seu rosto.

Sabia que tinha ficado um pouco desconfortável com ele no começo. Enquanto passavam a manhã em uma galeria de arte escondida nas colinas ao sul de Clare, assumiu um ar mais profissional do que em todas as visitas anteriores. Um pouco ríspida até. Notou que ele lhe dirigiu um ou dois olhares intrigados.

– Tudo bem com você, Bett?

– Tudo certo – Bett respondeu com vivacidade, xingando Anna e Carrie por terem colocado aquela ideia em sua cabeça.

Depois da galeria de arte, a próxima parada foi Sevenhill Cellars, a mais antiga vinícola do vale.

– Temos alguns minutos antes do horário marcado para a visita – disse Daniel, olhando o relógio. – Você se importa se eu pegar a rota panorâmica? A luz está boa hoje para uma foto que eu queria fazer do alto das colinas.

– Por mim, tudo bem.

Daniel sorriu para agradecer e saiu da rodovia principal para uma estrada de terra sacolejante.

A resposta ecoava em sua mente enquanto Bett o observava avançar e parar com o carro em diferentes pontos ao longo da estrada, escolhendo cenários em que a luz do sol se infiltrava pelos galhos dos eucaliptos, banhando as linhas de vinhedos em tons de claro e escuro, ou perto dos leitos secos dos riachos, revestidos de seixos de diferentes formas e tamanhos, alisados pela ação da água. Por ela, tudo bem se tivesse que ficar sentada no capô do carro sob o sol para vê-lo trabalhar. Tudo bem vê-lo concentrado em encontrar a melhor foto, caminhando pela estrada em busca do ângulo certo, dirigindo-lhe um sorriso quando conseguia um registro que lhe agradava. Tudo bem se tivessem que passar um pouco mais de tempo juntos no carro. Para ela tudo bem, na verdade, se passassem o resto do dia juntos no carro, conversando e rindo.

A constatação foi chegando gradual e solidamente ao longo do dia. Percebeu que o observava com mais atenção, que tinha mais consciência dele do que antes. Sentia-o vivamente andando logo atrás dela enquanto eram conduzidos pela visita à fria construção de pedras que abrigava a vinícola, com os ricos aromas dos barris de madeira à sua volta. Enquanto entrevistava o vinicultor e falava com as pessoas na porta do prédio, sabia que Daniel estava perto. Observou a segurança com que ele tirava as câmeras da bolsa, estudava o ambiente e trocava as lentes. Notou o modo natural e confiante com que ele manejava os fotômetros, o modo como seu corpo se movia tão agilmente quando ele caminhava à procura do melhor ângulo, tentando obter fotos originais. Reparou no jeito dele com as pessoas que estava fotografando, como conseguia rapidamente deixá-las à vontade.

Voltaram para Clare no começo da tarde. A visão das mãos finas e bronzeadas de Daniel ao volante estava começando a causar um efeito considerável sobre ela. O modo como ele batia os dedos longos no ritmo da música que ouviam no rádio. O jeito de mudar as marchas com tanta segurança. Forçou-se a tirar os olhos das mãos dele e pegou-se reparando em suas coxas, em como ficavam bem sob o jeans que ele usava. Quando pararam em uma intersecção, ele levantou a manga da camisa para olhar o relógio. Bett notou cada detalhe naquele breve instante. A pele bronzeada de seu braço, os pelos dourados, os músculos. Quase deu um pulo no banco quando ele se inclinou e estendeu o braço de repente para segurar um folheto que estava escorregando de cima do painel.

Ele a fitou com ar intrigado.

– Bett, tem certeza de que está bem hoje? Você parece um pouco distraída. Agitada.

– É mesmo? Ah, desculpe, vai ver que estou ficando gripada.

Começaram a conversar sobre o trabalho daquela manhã e, depois, sobre o ensaio geral para o musical. Ele se referiu casualmente ao fato de Matthew ter estado lá e de todos estarem se entendendo bem e ela comentou também naturalmente que foi bom ver Carrie e Matthew tão felizes juntos.

– Eu também vou poder morrer feliz agora. Consegui ver as Irmãs Alfabeto ao vivo.

Ela fez uma careta.

– Eu avisei que não éramos exatamente The Supremes.

– Ah, não sei, eu queria tê-las visto no auge. Quando vocês estavam realmente no máximo de seu talento.

– Agradeça por não ter visto.

Ele estava rindo quando parou o carro em uma vaga na sombra na rua principal, a uns cem metros do prédio do *Valley Times*.

– Vocês tiveram uma última apresentação triunfal? O público em lágrimas, agitando isqueiros acesos enquanto vocês cantavam?

– Não exatamente. – Ela hesitou por apenas um segundo. – Na verdade, foi terrível. Em uma apresentação, três meninos gritaram "bola no meio" para mim quando estávamos no palco, eu entre minhas irmãs, e isso arruinou tudo dali em diante.

– Eles gritaram "bola no meio" para você?

Ela confirmou com a cabeça.

– Que ridículo.

– Ridículo? – Ela não entendeu.

– Menina Bonita no Meio eu poderia entender.

Ela ficou imóvel.

– Ou Menina de Olhos Brilhantes no Meio.

Ela conteve a respiração.

– Ou Companhia Muito Divertida no Meio.

Bett estava sorrindo agora.

– Mas Bola? Não. Deviam ser três meninos cegos, obviamente – disse ele muito sério. – Três meninos cegos e burros. Três meninos cegos e burros que não reconheceriam uma cantora e artista de nível internacional mesmo se ela viesse e... – ele hesitou por um momento.

– Quicasse na cara deles? – ajudou ela.

Ele riu.

– Eu estava pensando em algo como mandar ver em um canto tirolês.

Mais tarde naquele dia, Rebecca a chamou até sua sala.

– Correu tudo bem hoje?

– Sim, tudo certo. Só falta a reportagem sobre a experiência com os condutores de rebanhos na semana que vem e o projeto de turismo estará concluído.

– Você e Daniel estão se entendendo bem?

– Sim, perfeitamente. – Ela não conseguiu interpretar a expressão no rosto de Rebecca. – Juro que tenho sido legal com ele, como você me pediu.

Ainda estava intrigada com o motivo da pergunta de Rebecca. Daniel não mencionou nenhum problema.

Rebecca continha um sorriso.

– Eu sei. Só estava tentando entender qual seria a sua definição de ser legal com ele.

– Por quê?

– É que recebi duas ligações hoje de pessoas perguntando por que minha repórter e meu fotógrafo ficaram sentados dentro do carro da empresa na rua principal por quase meia hora conversando e rindo loucamente. "Seria uma tocaia?", perguntaram. "Estaríamos de olho em alguma história quente?"

Bett riu um pouco sem jeito.

– Ah, meu Deus, esta cidade. Se não encontrarem uma fofoca, eles inventam, não é?

– É mesmo? – Rebecca sorriu maliciosamente. – Você que está dizendo. Afinal, mora aqui há mais tempo do que eu.

Capítulo 27

A NOITE DA ESTREIA chegou. Os últimos ingressos tinham sido vendidos naquela manhã. Teriam casa cheia.

Lola não mediu esforços, tendo atacado não só o seu próprio guarda-roupa, como também o de Carrie, o de Anna e o de Bett. Todos precisaram de alguma disciplina para não ficar boquiabertos ou rir alto demais quando a viram sair do quarto, pronta para ser conduzida ao Paço Municipal por Jim. Depois de vê-la, Geraldine decidiu ir sozinha um pouco mais tarde.

Lola agora se encontrava, vestida em todo o seu esplendor, diante da porta de entrada do Paço Municipal. Sua saia de tafetá laranja, longa até o chão, colidia com a túnica roxa, que colidia com o xale dourado. E tudo colidia com a maquiagem. Tinha uma rosa e uma borboleta de tecido presas no cabelo e quase chocalhava ao andar por causa das joias e bijuterias. Ao seu lado, vestida com muito mais discrição, mas com um sorriso igualmente brilhante, estava Ellen. Ela ficou encarregada de entregar os programas para as pessoas que entravam.

Lola estava radiante, recebendo e distribuindo cumprimentos entusiasticamente. "Sra. Gillespie, está maravilhosa." "Sim, estou inchada de orgulho. É uma noite fantástica para todos nós."

Ellen cumprimentava todos os que passavam com a mesma mensagem.

– Boa noite. Divirta-se com o show.

Nos camarins, Anna movia-se de um lado para o outro, conferindo os figurinos, maquiagens e cenários. Estava feliz e aliviada por sentir a adrenalina correndo dentro de si, dando-lhe a energia e a agitação que sempre adorou ter antes de uma apresentação. Teve uma noite péssima. Apesar de cansada, não conseguiu dormir, sentindo aquele aperto no peito outra vez. Talvez a tomografia que a jovem médica pediu fosse mesmo uma boa ideia, pensara deitada no escuro, imaginando o pior. Havia contado sobre as consultas médicas para Richard e ele a tranquilizou com seu modo prático de ver as coisas.

– Pelo jeito, deve ser asma. Mas a médica está certa. É melhor ter certeza. Quando é o exame?

Em Adelaide, dois dias depois do musical, ela lhe contou. Ia devolver as roupas alugadas nesse mesmo dia. Ficou surpresa com o que ele lhe disse em seguida.

– Quer que eu vá junto? Posso ajudá-la a carregar as roupas, esperar enquanto faz o exame e, depois, levá-la a algum lugar realmente incrível para almoçar. Para comemorar o musical. E comemorar você e... – ele interrompeu a frase. – Bem, para comemorar.

Ana ficou comovida com a oferta.

– Eu adoraria – respondeu.

– Anna, Anna! – Ela se virou e viu Len entrar correndo, com uma expressão de pânico no rosto. – Uma das rodas do trem travou. Alguém tem óleo lubrificante?

Anna pegou rapidamente um frasco em uma cesta perto da janela. Havia trazido óleo, pregos, curativos, fita adesiva, agulha e linha, pronta para qualquer eventualidade. Trouxe até um grampeador de tapeçaria industrial que Lola arrumou sabe-se lá onde.

– Respire fundo agora, Len. Está tudo certo. Tudo vai sair bem.

– Com certeza que vai! – ele disse alto, alegre outra vez. – Obrigado, Anna. Merda para todos.

No canto da sala, folheando as partituras pela décima vez, Bett ouviu e sorriu. Não parecia algo muito conveniente para Len dizer, embora fosse uma tradição no teatro. Conhecendo a capacidade dele para criar caos, o efeito bem poderia ser o contrário do pretendido. Estava adorando cada parte daquela noite, toda a agitação antes do começo do show. Carrie, ao lado do espelho, aplicava maquiagem em todo o elenco, que estava alinhado em fila como personagens daqueles brinquedos de acertar a bola na boca do palhaço em parques de diversões. As amigas de

Lola do bazar de caridade faziam ajustes de última hora nas roupas. No meio de todo o movimento, estava Anna, calma, no controle. Quando viu que Bett a olhava, Anna sorriu e balbuciou alguma coisa.

– O quê? – Bett perguntou.

A voz de Anna agora chegou claramente.

– Lerda, Bett!

Bett riu. Tinha esquecido completamente a versão das Irmãs Alfabeto.

– Lerda você também, Anna! – gritou de volta.

Carrie olhou e sorriu.

Bett pôs as partituras sob o braço e foi para o palco, nervosa e entusiasmada ao mesmo tempo. Olhou para o salão por uma fresta da cortina. Já estava quase cheio. Havia um barulho animado e aconchegante de conversas, misturado ao som de cadeiras arrastadas, pessoas encontrando seus lugares e cumprimentando amigos. Faltavam 15 minutos para a abertura das cortinas.

Bett desceu as escadas laterais até o pequeno fosso musical que montaram na base do palco, em uma área demarcada por mesas viradas de lado. Uma delas oscilou quando ela passou. Trabalho de Len outra vez, infelizmente. Tanto entusiasmo, mas sua mente era como a de uma libélula, pulando de um projeto para outro antes que o primeiro estivesse terminado.

Os outros membros de seu pequeno conjunto musical já estavam sentados: um saxofonista, um violonista e um baterista, todos de calça escura e camisa branca. Ela os cumprimentou simpaticamente, notando seus rostos corados e olhos brilhantes. Pelo ar de expectativa deles, aquele poderia ser o Carnegie Hall em vez do Paço Municipal de Clare. Bett sentou-se, fez um sinal e eles começaram a tocar a primeira das canções introdutórias, *In the Mood*, de Glenn Miller. Levantando os olhos do teclado, seus dedos já tão familiarizados com as notas, ela avistou Rebecca na plateia, com um grupo de pessoas do jornal. Daniel estava no fim da fileira. Ele piscou para ela quando a viu olhando. Ela sorriu e piscou de volta.

O barulho no salão mudou quando Lola iniciou sua entrada até o palco pelo corredor central. Ela subiu as escadas, depois parou teatralmente no centro do palco, bem no momento em que Bett terminava as últimas notas de *We'll Meet Again* de Vera Lynn.

– Senhoras e senhores, meninos e meninas, muito obrigada pela presença de todos esta noite. Meu nome é Lola Quinlan. – Ela fez um gesto exuberante. – Bem-vindos à grande estreia de *Muitas Felicidades*!

No intervalo, Anna foi até a plateia dizer um oi rápido para Richard e Lola. Não conseguiu chegar perto da avó. Lola estava cercada por uma multidão de admiradores, era o centro das atenções.

– A ideia me veio pela primeira vez no meio da noite, uns vinte e cinco anos atrás...

Anna sorriu quando Richard aproximou-se dela.

– E então? O que está achando?

– Está maravilhoso.

– Maravilhoso? – Anna fez uma careta. – Não sei, não. – Ela baixou a voz e começou a contar nos dedos. – O General MacArthur esqueceu as falas outra vez. O trem travou. A dança não ficou na formação certa. Parte dos cantos esteve...

Richard segurou a mão dela e a apertou.

– E mesmo assim está maravilhoso. Veja as reações. Todos estão se divertindo.

Ela sorriu.

– Estão, não é?

O público tinha aplaudido entusiasticamente quando Lola subiu ao palco no início. Muita gente cantou junto em *My Favourite Things* e *Oh, What a Beautiful Morning*. O truque de Len com o milho, quando os feixes se erguem de repente no palco, quase funcionou. Eles levantaram uns sete centímetros, o que era melhor do que nada. Kaylene vacilou entre os sotaques britânico e americano, soando vagamente sul-africana na cena final do primeiro ato, mas transmitiu a emoção certa.

De volta ao piano, cinco minutos antes de terminar o intervalo, Bett sentiu um toque no braço. Era Daniel.

– Parabéns. Está muito engraçado.

– Engraçado? Mas devia ser um drama sério, não uma grande comédia.

– Desculpe, claro que sim. Foi isso que eu quis dizer. É fortemente dramático. Com toda a gama de emoções humanas.

– Cuidado. Há um momento em que chamamos alguém do público para participar, e eu tenho bom trânsito com a diretora. – O sinal tocou para indicar o fim do intervalo. – Você vai ficar para a festa?

– Se não for problema... Len me convidou, mas eu não tinha certeza se podia ir.

– Você acabou sendo parte da equipe de trabalho e quase do elenco também. Claro que pode ir.

Bett queria que ele fosse.

Ele sorriu.

– Ótimo. Então vejo você lá.

– Tchau. – Bett estava sorrindo também quando virou de novo para o piano.

Lola tinha razão. Havia algo muito atraente em homens com um brilho no olhar.

No meio do ato seguinte, ela ouviu um choro baixinho vindo da plateia, como uma criança, mas ficando cada vez mais alto. Virou ligeiramente a cabeça e viu Daniel ajudando uma senhora idosa a sair de seu assento e ir para o fundo da sala. O choro foi diminuindo aos poucos. Será que as músicas de guerra estavam revivendo memórias tristes? Bett voltou sua atenção para o palco, no qual Kaylene dava o melhor de si para alcançar uma nota alta, mas, infelizmente, falhava. Bett tocou com força extra para disfarçar.

Todos se aglomeraram nos camarins depois do show. O barulho era ensurdecedor.

– Tivemos cinco subidas de cortina no final! Cinco! – exclamou Carrie.

E não só isso. Ela havia sido entusiasticamente aplaudida depois de sua apresentação de *I Could Have Danced All Night*. Lola recebeu outra ruidosa salva de palmas e, então, chamou as três netas ao palco para serem presenteadas, ao lado dela, com enormes buquês de flores. Atrás do palco, tudo era animação, tapas nas costas, alívio, reconstituições de momentos em que as cenas não tinham funcionado direito, tudo suplantado por elogios e cumprimentos. Alguns dos membros do elenco tiraram a maquiagem e trocaram de roupa. Mas, durante a festa depois do espetáculo, Bett notou que muitos ainda mantinham seu figurino e maquiagem de palco. Pareciam felizes por se manter nos personagens. Lola resplandecia como se estivesse iluminada por dentro, mais ainda do que na noite de sua festa.

Bett foi surpreendida por um súbito grande abraço. Era Rebecca.

– Parabéns, Bett. Foi fantástico. Não sei como fizeram tudo isso. Qual é o próximo destino, o West End?

Um rosto surgiu entre elas antes que Bett tivesse a chance de responder. Len, o açougueiro. Ele beijou as duas em ambas as faces, quase derrubando seu champanhe.

– Bett, Rebecca, uma noite para comemorar, não acham?

Bett brindou tocando sua taça na dele.

– Foi incrível, Len. Muito obrigada por todo o empenho.

– Acho que nós todos contribuímos. – Ele se inclinou para a frente, com ar conspiratório. – Espero que não tenham se distraído com a pobre sra. Hilder chorando. Mas Daniel foi muito bom por trazê-la hoje, não acham? A irmã é igual, leva-a a toda parte. Nem posso imaginar as minhas filhas me levando para passear se eu ficasse ruim da cuca desse jeito. Elas iam me trancar em casa antes de eu entender o que estava acontecendo. – Ele riu alto antes de erguer a taça para elas outra vez. – Vejo-as mais tarde, senhoritas. Na pista de dança, talvez?

Len fez um leve meneio com os quadris e se foi.

Rebecca sacudiu a cabeça enquanto o via se afastar.

– E o prêmio do homem mais sensível de Clare Valley vai para Len mais uma vez. Daniel odiaria se ouvisse falarem de sua mãe assim.

– Esse é o problema familiar dele que você tinha mencionado?

– Bom, agora que Len já introduziu o assunto de forma tão delicada, sim, é isso. A mãe de Daniel tem Alzheimer. Foi por isso que ele voltou a Clare, para cuidar dela. Ele e a irmã vinham se revezando para ficar com a mãe. Mas chegou a um ponto em que a sra. Hilder não pôde mais continuar em casa. Eles tiveram que transferi-la para a Lilac House uma ou duas semanas atrás. Você conhece, não é? A casa de repouso ao lado do hospital.

Bett fez que sim com a cabeça.

– Ele só me contou isso porque às vezes precisa sair do trabalho para atendê-la.

– Mas, por que era segredo?

– Acho que não é bem segredo. É discrição, uma maneira de proteger a mãe. Você não se lembra dela?

– Não.

– É tão triste. Ela era uma mulher muito elegante, alinhada. Conhece o tipo, não é? Tudo perfeito, sob controle. E teve uma mudança de personalidade total quando a doença foi piorando. Começou a falar palavrões, a sair para a rua com roupas impróprias. Pelo menos ela não tinha consciência do que estava fazendo, mas foi muito doloroso para Daniel e para Christine, a irmã dele. Acho que foi por isso que eles tentaram cuidar dela em casa o máximo que puderam. Arrumaram cuidadoras, instalaram todo tipo de acessórios para evitar que ela se machucasse e para mantê-la ocupada.

Bett lembrou-se das faixas coloridas no chão, das etiquetas nas gavetas e cadeados nos armários que vira no dia em que Daniel lhe mostrara seu vídeo do Dangerous. Não eram para netos, mas para a própria sra. Hilder.

– Que situação triste. Deve ter sido muito difícil para todos eles.

– Sim, sem dúvida.

– Mas nem dá para imaginar olhando para Daniel, não é? – comentou Bett. – Ele é tão bem-humorado, tão agradável o tempo todo.

Rebecca lançou-lhe um olhar sugestivo.

– Ele é, não é mesmo? Acho que simplesmente continua levando a vida. – Ela olhou em volta. – Achei que ele viria para cá depois de levar a mãe de volta para a Lilac House, mas nem sinal. A pobre sra. Hilder deve ter ficado muito perturbada.

Bett já havia notado que ele não tinha voltado. Esteve atenta à espera dele.

Rebecca abraçou-a outra vez.

– Mas chega dessas conversas sérias em sua noite de triunfo. Venha, diretora musical, ajude-me a encontrar mais uma garrafa de champanhe.

No meio da festa, ouviu-se subitamente um bater de palmas. Alguém tentava chamar a atenção de todos. Lentamente, as conversas pararam e o som da música foi diminuído. Lola estava no meio do salão, com uma taça de champanhe em uma das mãos.

– Obrigada a todos. Prometo que será apenas um minuto. Todos temos muito para comemorar esta noite e longe de mim cortar a farra de vocês. – Houve risos. – Algumas semanas atrás, quando minhas três netas se reuniram para meu aniversário de 80 anos, eu disse algo a elas que vinha do fundo do meu coração. E também gostaria de dizer a todos vocês esta noite. Nunca sonhei que isto aconteceria assim. Muito obrigada, a cada um. Vocês fizeram uma velha senhora muito feliz.

Houve vivas e mais aplausos. Então, do fundo, alguém gritou.

– Cante uma música para nós, Lola!

Ela fez um gesto decidido.

– Ah, não, estou muito velha para isso. Atualmente eu só observo, não faço mais.

– Vamos lá, Lola. Todos nós fizemos, agora é sua vez. – incentivou o General MacArthur.

Em diferentes pontos no salão, Anna, Bett e Carrie começaram a sorrir. Anna gostaria que Ellen estivesse lá para ver, mas sua filha, tão cansada que os olhos se fechavam involuntariamente, foi levada de volta ao hotel por Jim e Geraldine.

– Sim, vamos, Lola. Você não pode decepcionar todo mundo – insistiu Carrie, instigada por Matthew ao seu lado.

– Lembre-se de que idade é um estado de espírito – acrescentou Anna.

– Ela nos ensinou tudo o que sabemos – Bett comentou com Rebecca.

– É mesmo? Então vocês poderiam ser as cantoras de apoio dela.

Alguém ouviu e já lançou a ideia.

– Isso, as Irmãs Alfabeto também!

Desta vez, não houve hesitação. Em meio a muita movimentação e risos, Lola foi levada até o centro do salão e as três garotas alinharam--se atrás dela, postadas meio de lado, como um grupo vocal dos velhos tempos. Todos riam.

– O que vamos cantar? – perguntou Bett, desejando de novo que Daniel estivesse ali. Ele ia gostar daquilo.

– Tem que ser escolha de Lola – respondeu Anna.

– Uma das nossas favoritas, Lola – pediu Carrie.

Lola pensou por um momento. Então fez um sinal para que as meninas se aproximassem e lhes contou sua escolha. Houve mais risos e um ajuntamento de cabeças enquanto elas testavam se ainda sabiam pelo menos parte da letra. Em seguida, Lola avançou e anunciou com gestos teatrais.

– Senhoras e senhores, meninos e meninas. É com grande prazer que apresento a mim mesma e minhas três netas para o deleite de todos esta noite.

E, em uma voz que ameaçava estilhaçar todos os vidros do prédio, Lola, acompanhada muito precariamente por Anna, Bett e Carrie, que não paravam de rir, lançou-se em sua versão muito particular e entusiasmada de *There's No Business Like Show Business*.

Na cama naquela noite, Lola esticou uma perna, depois a outra, fez seus exercícios faciais e desistiu. Não queria fazer exercícios. Queria só ficar ali sorrindo a noite toda. Queria saborear cada minuto, reconstituir tudo, reviver segundo por segundo, da música de Bett à direção de Anna aos cantos e danças de Carrie. Alguma vez se sentiu assim tão orgulhosa nos tempos das Irmãs Alfabeto quanto naquela noite, de pé ali no palco com as suas três meninas, vendo seu filho Jim, sua neta Ellen, sorrindo para ela da plateia? Até Geraldine estava sorridente, e chegou mesmo a abraçá-la depois.

E alguma vez se sentiu tão bem quanto na festa depois do espetáculo? Todas aquelas pessoas vindo cumprimentá-la, enchendo-a de perguntas. Iam encenar o musical outra vez? Que tal uma turnê? Já havia pensado na possibilidade de enviar o roteiro para uma companhia de teatro profissional? E qual seria o projeto para o próximo ano? Ela ria, descartando tudo isso, insistindo que a noite não era para planos futuros, mas para saborear o sucesso.

No entanto, deitada ali, teve uma ideia. Richard a pôs em sua cabeça, com todas as suas pesquisas sobre criminosos ingleses e jovens criadas irlandesas vindo para Clare Valley na década de 1850. Que roteiro maravilhoso isso daria! Poderia acompanhar apenas uma, talvez duas, ou até três irmãs, em sua viagem da Irlanda para a Austrália. A história poderia incluir uma ou duas cenas em um navio. Depois do sucesso de Len com o trem do General MacArthur, com certeza construir um navio não seria problema para ele. E todas aquelas alegres danças irlandesas. Tanto material para um bom enredo também. Uma das jovens criadas poderia se apaixonar por seu patrão bonito e cruel...

Lola sentou-se e pegou o caderno que mantinha na mesinha de cabeceira.

Capítulo 28

QUARENTA E OITO HORAS depois, Bett estava sentada ao lado de uma fogueira de acampamento, próximo de um bosque de eucaliptos, observando o fogo e vivendo em primeira mão a experiência com os condutores de rebanho. Este seria o último artigo para o suplemento de turismo. A essa hora, na semana seguinte, estaria de volta às reportagens no tribunal e notícias policiais.

Tinha um caderno cheio de declarações do próprio condutor de rebanhos, um homem lacônico, de traços rústicos e pele bronzeada. O rosto perfeito para um homem com aquele trabalho. "Direto da Central de Seleção de Elenco", sussurrou Daniel, enquanto fazia fotos de Fergie com seus carneiros e o céu azul atrás.

Jantaram junto da fogueira: pão australiano, chá feito na panela, ensopado, exatamente como os grupos de turistas experimentariam nos próximos meses. As barracas eram montadas em um círculo em torno da fogueira e troncos serviam de bancos, sob o vasto céu noturno. Naquela noite, havia apenas três barracas: uma para Fergie, bem distanciada do acampamento principal – "eu ronco", explicou ele –, uma para Bett e uma para Daniel.

Fergie contou a Bett algumas das histórias com que ia entreter os turistas. Conhecia tudo sobre a área, desde sua origem aborígine até os tempos dos antigos pioneiros. Passou quase toda a sua vida trabalhando em galpões de tosquia e tinha muitas histórias sobre isso também.

Bett anotou os últimos detalhes e guardou seu caderno.

– Isto não é para a reportagem, mas, me diga, você nunca se cansa de carneiros?

Fergie riu.

– Não. Se eu me cansar de um rebanho, recebo outro totalmente novo a cada primavera. São as maravilhas da natureza.

Daniel voltou ao acampamento. Ele estava tirando fotos a alguma distância, aproveitando o resto de luz.

– Vamos tirar mais algumas de manhã, Fergie, se você não se incomodar.

– Eu acordo às cinco, Dan, já com o meu melhor sorriso. – Ele fez uma expressão exageradamente sorridente e todos riram. – E vou para a cama cedo também. Dan, você cuida do fogo para mim? Boa noite aos dois.

Bett esticou as pernas na direção do fogo, sozinha por um momento enquanto Daniel ia até sua barraca guardar a câmera e o resto do equipamento. Seu celular tocou, com um som que não combinava com o ambiente. Ela leu o nome no visor.

– Lola? Está tudo bem?

– Tudo bem, querida. Seus pais estão no bar com alguns hóspedes, contando histórias sobre viagens de trem. Carrie está em casa com Matthew e a pequena Ellen foi passar a noite com eles. Anna está em Adelaide, para devolver as roupas. Richard a acompanhou na viagem. Acha que eles vão ficar em quartos separados esta noite?

– Você está muito velha para ficar pensando nessas coisas.

– E como é a situação das barracas por aí, minha querida?

– Cada um tem uma, Lola.

– É mesmo? – Uma pausa. – Você sabe que, se ficar frio, a melhor maneira de se esquentar é o calor corporal?

– Vou dizer isso a Fergie, está bem? – Ela descobriu dias antes que Lola e Fergie se conheciam há alguns anos. – Vai ser uma surpresa para ele receber uma visita minha no meio da noite.

Lola riu.

– Boa noite, Bett. Durma bem.

Bett levantou os olhos e viu Daniel voltando para a fogueira. Ele fez um gesto apontando para o telefone.

– Tudo bem em casa?

– Sim, tudo bem. E com você?

Ela o viu falando ao celular também.

Daniel sentou no outro tronco ao lado dela e esticou as pernas.

– Normal.

Bett hesitou.

– Rebecca me contou sobre sua mãe, Daniel. Eu sinto muito. Deve ser bastante difícil para você e sua irmã.

– Foi difícil. Mas pior para a mamãe, claro. – Ele pegou uma longa vareta e quebrou-a em pedaços, jogando-os no fogo. – Desculpe pela noite do musical, Bett. Uma das músicas a perturbou. O mais triste disso é que é totalmente imprevisível. Poderia ter sido uma voz que despertasse uma lembrança, assim como uma canção. Mas não queremos que ela fique trancada em casa. Ela é muito saudável, fora isso. É a mente, não o corpo, que está doente.

– Você e Christine foram muito bons por abdicar de parte de suas vidas por ela.

– Não vemos dessa maneira. São coisas que se faz pela família. Você faria por Lola, não é?

– Sem pensar duas vezes.

– Isso se ela desacelerar o suficiente para você poder cuidar dela.

Bett sorriu, depois tornou a ficar séria.

– Se houver alguma coisa que eu possa fazer por você ou por sua mãe, é só pedir, Daniel, está bem?

– Obrigado, Bett.

Houve uma longa pausa antes que ele falasse outra vez.

– E então, você vai continuar por aqui agora que o musical já acabou?

– Ainda não sei. Vou ver o que acontece. – Ela também pegou uma vareta e mexeu nas cinzas, vendo as fagulhas voarem no ar. – Conseguiu fotos boas hoje?

– Acho que sim. Um bom tema sempre ajuda.

– Não é só isso. Você é um ótimo fotógrafo.

– Obrigado.

– Isso foi o que você sempre quis fazer? Antes de ficar adulto?

– Sempre. Quando adolescente, eu tinha uma Box Brownie, aquelas câmeras em formato de caixa. Antes disso, tive uma câmera caseira, feita de papelão. – Ele sorriu. – Eu tinha que desenhar minhas próprias fotos, mas já era um começo. – Ele jogou outro graveto no fogo. – E você? Sempre quis ser jornalista?

– No começo, não. Foi uma escolha entre algo a ver com música e com escrever, e escrever ganhou. Agora eu adoro ser jornalista.

– É, eu percebo. Do que, exatamente, você mais gosta na profissão?

Ela notou que Daniel estava sinceramente interessado. Refletiu um pouco antes de responder.

– Gosto de ver algo acontecer e transformar isso em uma frase, em uma história. De captar na escrita.

– E não sente falta da música? Não dá para fazer os dois?

– Eu tentei. Quando estava em Londres, eu escrevia sobre música e grupos musicais, mas, no fim, vi que isso não era para mim.

– Por quê? O que aconteceu?

Bett lhe contou histórias sobre o tempo que havia passado na gravadora, incentivada pelas risadas dele. Parecia mesmo ridícula agora a ideia de treinar astros pop adolescentes, ensinar a eles o que deviam pensar. Ela riu também.

– Você vê a confusão em que a indústria da música se meteu? Onde estava, Danger Hilder, quando mais precisávamos de você?

Ele sorriu e pegou a garrafa de vinho.

– Quer mais?

– Sim, por favor.

Os sons em torno deles ficaram mais distintos. O gorgolejo lento do vinho sendo servido no copo de Bett. Um estalo seco das chamas na fogueira. Um passarinho ao longe nas árvores. Ruídos suaves do vento nas plantas e balidos distantes de carneiros.

– Foi difícil deixar Londres?

Ela sacudiu a cabeça, lembrando-se do dia em que decidiu pedir demissão.

– A partir do momento em que tomei a decisão, foi a coisa mais fácil do mundo. Sabia que era aqui que eu queria estar.

– É mais fácil para as mulheres em vários aspectos, não acha?

– O que é mais fácil?

– A vida. Decisões, tudo. – Ele fez um aceno com o braço. – As mulheres parecem saber como fazer tudo. Sempre tão confiantes, seguras. Sabem o que querem e como fazer as coisas acontecerem.

– Você está falando das mulheres em geral, não é? Porque eu não tenho a menor noção disso.

– Como assim? Foi uma das primeiras coisas que notei em você, como é segura e cheia de vida, como se sente à vontade consigo mesma.

– Eu? Não, Daniel. – Bett estava espantada. – Eu sou um desastre ambulante.

– De jeito nenhum. Eu reparava em você em Clare, quando trabalhamos juntos pela primeira vez. Conversando com as pessoas, entrevistando-as. E via você em bares e restaurantes com Matthew, contando histórias, sempre tão autoconfiante.

– Você não olhou muito bem.

Ele riu baixinho.

– Eu provavelmente estava muito ocupado me inquietando com minha própria aparência.

– Mas homens não são assim, não é? Isso de se preocupar com o que as pessoas pensam deles? Quer dizer, eu não tenho irmãos, mas achava que vocês sempre sabiam exatamente o que queriam, como agir, como...

– Claro que não. Não posso falar por toda a população masculina, mas eu me preocupo e tenho medo. De fazer tudo errado, de escolher o momento impróprio, de interpretar mal uma situação...

Ela nem sabia o que dizer.

– Estou com medo agora, por exemplo.

– De quê?

– De você.

– Com medo de mim?

Ele hesitou.

– Do que você faria se eu lhe perguntasse se posso beijá-la.

Ela piscou.

– Você quer me beijar?

– Faz semanas que quero beijá-la.

– E por que não fez isso?

– Medo de levar um tapa na cara. De você me dizer para ir embora. De falar que não é desse jeito que gosta de mim.

– Ah. – Uma sensação agradável começou a crescer dentro dela. – E como estava planejando fazer?

– Estava pensando em me aproximar, sentar ao seu lado e, talvez, colocar a mão em seu rosto. E, então, se fosse tudo bem até aí, eu provavelmente iria me inclinar e beijá-la. E é quando eu tinha medo de que você pudesse me dar um tapa.

– Entendo. – Ela pensou por um instante. – Acho que eu não faria isso.

– Não?

– Acho que não.

– Posso testar?

– Pode.

Ele se aproximou. Ela continuou ali sentada, com o rosto levantado, nervosa, mas também excitada. Havia tomado apenas um copo de vinho, não a quantidade que tinha bebido na última vez que se beijaram. Teve um dia bom, ocupado, interessante, e não semanas de agitação e caos. Sua respiração parou ao toque dos lábios dele nos seus, suaves, exploradores. Sentiu o toque da mão dele em seu rosto.

– São afrodisíacas essas fogueiras, sempre achei isso.

Ambos deram um pulo ao ouvir a voz. Era Fergie, saindo de sua barraca. Eles se separaram, constrangidos, e ficaram olhando para o fogo até que Fergie retornasse da árvore que foi visitar. Ele lhes deu um aceno animado da entrada da barraca.

Um momento se passou antes que olhassem novamente um para o outro. Dessa vez, os lábios dela encontraram os dele no meio do caminho. Trocaram beijos longos, lentos, com gosto de vinho tinto. Ele beijou-lhe as pálpebras, os lóbulos das orelhas, a lateral do pescoço. Ela beijou-lhe a face, o canto dos lábios. "Pus a mão dele em meus seios ou ele mesmo fez isso?", Bett se perguntou. Ela tocou a lateral do corpo de Daniel, suas costas, o tempo todo sentindo os lábios macios dele nos seus, os beijos ininterruptos. Ambos se levantaram. Ele a puxou contra o corpo e ela o sentiu excitado enquanto se apertava contra ele, seus seios sensíveis, ansiando por serem tocados.

Um ronco alto vindo da barraca de Fergie ressoou pelo ar. Ela sentiu Daniel rindo e começou a rir também.

– O urro da fera – ele murmurou, beijando-a outra vez.

Desceu as mãos pelo corpo dela. Sem se dar conta, ela começou a ficar tensa.

Ele se afastou.

– Quer que eu pare?

– Não. – "Fale a verdade", disse uma voz dentro dela. – Só estou um pouco nervosa.

– Por minha causa?

– Não, talvez não nervosa. Talvez com vergonha.

– Mas você é perfeita. E eu sei disso. Faz semanas que venho observando cada centímetro seu. E poderia desenhá-la todinha de memória. Esta curva aqui – ele roçou-lhe a coxa. – A curva do braço. – E tocou-lhe o braço. – Seus seios. – E a respiração de Bett falhou quando ele lhe acariciou os seios. – Estas curvas aqui.

Daniel riu da expressão dela. Ela riu também, relaxada, sentindo as mãos dele em seu corpo e não se importando mais com isso. Tocou-lhe as costas, sentindo a pele sob a camisa. Houve outro beijo longo e saboreado. Ela se afastou novamente, com a necessidade de dizer algo.

– Desculpe pela última vez. Aquela vez em Melbourne. Eu não sei o que deu em mim. Estava muito bêbada.

– Você precisou estar bêbada naquela noite?

Ela confirmou com a cabeça.

– Quer que eu lhe traga um copo de vinho agora? Uma garrafa?

Bett riu, mas respondeu séria.

– Acho que não preciso estar bêbada esta noite.

Daniel tocou-lhe o rosto.

– Tem certeza?

Ela beijou-lhe os lábios e sentiu o corpo dele contra o dela. Pararam de falar e continuaram se beijando, de um modo diferente agora, beijos mais profundos, mais sensuais. Instintivamente, moveram-se da fogueira para a barraca dele, para o saco de dormir no chão, enquanto as douradas sombras bruxuleantes das chamas brincavam na lona. Ela adorava a sensação das mãos dele em seu corpo, em seus seios, entre suas pernas. E adorava a sensação do corpo dele, esguio e macio ao toque. "Há uma memória tátil?", pensou. Será que seu corpo se lembrava da sensação de ter Daniel apertado contra si naquela noite? Porque estava reagindo agora como se mal pudesse esperar para repetir a experiência...

Bett acordou quando o sol começou a entrar na barraca. Sentiu um movimento a seu lado e virou-se para Daniel.

– Bom dia.

A voz dele era suave.

– Oi. – Ela sorriu.

– Teve uma boa noite de sono?

Sabia muito bem que ela não tinha tido. Nem ele. Estiveram fazendo amor a maior parte da noite.

– Não muito. Na verdade, estou um pouco preocupada.

– Com o quê? – perguntou ele, apreensivo.

– Meu artigo. Acha que posso prometer esta experiência para todas as mulheres que fizerem este passeio?

Ele relaxou.

– Posso falar com Fergie. Talvez seja um bico interessante, caso eu perca o interesse pela fotografia.

Ela riu e fechou os olhos, sentindo os dedos dele roçando-lhe a pele nua, a voz dele falando baixinho.

– Se você tivesse que escrever um artigo contando o que aconteceu ontem à noite, o que escreveria?

Bett pensou por um momento.

– "A repórter local Bett Quinlan anunciou hoje que ficou um pouco constrangida por acordar nua em uma barraca com Daniel Hilder, mas que não se arrependia nem por um segundo das travessuras da noite anterior."

– Travessuras?

– Travessuras. Sua vez.

– "O fotógrafo Daniel Hilder admitiu hoje que estava de olho na repórter Bett Quinlan já havia algum tempo". Acha que o tom está certo?

– Sim, está muito bom.

– "Respondendo às perguntas, ele disse que sempre foi maluco por cabelos castanhos assanhados e um par de olhos atrevidos e que a srta. Quinlan, felizmente, possuía os dois". Ainda está certo?

Bett estava com a cabeça pousada no peito dele, os olhos fechados, enquanto ele lhe acariciava a pele.

– Está ótimo.

– "Quando lhe perguntaram sobre o passado obscuro da srta. Quinlan, o sr. Hilder deu de ombros com fleumática...", e aqui entra um asterisco para a explicação no pé da página, não se preocupe, "... com fleumática naturalidade e respondeu, 'Quanto mais obscuro, melhor. Quanto mais mistério houver, mais teremos para conversar.'" Acho que peguei o jeito da coisa. Posso continuar?

– À vontade.

– "Quando lhe perguntaram sobre seus planos futuros, o sr. Hilder novamente deu de ombros com fleumática naturalidade, em uma clara demonstração de estar com um estoque reduzido de gestos naquele dia, e disse, 'Na verdade, depende da srta. Quinlan. Por mais que eu deteste clichês, neste caso eu passo a bola para ela'. E a imprensa então se aglomerou em volta da srta. Quinlan para saber sua reação."

Ela sentia os dedos dele descendo por suas costas agora.

– "A srta. Quinlan respondeu às perguntas dos repórteres primeiro verificando a hora..."

Daniel levantou o pulso.

– Seis e meia.

– "E então se perguntando em voz alta se seria possível que Daniel Hilder fizesse amor tão deliciosamente com ela mais uma vez antes de terem que sair da barraca naquela manhã."

Ele chegou mais perto e beijou-lhe os lábios. Seus dedos continuaram a lhe acariciar o corpo. Parecia que a resposta era sim.

Mais tarde naquela manhã, Bett deixou o celular propositalmente desligado na viagem de volta para casa. Era um trajeto de uma hora por estradas curvas, com pastos amarelos cercados estendendo-se de ambos os lados. Eles conversavam e riam de forma espontânea, bem-disposta. Daniel parou o carro e, sem falar nada, apenas inclinou-se para beijá-la. Os lábios dela o encontraram no meio do caminho novamente.

Era começo de tarde quando chegaram ao Valley View Hotel. Voltaram pelo caminho mais longo. Ele entrou com o carro no estacionamento, na frente da recepção, e desligou o motor. Bett sorriu. Sua vontade era de simplesmente ficar ali sentada, sorrindo para ele, o dia inteiro.

– Podemos nos ver esta noite?

– Já?

– Tudo bem, se você não quiser.

– Eu adoraria. Só preciso falar com o pessoal, ver se não aconteceu nada na minha ausência.

Bett riu consigo mesma. Só esteve fora por uma noite. No hotel, a vida devia ter continuado normal como sempre, embora ela sentisse que sua própria vida havia mudado completamente naquele breve intervalo.

– Também tenho que ir ver minha mãe. Posso ligar mais tarde? Umas 18 horas?

– Perfeito. – Ela esperou nos degraus do hotel até que ele se afastasse, então entrou. Sentia-se irradiando felicidade. – Olá? – chamou na recepção. Não houve resposta. Olhou no bar. Vazio também. Já havia notado que o carro de Anna não estava no lugar habitual. Ela e Richard deviam estar ainda em Adelaide. Também não havia ninguém no salão de festas. Nem na cozinha. – Olá? Onde estão todos?

Ela saiu e ouviu chamarem seu nome.

– Bett?

Era Carrie, na porta do quarto de Lola. Ela estava chorando.

– Câncer?

Bett olhou para os rostos à sua frente. Lola estava pálida. Carrie tinha os olhos inchados. Seus pais davam-se as mãos com força.

Jim Quinlan repetiu o que Anna havia lhes contado ao telefone quando ligou do hospital.

– Ela fez uma tomografia esta manhã. Tem um tumor nos pulmões. Bastante grande. Eles a internaram na mesma hora.

Bett ficou olhando fixamente para ele.

– Não entendo. Ela não tinha nenhum sintoma.

– Tinha. Mas confundiram com outras coisas. Acharam que era estresse. Exaustão. Crises de pânico. E ela sempre foi tão magrinha, então mesmo a perda de peso não chamava muito a atenção.

– Mas por que ela foi fazer a tomografia? Por que não nos contou?

– O exame foi pedido por uma médica em Adelaide. – A voz de Jim era opaca e inexpressiva. – Ela disse que não queria preocupar ninguém, estavam todos tão ocupados.

Bett tentava assimilar enquanto seu pai falava. Os médicos haviam dito a Anna que talvez ela já tivesse o tumor há meses, até anos. Mas só agora, que ficou tão grande, ele começou a causar problemas.

Era como se o mundo tivesse saído ligeiramente do eixo. Como se as vozes não estivessem sintonizadas, as cores não estivessem certas, como se ela estivesse vários passos para trás. Queria piscar e começar tudo de novo, sair do carro de Daniel, entrar pela porta e ver Lola lendo no bar, seus pais trabalhando, Carrie no escritório, Anna e Ellen jogando Scrabble. E não aquela reunião.

Alguém estava faltando.

– Onde está Ellen?

– Está no quarto brincando. Anna falou com ela pelo telefone, mas pediu que não lhe contássemos muita coisa ainda. Que esperássemos até ter mais informações.

– Então, podemos ir ver Anna? Ellen, todos nós? Agora?

Geraldine sacudiu a cabeça.

– Ela disse que não há necessidade de irmos esta noite. Vão lhe dar comprimidos para dormir, então não conseguiríamos nem falar com ela. Richard está lá no hospital. Vão começar a radioterapia amanhã logo cedo.

– Então é tratável? Ela vai ficar bem?

Bett olhou em volta outra vez, sabendo que não tinha sido a primeira naquele quarto a fazer aquela pergunta.

Ninguém respondeu.

Capítulo 29

O TEMPO começou a se mover em um ritmo diferente, como se estivessem em câmera lenta, em uma bolha própria, enquanto as coisas do lado de fora continuavam como sempre. O tratamento de Anna teve início imediatamente, com uma equipe de profissionais trabalhando com ela: um oncologista, um médico clínico, enfermeiras. Bett sentia que estava sempre dois passos atrás dos acontecimentos, pois ainda nem havia assimilado direito a notícia de que Anna tinha câncer e já estavam falando em fazer biópsia, operar ou não, fazer ou não quimioterapia.

Geraldine e Bett foram as primeiras a ir para Adelaide ficar com Anna. Richard voltou a Clare. Alternavam-se em turnos para conversar com os médicos, obter notícias, telefonar para o hotel. Todos tinham perguntas e ninguém estava satisfeito com as respostas que recebia. "O que significa um tumor agressivo?" "Se não tivessem encontrado agora, o que teria acontecido?" "Ela vai perder todo o cabelo quando começarem o tratamento?"

Eram exames atrás de exames. Anna passava a maior parte dos dias na cama, já exausta das radiografias, das tomografias, dos remédios, da tensão. Bett e Geraldine sentavam-se a seu lado, lendo, conversando um pouco, observando-a enquanto ela dormia. Bett não conseguia conciliar a imagem daquela Anna de aparência já mais frágil com a mulher que esteve sorrindo no palco há apenas alguns dias. Ela continuava alegre e animada a princípio. Mas a máscara caiu quando Geraldine saiu para pegar um café e as duas ficaram sozinhas no quarto pela primeira vez.

Anna segurou a mão de Bett.

– Estou com medo, Bettsie. Estou com muito medo.

– Todas estamos, querida. Mas logo saberemos melhor, não é?

– Não sei. O oncologista disse que talvez eu fique semanas aqui. E Ellen? Quem vai cuidar dela se eu ficar aqui tanto tempo?

Bett apertou a mão de Anna.

– Todos nós. Estamos até brigando para ver quem fica com ela. Não se preocupe com Ellen.

– Você poderia telefonar para Glenn?

Nenhum deles sequer se lembrou de contar a Glenn.

Bett telefonou para ele em Cingapura naquela noite. Pôde perceber o choque em sua voz.

– Vou voltar assim que puder, para ajudar a cuidar de Ellen. Posso chegar aí no fim da semana. Ela vai ficar boa, não vai? E quanto ao hospital? É o melhor? Dinheiro não é problema, Bett.

Era perceptível que ele estava realmente preocupado. Isso tornava mais fácil falar com ele, deixar a raiva de lado. "Será que algum amor sobrevivia no fundo de todos os casamentos fracassados?", ela se perguntou.

– É um hospital muito bom. Estão fazendo todos os exames, todas as tomografias. Nem podemos chegar perto dela de tantos médicos e enfermeiras.

– O que Ellen sabe?

– Ainda não sabemos o que lhe contar. Ela sabe que Anna está no hospital, mas só dissemos que era por um ou dois dias, que ela logo voltaria para casa.

Lola sentou-se com Ellen e explicou que Anna não estava se sentindo muito bem, que havia algo errado em seu corpo que os médicos estavam tentando tirar e que isso às vezes deixava Anna muito cansada. Logo a levariam para visitá-la. Enquanto isso, Ellen falava com Anna por telefone duas vezes por dia, às vezes três.

– E Anna vai voltar logo para casa?

Bett lhe disse a verdade.

– Nós não sabemos.

– Tem certeza de que não há nada que eu possa fazer, Bett? Nada que você precise que eu leve a Adelaide? Nada que eu possa fazer no hotel?

– Tenho certeza, Daniel, sinceramente. Obrigada mesmo assim.

Bett ligou para ele do telefone público do corredor. Era a primeira vez que falavam mais longamente desde que passaram a noite juntos. Tiveram uma conversa rápida quando ele lhe telefonou na noite em que ela ficou sabendo sobre o câncer. Em choque, não estava em condições de falar. Pediu a ele que avisasse Rebecca. Rebecca ligou no dia seguinte, também oferecendo ajuda no que fosse preciso, desde arrumar as camas no hotel até transportar a família entre Clare e Adelaide. "Nem pense no trabalho, Bett", ela disse. "Fique perto da família. Você me avisa se houver algo em que possamos ajudar? Qualquer coisa, está bem?"

Havia alguém esperando para usar o telefone.

– Preciso desligar, Daniel.

– Claro. – Ele hesitou. – Estarei pensando em você, Bett.

– Também estou pensando em você.

Ela desligou e voltou para o quarto de Anna.

Lola e Carrie vieram alguns dias depois. Trouxeram Ellen consigo. Contaram a verdade a ela: que Anna precisava ficar no hospital mais tempo do que esperavam, enquanto os médicos faziam mais exames. Ellen pareceu receber a notícia com calma. Como Lola comentou, ela estava acostumada com hospitais.

Bett voltou com a mãe para o hotel, perdida em seus próprios pensamentos enquanto passava com o carro pelos estacionamentos e novos empreendimentos imobiliários nos subúrbios da cidade, antes de o cenário mudar gradualmente para campo aberto, fazendas e pequenas cidades conforme avançava para o norte. Sua mãe fazia ligações pelo celular durante a viagem, falando com órgãos de apoio a pessoas com câncer, pedindo que lhes enviassem informações, retornando ligações de amigos que perguntavam sobre Anna e ofereciam ajuda. Seus modos eram diretos, objetivos. Coisas a serem feitas, questões práticas a serem organizadas. "Geraldine é especialista nisso", Bett pensou.

Viu a mãe andando pelo corredor com Anna na noite anterior. À volta delas havia outras famílias, algumas até em situações piores, uma ou duas mulheres mais velhas chorando. Geraldine manteve-se ereta, composta. Ajudou Anna a voltar para a cama e nem piscou quando a camisola se levantou um pouco e viram como ela estava magra. Comportou-se de maneira quase profissional quando a enfermeira veio e expressou preocupação por Anna ter comido tão pouco durante o jantar.

Uma hora depois, porém, Bett saiu em busca de uma xícara de chá. Ia acender a luz de uma das saletas contíguas ao quarto quando ouviu um ruído. Parou e viu alguém em uma das poltronas no canto da sala. Era sua mãe, olhando pela janela e chorando baixinho.

Bett hesitou por um instante e já ia entrar para confortá-la quando sua mãe a notou. Geraldine levantou de imediato e enxugou bruscamente as lágrimas.

– Quer uma xícara de chá, Bett? Vou lhe preparar uma. E Anna, quer também?

Nenhuma delas mencionou as lágrimas.

Anna e Lola estavam sozinhas no quarto. Lola esteve lendo para ela, comentando as fofocas de dez anos atrás de uma revista que encontrou na sala de espera. No meio de um artigo sobre o elenco de uma novela há muito terminada, Anna pôs a mão no braço de Lola.

– Lola, estou com tanto medo.

A revista foi deixada de lado. Lola segurou as duas mãos da neta.

– Querida, claro que está. Você não sabe o que vai acontecer. Isso é sempre assustador.

– Venha comigo. Eu quero que você venha comigo e me ajude.

– Eu iria, se pudesse, meu amor.

– O que vai acontecer com Ellen se eu não melhorar? Como ela vai se virar sem mãe? Não é justo, ela já sofreu muito.

– Anna, não pense assim. E não precisa jamais se preocupar com Ellen. Ela nunca estará sozinha, isso eu prometo.

Ouviram uma batida à porta. Era Glenn, de terno, vinha direto do aeroporto.

Lola levantou-se e saiu imediatamente. Enquanto fechava a porta, viu-o aproximar-se e abraçar Anna com força.

Carrie recusou-se a falar com Glenn. Ignorou a preocupação que ele demonstrava, as ofertas de ajuda financeira, a proposta, gentilmente recusada por Anna, de transferi-la para um hospital particular em Sidney. Do lado de fora, na sala de espera, Carrie protestava com Lola.

– É culpa dele. Isso não teria acontecido se não fosse ele. Li tudo sobre isso na internet. Estresse pode causar câncer e aquele... – ela procurou um termo para o insultar – ... aquele imbecil a fez passar por tanto estresse e sofrimento. Como ele ousa vir aqui assim? Como você pode deixá-lo ficar aqui, Lola?

– Não é culpa de Glenn. Não é culpa de ninguém, Carrie. Simplesmente aconteceu. Não podemos perder tempo jogando a culpa em alguém, brigando entre nós. Temos que pensar em Anna.

Carrie estava chorando.

– Eu sei. Eu tento, mas estou tão furiosa, Lola. Eu me sinto inútil e sinto que não há nada que possa fazer. Tudo está acontecendo muito rápido.

A vida de todos começou a girar em torno de viagens a Adelaide, revezando-se para sentar junto de Anna, conversar com as enfermeiras, ouvir o clínico, esperar o oncologista. Passavam muito tempo no quarto de Anna, conversando, lendo ou sentados em silêncio enquanto ela dormia, exausta pela última sessão de tratamentos.

O quarto dela ficava no segundo andar do hospital, com vista para um parque. Havia um prédio de escritórios com paredes de vidro à esquerda. Os movimentos cotidianos das pessoas no trabalho, vestidos de terno, atrás de suas mesas, bebendo café ou falando ao telefone pareciam mais ridículos para Bett a cada dia que passava. Era a sala de espera do hospital que parecia mais real, com suas cadeiras de plástico gastas, os avisos com erros ortográficos sobre horários de abertura da cantina, até mesmo a lata vazia caída no chão sob a máquina de refrigerante.

Carrie estava com Anna quando o oncologista entrou para conversar com ela, duas semanas depois da internação. Calmamente, sucintamente, ele explicou a situação. Era um tumor muito agressivo. Descobriram algumas metástases, mas, até o momento, estavam confinadas. Cirurgia não era uma opção nesse estágio. O tumor era grande demais. Havia mais tratamentos para tentar: mais radioterapia, algumas novas drogas.

– E se as novas drogas não funcionarem?

A voz de Anna era tão calma quanto a do médico. Ao lado dela, Carrie segurava-lhe a mão com força.

O tom do médico se abrandou.

– Nesse caso, será uma situação de cuidados paliativos.

Bett chegou de volta ao hospital vários dias depois, com mais cartões e cartas das pessoas do vale. A notícia se espalhou rapidamente. Todos os dias o hotel recebia telefonemas de pessoas oferecendo-se para ajudar com Ellen ou para cozinhar para os hóspedes se Geraldine precisasse estar em Adelaide. Muitos rezavam por Anna. O açougueiro Len deixou uma pasta com informações que havia reunido na internet sobre curas milagrosas. Esta, Bett deixou em Clare.

Ficou chocada com a mudança em Anna. Sua irmã estava sentada na cama, com travesseiros apoiando-a por toda a volta, como um frágil passarinho em um ninho branco. Tinha emagrecido ainda mais e a pele parecia estar mudando de textura e cor. A respiração era diferente também, cada vez mais trabalhosa.

Mesmo assim, ela abriu um grande sorriso.

– Oi, Bett. Veio admirar minhas novas joias para o nariz?

Anna tinha duas presilhas de plástico nas narinas que levavam oxigênio para seu corpo. Não conseguia mais respirar plenamente sem aquilo.

Bett conseguiu sorrir também.

– É muito elegante. Há várias opções de cores?

– Transparente horrível e branco mais horrível ainda. Eu disse a eles que branco não era minha cor favorita, mas eles sabem ser muito teimosos por aqui. Vão estar super na moda no ano que vem, anote minhas palavras.

Bett sentou-se na cadeira ao lado da cama e segurou a mão de Anna. Eles a tocavam constantemente agora. Quem quer que sentasse a seu lado acariciava-lhe o braço, ou segurava-lhe a mão, ou simplesmente pousava os dedos nela.

– Precisa de alguma coisa? Quer que eu ligue o rádio? Algum vídeo?

Anna sacudiu a cabeça.

– Não. Contem-me sobre a semana de Ellen.

Ellen vinha ao hospital três dias por semana e, no resto do tempo, ficava no vale por causa da escola. Os médicos haviam aconselhado a mantê-la nas atividades normais o máximo possível.

Bett contou-lhe as histórias mais recentes. Ellen convidou duas amigas para brincar no hotel depois da aula. Lola as pegou amarrando chapéus na cabeça de Bumper. Estavam ensaiando seu próprio minimusical para quando a mamãe voltasse para casa.

– É melhor ela se apressar, então.

– Por quê?

– Tomei uma decisão, Bett. – A voz dela ficou séria enquanto explicava o que o oncologista lhe disse naquela tarde: havia mais um curso de tratamento à frente, mais radiação, outra rodada de comprimidos, ainda nos estágios experimentais. – Eu concordei, Bett. O que tenho a perder?

– Mas, é perigoso?

– Como assim? Se pode me matar? – Ela riu suavemente da expressão no rosto de Bett. – Não tem problema eu brincar com isso, Bett. Sou eu mesma que estou morrendo de câncer.

– Você não está morrendo de câncer. Ainda há muitas coisas que eles podem tentar.

– Estou cansada. E essa é a pior parte. Se eu não estivesse me sentindo tão mal, eu me interessaria em pensar nisso e falar sobre isso. Mas, se eu não estivesse tão mal, não estaria morrendo, não é?

Bett sentiu uma súbita onda de raiva.

– Não é disso que estou falando. Como pode fazer piada? Como não está brava? Por que sou eu quem se irrita? Por que você não se enfurece com a luz, ou com a noite, ou com qualquer outra coisa?

Anna estava calma.

– Eu estou brava, Bett. Não quero morrer ainda. Não tenho intenção de morrer ainda.

– Então não fique tão passiva. Lute.

– Não acha que estou fazendo isso? Acha mesmo que eu quero me despedir com uma reverência e ir embora? Bett, odeio tudo isso. Odeio cada mínimo detalhe. Ficar deitada aqui desse jeito, sendo entulhada desse e daquele remédio, radiografada, sentindo meus pulmões fazerem tanto esforço. Em toda a minha vida, nunca prestei atenção ao que meu corpo fazia para me manter viva, e agora é como se eu pudesse ouvir cada engrenagem girando, cada célula fazendo seu trabalho. Claro que eu odeio isso. Vejo o nascer do sol, ou um passarinho, ou a menorzinha das coisas belas e lhes dou muito valor, e quero tê-las para sempre, mas não posso. Talvez eu não as tenha mais por muito tempo.

– O que você gostaria? Se pudéssemos lhe trazer qualquer coisa, fazer qualquer coisa acontecer antes de você ir... – a voz de Bett falhou. – O que você iria querer?

– Não são as coisas óbvias. Não é ver Ellen entrar pela nave da igreja, ou carregar nos braços minha primeira neta. São as coisas comuns. Eu quero manhãs em uma cafeteria com Ellen quando ela tiver uns 25 anos. Quero vê-la chegar apressada e dizer, "Não posso demorar, mamãe. Tenho um encontro agora".

– Que mais?

– Quero, por várias noites, ficar bêbada com você e Carrie, e receber um telefonema seu na manhã seguinte para dizer que foi tudo bem e eu não me comportei mal. Quero que você ligue e já comece a falar sem dizer "alô". Você sabe que sempre faz assim, sempre entra direto no assunto sem nem mesmo se identificar. E quero ouvir de novo todas aquelas histórias sobre as suas desventuras. Por favor, Bett, conte de novo daquela vez em que você caiu da esteira. Adoro essa história.

– Você é cruel.

Um sorriso iluminou o rosto magro e pálido de Anna.

– Eu sei. Vou ajudá-la a começar. Era uma vez um dia em que você estava em uma academia e...

– As novas medicações não funcionaram. A doença se espalhou ainda mais.

Geraldine deu a notícia assim que entrou na cozinha, duas semanas depois.

Jim, Lola e Bett pararam o que estavam fazendo. Sabiam que Geraldine tinha telefonado para Adelaide e conversado com Carrie, que estava com Anna nos dois últimos dias. Sabiam que radiografias cruciais seriam feitas naquela manhã, para verificar o crescimento dos tumores. Haviam se mantido ocupados o tempo todo, preenchendo as horas. O bar estava mais limpo do que nunca. A cozinha tinha sido totalmente reorganizada. Bett ficou de quatro esfregando os banheiros dos 15 apartamentos, enquanto deixava o rádio de cabeceira de cada um deles ligado no máximo volume, enchendo o ar de som para impedir que seus pensamentos a nocauteassem.

Geraldine falou como se estivesse lendo uma lista, a voz sem expressão, o olhar distante.

– A radioterapia também não funcionou. Espalhou-se para os gânglios linfáticos. E para a coluna.

Até poucas semanas atrás, Bett nem sabia o que era um gânglio linfático.

– Carrie conversou com o oncologista sobre o que Anna decidiu fazer?

– Sim. Ele disse que, se essa era a decisão de Anna, dava-lhe todo o apoio. E falou depois para Carrie que achava que era a escolha certa.

Anna tomou a decisão três dias antes. Se as tentativas mais modernas e mais agressivas de deter o câncer não funcionassem, ela pararia com toda a radiação, as tomografias, os procedimentos invasivos.

– Então ela está vindo para casa? – perguntou Jim.

Geraldine fez um sinal afirmativo com a cabeça. Não precisava dizer as palavras. Anna estava vindo para casa para morrer.

Capítulo 30

O QUARTO FAVORITO dela no hotel estava preparado. Penduraram cortinas alegres nas janelas. Lola escolheu uma colcha colorida e um tapete novo para o chão. Ellen colheu flores frescas e colocou-as em vasos. Lola tentou explicar que Anna ainda estava muito doente, mas Ellen não pareceu entender. Estava muito animada com o fato de que sua mãe ia voltar para casa. Jim foi à loja de jardinagem e comprou folhagens e árvores em vasos e arrumou-os do lado de fora do quarto, para que Anna tivesse algo verde e tranquilizante para ver da cama. Bett esfregou todas as superfícies, lavou as janelas, limpou as paredes, até ter tocado cada centímetro do quarto.

Ela sorriu para Richard, que entrava trazendo uma caixa com os livros favoritos de Anna. Estava ajudando-o a arrumá-los em uma prateleira quando ele falou.

– Acho que eu devia ir embora, Bett. Este é um momento para a família mais próxima.

Bett se surpreendeu com a profunda tristeza na voz dele.

– Não, Richard. É um momento para todos que amam Anna ficarem perto dela. – Ela tocou-lhe o braço. – Sei que é muito difícil. Tudo estava apenas começando para vocês. Mas você a fez muito feliz.

– Queria tê-la feito mais feliz. Por mais tempo.

Bett piscou para segurar as lágrimas que lhe vieram de repente aos olhos.

– Nós também – respondeu baixinho.

Anna chegou em casa no dia seguinte, de carro com Carrie e Geraldine. Viajou abrigada em travesseiros, frágil pelo tratamento e pela doença, mas recusou-se a fazer a viagem de ambulância. Estava ainda mais magra, os cabelos como uma pequena touca escura em torno do rosto ainda mais definhado.

– Sei que meu cabelo está horrível, mas pelo menos ainda está aqui. Vocês deviam ter visto algumas das cabeças carecas naquela enfermaria – tentou brincar.

Teve que ser ajudada até o quarto. O oxigênio a acompanhava por toda parte, puxado em um pequeno carrinho ao seu lado. Sua voz era diferente, mais fraca, mas ela continuava vibrante e interessada.

– Ellie, você fez esses desenhos para mim? São maravilhosos! – Ela se inclinou e beijou a filha, que segurava fortemente a sua mão. – E todas essas flores. E olhem só a colcha. Está tudo lindo, gente. Muito obrigada.

Depois que Anna estava acomodada, Ellen ficou pulando em volta, incapaz de parar em um lugar só. Corria para a mãe, abraçava-a, depois se afastava correndo outra vez. Ela foi até Bett, que arrumava uma mesa e cadeira fora do quarto para os momentos em que Anna se sentisse disposta a se sentar ao ar livre e aproveitar o sol da manhã. Foi ideia de Richard.

– Minha mãe está muito doente, não está?

Bett afagou-lhe os cabelos.

– Sim, Ellie. Ela está muito doente.

– Quando melhorar, ela, papai e eu vamos tirar férias.

– Ele disse isso?

Ellen confirmou com a cabeça.

– Ele disse que ia me levar para uma longa viagem, talvez até para a Disney.

– Vai ser divertido – respondeu Bett, mantendo a voz animada. Sabia o que Glenn vinha tentando fazer. Também sabia que Anna não ia com eles.

Os dias criaram uma rotina. Anna tinha mais energia de manhã. Podia sentar-se e conversar, comer um pouco, antes de precisar voltar para a cama. De vez em quando, conseguia fazer uma curta caminhada, ou deixava que a empurrassem em uma cadeira de rodas, no frescor da manhã, ou no fim da tarde, depois de passado o calor do dia. As enfermeiras do cuidado paliativo visitavam-na duas vezes por dia e monitoravam a dor. Elas mostravam a Bett, Carrie e Geraldine como medir a morfina, respondiam às suas dúvidas, acalmavam-nas e confortavam-nas.

Anna dormia muito. Quando se sentia suficientemente forte, ia até a cozinha vestida com um robe de seda vivamente colorido e sentava-se em um canto para observar a atividade. Ellen continuava indo para a escola, mas entrava correndo a cada tarde com um novo desenho, ou um bilhetinho de amor, que Anna recebia com exclamações de prazer e guardava no bolso.

Quando Anna estava cansada demais para se levantar, todos se revezavam para fazer-lhe companhia no quarto. Geraldine era quem mais ficava lá, arrumando o quarto, contando os comprimidos, ajeitando as cortinas ou apenas sentada em silêncio ao lado da cama. Ela parecia saber quando Anna estava sentindo dor, quando precisava de mais oxigênio, o que gostaria de comer ou beber, quase por instinto. Ninguém comentava nada, mas todos notavam.

– Quer alguma coisa, meu amor?

Anna levantou os olhos. Ellen estava dormindo a seu lado. As duas tinham estado juntas vendo desenhos na TV.

– Não, obrigada, papai.

– Um refrigerante? Um suco? Um coquetel de frutas bem colorido?

– Um coquetel de frutas? Agora, sim. Mas não para mim. Para Ellie, quando ela acordar.

– Não está com sede? Ou fome?

Ela fez que não com a cabeça. Já quase não tinha apetite.

Jim se virou para voltar ao bar e preparar a bebida de Ellen quando ela o chamou de volta.

– Papai, pode fazer o suco de Ellie mais tarde?

– Claro. Você quer alguma outra coisa?

– Podia ficar sentado aqui comigo um pouco?

Ele se sentou ao lado da cama e segurou a mão de Anna entre as suas.

– É claro, meu amor. Pelo tempo que você quiser.

Lola ajeitou cuidadosamente as dobras do xale sobre a colcha de Anna, depois deu um passo para trás e examinou-o criticamente.

– Vai servir por enquanto. Mas já pus os olhos em um cor-de-rosa muito bonito no bazar de caridade. Vou fazer uma oferta por ele e trazê-lo para você também.

Anna sorriu para a avó.

– Eu amo você, Lola.

Lola ficou imóvel. Então baixou os olhos para Anna e, gentilmente, lentamente, ergueu a mão e acariciou-lhe o rosto macio.

– Não tanto quanto eu amo você.

– Você acredita em paraíso, Bett?

– Eu quero acreditar. Quero saber que você vai para um lugar especial, um lugar que vai adorar, e que vai ter um espacinho muito bom preparado para quando nós chegarmos.

– Eu prometo. Quer no sol ou na sombra?

Ela estava se esforçando para soar animada.

– Um pouco de cada.

– Bett, você faz uma coisa para mim?

A voz de Anna estava ficando mais fraca. Bett teve que se inclinar para ouvi-la direito.

– Qualquer coisa.

Anna pôs a mão sob o travesseiro e tirou algo.

– Você cuidaria disso para mim?

Era um envelope, cheio de papéis cuidadosamente dobrados.

– O que é?

– São cartões de aniversário para Ellen. Pequenos bilhetes. Até ela fazer 21 anos. Eu ia pedir que Glenn os entregasse, mas adoraria que você fizesse isso. Se não se importar.

– Se eu não me importar? Eu vou adorar entregá-los a ela. – Bett sentiu um nó na garganta. – Seria uma honra.

– E você vai ajudá-lo a cuidar dela, não vai? Mesmo que às vezes seja difícil. Eu sei que você e ele nem sempre...

– Claro que vou ajudar. Nós amamos Ellen, Anna. Você sabe disso. Eu a amo muito.

– E, Bett, você vai contar a ela sobre mim? Por favor? Não sei quanto ela vai lembrar.

Bett piscou afastando as lágrimas, tão acostumada com elas agora que mal as notava.

– Claro que vou. Vou contar a ela que linda, doce, corajosa...

O sorriso de Anna era frágil, mas travesso.

– Ei, também não precisa se entusiasmar tanto.

Richard aproximou a cadeira da cama de Anna e olhou dentro da caixa a seu lado.

– Tenho Jane Austen, ou Seamus Heaney, ou mesmo um pouco de Ian Fleming.

– Não leia para mim. Prefiro que fale comigo.

– Sobre o quê?

– Qualquer coisa que quiser.

– Qualquer coisa? Nesse caso, quero falar sobre você.

Anna não disse nada, só continuou olhando para ele.

Ele começou, um pouco hesitante.

– Quero falar sobre como isso é injusto. E quanto eu queria que não estivesse acontecendo. Mas aí seria sobre mim, não sobre você. – A expressão dele era muito triste. – Eu queria ter feito você tão feliz, Anna. Queria ter viajado com você. Ter feito você rir e ouvido mais das suas histórias. Queria ter conhecido Ellen melhor. Que nós três tivéssemos nos conhecido melhor. – Ele fez uma pausa. – Desculpe, estou falando sobre mim outra vez, não de você. Sobre o que eu gostaria de fazer. Mas é a verdade. Tudo o que eu queria era estar com você. Fazer amor sobre colchas cor de laranja em hotéis no mundo todo. Beber vinho e conversar a noite inteira. Dizer a você quanto eu a amo, todo dia, até você se cansar de ouvir.

Lágrimas se formaram nos olhos dela.

– Eu não teria me cansado de ouvir isso. Eu teria gostado.

Richard enxugou gentilmente as lágrimas dela.

– Eu também teria gostado de passar uma semana inteira sem fazer nada a não ser ficar deitado na cama ouvindo a sua voz.

– Você não me deixaria dormir?

– Nem uma piscada.

– Eu teria gostado de tudo isso – disse ela, suavemente.

Ele não falou mais nada, então. Só pegou a mão de Anna e beijou-lhe a palma. Depois, sem soltar-lhe a mão, começou a ler baixinho para ela.

Carrie descobriu que estava grávida uma semana depois de Anna ter voltado de Adelaide para casa. Bett estava junto no quarto quando ela contou a novidade.

– Ainda está muito no começo, só algumas semanas. Mas eu queria contar a você.

– Carrie, que notícia maravilhosa. – O sorriso de Anna era agora quase luminoso em seu rosto magro. – Esse bebezinho de sorte. Tenho muitas roupas e brinquedos de Ellen guardados em Sidney. Vou pedir a Glenn que os mande para você. – Porque ela não iria precisar mais. Todas essas coisas que não precisavam mais ser ditas. – E está se sentindo bem? Não está muito enjoada? Que bom! Eu enjoava todas as manhãs. Na verdade, eu perdi peso nos primeiros meses. Foi a primeira vez que não precisei fazer dieta em anos. Que liberdade! Aproveite cada minuto, Carrie, ouviu?

Carrie mantinha um sorriso fixo no rosto. Anna estava agora praticamente pele e osso, o rosto fino, os olhos grandes, no entanto conseguia rir de não ter que fazer dieta.

– Se ficar com enjoo matinal, pão seco costuma ser bom, mas só se alguém levar para você. Matthew está sendo bonzinho? Está obedecendo às suas ordens?

– Ele é um amor. Não deve estar nem do tamanho de um pregador de roupa ainda, mas ele fica falando que consegue sentir o bebê se mexendo.

– Ah, que doce. – Ela fechou os olhos.

Bett aproximou-se dela.

– Anna? Está com dor?

Haviam lhe dado morfina há uma hora, mas podiam dar mais se ela precisasse.

Anna abriu os olhos.

– Não, eu só fiquei me lembrando de quando estava grávida de Ellen. É um período maravilhoso, Carrie. Anote tudo, para poder recordar depois. Você vai dizer a si própria que há tempo de sobra para isso, porque não dá para esquecer algo assim. É tão incrível. Mas, então, algo mais incrível ainda acontece, e depois outra coisa, e mais outra. Quando você vir o bebê pela primeira vez, e quando ele olhar para você, e quando o estiver amamentando.

Há muitos dias ela não falava tanto.

– Ellen às vezes ficava vesga quando estava sendo amamentada, de pura concentração. Nós ríamos muito com ela. E quando ela começou a andar, um de seus pés virava um pouco para dentro, como se ela estivesse meio gingando. E vocês lembram quando ela começou a falar e sempre repetia as duas últimas palavras que lhe diziam? Lembro-me de Glenn dizendo que era como termos um papagaio em casa. – Ela olhou de uma para a outra. – Vocês vão garantir que Ellen se encontre muito com seu primo ou prima, não é? Irão até Sidney, ou pedirão que Glenn traga Ellen para cá?

Carrie não tinha ousado perguntar.

– Ela vai ficar com Glenn depois...

– Depois que eu não estiver aqui. – O sorriso de novo. – Tenho sorte, de certa maneira. Ele a ama tanto e ela o ama tanto também. Será difícil no começo, eu sei. Pedi a ele para deixar Ellen passar tanto tempo quanto quiser aqui com vocês.

– Ela pode morar conosco, se quiser. Eu posso adotá-la.

– Eu também – disse Bett.

Anna sorriu com doçura.

– Glenn a ama e ela ama o pai. Mas vocês o ajudarão a cuidar dela, não é?

Os olhos de Carrie estavam cheios de lágrimas. Anna falava de Ellen sem parar.

– Sim, Anna, eu prometo. Ela pode vir ficar conosco sempre que quiser, e nós vamos visitá-la em Sidney, ou em Cingapura, ou onde ela estiver. Vamos fazer tudo que pudermos por ela.

Bett segurou as mãos das duas com força.

– Eu sinto muito. Sinto por ter tirado três anos de nós. Por ter demorado tanto tempo para contar a verdade sobre Matthew. Se eu tivesse feito isso antes...

– Não foi só você, Bett. Foi minha culpa também. – Carrie estava igualmente triste. – Eu devia ter ligado, devia ter tentado...

– Parem com isso. – Anna sentou-se um pouco e sua voz soou surpreendentemente forte. – Não façam assim. Não percam todo esse tempo desejando ter feito deste ou daquele jeito. Por favor. Não vale a pena. Foi como aconteceu e pronto. E talvez estejamos melhor umas com as outras agora por causa disso.

– Mas eu sinto tanto...

– Pare, Bett, estou falando sério. Não quero perder tempo falando nesse assunto.

Carrie conseguiu sorrir.

– Você sempre foi tão mandona, sabia?

Anna voltou a repousar a cabeça no travesseiro.

– Sou a mais velha. Tenho esse direito. E logo Bett será a mais velha e você vai ter que deixá-la mandar em você.

Ela não pôde continuar. Bett e Carrie estavam chorando demais.

Bett levava uma jarra de água fresca para o quarto de Anna no dia seguinte quando ouviu vozes lá dentro. Anna e Ellen juntas. Ela parou, para não interromper e porque queria ouvir.

– Ellie, você sabe quanto eu a amo?

A voz de Ellen era tão melodiosa quanto a de sua mãe.

– Cem vezes?

– Mais.

– Mil vezes?

– Mais.

– Um milhão de vezes?

– Mais ainda.

Ellen começou a rir.

– Um milhão bilhão trilhão de cem mil vezes?

– Não chegou nem perto.

– Mais que isso? Tem algum número maior que esse?

– É bom que tenha. Porque é tudo isso que eu amo você.

Bett foi embora tão silenciosamente quanto pôde. Não aguentaria ouvir mais.

– Atenção, todos, sorriam!

Foi Richard quem sugeriu tirar fotos. A ideia não tinha ocorrido a nenhum deles, ocupados demais cuidando de Anna no dia a dia.

– Tenho uma câmera decente aqui – ele disse a Bett naquela manhã. – Talvez seja bom para Ellen, principalmente...

Ela ficou até sem fala por um instante.

– Nossa, nem tínhamos pensado nisso. Obrigada, Richard.

Foi uma tarde alegre. Lola trouxe todos os seus lenços e colares de contas. Geraldine encheu vasos com flores e ramos de folhas de outono. Revezaram-se sentando-se na cama ao lado de Anna, em diferentes combinações. A voz de Anna estava mais forte do que nos últimos tempos, dando orientações.

– Se ela nos fizer começar a cantar, estou fora – disse Matthew. – Ela é mandona, hein?

– Sempre foi – Bett e Carrie responderam ao mesmo tempo.

Tiraram muitas fotos. Anna e Lola. Ninguém comentou que era Anna que, de alguma maneira, parecia mais velha. Os olhos dela, no entanto, continuavam cintilantes.

Anna e Bett. Ela sentou-se delicadamente na cama ao lado da irmã e segurou-lhe a mão. Ellen ficou encarregada da decoração e chegou correndo com uma flor para o cabelo de Anna.

Jim e Geraldine sentaram-se um de cada lado de Anna. Os olhos de Geraldine brilhavam mais do que o normal. Bett viu que ela apertava a mão de Anna com tanta força quanto apertava a de Jim.

Carrie e Matthew ficaram de pé em um dos lados da cama. Anna esticou o braço e pousou a mão sobre a barriga de Carrie.

Depois foram Bett, Carrie e Anna juntas.

– Mandem uma música, Irmãs Alfabeto! – disse Matthew, tentando alegrá-las.

Elas sacudiram a cabeça, sem nem ter que se olhar. Não teriam conseguido.

Richard tirou umas dez fotos de Anna e Ellen juntas, fazendo caretas uma para a outra, abraçando-se. Tirou uma com as duas de rostos encostados, olhando diretamente para a câmera, com expressão solene. Todos no quarto contiveram a respiração, até que Ellen se moveu e o momento passou.

Então Ellen ficou superagitada e começou a insistir em aparecer em todas as fotografias, a chorar e ter que ser consolada.

– Ela é minha mãe, que está doente na cama, então eu tenho que estar em todas as fotos.

– Claro, Ellie. – Anna bateu na cama ao seu lado. Estava exausta de tanta atividade e suas pálpebras começavam a oscilar. – Venha aqui, meu amor. Vamos fazer uma da família inteira para terminar? Todos nós juntos?

– Eu tiro – Matthew e Richard disseram ao mesmo tempo.

Carrie olhou para Matthew e o chamou. Ele sacudiu a cabeça, recusando-se. Ela compreendeu. Aquele momento era apenas para a família mais próxima. Todos se aproximaram da cama de Anna, rodeando-a. Lola em uma cadeira ao seu lado, Ellen na cama aconchegada a ela, Jim e Geraldine um de cada lado. Bett e Carrie sentaram-se onde puderam.

Bett lembrou-se de repente de pessoas em aeroportos, aglomerando--se em torno de alguém que partia para uma longa viagem, desejando boa sorte, transmitindo amor.

– Sorriam, todos.

Eles fizeram o melhor que podiam.

Uma semana depois, Bett e Daniel caminhavam juntos pela estrada arborizada atrás do hotel. Havia vinhedos de um lado e pastos com carneiros do outro. O sol brilhava por entre os galhos, lançando alternadamente sombras e fachos de luz à frente deles. Desde que Anna veio para casa, Daniel aparecia com frequência para uma visita curta, trazendo flores para Anna ou uma garrafa de vinho para os outros. Sempre convidava Bett para uma caminhada ou um passeio de carro, ou para uma refeição em um dos restaurantes locais. Nas primeiras vezes, ela recusou.

– Vá, Bett – Lola insistiu, por fim. – Você precisa ter algum tempo para si, ou não vai sobrar nada para dar a ela.

– Mas e se...

– Leve o celular. Eu avisarei se houver qualquer mudança. Mas não haverá. Você ouviu o médico tão claramente quanto eu. Ele disse semanas, não dias.

"Como se isso fizesse alguma diferença", pensou Bett. "Ah, ainda temos semanas com ela e eu aqui pensando que eram apenas dias. Que tolinha eu sou". Estava tão brava e tão triste, tudo ao mesmo tempo, que aquilo a consumia, acumulava-se dentro dela.

Dali em diante, começou a sair para caminhar com Daniel várias vezes por semana, nas silenciosas estradas secundárias atrás do hotel, ou pelas trilhas que acompanhavam o trajeto da antiga ferrovia pelo vale. As caminhadas começaram a significar muito para ela, breves intervalos na dor lenta de ver Anna definhar um pouco mais a cada dia, ver o peso desaparecer dela, o estado de consciência entorpecer-se pouco a pouco, conforme ela comia menos, dormia mais. Daniel sempre fazia visitas rápidas a Anna e, assim, podia compreender quando Bett falava da luz nos olhos dela, do calor de seu sorriso. Falavam sobre a mãe dele também, ambos dolorosamente conscientes da diferença das situações. A sra. Hilder era fisicamente saudável, mas definhava mentalmente, já há muito alheada de Daniel e Christine. Anna ainda era ela mesma, a personalidade ainda forte no corpo em decadência.

Aquela manhã havia sido particularmente ruim para Anna. Ela não conseguiu comer nada e só puderam fazê-la tomar pequenos goles de água. A dose matinal de morfina por fim a tranquilizou. Ela estava dormindo, com Geraldine e Lola a seu lado, quando Daniel passou para pegar Bett.

Caminharam alguma distância antes de Bett conseguir falar, encontrar as palavras para o que estava pensando.

– Sempre achei que era bom saber muitas coisas. Experimentar muitas coisas. Mas não sei mais se continuo achando isso. – Ela parou e olhou para ele. – Conheço palavras que não queria conhecer. Como cuidado paliativo. Metástases. Sei como dar morfina a Anna. Sei que, quando a respiração dela muda, é porque o tumor está pressionando seus pulmões. Sei que o oxigênio vem em tubos e não só no ar. E não quero saber nada disso.

Quando recomeçaram a andar, ele a apertou com mais força contra si.

– Ela ainda nem está morta e já sinto tanta saudade, Dan. E, às vezes, eu entro no quarto e ela está dormindo e eu penso, ela morreu, como se fosse ser tão simples assim. Mas sei que não vai ser. Não suporto vê-la sofrendo, mas a verdade mesmo é que não quero que ela nos deixe.

As lágrimas desciam profusamente. Ele parou e a abraçou forte por um longo tempo.

Glenn veio para ficar tempo integral no hotel. Ele e Richard olharam-se com desconfiança por um ou dois dias, antes de se estabelecer uma silenciosa aceitação mútua. Os dois revezavam-se ao lado da cama de Anna.

Ao passar pela cozinha uma tarde, Bett ouviu a voz grave de Glenn, seguida pela de seus pais. Ela entrou. Parecia uma reunião oficial. Pediu desculpas e estava prestes a se retirar quando Glenn a chamou e fez um sinal para que se aproximasse.

– Bett, entre, por favor. Estávamos falando sobre Ellen.

Bett ficou.

– Eu estava explicando a seus pais que Ellen vai comigo para Cingapura a princípio, depois que... – a voz dele hesitou. – Depois. Mas vocês sempre serão a família dela também. Quero que saibam disso. Quero que ela venha aqui tanto quanto puder. E quero que todos vocês se sintam à vontade para também ir visitá-la tanto quanto possível. Qualquer que seja a situação, ou onde quer que estejamos.

Bett precisava trazer tudo às claras. Não era hora de segredos.

– Sua namorada ficará bem com ela?

Viu a expressão de espanto no rosto de seus pais. Teria que explicar isso a eles mais tarde.

– Ela e Ellen se dão muito bem – ele disse simplesmente. – E ela sabe que Ellen virá sempre em primeiro lugar para mim.

Bett sabia que ele falava a verdade. Via que estava se esforçando ao máximo.

– Obrigada, Glenn.

Então Geraldine falou, sua voz muito suave.

– Ellen precisa saber que não vai demorar muito. Temos que falar com ela. Prepará-la.

Houve uma pausa, antes de Glenn falar novamente.

– Eu e Anna conversamos sobre isso ontem à noite. Ela me pediu que não contasse a Ellen na frente dela. Disse que isso seria... – aquela falha na voz dele outra vez. – Que seria muito difícil para ambas.

Bett nunca viu Glenn parecendo tão vulnerável.

– Posso ajudar, Glenn? Quer que eu esteja junto quando você contar a ela?

Glenn concordou com a cabeça. Bett percebeu que ele também estava lutando contra as lágrimas.

– Sim, por favor.

Bett sabia que ele estava pensando o mesmo que ela: "Como fariam aquilo?"

O momento chegou na tarde do dia seguinte. Ellen passou a manhã deitada na cama de Anna, conversando como de hábito. Quando as enfermeiras do cuidado paliativo chegaram, ela se afastou só um pouco, indo sentar na cadeira do lado de fora do quarto, desenhando com giz no chão. Ainda estava lá quando Glenn e Bett foram procurá-la.

De mãos dadas, os três caminharam até o banco de Lola, com vista para os vinhedos. Ellen subiu nos joelhos do pai, esperando, como se soubesse que algo importante ia acontecer. Glenn pigarreou.

– Ellie, temos que lhe contar algo muito triste sobre a sua mãe.

– Eu já sei.

– Sabe?

– Ela não vai ficar melhor, não é?

A voz dela era natural.

Glenn e Bett se entreolharam.

– Como você sabe disso?

– Ouvi as mulheres falando dela. Elas disseram que achavam que a mamãe não ia viver mais que algumas semanas.

Bett segurou a mão da sobrinha.

– Ellie, você sabe o que isso quer dizer?

Ellen fez que sim com a cabeça.

– Que ela vai morrer.

Outra troca de olhares. Bett podia ver que Glenn estava se controlando.

– E você sabe o que isso significa?

Ellen sacudiu negativamente a cabeça.

Bett tentou encontrar as palavras certas.

– Significa que esse tempo que temos com ela agora é muito especial, Ellie, porque depois que sua mãe morrer... – Ela se perdeu por um momento. – Ellie, depois que ela morrer, nós não vamos poder vê-la nunca mais.

Ellen parecia intrigada.

– Mas ela não vai para lugar nenhum, não é? Ela não vai ficar ali na cama mesmo depois que morrer? E a gente continua visitando?

– Não, Ellie. Ela vai embora.

– Mas para onde ela vai? Por que não posso continuar a vê-la?

Bett não podia mais falar. Ficou para Glenn tentar responder. Ele apertou Ellen com força contra si e pressionou seu rosto nos cabelos dela, tentando esconder as lágrimas.

– Eu não sei, filha. Eu não sei.

Anna começou a dormir a maior parte do tempo, tão magra agora que parecia já não haver quase nada dela sob o lençol de algodão. Os dias giravam em torno das visitas do médico e das enfermeiras, ou de tentar convencê-la a comer uma colherada de alimento ou beber alguns goles de água.

De alguma maneira, enquanto isso, o hotel continuava funcionando. Geraldine e Jim trabalhavam como autômatos, passando cada momento livre com Anna. Atendiam os hóspedes com eficiência e objetividade, cuidando das tarefas da recepção em tempo recorde. Lola passava horas no quarto de Anna, lendo trechos de poesia, arrumando pequenos buquês de folhas de outono, flores tardias ou de pequenos retalhos coloridos de seda para Anna apreciar. Richard lia para ela, ou apenas ficava sentado ao seu lado. Glenn mantinha-se perto de Ellen. A gravidez de Carrie começava a aparecer, mas ela não mencionava a náusea, ou o cansaço, porque seu próprio desconforto não era nada comparado ao de Anna. Ellen transitava de confusão a entendimento, depois de volta à confusão. Bett limpava os quartos do hotel de manhã, passava as tardes com Anna e servia as mesas no restaurante à noite, com um sorriso forçado fixo nos lábios. Daniel aparecia no hotel todos os dias, mas tinham parado de sair para caminhadas. Ela precisava ficar perto da irmã.

Todos se revezavam ao lado da cama, vendo-a dormir, acompanhando o som da respiração mais difícil a cada dia, o esforço de levar ar para os pulmões consumindo seu corpo. Ela falava raramente, mas os olhos continuavam brilhantes, o sorriso ainda era o dela.

Quatro semanas depois de Anna ter vindo do hospital para casa, Bett foi acordada por uma batida à porta de seu quarto. Não fazia muito tempo que tinha ido deitar. Todos tinham ficado em volta da cama de Anna até depois da meia-noite, conversando um pouco, rezando um pouco, na maior parte do tempo quietos com os próprios pensamentos. Vinham mantendo vigília junto da cama agora. Bett voltaria para lá dentro de três horas.

A princípio, confundiu o som da batida à porta com o ruído da chuva que tamborilava no telhado quando ela se deitou. O tempo andava úmido há cinco dias seguidos. Então, ouviu uma voz e levantou-se antes de Lola abrir a porta. Soube pela expressão de sua avó sem que ela precisasse falar qualquer coisa.

Anna tinha morrido.

Capítulo 31

O FUNERAL DE ANNA aconteceu em um dia perfeito de outono. O céu estava azul. O ar fresco e claro. As fileiras de vinhas em torno da igreja e do cemitério tingiam-se de vivos tons de vermelho, marrom e laranja.

Todos foram aprumados. Lola, Carrie, Geraldine e Bett aplicaram maquiagem, arrumaram o cabelo, aprontaram-se em silêncio e com calma, movimentando-se entre os quartos do hotel. Os homens barbearam-se com cuidado, poliram os sapatos, vestiram bons ternos. Ellen estava com sua roupa favorita, o vestido cor-de-rosa com chapéu combinando que usou na noite da festa de Lola.

Ocuparam todo o banco da frente da igreja. Lola. Jim. Geraldine. Bett. Daniel. Carrie. Matthew. Glenn. Ellen. Richard. O espaço quase não era suficiente, mas eles não podiam ficar separados, precisavam do toque uns dos outros quando se sentavam. Ellen praticamente não soltou a mão do pai desde que Anna morreu.

A alguns passos de distância deles, no meio da nave, estava o caixão de Anna.

A igreja ficou lotada. O culto foi simples, com bonitas leituras e músicas. No dia seguinte à morte de Anna, Lola havia trazido uma lista com as músicas que a neta queria que fossem tocadas e as leituras que mais amava. Ela as havia ditado para a avó algumas semanas antes.

Estavam todos sentados em volta da mesa da cozinha no hotel quando Lola lhes mostrou a lista. Atordoadas pelo choque, Carrie e Bett acharam aquilo irracionalmente engraçado e quase caíram nos braços uma da outra em uma histeria de risos e lágrimas: "Ela continua nos dizendo o que devemos fazer? Até agora?"

Depois da cerimônia fúnebre, depois do tempo no cemitério, todos voltaram ao hotel.

"Meus pêsames." "Meus sinceros pêsames a todos." "Aceitem nossas condolências."

A atmosfera era pesada, quieta. Havia conversas, mas não muitas. Xícaras de chá. Sanduíches. Bett sentia-se distante de tudo. Esperava virar-se e ver Anna em um canto da sala. A Anna de sempre, não a Anna doente. Continuava esperando ver aquele cabelo escuro brilhante, aquela postura alta e ereta. Queria ouvir sua voz.

Viu seu pai em um canto. Servia chá, com a cabeça abaixada para ouvir o que uma senhora idosa lhe dizia. Ele parecia dez anos mais velho. Sua mãe estava do outro lado da sala. Seu rosto era como uma máscara. Carrie estava de pé com Matthew. Ele a envolvia firmemente com o braço. Richard, em um canto, conversava com o padre. Parecia desnorteado, como se não estivesse absorvendo bem tudo aquilo. Glenn abraçava Ellen, com tanta força que era como se não quisesse soltá-la nunca mais.

– Bett?

Ela se virou. Era Daniel.

– Posso ajudar em alguma coisa?

Naquele momento, ela por fim pareceu se dar conta. Não havia nada que ele pudesse fazer. Não havia nada que ninguém pudesse fazer. Ele abriu os braços e ela se abrigou neles em silêncio.

Glenn e Ellen foram embora uma semana depois. A despedida foi sofrida para todos. Ellen ia toda hora até o quarto de Anna, como se esperasse vê-la ali. Uma hora antes da partida, ela desapareceu. Levaram quase trinta minutos para encontrá-la. Foi Bett quem a achou primeiro. Ellen estava encolhida atrás do telheiro nos fundos do hotel, segurando Bumper firmemente pela guia.

– Ellie, você precisa ir, querida. Papai está quase pronto.

Ellen não levantou os olhos.

– Eu não quero. Quero ficar aqui.

– Você pode voltar sempre que quiser.

– Quero ficar aqui agora.

Glenn chegou por trás dela e percebeu a situação. Ele se agachou até a altura de Ellen.

– Ellie, eu prometo que você vai poder voltar logo. Quero que você fique um pouco em casa comigo primeiro. Preciso da sua ajuda.

Ela sacudiu a cabeça em uma negativa.

Bett soube que aquele era um momento para pai e filha. Afastou-se em silêncio e voltou para onde Lola, seus pais, Carrie e Matthew esperavam. Ainda havia o choque da ausência de Anna. O espaço onde ela deveria estar. A terrível realidade de todos eles reunidos sem ela.

Dez minutos depois, Glenn e Ellen vieram em direção a eles, de mãos dadas. Ellen estava quieta. Despediu-se de cada um muito solenemente, abraçando-os pelo pescoço. Cada um teve para ela a mesma mensagem de despedida. "Até logo, Ellie". "Logo nos veremos outra vez, Ellie."

E todos se despediram de Glenn com um abraço também.

Richard foi embora três dias depois. Bett saiu para tomar um drinque com ele na noite anterior. Ele também passou aqueles dias muito triste.

Ia voltar a Londres. Pelo menos por algùns meses. Recebeu uma proposta de emprego do jornal em que trabalhou.

– Eu vou voltar, espero. Daqui a um tempo. Não consigo terminar nada aqui agora.

– Você vai se manter em contato conosco?

– Se quiserem.

– Gostaríamos muito.

Todos também se despediram dele com um abraço.

Carrie e Matthew vinham jantar no hotel quase todas as noites. Estavam tentando reformar um dos cômodos de sua casa para transformá-lo no quarto do bebê, mas vinha sendo muito difícil para Carrie.

– Tenho tanto medo de que algo aconteça ao bebê. Sei que isso não faz bem. Fico pensando em todo mundo morrendo. Vamos ter que passar por isso tantas vezes, com Lola, com mamãe e papai, com você, com... – Ela estava chorando. – Eu a quero de volta, Bett.

– Eu a quero aqui para me dar broncas. Nem me importaria se ela passasse uma semana inteira gritando comigo.

Havia alguns risos nessas noites, mas eram frágeis, como vidro.

Duas semanas depois de Anna morrer, chegou um vídeo endereçado a Lola, vindo do amigo de Richard, Charlie Wentworth. Continha a versão completa do programa que passou na TV, além de toda a filmagem feita naquele dia em Clare Valley.

Ele incluiu um bilhete. Richard lhe contou sobre Anna. Charlie explicou que o programa foi ao ar no Reino Unido e na Irlanda há duas semanas, e que ele estava mandando cenas extras também, porque achava que todos iriam gostar. "Meu pensamento está com vocês em todo esse tempo de grande tristeza", concluiu.

Assistiram ao vídeo juntos no quarto de Lola, praticamente em silêncio. Em outra situação, as cenas teriam produzido muitas risadas. Eles teriam colocado o vídeo na TV do bar, servido drinques para todos e assistido ao filme várias vezes, rindo das expressões de todos. Mas não desta vez.

O segmento sobre a visita do General MacArthur a Terowie ocupou apenas alguns minutos do programa. Havia tomadas da placa na Estação Ferroviária de Terowie, depois uma imagem do Valley View Hotel, seguida por Lola entrando e fingindo trabalhar em sua escrivaninha. Uma voz em *off* explicava que ela tinha imigrado da Irlanda há sessenta anos e considerava esse musical a obra de sua vida. Vinham, depois, várias cenas do musical. Foi divertido, rápido.

As cenas extras que Charlie mencionou continham muitas imagens de Anna: no palco, com Carrie e Bett, tentando cantar *Sisters*, primeiro acompanhadas de Matthew, depois sozinhas. Havia um clima de alegria, de risadas, de leveza entre as três. Foram necessárias quatro tentativas, mas elas finalmente haviam conseguido acertar a harmonia das vozes, alinhadas no palco, com os braços na cintura umas das outras, cantando e rindo. A câmera continuou filmando depois, o suficiente para gravar

Anna abraçando primeiro Bett, depois Carrie, e dando em ambas beijos extravagantes nas duas faces, ao estilo dos atores.

Era como assistir a algo de outro século.

Bett voltou ao trabalho no jornal três semanas depois da morte de Anna. A princípio, era como se ela estivesse doente. As pessoas se mantinham à distância, ressabiadas, com receio de que ela começasse a chorar. Apenas Rebecca estava normal, e Daniel.

No fim de semana seguinte, Bett foi jantar na casa dele. Era a primeira vez que saía à noite desde que Anna morreu. Não conseguia ficar muito tempo longe da família. Daniel preparou uma refeição simples de macarrão e salada e abriu uma garrafa de vinho para eles. Depois, ela sentou-se abraçada a ele no sofá, para ver TV.

Bett tentou se concentrar no programa, mas o diálogo não fazia nenhum sentido e as pessoas pareciam ridículas, todas cheias de maquiagem, usando roupas elegantes. Como se aquilo fizesse alguma diferença.

Sentiu Daniel beijar o alto de sua cabeça. Outro beijo em seu rosto. Ela virou e encontrou os lábios dele para um beijo suave, carinhoso. A mão dele desceu, roçou-lhe o braço, tocou-lhe a lateral do seio. Ela sentiu um arrepio, o começo de uma sensação de derreter-se lentamente, mas então a tristeza gritou alto dentro dela outra vez. Não podia fazer aquilo. Não com Anna morta.

Sentou-se abruptamente e afastou-se dele.

– Desculpe, Daniel, mas não consigo.

– Tudo bem, Bett.

Não estava tudo bem.

– Desculpe mesmo, não é nada com você, eu juro. Sou eu.

– Bett, não tem problema. Eu compreendo.

De repente, pareceu-lhe urgente dar uma explicação. Contar exatamente como se sentia.

– Preciso que você saiba que amo fazer isso com você. Amo estar com você. – Cada palavra era verdadeira. Ela realmente o amava. – É só que... – as palavras saíam com dificuldade – ... algo está diferente neste momento. Lola fica me dizendo que vai melhorar aos poucos, que não vai doer sempre tanto assim. Mas eu entendo se você não quiser esperar. Vou entender se quiser parar de me ver.

– Bett, por favor, venha aqui. Fique mais perto de mim. – Ela se moveu e ele a puxou para si, abraçando-a com força. – Não vou a lugar nenhum. E também não quero que você vá a lugar nenhum.

Uma noite, no bar do hotel, Jim, Geraldine e Bett levaram um susto ao ouvir o som da voz de Anna. Custou-lhes um momento para perceber que estava vindo da televisão.

Ficaram olhando para a tela, ouvindo sua voz quente louvar as virtudes de uma nova linha de bolos.

Geraldine começou a chorar. Jim desligou a TV.

Bett ia todas as noites ao quarto de Lola dizer boa-noite, ver se ela estava bem, se não precisava de nada. Lola também tinha mudado. Parecia mais velha. Quando Bett a abraçava, ou quando se deitava ao lado dela na cama como agora, sentia que o espírito que sempre impeliu Lola tinha se desvanecido um pouco. Nada era como antes.

– Dói tanto, não é, Lola?

– Dói, querida.

– Foi tão ruim assim para você quando Edward morreu?

Houve uma longa pausa.

– Foi diferente.

– E depois melhora mesmo?

– A gente se acostuma, Bett. Torna-se parte de nós, como tudo que acontece na vida torna-se parte de nós.

Lola parou então de falar e começou a afagar os cabelos da neta a seu lado, até Bett adormecer.

Capítulo 32

– APROVEITEM sua estada.

Seis semanas tinham se passado desde a morte de Anna. Bett estava na recepção, registrando e acomodando alguns hóspedes que chegaram tarde. Era noite e Carrie já tinha ido para casa. Bett entregou-lhes a chave do quarto, explicou como pedir o café da manhã, onde ficava o salão de refeições e o horário de funcionamento do bar. Sentia-se o tempo todo uma mentirosa, uma fraude, enquanto sorria e tentava conversar normalmente com eles. Será que os hóspedes percebiam que algo não estava certo com a família que administrava o hotel? Notavam que seus sorrisos não eram reais? Que todos pareciam se mover mais lentamente que o normal? Que a vivacidade havia ido embora de todos eles?

Nunca imaginou que pudesse doer tanto. Nunca esperou sentir o sofrimento como uma dor física. Mas era assim. Estava andando e, de repente, sentia a lembrança da morte de Anna como um golpe, um soco vindo do nada. Era como se estivesse exposta ao mundo, hipersensível, ansiosa, como se tivesse perdido várias camadas de pele protetora. Tinha vontade de parar completos estranhos na rua e lhes contar que sua irmã estava morta. Que sua linda irmã de 34 anos tinha morrido e que lhes foram dadas apenas algumas semanas para se despedir dela. Seu coração doía por todos que haviam perdido alguém subitamente, em um acidente de carro ou por um ataque cardíaco. Ela pelo menos teve algum tempo para dizer adeus, para expressar a Anna o quanto a amava. Quanto pior seria se não houvessem tido essa chance?

Nunca imaginou que fosse possível ter tantas lágrimas. Acordar todo dia com a mesma sensação no peito. “Mas eu sou uma pessoa diferente agora”, Bett pensou. Todos eles eram. Seus pais também tinham mudado. Trabalhavam com o mesmo empenho de sempre e o hotel continuava funcionando bem, mas havia um ritmo diferente em seus movimentos. O mesmo peso que sentia nela própria.

Bett fechou o livro de registros e encontrou embaixo dele, no balcão, a correspondência do dia. Começou a abri-la: contas, folhetos e vários cartões em envelopes bege-claros. A notícia da morte de Anna chegou a seus amigos atores, às agências de publicidade para as quais ela trabalhou em Sidney, clientes, vizinhos e mães de amigos de Ellen. Os cartões chegaram em profusão nas primeiras semanas. Até agora, semanas depois, ainda continuavam vindo dois ou três por dia, alguns endereçados simplesmente à família Quinlan, alguns para seus pais, alguns para Lola, ou para Carrie, ou para ela. Bett os abria automaticamente e lia as mensagens, simples e tocantes. "Nossos pensamentos estão com vocês nessa hora de grande sofrimento." "Ela era uma mulher linda, nós a amávamos e vamos sentir muito sua falta."

Bett notou o timbre aéreo no último envelope quando o abriu. Chegaram do exterior vários cartões de amigos de Anna, atores que trabalhavam em Nova York ou Los Angeles, ou em diferentes partes da Europa. Aquele tinha um carimbo irlandês. Ela abriu a carta e leu a mensagem. Depois se sentou e leu outra vez, tentando entender.

Cara Lola:

Escrevo esta carta sem muita certeza, esperando que você seja a mesma Lola Quinlan, originalmente de Leixcraig House, Kildare, Irlanda, que conheci há mais de sessenta anos.

Vi um programa chamado "Você sabia?" no canal Discovery na semana passada, que mostrava você e um musical de sua autoria sobre o General MacArthur. Por acaso você é a mesma mulher que se casou com meu irmão Edward e depois emigrou com ele para a Austrália pouco antes da guerra?

É com tristeza que comunico que Edward faleceu cinco anos atrás, sem deixar nenhuma família. Depois que ele partiu da

Austrália, continuou a viajar e passou alguns anos nos Estados Unidos, antes de retornar à Irlanda e à casa da família em Kildare. Ele morreu em casa, aos 78 anos. Que descanse em paz.

Edward nunca explicou toda a história da separação, mas não tenho nenhum ressentimento contra você, Lola. Se tiver vontade de entrar em contato comigo, será um grande prazer receber notícias suas.

Sinceramente,
Margaret Quinlan Hegarty

Como se estivesse em um sonho, Bett atravessou a recepção, saiu para o pátio e percorreu a fileira de quartos até chegar à porta de Lola. Bateu uma, duas vezes. Uma voz suave a convidou a entrar.

Lola estava sentada perto da escrivaninha.

– Oi, Bett. Mais cartões? As pessoas são muito gentis.

Bett não conseguia falar. Lola ficou intrigada.

– Bett, você está bem?

Ela entregou a carta a Lola sem dizer nada. Observou enquanto Lola começava a ler e viu-a levar a mão ao pescoço. Ouviu como se viesse de muito longe quando Lola murmurou: "ah, meu Deus".

Bett finalmente encontrou sua voz.

– Então Edward não morreu na guerra.

Lola ergueu os olhos. Sua mão ainda estava no pescoço.

– Não, Bett.

Bett não estava brava nem aborrecida. Ainda não. Só precisava compreender.

– Então quem é o pai do meu pai?

– É Edward. Ele só não sabia que eu estava grávida quando o deixei.

– Você o deixou?

– Tive que fazer isso. Se eu continuasse com ele...

– Teria dado um pai ao meu pai. – Bett estava atordoada. Confusa. – Lola, eu não entendo. Nós tínhamos um avô o tempo todo e não o conhecemos. Ele não nos conheceu. Eu, ou Carrie, ou... – sua voz falhou – ... ou Anna, ou Ellen.

– Eu sinto muito, Bett.

– Sente muito pelo quê? Por deixá-lo? Ou por não nos contar a verdade?

– Só por não contar a verdade. Eu não poderia ficar com ele. Ele não era um bom homem. Nunca deveríamos ter casado. E eu só percebi tarde demais. Só depois de estarmos casados e morando na Austrália.

– Mas, por que as mentiras? Por que dizer que ele estava morto? Por que não nos contou que o deixou?

– Porque isso foi na década de 1940, Bett. Um mês depois que o deixei, descobri que estava grávida. Eu era muito jovem, em um novo país, em tempo de guerra. Que escolha eu tinha? Era melhor se as pessoas pensassem que eu era uma viúva trágica. Viúvas eram respeitáveis.

– Mas não entendo por que nunca contou a verdade para nós.

– Como eu poderia? Contar a Jim que o pai que ele sempre considerou morto estava muito vivo? E depois? Tentar encontrá-lo? Sair vasculhando todos os bares do país? A verdade, Bett, é que eu não queria vê-lo nunca mais. Não sabia o que poderia acontecer se ele descobrisse que tinha um filho e não queria que ele descobrisse. Ele bateu em mim uma vez, numa noite em que voltou para casa bêbado, e foi o suficiente. Não queria a família dele, ou a minha, pondo as mãos em Jim.

Bett pegou de novo a carta, tentando encontrar sentido no que estava ouvindo. Leu o endereço.

– Ela escreveu de Kildare. Edward era de lá? E você também?

– Sim.

– Naquele dia das fotos, você me mandou para o lugar totalmente errado, não foi? Não era só a casa errada, mas o lado errado do país.

Lola estava muito calma.

– Tive que fazer isso.

– Por quê? Por que achou que eu descobriria a verdade? Que eu o encontraria?

– Entrei em pânico, admito. Tive medo de que você fosse à casa certa e talvez até encontrasse Edward morando lá. E eu não queria que você tivesse esse choque. Era capaz de nem querer mais voltar para casa. – Lola olhou para a carta outra vez. – Mas parece que ele já estava morto na ocasião. Você não o teria encontrado mesmo.

– Isso vai deixar o papai arrasado, você sabe.

– Só se ele ficar sabendo.

– Você não vai contar? Não vai lhe mostrar esta carta?

– Não. Para quê, agora? O que ele sabe é suficiente. Foi a minha decisão anos atrás e me mantive firme nela, mesmo tendo sido difícil.

– Mas como posso guardar um segredo como esse do meu próprio pai? Da mamãe? E Carrie? Ellen? Não vê que eles precisam saber?

– Não, não vejo.

– Vai deixar a mentira continuar? Logo você, que passou a vida inteira nos dizendo para enfrentar nossos medos e falar a verdade?

– Isso é diferente.

– Não é, Lola. Não percebe que isso muda tudo? É como se tudo que você já nos disse fosse mentira.

– Não muda nada, Bett. Eu sou a mesma pessoa, você é a mesma pessoa, tudo o que já fizemos ou dissemos uma para a outra é o mesmo que sempre foi.

Bett olhou fixamente para ela.

– Acho que você está enganada. Isso muda tudo.

Ela saiu do quarto e fechou a porta atrás de si. Ignorou Lola chamando-a de volta.

Bett voltou à recepção. Atualizou o registro de reservas. Arrumou as últimas bandejas do café da manhã. Mandou seus pais irem dormir e acabou ela mesma de fechar o hotel, apagando as luzes uma após outra.

Ao atravessar o estacionamento em direção a seu quarto, parou por um momento para olhar o céu limpo, com a Via Láctea e o Cruzeiro do Sul facilmente visíveis. Abriu a porta em silêncio e levou um susto ao ver Lola sentada na poltrona no meio do quarto.

– Não vou permitir que faça isso comigo, Bett.

Bett estava sem fala.

– Não vou tolerar que me deixe falando sozinha desse jeito, ou que me ignore, ou que pare de falar comigo por causa disso. Está me ouvindo?

Bett nunca viu Lola tão brava.

– Não estou ignorando você. Estou tentando assimilar a situação. Não dá para ouvir uma coisa dessas e simplesmente deixar passar.

– Claro que dá. E é isso exatamente o que você deve fazer. Com todas as notícias. Deixar passar, deixar que passem por você inteira, e depois ir em frente. Nada mudou, Bett. Ainda quero que você enfrente seus medos e fale a verdade. Mesmo que seu medo seja que isso arruíne a família e que você me odeie e despreze para sempre. Pelo menos, terá sido corajosa o suficiente para falar.

– Eu estava tentando descobrir o que penso sobre isso.

– Então me diga agora. Como está se sentindo?

Lola nem precisou mencionar a varinha da verdade. Bett a sentia apontada para si, mesmo sem ninguém lhe falar.

– Estou chocada.

– Por quê?

– Porque descobri que meu avô estava vivo durante todo o tempo em que eu achava que ele estava morto.

– Sim, isso pode ser um choque. O que mais?

Bett hesitou.

– E decepcionada.

– Por quê?

– Porque a avó que eu idolatrava estava mentindo para mim há anos.

– Um pouco melodramático, talvez, mas tudo bem, está aceito. O que mais?

– Estou triste, Lola. – A verdade foi fluindo dela. – Triste, triste, triste. E não consigo aguentar mais além disso. Mais notícias ruins. Mais choques.

– Sim, você consegue. E vai aguentar muitas mais durante a vida. Haverá mais mortes, mais decepções, mais pessoas que vão magoá-la.

– Não consigo, Lola. Não posso aguentar mais sofrimento.

– Você pode e vai. Porque não haverá apenas sofrimento. Haverá grandes felicidades e momentos de alegria, de descontração, de prazer. Porque assim é a vida. Multicolorida e não preta e branca. Pare de julgar as pessoas. Pare de me julgar. Saia de si mesma por um instante e pense em por que eu fiz o que fiz. Por que escolhi não contar a vocês.

– Eu não sei.

– Então tente com mais empenho. – Uma longa pausa. – Talvez eu estivesse errada. Mas achava que estava certa. Tive que acreditar que estava certa e ir em frente. Houve uma época, quando seu pai era pequeno, em que as coisas foram muito difíceis. Seria mais fácil voltar para Edward, para a Irlanda, e retomar aquela vida, a segurança. Mas eu não podia fazer isso. Eu queria mais, para mim, para Jim, para minha vida. Queria liberdade e queria aventura. Eu queria uma vida. Eu era presa na minha família, Bett. Você e suas irmãs, com toda a liberdade que tiveram, não podem saber como é. Eu não tive nada disso. Eram regras, regulamentos e expectativas e tudo aquilo me sufocava. Casar-me com Edward e ir embora para a Austrália pareceu uma tábua de salvação. Mas soube em poucas semanas que tinha sido um erro ainda maior. Ele não era o que eu pensava. Eu não era o que ele pensava.

– Até aí eu posso entender. O que não entendo é por que você não nos contou a verdade.

– Eu quis contar. Por anos. Mas nunca parecia ser o momento certo. Eu não sabia bem a quem contar. Ou como contar. E foram mentiras necessárias, não por maldade, ou por trapaça. Há uma diferença. As mentiras acabaram ficando reais para mim. Comecei a pensar em Edward como morto. Passei até a pensar nele com carinho, de certa maneira. Porque, quando a vida coloca a gente nessas situações em que se tem que ir em frente, é preciso dar um jeito. Comecei a viver minha vida fingindo ser uma jovem viúva corajosa e, assim, tive que me tornar uma jovem viúva corajosa.

– Mas não era verdade.

– Não, não era. Não posso forçá-la a me perdoar. Mas posso lhe pedir que use sua imaginação, a imaginação que eu fiz o máximo para alimentar ao longo dos anos. Quero que você se imagine no meu lugar, que entenda como foi para mim. Você me conhece. Eu a conheço. Não me decepcione.

– Foi você que me decepcionou.

– Não. O que eu fiz foi mostrar a você um pouquinho mais da verdade a meu respeito. E isso é algo que você preferia não ver. Na verdade, você me decepcionou.

– O que você está dizendo?

– Eu preferiria que você fosse a neta perfeitamente compreensiva, assim como você preferiria que eu fosse a avó perfeitamente sem defeitos. Mas eu não sou perfeita. Nunca fui. Nunca serei.

– Você era perfeita. Você era a avó mais maravilhosa de todas. – Bett começou a chorar. – Você ainda é a avó mais maravilhosa de todas. – Ela se viu nos braços de Lola. – Desculpe. Era a sua vida. Você tinha que fazer o que era preciso. Claro que eu sei disso. Mas é mais uma dor, Lola. Mais uma pessoa que se foi, mais uma mudança.

– Você não teria gostado dele.

– Essa não é a questão. Talvez eu gostasse.

– Não ia gostar, vá por mim.

Bett, de repente, estava rindo e chorando.

– Mas eu queria ter a escolha.

– Nem sempre temos uma escolha. Nem sempre temos o que queremos. Eu queria um bom marido, não um homem bêbado e violento. Queria muitas coisas que não tive. – Ela abraçou Bett com mais força. – Também tive coisas que nunca desejei ou esperei.

– Como a morte de Anna.

– A morte de Anna. Mas também a vida que tive com vocês. Porque a verdade real é que nunca amei alguém em minha vida tanto quanto amo seu pai e vocês três, e agora Ellen também. E se tivesse que fazer tudo de novo para dar a vocês uma vida melhor, eu faria. Você entende isso? Porque vocês foram as coisas mais maravilhosas que me aconteceram. Mais do que eu jamais imaginei que teria. Nós não temos uma lista de itens que podemos ir riscando conforme os conseguimos, Bett. Eu aprendi isso. Algumas coisas nós podemos fazer acontecer, outras acontecem para nós, outras nos surpreendem, outras nos escapam. Temos simplesmente de continuar em frente, o que quer que aconteça.

– Eu não consigo. Dói demais para mim.

– Tudo isso se tornará uma parte de você. Eu garanto. Essa notícia. Até a morte de Anna. Você pode achar que eu não passo de uma velha maluca, mas já vi algumas coisas na vida.

– Eu só queria Anna de volta, Lola.

– Todos a queríamos de volta, querida. Todos nós.

Bett chorou então como se fosse a primeira vez desde a morte de Anna, até todo seu corpo doer. Lola a abraçou com força até passar, até a respiração de Bett se acalmar, os soluços cessarem. Ela voltou a falar, com a cabeça enterrada no peito de Lola, o rosto cheio de lágrimas.

– Desculpe, Lola.

– Está tudo bem.

Ela beijou a testa de Bett e afastou-lhe um cacho de cabelos do rosto.

– Eu nunca teria parado de falar com você.

– Eu sei. Eu nunca teria deixado.

– E não vou contar para o papai, nem para a mamãe ou Carrie. Não cabe a mim contar nada disso a eles.

– Você pode contar se quiser. A decisão é sua. Eu não posso impedi-la.

– E que bem isso faria? – Bett hesitou. – Você vai escrever de volta para a irmã de Edward?

Lola sacudiu a cabeça.

– Não haveria sentido. Acho que é melhor se eu não escrever.

– Mas é errado eu ter um segredo para o resto da família? Algo que eu e você sabemos, mas eles não?

– Uma família sem segredos é uma família muito chata. E acho que não queremos ser uma família chata, não é?

– Não.

– Venha aqui. – Ela segurou o rosto de Bett entre as mãos. – Desculpe por tê-la magoado, porque você é muito preciosa para mim. Quero que saiba disso. E estou contente por você saber da história. Estou contente por ter sido você quem descobriu.

Bett imitou o gesto dela e segurou o rosto macio e maquiado de Lola entre as mãos.

– Eu também estou contente por ter sido eu. – Ela olhou para o rosto da velha senhora, o *blush*, o batom. – Mas você foi muito ousada. Sabe disso, não é?

– Sim, muito ousada. Mas o que mais eu sou?

– É minha querida.

– Está bem. Agora vá para a cama, Bett.

– Não.

– Vai me desobedecer?

– Sim. Quero que você converse comigo sobre isso. Quero ouvir tudo. Sobre como foi para você, como encontrou a primeira pousada para administrar...

– Foi um anúncio no jornal.

– Como conseguiu comprar essa primeira?

– Eu economizei. Poupei tudo que pude até ter dinheiro suficiente.

– E nunca sentiu medo? Nunca pensou que talvez tivesse feito a coisa errada?

– Muitas vezes. Dormi chorando várias noites. Mas eu ficava me dizendo que só podia melhorar. Que já era melhor do que eu tinha antes. E que eu ia conseguir, por Jim e por mim também.

– Mas, mesmo com medo, e mesmo tendo sido difícil e você tendo que enfrentar tempos difíceis, no fim deu certo para você, não foi?

– Basicamente, sim.

– Preciso ouvir isso, Lola. Preciso ouvir que as coisas podem ser ruins, mas também podem melhorar.

– Eu garanto que é assim.

– Você nunca mais viu seus pais, não é?

– Não. Escrevi por um tempo, mas, depois, ficou cada vez mais difícil inventar as histórias, explicar por que eu nunca mencionava Edward. Então fui escrevendo menos, até...

– Até que perdeu contato.

– Não era incomum naquele tempo. As cartas demoravam muito para chegar. As pessoas não esperavam voltar a ver seus filhos ou filhas depois que eles iam para a Austrália.

– Você sentia falta deles?

– No começo, sim. Mas as coisas eram diferentes naquela época. Não esperávamos ter muita proximidade com os pais. – Elas trocaram um olhar.

Bett sentou-se na cama ao lado da poltrona de Lola, pegou a mão dela e começou a girar a aliança.

– Isso também não é de Edward, é?

– Não, eu mesma comprei.

– Quero ouvir onde foi. Quero saber por que você comprou esta em particular.

– Por que quer saber tudo isso?

– Por nada. Quero ouvir todas as suas histórias. As verdadeiras.

Lola sorriu.

– Você falou como a sua sobrinha agora, sabia? Posso pegar meu gim-tônica primeiro?

– Pode me servir um também?

– Finalmente, uma companhia para beber! Estive à espera deste dia. Quer gelo? Limão?

– Sim, por favor.

Lola estava quase na porta quando parou e se virou.

– Vai ser uma longa noite, não é?

– Espero que sim – respondeu Bett.

– Que acha de eu trazer a garrafa inteira de uma vez?

Bett sorriu para a avó.

– Acho melhor.

Epílogo

O túmulo de Anna ficava na parte alta do cemitério, com vista para uma ampla extensão de vinhedos contornando em fileiras as encostas das colinas e a borda do dique. Era um dia fresco e ameno de maio, o céu azul e cinza, o ar agradável. Estacionaram na base da colina e caminharam passando por outros túmulos, com o barulho do cascalho e de folhas de eucaliptos caídas sob os pés. Vinham se preparando havia dois dias, seguindo uma lista detalhada. Tudo que era necessário estava agora cuidadosamente acondicionado em dois cestos.

Glenn, Matthew e Jim trouxeram as cadeiras e as dispuseram em volta do túmulo, de frente para as colinas. Geraldine e Bett arrumaram a mesa dobrável com uma toalha, taças de champanhe e pratos de comida.

– E suco de laranja para Ellen. Nós trouxemos o suco de laranja?

Ellen o levantou.

– Está aqui, Lola.

– Boa menina.

Depois de tudo organizado, Lola levantou-se.

– Agora, temos que fazer exatamente como ela diz. Esperem só um momento, não estou conseguindo ler minha própria letra. Ah, muito bem, Anna. Esta é uma maneira perfeita de começar.

Apoiada em sua bengala, ela pôs-se a ler em voz alta as instruções escritas com a própria caligrafia. Anna havia ditado as palavras para ela três semanas antes de morrer.

– "Em primeiro lugar, sirvam champanhe e suco de laranja e façam um brinde a cada um de vocês e a mim." O champanhe é presente de Richard, a propósito. Ele me disse que é o melhor champanhe francês. – Richard escrevia para Lola mais ou menos a cada mês. Ainda estava no jornal em Londres, mas recomeçou a trabalhar no romance. Lola balançou a cabeça, rindo. – Sabem que Anna ditou até orientações de cena? "Todos devem levantar as taças no ar com alegria." Cuidado, não com alegria demais, ou vão derramar tudo.

Anna deixou instruções exatas sobre como deveriam marcar o primeiro aniversário de sua morte. Carrie riu ao ler a lista, alguns dias antes. Era como uma minipeça teatral, cheia de instruções de cena, uma relação do elenco ("minha família"), os acessórios necessários e o cenário: seu túmulo na hora do almoço.

– Assim está alegre? – perguntou Ellen, movendo seu copo de suco vigorosamente de um lado para outro.

– Eu diria que está mais entusiasmado do que alegre – respondeu Bett, desviando-se das gotas de suco que voaram pelo ar. – Um pouco mais devagar. Isso, Ellie, perfeito. – Ela se virou a tempo de ver Carrie equilibrando sua filhinha sobre um dos lados do quadril, uma garrafa em uma das mãos e uma taça na outra. – Carrie, tudo bem aí? Quer que eu a segure?

– Você me faria esse favor só por um segundo, Bett? Enquanto não cresce mais um braço em mim?

Bett pegou no colo a sobrinha de cinco meses, movendo a cabeça um pouco para trás quando a pequena mãozinha tentou pegar um de seus brincos. Ela havia sido batizada como Delia Anna três meses antes. "Seu nome tinha que começar com a letra D, não é?", disse Carrie. "Já tínhamos A de Anna, B de Bett, C de Carrie e então um pulo para E de Ellen. Desse modo, ela é uma ponte entre nós. Ela nos une outra vez."

– Prontos? Todos estão com suas taças? – Lola fez o brinde. – A nós e a Anna.

– A nós e a Anna – eles repetiram.

O toque das taças ecoou no ar.

– E agora, a comida – Lola disse, sem muito ânimo. Todos olharam para a coleção de pratos sobre a mesa, mas ninguém se moveu.

– É difícil saber por onde começar, não é? – comentou Jim.

– Eu só queria não estar grávida quando Anna me perguntou qual era minha comida favorita – comentou Carrie, olhando com ar de poucos amigos para seu prato cheio de sardinhas.

– E eu certamente não teria dito purê de batatas se soubesse o que ela estava planejando – acrescentou Geraldine, fitando com o mesmo desânimo a grande vasilha. – Bett, quer dividir seu bolo de chocolate?

– Só depois que terminar sua batata. Você conhece as regras, mamãe. Nada de sobremesa antes de limpar o prato.

Jim apertou a mão de Geraldine.

– Pode comer um pouco do meu bolo, amor.

Glenn, sem dizer nada, levou à boca uma pequena colherada de seu caviar. Ellen estava perfeitamente feliz com seu prato de donuts. Matthew já tinha devorado metade de sua pizza de presunto com abacaxi.

– Podemos encher os copos, Lola? – perguntou Glenn.

Lola conferiu as instruções.

– Ela não disse, mas, como a matriarca, eu tomarei a decisão. Claro que podem. Bebam tanto quanto quiserem.

– Posso dar uma taça de champanhe para a mamãe? – indagou Ellen. – Ela gostava de champanhe, não é, papai?

– Gostava, sim.

Ele encheu uma taça e todos observaram enquanto Ellen a colocava sobre o túmulo.

– Eu conversei com ela ontem à noite – Ellen disse, depois de voltar e se acomodar nos joelhos do pai. – Perguntei como estavam as coisas e contei sobre a viagem de Cingapura para cá e que papai e eu vamos para a Disney na próxima semana.

– E ela respondeu alguma coisa? – perguntou Bett, mantendo o tom leve.

Ellen a fitou com ar complacente.

– Claro que não. Sou eu quem falo as partes dela. Como nas peças da escola quando eu tenho mais de um papel. Então eu contei para a mamãe que íamos para a Disney e ela disse: "Que ótimo, Ellen". –

Ellen fez uma voz mais grave e, por um instante, soou muito parecida com Anna. – "Divirta-se muito, está bem? Mas não coma muito sorvete antes de ir aos brinquedos ou pode ficar enjoada."

Lola olhou para o céu. O azul estava quase desaparecendo sob nuvens escuras que vinham na direção deles.

– Acho que devíamos passar logo para a parte de entretenimento da tarde. Espero que todos tenham ensaiado direitinho. Bett, vamos começar por você.

Bett levantou-se e pegou na bolsa um papel com a letra, lembrando o momento em que escolheu sua música sem saber para que serviria. Estava sentada ao lado da cama de Anna, respondendo às perguntas que ela, com a voz frágil, fazia-lhe a respeito dos anos que morou em Londres, quando, de repente, Anna a interrompeu e disse:

– Bett, fale uma música, depressa. A primeira que lhe vier à cabeça.

– *London Calling* do The Clash – respondeu Bett surpresa. – Por quê?

– À toa. Mas continue, você estava me contando sobre seu chefe Karl e as bandas *punk*...

Bett terminou sua música e fez uma reverência. Carrie foi a seguinte, com uma versão inspiradora de *I Still Haven't Found What I'm Looking For* do U2. Anna havia lhe pedido o nome de uma música enquanto ela folheava uma pilha de revistas ao lado da cama. Ellen cantou *Don't Sit Under the Apple Tree*. Lola, Bett e Carrie uniram-se no coro. Geraldine veio em seguida com *Sadie the Cleaning Lady*. Ela lavava as janelas do quarto de Anna quando citou a música. Glenn estava no aeroporto quando Anna lhe ligou para perguntar. Ele apresentou uma versão muito entusiasmada de *Leaving on a Jet Plane*. Todos riram quando Jim cantou *Bob, the Builder*. Ele estava observando a casa em construção na colina em frente ao hotel quando Anna lhe fez a pergunta. Lola cantou *Lola*. Ela e Anna tinham lembrado a festa de 80 anos. Matthew cantou *Baa Baa Black Sheep*, dando o seu melhor, apesar das piadas de todos.

– Eu estava chegando do trabalho quando a visitei. O que esperavam que eu dissesse? Nellie, o elefante?

Lola aplaudiu.

– Lindos, todos. Podem se orgulhar de si mesmos. E, agora, outra mensagem para nós.

Ela desdobrou a última folha de papel e começou a ler. Sua voz soou forte e clara no ar da tarde.

Minha querida família:

Se me for possível estar assistindo a vocês hoje, prometo que estarei. Se derem por falta de algum champanhe em suas taças, terei sido eu também. Esta mensagem não será o Discurso de Gettysburg, nem consigo pensar em algo tão memorável quanto o "Eu voltarei" do General MacArthur. Tudo que quero dizer é que amo muito todos vocês e que agradeço por tudo que fizeram por mim e por minha linda Ellen durante a minha vida. Tive muita, muita sorte. Muito obrigada por terem sido tão obedientes hoje e, não se preocupem, não vou fazê-los voltar aqui todos os anos. De agora em diante, cada um de vocês se lembrará de mim como quiser, mas, por favor, continuem comendo suas comidas preferidas, bebendo champanhe, conversando entre si e cantando músicas boas e ruins, mesmo que eu não esteja em volta para dar as ordens.

Com todo o meu amor,

Anna

Lola ergueu sua taça.

– Mais um brinde. Agora só para Anna.

– Só para Anna – todos repetiram.

Tudo estava novamente embalado dentro das cestas e as cadeiras dobradas quando os primeiros pingos de chuva começaram a cair. Geraldine, Jim, Glenn, Carrie e Matthew foram andando à frente, com

Delia no colo de Matthew. Atrás deles, um pouco mais devagar, vinham Lola, Bett e Ellen.

– Eu sinto saudade da mamãe todos os dias – disse Ellen.

Bett apertou-lhe a mão.

– Eu também, Ellie.

Chegaram à base da colina e continuaram caminhando em direção ao portão de ferro forjado da entrada.

– O que a mamãe teria feito se não tivéssemos sido obedientes hoje? – Ellen perguntou, enquanto saíam.

– Provavelmente iria nos assombrar – respondeu Lola.

– O que é assombrar?

– É quando alguém vive aparecendo toda hora para ficar de olho na gente e ter certeza de que estamos bem – explicou Lola.

– Como o Daniel faz com a Bett? – disse Ellen.

Lola sorriu para Bett.

– É, mais ou menos isso.

De braços dados, as três foram para o estacionamento, onde Daniel as esperava.

Um ano depois

Bett levantou os olhos quando ouviu a porta de tela bater.

– Está tudo bem?

– Tudo certo – respondeu Daniel. – Ela só ligou para dizer que estão um pouco atrasadas. Parece que a mamãe estava insistindo em usar algo cor-de-rosa e, segundo Christine, não conseguia decidir entre rosa-claro ou rosa-escuro. Mas logo estarão aqui.

– Que bom. Mas não há pressa.

Não era um almoço formal, apenas um churrasco e saladas. Tudo já estava pronto, o carvão aceso, a mesa posta no jardim. Tiveram sorte com o tempo, limpo e claro, sem nenhum sinal da chuva que tinham tido no ano anterior. Ainda bem, porque ficaria muito apertado na pequena sala de estar. Bett olhou para o relógio. Faltava uma hora para Ellen ligar de Cingapura. Todos com certeza já estariam lá. Bett havia prometido a Ellen, e a Glenn, que ela poderia falar com todo mundo, mesmo não estando ali presente com eles na data do segundo aniversário da morte de Anna.

Dois anos depois, Bett já sabia que, de qualquer modo, não era a data que os fazia pensar em Anna. Os pensamentos sobre ela fluíam livremente entre todos, onde quer que estivessem e quando quer que fosse. Havia lembranças e conversas que os deixavam tristes, lembranças que os faziam rir. Era bom para todos quando Ellen vinha visitá-los, ou quando eles iam vê-la em Cingapura. Ellen era tão fisicamente parecida com Anna que sempre se surpreendiam cada vez que a viam, mas podiam perceber que sua própria personalidade tornava-se cada vez mais forte. Às vezes, compartilhavam suas lembranças de Anna com Ellen ou entre si. Outras vezes, seus pensamentos eram mais pessoais, particulares. Era como Lola havia dito. A vida de Anna e a morte de Anna tinham se tornado parte deles todos.

Bett abriu espaço para que Daniel pudesse se sentar a seu lado na cadeira de balanço de encosto alto. Ambos apoiaram os pés na grade da varanda. Daniel voltou ao livro que estava lendo quando o telefone tocou. Ela também retornou às últimas páginas de seu livro.

Haviam se mudado para aquela casa há quase um ano. Era um chalé de pedras nas colinas atrás do hotel, no extremo norte de Clare. A cidade ficava de um lado, eucaliptos, pastos e vinhedos do outro. A intenção inicial era eles mesmos reformarem a casa, mas foram rapidamente perdendo o interesse. Descobriram que ler era muito mais divertido que raspar paredes.

– Bett?

– Hum?

– Que tal Fred?

Bett pensou um pouco.

– Ah, acho que não.

– Florence?

– Não.

– Flox?

– Se fosse um pônei em vez de um bebê, ficaria perfeito. Daniel, o nome não precisa necessariamente começar com F.

– Precisa, sim. Eu adorei essa ideia. – Ele baixou a cópia já muito manuseada de *1001 Nomes Para o Seu Bebê.* – E temos que decidir logo, antes que Carrie e Matthew tenham outro e nós fiquemos com a letra G.

Bett riu.

– Que tal pensar no casamento primeiro antes de nos preocuparmos com o nome do bebê? Eu nem estou grávida.

– Não por falta de tentar. Acha que temos alguns minutinhos para tentar mais uma vez antes que os outros cheguem?

– Não, não temos. Daniel, e se por acaso não pudermos ter filhos?

– Então teremos um monte de animais de estimação e os trataremos como filhos.

Ela sorriu e voltou ao livro. Estava na penúltima página quando ele falou outra vez.

– Bett, o que acha de termos onze filhos? Ou onze animaizinhos?

– O quê?

– Foi um simples cálculo matemático. Se você e Carrie passarem os próximos onze anos tendo um bebê por ano, nós dois acabaremos no Z. Não é ótimo? Sempre gostei do nome Zelda, ou Zephaniah se fosse um menino. Ou poderíamos tentar quadrigêmeos. Isso aceleraria um pouco as coisas. Mas talvez seja pedir demais. Que tal chegarmos até Yvonne?

– É uma linda ideia, Dan, mas, não, acho que não.

Bett levantou-se quando o carro de Carrie e Matthew virou da estrada principal para a entrada de terra até seu chalé. Já via Lola acenando majestosamente do banco de trás. Não muito atrás deles, vinha o carro de seus pais.

Daniel ficou ao lado dela, com o braço em suas costas. Ele se inclinou e roçou os lábios na orelha de Bett.

– Xanthes?

Ela sacudiu a cabeça.

Ele baixou a voz ainda mais.

– Wilhelmina?

Ela começou a rir.

– Não, Dan.

– Violet? Ursula? Thomasina? Por favor, Bett, não podemos ter uma Thomasina? Você acabaria gostando, tenho certeza. E Saxon. E Rhiannon. Que tal Quincy e Peony...

Ela se virou nos braços dele.

– Nós nos conhecemos há tanto tempo e nunca me dei conta de que você sabia o alfabeto de trás para frente.

– Também sei fazer um pouco de malabarismo. Eu poderia ensinar às crianças. E aí a gente podia pegar a estrada e recomeçar de onde as Irmãs Alfabeto pararam. Todos nós fazendo malabarismos juntos. O pequeno Olaf, e Nero, e Magenta. Leopold. Klaus...

O carro de Carrie e Matthew parou no final do jardim.

Bett olhou para Daniel e sorriu.

– Terminou?

– Quase – respondeu ele, com os olhos brilhantes. – Jefferson. Indigo...

Ela estava rindo quando desceu os degraus para receber a família.